Salomons Geheimnis

Ein
Henry-Hieronymus-Voigt-

Abenteuer

von
David Reimer

Abenteuer-Roman

Impressum

Bibliografische Information der Deutschen Nationalbibliothek: Die
Deutsche Nationalbibliothek verzeichnet diese Publikation in der
Deutschen Nationalbibliografie; detaillierte bibliografische Daten sind im
Internet über dnb.d-nb.de abrufbar.

TWENTYSIX – der Self-Publishing-Verlag
Eine Kooperation zwischen der Verlagsgruppe Random House und BoD –
Books on Demand Herstellung und Verlag: BoD – Books on Demand,
Norderstedt

1. Auflage 2019

ISBN: 9783740715458

Kontakt Facebook: David Reimer Official
Kontakt Instagram: davidreimerautor
E-Mail: reimer.david@outlook.de
Website: www.zeitdergedanken.de

Coverdesign by Giessel Design
Korrektorat: Jörg Querner

Inhaltsverzeichnis

„Phantasie ist wichtiger als Wissen,
denn Wissen ist begrenzt."

Albert Einstein

Blutvolk

1940 Fogoso am Rio Juruá, tief in einem unerforschten Dschungelgebiet im Amazonasbecken, nahe der peruanischen Grenze, ca. 50 km westlich der Stadt Eirunepé, Brasilien

Der schwere Bagger blies unaufhaltsam dicke schwarze Wolken Ruß in die tropische Luft des Regenwaldes. Der Baggerführer lenkte seine Höllenmaschine geradewegs auf einen kleineren Baumstamm zu. An dem vorderen Ausleger des Baggers befanden sich zwei rotierende Sägeblätter.

Die Landa Consolidated Mines Limited war in den 1940ern einer der größten und bedeutendsten Diamantenproduzenten und -händler der Welt mit Sitz in den Niederlanden. Eines ihrer Seismologen-Teams hatte nahe der Stadt Eirunepé im brasilianischen Urwald ein gewaltiges Diamantenfeld gefunden. Jedenfalls vermuteten sie es anhand ihrer ersten ausgewerteten Daten.

Das Team hatte Schallwellen aus einem Flugzeug in den Erdboden entsandt, um mit ihrer Hilfe die Materialien der unteren Schichten des Erdbodens zu bestimmen. Die Schallwellen verändern je nach Materialdichte die Geschwindigkeit und geben so Hinweise auf die Zusammensetzung des Erdbodens preis. Die Ergebnisse sind nur ein erster Test, um das Gebiet einzugrenzen. Danach kommen Landvermessungs- und Geologen-Teams, die Steinproben aus tieferen Regionen analysieren.

Es hatte fast fünf Jahre gedauert, bis alle Genehmigungen und Maschinen vorhanden waren. Das Gebiet war zuvor noch nie erforscht worden und der Urwald galt dort als besonders dicht, unwegsam und düster. Die Einwohner der Stadt Eirunepé erzählten sich alte Legenden eines dort draußen lebenden Stammes, welcher Eindringlinge bei lebendigem Leib verspeiste und eine uralte Stadt beschütze. Keiner der Stadtbewohner würde sich freiwillig auch nur in die Nähe des Gebietes wagen. Jeder, der ihrem Territorium zu nahe gekommen war, kehrte nie wieder nach Hause zurück. Beweise für die Existenz dieses Volkes oder dieser Stadt gab es nicht. Aber wie heißt es so schön: An jeder Legende ist auch etwas Wahres dran.

Die schweren Maschinen der Landa Consolidated Mines Limited konnten sich nur langsam durch das dichte Unterholz arbeiten. Riesige Urwaldriesen versperrten ihnen immer wieder den Weg. Das Team, welches die zwei Bulldozer und einen Forstbagger begleitete, bestand aus einem dreiköpfigen Geologen-Team, fünf Landvermessern und fünf Sicherheitsleuten. Zwar glaubte man nicht an die alten Legenden, aber sicher war sicher, sagten sich die Inhaber der LCML. Zu wertvoll war der nahe vermutete Schatz, als dass sie sich diesen von ein paar nackten Wilden entreißen lassen wollten.

Langsam arbeitete sich die Säge des Forstbaggers durch das Holz des Baumstammes, mit einem Knacken und lautem Getöse krachte der Baum zu Boden und riss dabei allerhand Gehölz und Blätter der umliegenden Bäume mit sich in die Tiefe. Der Führer des Forstbaggers schaltete in den Rückwärtsgang und stellte seinen Bagger etwas abseits ab, dann schaltete er den Motor aus. Er öffnete die Tür seines kleinen Glascockpits, stellte sich auf den linken Vorderreifen, fingerte eine Zigarette aus der Packung in seiner Brusttasche und zündete diese an. Die beiden Bulldozer fuhren an ihm vorbei und gingen in Position, den Baumstamm auf die Seite zu schieben, einer unten am Stamm, der andere etwas weiter oben unterhalb des oberen Geästes.

Die Sonne brannte unaufhaltsam auf die Männer herab, die Luft war unangenehm schwül. Außer dem tiefen Brummen der beiden Motoren der Bulldozer war nichts zu hören.

Der Baggerführer beobachtete die beiden Bulldozer bei ihrer Arbeit. Sein Blick ruhte kurz auf dem vordersten der beiden und schweifte dann weiter durch das umliegende dunkle, bedrohlich wirkende Unterholz. Rechts von ihm unterhielten sich seine Begleiter in kleinen Gruppen über das weitere Vorgehen. Die Sicherheitsmänner unterhielten sich ebenfalls desinteressiert am Geschehen miteinander.

Ein kalter Schauer lief ihm den Rücken herunter, als er von seiner erhöhten Position in die Dunkelheit des Dschungels spähte. Kaum wahrnehmbar, eher wie einen schwachen Schatten, nahm er einen Umriss wahr. Krampfhaft fixierte er die Stelle und versuchte nicht zu blinzeln, doch nichts bewegte sich.

Plötzlich zuckte er zusammen, als die heiße Glut seiner zu Ende gehenden Zigarette das Fleisch seiner Lippen ansengte. Kurz vor Schmerz prustend spuckte er sie aus. Wie aus dem Nichts nahm er ein heranrauschendes Zischen wahr. Bevor er auch nur seine Augen in die Richtung bewegen konnte, traf ihn der Aufprall wie der Tritt eines Pferdes. Etwas Massives und Spitzes bohrte sich direkt in seine Brust. Durch die Wucht des Aufpralls wurde er von den Füßen gerissen und schlug leblos neben dem Reifen auf den Waldboden auf.

Ein gut einen Meter zwanzig langer Holzspeer ragte aus

seiner Brust heraus, an der Stelle, an der sein Herz saß. Bevor überhaupt einer der anderen Männer bemerkte, was geschehen war, verschwand der Angreifer wieder im Schatten des dichten Dschungels.

Schon seit längerer Zeit wurden die Männer der LCML von Dutzenden wachsamen Augen aus der Dunkelheit beobachtet.

Es dauerte einige Minuten, bis einer der Sicherheitsmänner bemerkte, dass das Führerhäuschen des Baggers leer war. Als der Baggerführer ein paar Minuten später immer noch nicht an seinem Platz saß, machte der Sicherheitsmann seine Kollegen auf den führerlosen Bagger aufmerksam. Sie trommelten die anderen zusammen und wiesen die Wissenschaftler an sich im Hintergrund zu versammeln und auf weitere Anweisungen zu warten. Die beiden Fahrer der Bulldozer hatten sich ebenfalls bei der Gruppe eingefunden. Zwei der bewaffneten Wachleute blieben bei der Gruppe zur Sicherheit.

Langsam näherten sich die anderen drei Sicherheitsleute dem Bagger. Vorsichtig schlichen sie mit ihren Sturmgewehren im Anschlag auf die Rückseite der Maschine zu. Kurz vorher teilten sie sich auf, einer ging zur Front und die anderen beiden um das Heck herum.

Die Gruppe der Wissenschaftler verfolgte gespannt das Geschehen. Sie alle kannten die Legenden um diesen Teil des Regenwaldes. So recht daran glauben wollte keiner von ihnen, allerdings daran vollends nicht glauben konnten sie auch nicht. So ging ein angsterfülltes Murmeln durch die Gruppe, als von den Wachleuten, die mittlerweile auf der anderen Seite des Baggers angekommen waren, ein alarmierendes und hektisches Gebrüll herüberhallte. Sofort machten sich die beiden zurückgebliebenen Wachleute auf, um den dreien zur Verstärkung zu eilen. Auch die Neugier der Wissenschaftler überwiegte die Angst und sie näherten sich ebenfalls, nur etwas langsamer, der anderen Seite des Baggers.

Die fünf bewaffneten Männer zielten mit ihren Gewehren ins umliegende Dickicht und versuchten irgendjemanden zu identifizieren oder etwas, was den Tod des Baggerführers herbeigeführt hatte. Als der Rest des Teams die Leiche sah, brach schnell Panik aus und ein wildes Stimmengewusel entflammte.

Hernandez, der Anführer des Sicherheitstrupps, brachte die Gruppe sofort durch eine schnelle schneidende Bewegung, begleitet von einem scharfen *Ruhe*, zur Räson. Das Stimmengewusel verstummte sofort und die Augen der gesamten Gruppe richtete sich nun suchend auf das dichte Unterholz. Stille, nichts war zu hören, kein Vogel, kein Knacken von Holz oder ähnliches, nur das sanfte Rauschen der vom Wind raschelnden Blätter. Etwas Beklemmendes und Tödliches lag in der Luft.

In den nächsten Sekunden rauschten ein Dutzend Holzspeere aus dem Dschungel auf die Gruppe zu. Sofort eröffneten die Wachleute das Feuer auf die breite Front vor ihnen. Als die Gewehre nur noch klickende Geräusche von sich gaben, forderte Hernandez seine Männer auf nachzuladen und die Umgebung im Auge zu behalten. Hernandez drehte sich zu dem Rest der Gruppe um, um zu überprüfen, ob alle den Angriff gut überstanden hatten.

Speere steckten in den Reifen des Baggers. Ein Speer war ihnen mit solch einer Wucht entgegengeschleudert worden, dass er den Torso eines der Geologen durchbohrt und ihn am Blech der Motorabdeckung festgenagelt hatte. Schlaff hing der Körper des Wissenschaftlers herab. Zwei Mitglieder des Landvermessungsteams lagen von mehreren Speeren durchbohrt auf dem Waldboden.

Die Überlebenden standen regungslos da und begriffen nicht so recht, was gerade passiert war. Hernandez verstand die Situation sofort. Er drehte sich um und wies seine Männer an sich langsam in einem Halbkreis nach hinten zu bewegen. Sie nahmen die anderen in ihre Mitte und hielten die Umgebung im Rückwärtsgang im Auge.

Als sie sich ein paar Meter aus der Gefahrenzone entfernt hatten, traten ein paar rötlich schimmernde nackte Gestalten aus dem Unterholz. Drohend hielten sie ihre Speere der Gruppe entgegen. Dann schleuderte ihnen eine der Gestalten seinen Speer entgegen und drehte sich direkt danach um und rannte zurück ins Dickicht. Die anderen Gestalten taten es ihm gleich.

Hernandez rief seinen Männern zu, dass sie das Feuer auf diese Wilden eröffnen sollten, und sie folgten den Angreifern. Die restliche Gruppe wusste, dass sie, wenn sie dort blieben, sterben würden. Aus dem Dickicht drangen die lauten Rufe der Wachleute zu ihnen herüber, die immer wieder von Gewehrsalven unterbrochen wurden.

Ein paar der Wissenschaftler riefen panisch, dass sie bei den Männern mit den Waffen bleiben sollten. Denn ohne Feuerschutz wären sie den Wilden ausgeliefert. Sie liefen den Sicherheitsleuten hinterher. Lediglich ein Bulldozer-Führer und Dr. Fin aus dem Geologen-Team blieben auf der Lichtung zurück.

Die beiden zögerten nicht lange, sie liefen durch die Schneise, die die schweren Maschinen im Dschungel zuvor freigelegt hatten, zurück. Der Lärm der Gewehrsalven und das Gebrüll der Sicherheitsleute aus dem Unterholz wurde immer leiser, bis es bald vollends vom düsteren Urwald verschluckt wurde. Die beiden liefen so schnell, wie sie ihre Beine trugen. Einen Moment später tauchten drei Gestalten hinter ihnen aus dem Dickicht auf und verfolgten sie.

Doktor Fin drehte seinen Kopf panisch zu seinen Verfolgern um. Die Haut der beiden äußeren Gestalten schien rötlich zu sein. Der Verfolger in der Mitte jedoch war von Kopf bis Fuß pechschwarz. Überall waren dünne weiße Linien aufgemalt, die bestimmte Muster ergaben.

Genau in dem Moment, als er seinen Kopf nach vorne drehte, konnte er gerade noch im Augenwinkel erkennen, wie die mittlere schwarze Gestalt ihren Speer ihnen hinterherschleuderte. Einen Moment später brach der etwas zurückgebliebene Führer des Bulldozers mitten im Lauf zusammen.

Doktor Fin konnte aus ein paar Metern Entfernung nur noch mit ansehen, wie die dunkle Gestalt den Speer aus dem Bein des Mannes zog. Der Mann schrie vor Schmerz und wurde kurz darauf ohnmächtig. Die beiden anderen halbnackten Gestalten hoben den Mann auf, dann verschwanden die drei mit ihrem Gefangenen im Unterholz.

Dr. Fin überlegte keine Sekunde, er drehte sich um und lief in Richtung der Stadt Fogoso. Er wollte so schnell wie möglich Alarm schlagen und Hilfe holen. Bald hatte er einen der zurückgelassenen Jeeps erreicht.

Eine Woche später traf Dr. Wilhelm Hieronymus Voigt im Hafen von Fogoso ein.

Wilhelm Voigt wurde vom Hafen mit einem Jeep zu einem kleinen Militärcamp am Rande des Dschungels gebracht.

„Hallo, Wilhelm, wie war die Reise?", grüßte ihn ein junger, gut aussehender Mann.

„Ah, Eckbert Jankuhn, mein alter Freund. Wie geht es dir? Tut gut, dich zu sehen! Die Reise war sehr spannend, besonders die Bootsfahrt über den *Rio Juruá!*", grüßte ihn Wilhelm zurück und umarmte herzlich seinen alten Freund und Kollegen.

„Sehr gut. Danke der Nachfrage. Das Wetter in diesem Land ist nichts für mich. Allerdings glaubst du mir nie, was hier für eine Sensation auf uns wartet!", antwortete Eckbert, während er sich aus der Umarmung löste und eine Landkarte aus seiner Umhängetasche zog.

Er breitete sie auf der Motorhaube des Jeeps aus und umkreiste mit einem Filzstift ein kleines Gebiet. Er tippte mit seinem Zeigefinger in den gemalten Kreis und schaute mit funkelnden Augen zu Wilhelm. „Dort, mein Lieber, liegt sie versteckt, nach ihr haben wir unser ganzes Leben gesucht!", sagte er.

Wilhelm schaute auf die markierte Stelle und musterte sie, dann schaute er mit fragendem Blick zu Eckbert auf. „Was soll ich in diesem Dschungel sehen?"

„Vor einer Woche hat sich ein Team von Wissenschaftlern in dieses Gebiet aufgemacht, um die Region nach Diamanten zu untersuchen. Vorläufige Daten zeigten der Landa Consolidated Mines Limited, dass dort unterhalb des Dschungels ein gewaltiges Diamantenfeld verborgen liegen könnte. Das Wissenschaftlerteam wurde von Sicherheitsleuten und schweren Maschinen begleitet. Allerdings fanden sie dort keine Diamanten, sondern etwas anderes."

Wilhelm schaute, während er den Worten seines Freundes lauschte, wieder zur Karte.

„Sind dir die Legenden der Einheimischen hier in Fogoso geläufig?", fragte Eckbert ihn.

Wilhelm überlegte einen Moment, dann schüttelte er verneinend mit dem Kopf.

„Die Menschen hier erzählen sich, dass dort in diesem Gebiet ...", wieder tippte Eckbert auf die eingekreiste Stelle, „... ein altes verschollenes Volk leben soll. Sie sollen die Stadt ihrer alten Götter beschützen. Sie gelten als Kannibalen und äußerst kriegerisch!"

Wilhelm schaute abrupt zu Eckbert. „Du meinst doch nicht, dass es ... Nein, das kann doch nicht sein. Hier draußen im brasilianischen Dschungel? Das glaube ich nicht!", unterbrach er Eckbert ungläubig und schüttelte mit dem Kopf.

„Doch, mein alter Freund, ich glaube schon! Ich glaube, wir haben Askara gefunden! Dort draußen, nicht weit von hier liegt sie verborgen!"

„Okay, okay ..." Wilhelm war immer noch irritiert über das, was sein alter Studienfreund ihm gerade versuchte glaubhaft zu machen. „Gehen wir mal davon aus, dass du Recht hast und dort draußen liegt wirklich die uralte und erste Stadt Askara. Was macht dich so sicher?"

„Ich verstehe, dass du zweifelst. Mir ging es nicht anders, als mich die Nachricht der LCML erreichte. Sie haben mich gebeten hier für sie dieses Gebiet zu untersuchen. Das erste Team von Wissenschaftlern ist bis auf ein Mitglied des Geologen-Teams verschwunden. Daraufhin wurde mit Absprache der brasilianischen Regierung eine kleine militärische Einheit entsandt, um dem Verschwinden der Gruppe auf den Grund zu gehen. Ich habe gerade eben mit dem Kommandanten dieser Eingreiftruppe gesprochen. Sie haben dort draußen niemanden gefunden, kein Mitglied des ersten Teams oder geschweige denn diese Eingeborenen. Sie fanden allerdings mehrerer Ruinen, die offenbar zu einer ganzen Stadt gehören. Im Mittelpunkt dieser Ruinen steht eine weitestgehend gut erhaltene seltsame Pyramide. Der Soldat erzählte mir, dass die Form dieser Pyramide keiner ihm bekannten Bauform entspricht und dass sie stark bewuchert ist. Allerdings weiß ich nicht, wie ich diese Aussage deuten kann, da ich seinen Wissensstand in dieser Hinsicht nicht kenne. Aber mein guter Wilhelm", er legte ihm dabei die Hand auf die Schulter, „ich sage dir, es ist Askara. Sie muss es sein. Alles passt zusammen und die Hinweise, die wir gefunden haben in den letzten Monaten, können uns nur hierher führen!"

„Ich weiß nicht so recht, was ich davon halten soll, wenn wir diese versunkene Stadt wirklich gefunden haben, sollten wir dort nicht ohne Schutz hingehen. Du weißt, dass das Wächtervolk in dieser Stadt einen mächtigen alten Schatz bewacht und bestimmt nicht darauf aus ist, neue Freunde zum Reden zu finden!"

Eckbert lächelte. „Das mag ich an dir so gerne, deine gesunde Skepsis und deine Vorsicht, wer weiß, wo ich heute wäre, wenn ich dich nicht hätte. Die Eingreiftruppe dort drüben wird uns begleiten, denn die brasilianische Regierung möchte wissen, was es mit den Ruinen und diesem Volk auf sich hat. Bevor das nicht geklärt wurde, liegt die Genehmigung für die Landa Consolidated Mines Limited zum Fördern von Diamanten auf Eis. Deswegen finanzieren sie auch diese Expedition, zur Sicherung des kulturellen Erbes. Ich glaube allerdings nicht, dass die Landa Limited an den Ruinen interessiert ist. Ich denke eher, dass sie sich vielleicht ein paar extra Edelsteine in einer alten Kammer erhoffen. Dort drüben, die beiden Männer im Anzug ..."

Er zeigte auf zwei Männer, die am Waldrand nahe einem Jeep standen und diskutierten. Sie trugen schwarze Anzüge und Sonnenbrillen. Der eine war groß und kräftig, der andere mittelgroß und sportlich.

„... wurden von der Landa-Gesellschaft zur Sicherung der Expedition mitgeschickt. Wer weiß, was die für einen Auftrag haben!", fuhr Eckbert fort. „Deswegen sind alle hier um unsere Sicherheit äußerst bedacht! Wir müssen herausfinden, was in diesem Gebiet versteckt ist, wir dienen quasi als Vorhut für eine großangelegte Ausgrabung und Eingrenzung des zu erforschenden Gebietes! Im Rest des Gebietes will die Landa Limited dann Diamanten fördern, falls es hier welche gibt!"

„Hmm, ein mulmiges Gefühl habe ich allerdings immer noch bei diesem Vorhaben", erwiderte Wilhelm etwas verängstigt. „Die Legenden über dieses Volk gibt es nicht umsonst. Falls du dich erinnerst, es heißt, dass die Haut der Krieger die Farbe von Blut haben soll und sie Gefangene nehmen, um diese anschließend ihren Göttern zu opfern!"

„Angst ist gut, sie lässt uns vorsichtiger und bestimmter handeln. Wird schon schiefgehen, vertrau mir!" Eckbert lächelte ermutigend.

„Du hast auch für alles den passenden Satz", sagte Wilhelm und lächelte ihm etwas gezwungen zu.

Der Jeep holperte über den unwegsamen Waldboden. Die angelegte Schneise war nicht besonders breit. Die Jeeps mussten daher alle hintereinander fahren. Im ersten saßen mit zwei Soldaten Wilhelm und Eckbert.

„Ich glaube, du hast Recht, Eckbert. Wir sind schon so lange auf der Suche nach dieser Stadt und ihren Erbauern. Jetzt gibt es kein Zurück mehr, wir suchen jetzt schon so lange nach ihr. Auf der ganzen Welt versteckt gibt es Hinweise. Ich habe nur noch zwei Seiten in meinem Notizbuch frei."

Er hielt Eckbert sein kleines schwarzes Notizbuch entgegen.

„Jetzt wird es Zeit, die letzten Seiten mit den Details ihres Fundortes zu füllen!", fuhr er entschlossen fort und verstaute das Buch wieder in der Innentasche seiner Weste. Eckbert nickte ihm zu und lächelte.

Der Soldat, der den Jeep fuhr, verlangsamte das Tempo und brachte das Auto kurz vor dem Forstbagger schließlich gänzlich zum Stillstand. Auch die beiden Bulldozer standen noch an ihrem Platz vor dem gefällten Baum. Alles sah so aus, als wären die Männer nur kurz in die Pause gegangen.

Hinter dem ersten Jeep kamen fünf weitere Geländefahrzeuge zum Stehen. Die darin sitzenden Soldaten und die beiden Männer der LCML sprangen sofort aus den Fahrzeugen und sicherten die Umgebung. Auch die beiden Soldaten, die sich zusammen mit Wilhelm und Eckbert im Fahrzeug befanden, stiegen aus. Sie forderten die beiden Archäologen auf noch kurz im Jeep zu warten.

Wilhelm schaute sich um und sah einige getrocknete Blutflecken an der Außenwand des Baggers. Holzspeere steckten in dem dicken Gummi der Reifen.

„Na, dann wollen wir mal! Sieht ja hier aus wie auf einem Schlachtfeld. Die Leichen haben sie wohl schon entfernt", murmelte Eckbert und studierte den Schauplatz.

Wilhelm legte ihm seine Hand auf die Schulter. Eckbert drehte sich zu ihm.

„Eckbert, eins wollte ich dir noch sagen, bevor wir dort hineingehen!" Wilhelm nickte dabei in Richtung der

Baumgrenze. „Ich wollte nur Danke sagen. Danke, dass du mich angerufen hast und darauf bestanden hast, dass ich mit dir zusammen diese Entdeckung mache! Ich wollte nur wissen, dass du das weißt, falls mir etwas passiert!"

Eckbert lächelte ihn an und nahm seine Sonnenbrille ab. „Wilhelm, mein alter Freund. Das ist doch Ehrensache. Seit wir zusammen vor gut 20 Jahren in Chicago promoviert haben und seitdem die Spur des Schlüssels verfolgt haben, bist du wie ein Bruder für mich geworden. Also Wilhelm, lass uns endlich zum Ziel unserer langen Suche gelangen! Wir werden zusammen dort hineingehen und auch gemeinsam wieder herauskommen!", erwiderte er Wilhelm und setzte sich die Sonnenbrille wieder auf die Nase, rückte kurz seinen Sonnenhut zurecht und folgte dann zusammen mit Wilhelm den Soldaten in den Dschungel.

Die Luft war schwülwarm und die Luftfeuchtigkeit an diesem Tag war extrem hoch. Immer wieder klatschten ihnen riesige feuchte Blätter und Sträucher ins Gesicht. Die beiden vordersten Soldaten versuchten mit ihren Macheten eine schmale Passage in das dichte Blätterwerk zu schneiden, es gelang ihnen nur teilweise. Insekten schwirrten durch die Luft, überall zirpten Zikaden. Das gleichmäßige Geräusch der Zikaden wurde ab und zu von Vogelrufen und dem Gebrüll entfernter Affen unterbrochen. Die Soldaten sahen angespannt aus, dachte Wilhelm. Sie hatten die Gewehre schussbereit auf Brusthöhe und behielten wachsam die Umgebung im Auge. Niemand sagte etwas.

„Hey, Eckbert, wenn ich es mir recht überlege, hättest du doch besser Jones anrufen sollen!", flüsterte Wilhelm Eckbert zu, der vor ihm ging.

Er drehte sich leicht nach hinten und flüsterte zurück: „Was meinst du?"

„Na ja, Jones war von uns dreien immer der Hau-drauf-Typ. Für ihn wäre das hier genau das Richtige. Ich meine, er stand schon früher auf riskante und ausweglose Entdeckungsreisen. Kannst du dich noch an die Geschichte mit Marijane erinnern? Als die beiden bei ihrem zweiten Date auf dem Heuboden von Marijanes Familie beim Rummachen von seiner Ex-Freundin erwischt wurden? Die auch noch gleich Marijanes gesamte Familie im Schlepptau hatte, samt Großmutter? Mann, habe ich gelacht, ich hätte gerne die Gesichter gesehen! Die beiden halbnackt zwischen dem Heu eng umschlungen liegend, unter den schockierten Augen ihrer Familie. Mann, muss das peinlich gewesen sein!" Wilhelm musste schmunzeln, auch Eckbert grinste.

„Ja, ich glaube, die Geschichte wird er nie vergessen. Aber ich habe ihn auch angerufen, gleich nachdem ich dich angerufen hatte. Allerdings sagte er, dass er gerade auf der Spur nach etwas wirklich Bedeutendem ist, irgendwas mit einer Truhe, und daher absagen musste. Allerdings glaube ich nicht, dass uns eine Peitsche hier draußen etwas bringen würde!", erwiderte er immer noch amüsiert.

Der Soldat, der vor Eckbert ging, drehte sich um und forderte ihn auf ruhig zu sein, dann blieb er stehen. Der erste Soldat war stehen geblieben und reckte seine Faust in die Höhe.

„Was ist denn? Siehst du was?"

„Nein, Wilhelm, nur grün. Warten wir mal!"

Es dauerte nur einen Moment, dann gingen sie weiter. Sie fanden einen schmalen Trampelpfad, dem sie weiter folgten. Immer tiefer und weiter drangen sie in das Gebiet des sagenumwobenen Volkes ein. Nach ein paar Minuten passierten sie eine schmale Steinsäule.

Eckbert und Wilhelm blieben davor stehen und betrachteten das Gebilde etwas genauer. Die Säule war gut drei Meter hoch. Auf der Vorderseite waren mehrere Figuren und Symbole in den Stein gemeißelt worden.

„Du, Eckbert, ich glaube, das ist einer ihrer Revierpfeiler."

„Von welchem Volk stammt dieser hier bloß? Irgendwie sind mir die Symbole fremd, aber irgendwie auch nicht!", murmelte Eckbert grüblerisch.

Die Soldaten hinter ihnen signalisierten, dass sie weiter mussten, um den Anschluss nicht zu verlieren. Sie folgten dem Pfad und schon ein kurzes Stück hinter dem Totempfeiler kamen sie an einem Baum vorbei, an dem mehrere Schädel und Knochen aufgehängt worden waren. Wilhelm schauderte einen Moment, als er die Gebeine betrachtete.

Wortlos folgten sie den Soldaten. Die Warnung hatte bei Wilhelm seine Wirkung nicht verfehlt, Angst kroch ihm den Rücken herauf. Erst war es Wilhelm nicht aufgefallen und er konnte auch nicht sagen, wie lange ihn dieses eigenartige Gefühl heimgesucht hatte. Immer stärker wuchs das ungute Gefühl in ihm heran, dass sie bereits beobachtet wurden.

Aufmerksam lauschte er, ob er irgendetwas Verdächtiges hören konnte. Dann stutzte er und blieb abrupt stehen. Eckbert bemerkte es und blieb ebenfalls stehen. Er beobachtete Wilhelm, der seinen Blick durch das Unterholz schweifen ließ und ihn schließlich nach oben richtete.

„Hörst du das?", fragte er Eckbert flüsternd.

Eckbert lauschte und erwiderte irritiert: „Nein, nichts! Was hast du denn?" Dann schaut auch er sich um.

„Das ist es ja eben! Nichts. Es ist totenstill! Kein Vogel oder ähnliches ist zu hören. Einfach nichts!"

Eckbert schaute Wilhelm erschrocken an. „Du hast Recht. Es ist mucksmäuschenstill. Es ist gespenstisch still!"

Auch die Soldaten, die die Stille nun ebenfalls bemerkt hatten, schauten sich um. In manchen Gesichtern war der kalte Schauer fast zu sehen, der ihnen den Rücken herunterlief.

„Die Ruhe vor dem Sturm!", flüsterte Wilhelm sichtlich verängstigt. Dann zerschnitt das aus der nahen Umgebung kommende spitze Geräusch eines zerbrechenden Astes die Stille. Wilhelm gefror das Blut in den Adern.

Die Soldaten hoben ruckartig die Gewehre und zielten in die Richtung, aus der das Geräusch kam. Alles blieb ruhig. Der Anführer der gesamten Gruppe forderte sie auf, weiterzugehen.

Wilhelm konnte zwischen den dichten Blättern immer wieder vereinzelte Nebelfelder erkennen. Mit jedem weiteren Schritt nahm der Nebel zu, es dauerte nicht lange, dann waberten Nebelschwaden über den Boden des Pfades und umhüllten die Männer wenige Augenblicke später vollends. Die dichte grauweiße Suppe um sie herum beschränkte ihre Sicht auf gut zehn Meter. Den wolkenverhangenen Himmel konnten sie seit einer Stunde nicht mehr sehen. Sie waren zunehmend angespannt und nicht nur die feuchte Hitze trieb ihnen den Schweiß auf die Stirn.

Wilhelm war so beeindruckt und eingeschüchtert von diesem geheimnisvollen Ort, dass er fast vergaß zu atmen. Manchmal hörten sie das Knacken von Holz in der Nähe. Jedes Mal zielten die Soldaten panisch und sichtlich verängstigt mit ihren Gewehren in die Richtung.

Nur ihren Anführer schien das alles nicht zu ängstigen, selbstbewusst und ruhig führte er die Gruppe an. Zweimal war ihm so, als hätte er eine schemenhafte Gestalte gesehen, die sich im Nebel bewegte und dann im nächsten Moment wieder verschwunden war.

Plötzlich blieb der Hauptmann stehen und wies vor sich in den Nebel. Eckbert und Wilhelm versuchten an den Soldaten vorbeizuschauen und zu erkennen, worauf der Gruppenführer zeigte. Wilhelm erkannte flache Steinplatten, die treppenförmig angeordnet waren. Rechts und links neben der ersten Steinplatte stand jeweils eine aus Stein gehauene Skulptur.

Wilhelm vermutete, dass es zwei Götter des versunkenen Volkes waren. Er konnte nicht lange darüber nachdenken, einen Augenblick später spürte er schon einen Schlag gegen seine Brust. Eckbert schaute ihn begeistert an.

„Mensch, Wilhelm, siehst du das? Das muss der Weg zur Stadt sein. Wenn mich nicht alles täuscht, sind das dort vorne die zwei Torwächter der Amun. Ich glaube, wir sind hier wirklich richtig!", teilte Eckbert ihm aufgeregt seine Vermutung mit.

Wilhelm nickte ihm lächelnd zu. Wohl war Wilhelm schon lange nicht mehr bei ihrem Unterfangen, seine Abenteuerlust und seine Neugier hatten sich in Angst verwandelt, allerdings wollte er um jeden Preis der Welt erfahren, was sich in diesem Dschungel versteckte. Er wollte kein Feigling sein, daher gab es für ihn kein Zurück. Dieser Ort strahlte förmlich in alle Richtungen aus: *Haltet euch fern von hier!*

Die Gruppe setzte sich erneut in Bewegung und folgte der flachen steinernen Treppe. Erst als Wilhelm ganz nah an den beiden Steinfiguren vorbeiging, sah er, dass unterhalb der Steingesichter Symbole in den Felsen gehauen waren. Er erkannte verschiedene Hieroglyphen, eines von ihnen sprang ihm sofort ins Auge. Es war das Symbol, welches sie erst auf die Spur hierher geführt hatte.

Bevor er einen zweiten Blick auf sie werfen konnte, drängte ihn der Soldat, der hinter ihm ging, weiter. Er wollte nicht den Anschluss zu dem Rest der Gruppe verlieren. Der Weg führte leicht bergauf und mündete in einen gepflasterten Platz.

Die Gruppe versammelte sich. Dicke Nebelbänke versperrten ihnen die Sicht. Vorsichtig und mit erhobenen Gewehren bewegten sich die Soldaten im Halbkreis voran. Hinter ihnen folgten Eckbert und Wilhelm, die wiederum gefolgt wurden von den beiden Männern im Anzug. Sie hatten ihre beiden Faustfeuerwaffen gezogen und behielten die Rückseite im Auge.

Sie mussten nur ein paar Meter gehen, dann tauchte aus dem Nebel vor ihnen rechts und links jeweils eine Steinmauer auf. Zwischen ihnen führte ein weiterer Pfad vom Platz wieder weg. Als sie näher auf den Pfad zugingen, schien es, als würde sich der Nebel zunehmend lichten.

Dann tauchten plötzlich mehrere massive Umrisse aus dem Nebel auf. Als sie dem Pfad folgten, wurden aus den Umrissen Gebäude, die sich aus dem dichten Dschungel erhoben. Früher dürften hier nur vereinzelt Bäume gestanden haben, allerdings über die Zeit hinweg hatte sich die Natur das zurückgeholt, was ihr einst gehörte.

Immer dünner wurde der Nebel. Wilhelm und Eckbert trauten ihren Augen nicht. Die Gruppe stand auf einer Anhöhe und schaute in eine etwas tiefer liegende Senke hinab. Zwischen Urwaldriesen und dem dichten Grün des Dschungels ragten Dutzende Gebäude empor. Einige von ihnen waren zerfallen oder halb eingestürzt. So weit das Auge reichte erkannten sie zwischen den Bäumen aus Steinquadern errichtete Bauwerke.

Dann brachen ein paar Sonnenstrahlen durch die Wolkendecke und tauchten das Tal in ein goldenes Licht. Wilhelms Blick fiel auf die Mitte des Tals. Mit weit geöffneten Augen suchte seine Hand nach Eckberts Arm.

„Siehst du das?"

„Was denn, Wilhelm?"

Dann zeigte Wilhelm auf den Berg, der sich in der Mitte der Senke erhob. Eckbert richtete seinen Blick auf diesen Berg und kniff die Augen zusammen. Dann erkannte auch er, was Wilhelm bereits entdeckt hatte.

„Mann, Wilhelm, der Soldat hatte Recht. Es ist eine Pyramide, das muss der Tempel der Sterne sein! Wir haben sie gefunden! Wie viel Jahrhunderte hier wohl kein Mensch mehr war? Nun haben wir sie wiedergefunden, es ist Askara, die erste Stadt, sie muss es sein!", sagte Eckbert voller Ehrfurcht.

Tatsächlich konnten sie bei genauerem Hinsehen unter dem dichten Blätterwerk vereinzelte Linien von sorgfältig angelegten Steintreppen, die zu einem Eingang unterhalb des höchsten Punktes führten, erkennen. Wilhelm bemerkte, dass die Form des Pyramidentempels tatsächlich eine merkwürdige Struktur aufwies. Es schien, als würde der Tempel aus drei Ebenen bestehen. Bevor Wilhelm seine Vermutung seinem Freund mitteilen konnte, durchbrach ein markerschütternder Schrei die Stille und hallte im Tal wider.

Schockartig erstarrte Wilhelm. Die nächsten Minuten erschienen ihm vollkommen surreal. Bevor er wusste, was passierte, sah er, wie der Hauptmann seine Soldaten anwies ins Dickicht zu feuern, gleichzeitig flogen aus verschiedenen Richtung Holzspeere und Pfeile über sie hinweg. Dann drehte sich der Hauptmann um und befahl den Rückzug.

Wilhelm wurde von dem kleineren Anzugträger umgerannt und fiel zu Boden. Eckbert half ihm auf und beide zögerten keine Sekunde und folgten dem Mann. Überall brachen halbnackte rötliche Gestalten aus dem Unterholz und griffen die Gruppe an. Die Soldaten feuerten kurze gezielte Salven auf die Angreifer.

Als Wilhelm und Eckbert den gepflasterten Platz erreicht hatten, holten sie die Soldaten wieder ein. Nur der zweite Anzugträger tauchte nicht mehr auf. Hinter ihnen verschwand das Tal samt der versunkenen Stadt langsam wieder ihm Nebel. Die Luft war jetzt von wildem Kriegsgeschrei erfüllt. Die Schreie kamen immer wieder aus verschiedenen Richtungen, als würden die Eingeborenen versuchen ihre Beute in eine Richtung zu treiben.

Die Soldaten hatten Wilhelm, Eckbert und den Mann der Landa Limited wieder in ihre Mitte genommen. Die Gruppe lief nun im Laufschritt den schmalen Pfad entlang. Als sie die beiden steinernen Figuren passiert hatten, verstummten abrupt die Schreie der Verfolger.

Eckbert atmete auf. „Ich glaube, wir haben es geschafft!"

„Ich bin mir da nicht so sicher! Noch sind wir in ihrem Territorium!", erwiderte Wilhelm keuchend.

Keine Minute später tauchte ein Speer aus dem Nebel auf und traf den Soldaten hinter Eckbert in die Wade. Mit schmerzerfülltem Gesicht stolperte er zu Boden, die anderen Soldaten zögerten nicht, sofort feuerten sie in die Richtung. Sie schossen blind in den Nebel hinein. Kurz darauf rauschte aus der anderen Richtung ein weiterer Pfeil heran und verfehlte den Hauptmann nur um Haaresbreite. Dieser gab den Befehl zum sofortigen Weiterlaufen. Zwei Soldaten halfen dem am Boden kauernden Mann auf, einer der beiden zog ihm den Speer aus dem Bein. Mehrere Speere rauschten nun aus dem dicken weißen Nebel auf sie zu. Es war wie ein Wunder, dass keiner dieser Speere sein Ziel traf.

Als sie die Fahrzeuge erreichten, starteten die Soldaten die Motoren und brachten alle Überlebenden umgehend aus der Gefahrenzone. Die Wächter der alten Stadt verfolgten sie allerdings immer noch, die Soldaten feuerten mit allem, was sie hatten. Mehrere Angreifer gingen im Kugelhagel zu Boden, bis die Welle von Angreifern abebbte und der Dschungel nur noch von dem lauten Brummen der Motoren erfüllt wurde.

Als die Gruppe in Fogoso in dem kleinen Militärcamp eintraf, wurde sie von einem Ärzteteam und weiteren Soldaten in Empfang genommen. Nach einer kurzen Untersuchung wurden Wilhelm und Eckbert in zwei getrennte Zelte geführt. Dort mussten sie einem Vertreter der brasilianischen Regierung, einem hochrangigen Mitglied des Militärs und einem Vertreter der Landa Consolidated Mines Limited schildern, was sie erlebt hatten.

Nach einem stundenlangen Verhör wurden sie in ein Zelt mit Feldbetten geführt. Eckbert ließ sich erschöpft auf eines von ihnen nieder. Wilhelm setzte sich auf das Feldbett daneben und musterte ihn.

„Was hast du ihnen erzählt?", fragte er ihn mit einem besorgten Gesichtsausdruck.

Eckbert schnaufte und richtete sich auf. „Nichts. Ich habe

ihnen nur erzählt, dass wir in diesem Tal alte Ruinen gefunden haben, die vielleicht zu den Maya gehören. Dass es zu gefährlich ist, sie zu erforschen. Ich habe die Empfehlung ausgesprochen, dieses Gebiet unter den Schutz der Regierung zu stellen, um dem dort lebenden Volk ihre heiligen Stätten zu lassen!", erwiderte Eckbert ihm ernst.

Wilhelm schaute ihn etwas irritiert an. „Ich habe ihnen etwas Ähnliches gesagt, allerdings bin ich der Meinung, dass wir diese Stadt untersuchen sollten!"

„Der Meinung bin ich auch, leider ist es jetzt nicht die Zeit dafür. Ich habe einen Marschbefehl der SS erhalten. Sie wollen, dass ich Leiter der Abteilung *Sicherung des Ahnenerbes* werde. In Deutschland herrscht Krieg und ich soll die archäologischen Ausgrabungen und Expeditionen leiten. Unbegrenzte Mittel und Möglichkeiten. Die Ideologie der Nazis ist mir zwar egal und ich teile sie keineswegs, aber ich will diese Möglichkeit nicht außer Acht lassen. Zudem hat die Landa Limited die Gelder für die Expedition und weiterer Projekte hier auf Eis gelegt. Die Deutschen sind in Holland eingefallen und die Landa Limited muss erst einmal sehen, wie es weitergeht! Ich denke, sie müssen ihr Kapital in Sicherheit bringen!", erklärte ihm Eckbert etwas enttäuscht, aber auch mit Vorfreude auf die Zukunft.

Wilhelm wusste nicht so recht, was er dazu sagen sollte. Er schaute seinem alten Freund in die Augen. „Also endet unsere Reise hier?"

Eckbert nickte ihm zu und antwortete kurz und unbestimmt: „Vorerst, ja!"

Seitdem hat kein Mensch der modernen Welt einen Fuß in dieses Gebiet gesetzt. Bald geriet die versunkene Stadt, samt ihrem Geheimnis, in Vergessenheit.

Der Zug

Gegenwart, Eulengebirge, Woiwodschaft Niederschlesien. Nahe der polnischen Stadt Wałbrzych.

Sie streiften schon seit einiger Zeit durch den Wald nahe des Schlosses Fürstenstein.

„Glaubst du wirklich, dass hier was ist? Das Gebiet wurde doch schon mit Hilfe zahlreicher Wissenschaftler untersucht und die Vermutung der Schatzsucher wurde zunichtegemacht."

„Ich glaube sogar fest daran, dass wir den Zug hier finden. Die Wissenschaftler hatten auch nicht unsere Hinweise. Du wirst sehen, mein junger Freund, Hartnäckigkeit und Vertrauen in seine Fähigkeiten zahlt sich aus!", antwortete Henry ihm.

Er schob dabei zwei Sträucher auseinander und glitt zwischen ihnen hindurch. Auf der kleinen Lichtung hielt er inne. Vereinzelte Sonnenstrahlen fielen durch das Blätterdach der Bäume auf sie herab. Die Blätter raschelten in der sanften Brise.

Isaac konnte nichts Auffälliges erkennen. Der Boden war von Gras und Laub bedeckt, ein paar wilde Blumen reckten ihre Blüten den Sonnenstrahlen entgegen. „Hier ist nichts?"

Henry antwortete ihm nicht, stattdessen holte er sein Notizbuch aus der Umhängetasche und blätterte darin. Dann las er eine Passage und holte ein GPS-Gerät aus der Tasche. „Es muss hier sein, der Zug muss hier sein. Es ist der Motor des Lebens und kann es auch wieder nehmen, es ist die stärkste Kraft auf Erden. Es versteckt den Eingang, du musst genau hinschauen", murmelte er.

„Aber was soll das heißen? Ich glaube ja, dass der alte Mann in dem Kloster nicht ganz auf der Höhe war."

Henry beachtete ihn nicht, er murmelte noch einige Sätze, dann klappte er das Notizbuch zu, verstaute es wieder in der Tasche. Dann zog er eine Karte des Gebietes aus ihr heraus. Er studierte sie kurz und rief: „Natürlich, los komm, ich weiß, wo der Eingang ist!" Er stopfte die Karte in die Tasche zurück und lief los.

Isaac wusste nicht so recht, was los war, und folgte Henry. Sie liefen durch den Wald, bis sie an eine Klippe gelangten.

„Das ist der Fürstensteiner Grund, eine circa 50 Kilometer lange Schlucht. Was ist die stärkste Kraft auf Erden? Es schenkt Leben und nimmt es auch wieder?"

Bevor Isaac antworten konnte, sprach Henry weiter: „Wasser. Es ist der Grundstein unseres Lebens und es kann eine unvorstellbare Kraft entwickeln, zum Beispiel in Form von Tsunamis oder wilden, reißenden Flüssen. Es ist auch dafür verantwortlich, dass Dutzende Lebewesen ihren Tod finden können. Wenn Wasser genügend Zeit hat, dann bahnt es sich seinen Weg sogar durch massive Felswände, so wurde zum Beispiel der Grand Canyon oder eben die Schlucht vom Fluss *Pelcznica* dort unten geformt!"

Sie schauten die Klippe hinunter und sahen gut fünfzig Meter unter ihnen einen reißenden und wilden Fluss, der sich schäumend und sprudelnd um eine Linksbiegung wand. Als sie flussaufwärts schauten, sah er, dass nicht weit von ihnen das Schloss Fürstenstein hoch oben auf einer Klippe thronte. Ihr Blick fiel nun auf die Felswand unterhalb des Schlosses, wo sich der Fluss gegen die Felswand drückte.

„Jetzt verstehe ich, dort unten in der Flussbiegung gibt es einen Eingang zu dem Tunnel. Das Wasser muss sich durch die Felswand gearbeitet haben. So konnte der alte Mann damals vor den Nazis fliehen."

„Jetzt hast du es. Was dort unten wirklich ist, werden wir sehen, wenn wir dort sind!" Er zeigte auf eine Stelle in der Biegung, an der sich das Wasser in einem kleinen Wirbel bewegte. Offenbar traf das Wasser dort unterhalb der Wasseroberfläche auf ein Hindernis.

„Wir haben doch nichts zum Klettern dabei?"

Doch Henry lief schon den Rand der Klippe entlang. Oberhalb der Stelle machte er sich daran, die raue Felswand hinabzuklettern.

„Das ist doch Wahnsinn, Henry. Was ist, wenn wir abstürzen?"

„Es gibt hier genügend Vorsprünge, um Halt zu finden. Du kannst aber auch hierbleiben und die Vögel beobachten. In der Zwischenzeit schreibe ich Geschichte." Er kletterte weiter hinab.

Isaac zögerte und kletterte ihm schließlich etwas widerwillig hinterher. Henry wusste, dass Isaac wahrscheinlich kein Feigling sein wollte.

Es dauerte gut zehn Minuten, dann kamen sie auf einem größeren Felsvorsprung oberhalb der Wasserverwirbelung an. Sie konnten unter der Wasseroberfläche eine Betonmauer erkenne. Sie reichte bis knapp unter die Wasseroberfläche und ragte gut einen Meter in den Fluss hinein.

„Isaac, das ist eine Treppe aus Beton. Gut zwei Meter tiefer ist eine glatte Betonfläche, ein Bootsanleger oder so was ähnliches. Natürlich, der Wasserstand muss vor dem Bau des Staudammes flussabwärts geringer gewesen sein. Jetzt liegt sie unter Wasser. Der Bau wurde 1950 fertiggestellt. Seitdem dürfte die Treppe im Wasser liegen und in

Vergessenheit geraten sein!"

„Also doch kein Lüftungsschacht. Aber warum haben die Russen die Tür nicht gefunden oder jemand anderes?"

„Na ganz einfach, weil der Tunnel nicht direkt zu dem Stollen führt, in dem der Panzerzug versteckt ist! Das wird nur ein Zugangstunnel zur Anlage sein! Den Russen war dieser bestimmt bekannt, allerdings dürfte er uninteressant für sie gewesen sein. Und niemand, der nicht unsere Information besitzt, würde hier so etwas vermuten. Pläne der Anlage gibt es nicht."

Isaac ärgerte sich über sich selbst, dass er nicht selbst darauf gekommen war.

„Okay, Isaac, ich muss ins Wasser und schauen, ob die Tür dort unten zu öffnen ist. Hier, ich binde mir das Seil um den Bauch und du sicherst mich! Okay?"

„Ins Wasser? Das ist doch eiskalt!"

Henry band sich das Seil um den Bauch und schaute erwartungsvoll zu Isaac.

„Okay, pass auf dich auf, Hen..."

Bevor Isaac seinen Satz beenden konnte, hatte Henry seine Tasche abgelegt und verschwand mit den Füßen voran im Wasser. Isaac verfolgte, wie Henry sich an der Innenwand der Treppe Richtung vermuteter Tür abstieß. Dann verschwand er unter Isaac und er konnte ihn nicht mehr sehen.

Knapp eine Minute später zog Isaac prüfend an dem Seil, da Henry immer noch nicht aufgetaucht war. Fünf Sekunden später tauchte Henry auf und hielt sich am Felsvorsprung fest. Durch die Betonmauer staute sich das Wasser an der Stelle so stark, dass die Strömung nicht allzu stark war.

„Da ist in der Tat eine schwere, halb verrostete Stahltür. Der Reichsadler ist nur noch ansatzweise zu erkennen. Ich muss noch einmal runter, der Hebel sitzt fest, aber ich denke, ich habe es gleich! Gib mir mal bitte meine Taschenlampe aus der Tasche!"

Isaac bückte sich, kramte kurz in der Tasche und reichte Henry seine Lampe, dann tauchte er wieder ab. Kurz darauf drang ein Schwall Luftblasen an die Wasseroberfläche und mittendrin tauchte Henrys Kopf auf.

„Okay, ich habe es, der Tunnel ist gut zwei Meter mit Wasser vollgelaufen. Zum Glück führt er aufwärts. Los komm, bind dir das andere Ende des Seils um den Bauch, ich ziehe dich dann rein!" Erneut verschwand Henrys Kopf unter Wasser und aus Isaacs Blickfeld.

Henry glitt in den Gang hinein und schwamm das kurze Stück, bis er die Wasseroberfläche sehen konnte. Er zog sich so weit aus dem Wasser, dass er sich auf den Boden des Korridors setzen konnte. Dann leuchtete er mit der Lampe ins Wasser, um Isaac den Weg zu zeigen.

Kurz darauf erkannte er Isaacs Umrisse im diffusen Tageslicht, welches mit dem Wasser von draußen hereindrang. Er half ihm heraus und setzte Isaac auf den Boden neben sich. Henry löste den Knoten des Seiles, stand auf und schaute sich den Korridor hinter sich genauer an. Isaac keuchte und versuchte seinen Puls wieder unter Kontrolle zu bekommen.

Henry leuchtete den Korridor entlang, es schien, als würde dieser eine gedehnte Rechtsbiegung machen.

„Los komm! Ich hoffe, du hast deine Lampe dabei!", sagte Henry und machte sich auf, dem Gang zu folgen.

Nach ein paar Metern mündete der Gang in einem weiteren Gang. Die Luft roch modrig und alt. Der Boden war mit einer dicken Staubschicht bedeckt. Die beiden blieben an der Kreuzung stehen. Henry leuchtete einmal den Gang links hinunter, nach zehn Metern traf der Lichtkegel auf einen Geröllhaufen. Die Tunneldecke war eingestürzt. Riesige Betonbrocken und verbogene Stahlträger versperrten den Weg.

Der rechte Gang war frei, soweit sie das erkennen konnten. An der Wand ihnen gegenüber war ein Hakenkreuz mit schwarzer Farbe aufgemalt. Links daneben stand unter einem Pfeil: *Schloss Fürstenstein*. Rechts daneben konnten sie nur noch den Hauch eines Pfeiles erkennen, auch das Wort darunter war nur noch schwer zu entziffern.

„Rechts ist eine Sackgasse, das würde auch erklären, warum hier unten so lange keiner mehr war. Was steht da unter dem rechten Pfeil? Ei... Eisenbe... Eisenbä...", versuchte Isaac das Wort zu entziffern.

„Eisenbahn!", sagte Henry.

„Du meinst, dort geht es zum Bahnhof?"

„Ja oder sie haben eine unterirdische Achterbahn mit dem Namen Eisenbahn gebaut. Ich hoffe allerdings, dass es der Bahnhof ist! Na komm, lass es uns herausfinden!"

Isaac grinste und folgte Henry. Der Gang führte gut 100 Meter leicht bergab und endete in einer riesigen Halle. Es war ein Kopfbahnhof mit zwei Gleisbetten. In der Mitte war ein Gehsteig errichtet. Die Halle war leer, kein Zug oder auch nur ein Anzeichen eines Zuges war zu sehen.

„Mann, das ist ja riesig hier, wozu haben das die Nazis hier gleich gebaut?", fragte Isaac staunend.

„Dieser Bahnhof, samt dem Tunnelsystem und dem Schloss Fürstenstein, gehörten von 1943 bis 1945 zu dem Projekt Riese. Hitler wollte hier sein neues Führerhauptquartier errichten als Ersatz für die Wolfsschanze. Die meisten Tunnel hier sind noch im Auffahrzustand. Das heißt, die Tunnel sind noch nicht fertig. Leider wurden die Pläne für dieses Projekt vernichtet, daher ist es schwer, die genaue Größe der Anlage zu erschließen. Die gefundenen Teile dieser Anlage deuten darauf hin, dass sie gigantisch ist und sich über eine Strecke von zehn Kilometern erstreckt! Die gesamte Führungsriege der Nationalsozialisten sollte hier unterkommen", erklärte Henry, während er die Halle ableuchtete.

„So ein Mist, dann kann der Zug ja praktisch überall sein! Hier ist auf jeden Fall nichts, kein Zug. Der alte Mann hat uns an der Nase herumgeführt und sich ein Scherz erlaubt!"

„So schnell gebe ich nicht auf. Er muss hier sein, ich bin mir sicher."

„Okay, du bist der Doktor und Professor von uns beiden. Wo sollen wir nun suchen? Laufen wir die Schienen entlang und schauen, ob es eine Abzweigung gibt?"

„Genau das werden wir machen!", antwortete Henry und sprang auf die Gleise. Isaac tat es ihm gleich und sie folgten der Bahntrasse.

Die Wände der Tunnel, die sie bisher passiert hatten, waren immer wieder mit Nazisymbolen verziert. Am Ende des Gehsteiges vereinten sich die beiden Bahngleise und führten in einen Tunnel. Nach einiger Zeit passierten sie einen weiteren Reichsadler, der auf die rechte Tunnelwand aufgemalt worden war. In seinen Krallen hielt er das Hakenkreuz. Die beiden schenkten dem Symbol wenig Aufmerksamkeit und folgten dem Tunnel weiter.

Nach einer guten halben Stunde blieb Isaac enttäuscht stehen. „Henry, hier ist nichts. Wer weiß, wie weit wir dem Tunnel noch folgen könnten, ohne überhaupt etwas zu finden. Nachher verlaufen wir uns noch in dem Tunnelsystem!"

Henry blieb wie angewurzelt stehen. Isaac leuchtete ihn von

hinten an. Henrys langer Schatten warf eine gespenstische lange Silhouette an die Tunnelwand.

„Henry? Was ist? Okay, ich bin ja auch dafür, dass wir weitersuchen, aber ich weiß nicht, ob wir hier richtig sind!"

Henry drehte sich um und schaute ihn lächelnd an. Dann ging er nichts sagend an Isaac vorbei. Ihn hatte die Erkenntnis wie ein Schlag vor den Kopf getroffen. Innerlich ärgerte er sich darüber, dass es ihm nicht gleich aufgefallen war. Schnell musste er zu der Stelle zurück.

Er folgte dem Gang, bis er an die Stelle kam, an der der letzte Adler aufgemalt war. Er leuchtete das Symbol mit seiner Lampe ab und hielt über dem Hakenkreuz inne. Er musterte es und grinste. Isaac kam zu ihm und verstand nicht, was Henry in dem Symbol sah. Für ihn sah es ganz normal aus. Der Adler mit seinen ausgebreiteten Flügeln, in den Krallen hielt er den runden Kranz, in dessen Mitte das Hakenkreuz abgebildet war. Nichts Besonderes oder Auffälliges.

Dann durchfuhr es ihn wie vom Blitz getroffen. Das Hakenkreuz sah irgendwie verdreht aus, irgendwie zu gerade waren die Balken. Es musste eigentlich leicht schräg sein.

„Mann, Henry siehst du das? Ist das ein Fehler oder Absicht?"

„Das, mein guter Isaac, ist bestimmt kein Fehler des Konstrukteurs oder Malers, sondern ein versteckter Türmechanismus der Nazis. Sehr clever, für jeden Nicht-Regime-Zugehörigen wäre das hier nur eine Nazischmiererei, jeder Nazi würde sofort erkennen, dass das Hakenkreuz hier verdreht ist. Moment ..."

Henry legte vorsichtig eine Hand auf das Hakenkreuz und drehte es leicht. Das gesamte runde Steinsymbol samt

Kranz drehte sich um 90 Grad, stoppte dann und versank leicht in der Wand. Kurz darauf rollte die gesamte Betonwand gut einen Meter zur Seite und gab den Blick auf einen fast drei Meter breiten Tunnel frei. Staub und muffige Luft schlugen ihnen entgegen.

„Das ist ja genial!", staunte Isaac.

Sie schlichen den Tunnel entlang, dieser bestand nur aus rauem, schroffem Felsen und wurde immer schmaler. Wasser tropfte von der Decke. Die Lichtkegel der Taschenlampen huschten über die Felswände und trafen am Ende des Tunnels auf ein Eisentor. Ein riesiges Hakenkreuz war auf dem kalten Stahl zu sehen.

„Noch ein Tor? Warum das? Ich verstehe das nicht!"

„Ich vermute, dass dieser Tunnel hier eine Art Hintertür ist. Wir sollten nachschauen, was hinter dem Tor ist!", sagte Henry und drückte Isaac seine Stablampe in die Hand.

Er ging zu dem Handrad, welches an der rechten Seite des Tores angebracht war. Mit aller Kraft versuchte er, das Rad zu drehen, doch nichts geschah.

„Mist, das Rad muss festgerostet sein. Gib mir mal die Taschenlampe!" Henry nahm die längliche Eisenstablampe und steckte sie quer in das Handrad. „Los, komm her. Du drückst auf der anderen Seite nach oben und ich ziehe hier nach unten!"

Isaac stellte sich neben Henry, nahm seine Lampe zwischen die Zähne und griff nach der verkeilten Stablampe.

„Okay, auf drei!", sagte Henry und Isaac nickte ihm zu. „Eins, zwei, drei!"

Beide drückten und zogen so fest, wie sie konnten, bis das Rad sich mit einem leisen Quietschen löste. Schnell drehte Henry weiter an dem Rad, bis die Stahlverstrebungen der Tür nachgaben und das Tor langsam zu ihnen aufschwang.

Henry schob sich durch den schmalen Spalt und leuchtete die Rückseite des Tores ab.

„Habe ich mir doch gedacht. Die Rückseite sieht aus, als wäre es naturbelassener Fels. Ich wette, das Tor fügt sich nahtlos in den Felsen wieder ein, wenn es geschlossen wird. Die perfekte Tarnung!"

Kaum hatte Henry seinen Satz beendet, hörte er Isaacs begeisterte Stimme: „Wow, ist er das? Das ist ja eine Festung auf Schienen. Ein Monster!"

Henry drehte sich um und der Schein seiner Taschenlampe traf die schwer gepanzerte Lokomotive.

„Mann, der muss gut 200 Meter lang sein und diese Geschütztürme. Einfach gewaltig!", staunte Isaac, der am Zug entlangging.

Der Zug bestand aus zehn Waggons, die unterschiedliche Funktionen hatten. Fünf von ihnen und die Lokomotive hatten schwere Geschütztürme montiert. Die restlichen waren schwer gepanzerte Transport- oder Quartierwaggons für Truppen und Ausrüstungen. Jedenfalls vermutete Henry das anhand der Form und der optischen Beschaffenheit der einzelnen Abteile. Die Außenhülle war in braungrüner Tarnfarbe bemalt.

Das Ende des Tunnels konnte Henry mit seiner Taschenlampe nicht erfassen, er konnte nur noch Isaacs Lichtkegel am Ende des Zuges erkennen, der gerade hinter dem letzten Waggon verschwand. Henry ging etwas näher an die Lokomotive heran. Neben ein paar Stahlstreben, die zum Führerhaus hinaufführten, fand er eine Aufschrift. In schwarzen Buchstaben geschrieben stand da: „Pz. 0 / AH"; darunter war ein Balkenkreuz zu sehen. In altdeutscher Schrift stand darunter nur ein Wort: *Wolf.*

Henry schritt etwas zurück und leuchtete nachdenklich die

folgenden Waggons hinunter. „Der Zugname lautetet *Wolf*, ein Pseudonym, das an Adolf anlehnt, er muss es sein! Ich glaube, wir haben ihn gefunden! Über 70 Jahre versteckt unter der Erde. Wo ist denn Isaac schon wieder? Ich muss wissen, was in diesem Zug ist!"

In dem Moment hörte er eine Stimme, die von hinten näher kam: „Henry, auf der anderen Seite ist ein weiterer Tunnel, der allerdings verschüttet ist. Neben dem Tunneleingang steht: ‚Schloss Fürstenstein‘ und weitere Orte des Komplexes!"

„Das erklärt, wie die SS-Leute damals diesen Bahnsteig betreten haben. Ich vermute auch, dass dieser Tunnel von dem restlichen Schienennetz isoliert werden kann, sodass er als Tunnelabzweigung im System nicht auftaucht. Aber schau mal hier." Henry zeigte auf die Zug-Bezeichnung.

Isaac ließ das Licht seiner Lampe darübergleiten, dann las er den Namen des Zuges und hielt inne. Nach ein paar Sekunden wandte er seinen Blick Henry zu. Er konnte nicht so recht glauben, was er da las, und wiederholte es leise: „Pz. o AH, Wolf? Hitlers Zug!"

Henry grinste und rief: „Ja, in der Tat."

„Mann", sagte Isaac immer noch etwas ungläubig.

„Los, lass uns die Waggons untersuchen!", forderte Henry seinen Assistenten aufgeregt auf.

Sie gingen an dem ersten Geschützwaggon vorbei und kletterten an den Stahlstreben des folgenden Transportwaggons hinauf. Henry öffnete die schwere Stahltür und leuchtete ins Innere. Henrys Lichtkegel fiel in einen Lagerraum, in dem mehrere Überseekisten aus Holz standen. Diese waren mit Nummern und spezifischen Kennzeichen versehen. Henry ging zu einer der vordersten Kisten, die gut zwei Meter hoch und drei Meter lang war. Er

las die Aufschrift: *Schloss Friedland, Böhmen, Kiste 12/28.*
Dann ging er zur nächsten Kiste, die das gleiche Format
hatte. Auf dieser stand: *Schloss Friedland, Böhmen, Kiste
24/28.* Dann schaute er sich um, in dem Waggon standen 28
Kisten, die einen groß wie ein Schrank, die anderen klein
wie eine handliche Kiste.

Er schaute sich nachdenklich in dem Waggon um. „Hmm,
ich bin mir nicht sicher, was hier gelagert ist. Lass uns mal
in den nächsten Transportwaggon gehen!", sagte er zu Isaac
und ging zur hinteren Stahltür. Er kletterte in den nächsten
Lagerwaggon und ließ seinen Lichtkegel wieder durch das
Abteil schweifen.

„Was hast du, Henry?"

„Ich weiß es noch nicht. Die Kisten hier sind kleiner und es
scheint, dass diese Kisten hier nicht zusammenhängen. Gib
mir mal bitte das Stemmeisen da von der Wand hinter dir!"
Isaac drehte sich um und gab Henry die massive
Eisenstange. Henry rammte das Eisen in den Spalt
unterhalb des Holzdeckels und drückte es kräftig nach
unten. Das Holz knirschte und gab ein wenig nach. Henry
wiederholte diesen Vorgang an ein paar verschiedenen
Stellen unterhalb des Deckels, bis dieser nachgab und mit
einem hölzernen dumpfen Krachen auf dem Metallboden
aufschlug. Holzwolle kam zum Vorschein.

Isaac nahm Henry das Stemmeisen aus der Hand und ging
zu einer anderen Kiste.

Henry ließ seine Hand in die Holzwolle gleiten, seine Finger
trafen auf etwas Kaltes und Festes. Er griff danach und zog
es heraus. Eine kleine goldene Statue kam zum Vorschein.
Er musterte sie und legte sie auf die Seite, dann ließ er seine
Hand erneut in die Holzwolle gleiten. Seine Hand ergriff
eine Kugel. Er zog sie heraus und erkannte, dass es keine

Kugel war, sondern ein Reichsapfel eines Königs. Er runzelte die Stirn, legte ihn schnell auf die Seite und schaute sich die Beschriftung der Kiste an. Dort stand, *Gorki*, darunter folgten Zahlen und kyrillische Buchstaben. „Was ist in deiner Kiste?"

„Moment, ich habe es gleich!" Ein knirschendes Geräusch schallte durch den Waggon . „Wenn ich das hier richtig ... Oh Mann, Henry, Gold!", rief Isaac aufgeregt. „Dutzende Goldbarren sind hier in der Kiste!"

„Lass uns die anderen Kisten aufmachen!"

Sie öffneten die restlichen Kisten und fanden Hunderte Gold- und Silbermünzen, Gold- und Platinbarren, diamantbesetzte Schmuckstücke, Gemälde und andere Kostbarkeiten.

„Mann, so viel Gold, oh schau, da ist noch eine kleine Kiste!", sagte Isaac, hockte sich vor die kleine Holzkiste und machte sich daran, sie zu öffnen. „Wie viel das alles wohl wert ist?", fragte er, während er den Holzdeckel mit dem Stemmeisen bearbeitete. Es war eine kleine Kiste ohne Beschriftung. Sie sah aus, als würde sie nicht zu den restlichen Kisten im Waggon gehören.

„Unbezahlbar, Isaac! Aber ich glaube, ich weiß, wem es gehört!"

„Das weißt du?", fragte Isaac ihn ungläubig und schaute skeptisch zu ihm auf.

„Ja, auf den Kisten steht ein Wort, das mir etwas sagt: *Gorki*. Nischni Nowgorod ist eine russische Stadt an der Wolga und eine der wichtigsten Städte in Russland. Zur Nazizeit hieß diese Gorki und in diese Stadt wurde zu Beginn des ersten Weltkrieges ein großer Teil des Zarengoldes gebracht, der andere Teil in die Stadt Kasan. Der größte Teil des Schatzes ging in einer Revolution verloren und ist bis heute verschollen. Offenbar ist es den Nazis gelungen, auf ihren Feldzügen in den Osten Teile des Schatzes zu finden und hierher zu bringen", erklärte Henry.

Isaac war es gerade gelungen, den Deckel der Kiste zu öffnen. Er leuchtete in die Kiste und fand kein Gold, keine Diamanten oder ähnliches. Henry schaute grüblerisch zu Boden und streichelte sich dabei abwesend über sein Kinn.

„Hmm, offenbar haben sie auch wertlose Sachen hier gelagert. In der Kiste ist nur ein alter Hut, Fotos, lose Notizblätter, ein paar Bücher und anderer Kram!", merkte Isaac enttäuscht an. Dann nahm er ein altes kleines, schwarzes Ledernotizbuch heraus und schlug es auf. Dort stand handschriftlich geschrieben: *Tagebuch von Eckbert Jankuhn.*

„Hmm, die Kiste gehörte wohl einem Eckbert Jankuhn, zumindest ist sein Tagebuch darin gewesen!", bemerkte Isaac murmelnd an.

Henry blickte hellhörig auf. „Was hast du gesagt?", fragte Henry begierig und schaute ihn erwartungsvoll an.

„Die Kiste hier muss einem Eckbert Jankuhn gehören. Hier ist sein Tagebuch!" Er hielt es Henry hin, dieser nahm es, blätterte kurz darin. Dann klappte er es zu, steckte es in seine Jackentasche und sagte euphorisch: „Komm, Isaac! Wir müssen zurück in den anderen Waggon. Wenn ich richtig liege, haben wir die dritte Sensation gefunden."

Henry kletterte hastig, während er redete, die Stufen hinab und lief zurück zu dem vorderen Transportwaggon.

Isaac folgte ihm. „Was meinst du? Wovon redest du? Das Tagebuch ist eine Sensation?", wollte Isaac wissen, während er die Stahlstreben hinter Henry emporkletterte.

„Eckbert Jankuhn war ein Freund meines Großvaters. Sie haben zusammen in Amerika studiert. Zusammen haben sie den Schlüssel des Salomon gesucht, aber nicht gefunden, soweit ich weiß. Ihre Suche wurde vom zweiten Weltkrieg unterbrochen", erklärte er und versuchte gleichzeitig eine der großen Kisten zu öffnen.

„Isaac, leuchte mal bitte! Im zweiten Weltkrieg wurde Jankuhn dann von den Nazis einberufen, um die Abteilung der archäologischen Ausgrabung und Artefakt-Sicherung zu leiten. Keiner weiß so recht, was die Nazis im Krieg alles erbeutet und gefunden haben. Ich glaube allerdings, dass Jankuhn ein imposantes und lang verschollenes Kunstwerk wiedergefunden hatte. Die Nazis haben es dann hier versteckt, um es in Sicherheit zu bringen! Hilf mir mal bitte mit der Seitenwand. Wir lehnen die Holzwand gegen die Kisten auf der anderen Seite!"

Sie schleiften die Holzwand auf die andere Seite und stellten sie ab. Dann leuchteten sie in die offene Kiste hinein. Holzwolle quoll aus ihr.

„Was finden wir da drin?"

„Nach Schloss Friedland in Böhmen sollte gegen Ende des zweiten Weltkrieges das achte Weltwunder gebracht und dort im Keller eingemauert werden. Bis heute ist es nicht mehr aufgetaucht und gilt als verschollen. Auf den Kisten steht der Name des Schlosses. In dem anderen Waggon haben wir einen Teil des Zarenschatzes gefunden und eine Kiste mit Eckbert Jankuhns Sachen!"

„Das achte Weltwunder?", fragte Isaac nach.

Henry antwortete nicht, er ging zu der offenen Kiste und entfernte die Holzwolle und trat ein paar Schritte zurück. Der Schein der Taschenlampen brach sich nun in den goldbraunen Mosaiksteinchen des Kunstwerkes. Der Raum erstrahlte jetzt in einem goldenen Schimmer.

„Was ist das? Gold? Oder Moment, ist das Bernstein?"

„Ganz genau, das ist Bernstein!", erwiderte Henry mit strahlenden Augen und etwas Ehrfurcht vor der Schönheit des Bernsteinmosaiks. „Es ist ein Wandmosaik des lang verschollenen Bernsteinzimmers von Zarin Elisabeth. Es ist unbeschreiblich kostbar und an Schönheit kaum zu übertreffen. In Puschkin nahe St. Petersburg kann man heute eine Nachbildung dieses Zimmers besichtigen. Mann, das ist echt eine Sensation, Hitlers Panzerzug, einen großen Teil des Zarengoldes mitsamt dem verschollenen Bernsteinzimmer. 28 Kisten wurden damals benötigt, um es einzupacken. Ich habe mich umgesehen, es sind 28. Los, wir müssen nach Wałbrzych und zur Akademie der Wissenschaften. Der Zug muss geborgen werden!"

Die beiden kletterten aus dem Waggon, folgten dem geheimen Zugangstunnel zum benachbarten Gleistunnel und kletterten vom Gleisbett auf den Bahnsteig des Kopfbahnhofes.

„Wer kommt denn auf die Idee, ein Zimmer aus Bernstein zu bauen?", fragte Isaac etwas flapsig, als sie den Tunnel zurück zum Ausgang folgten.

„Das, Isaac, war der erste Preußenkönig Friedrich I. und der Preußenkönig Friedrich Wilhelm I. schenkte es dem russischen Zaren Peter dem Großen, so gelangte es nach Russland. Zarin Elisabeth baute es dann in ihren Winterpalast ein."

„Okay und wie sind die Nazis denn an das Bernsteinzimmer gelangt, wenn die Russen es schon weggebracht hatten?"

„Ich vermute, dass es den Russen nicht schnell genug gelungen ist und die Deutschen den Zug abgefangen haben. Sie haben den Zug geplündert und die Kisten hierher gebracht. Eckbert Jankuhn dürfte gewusst haben, was sie da gefunden hatten, allerdings ist er danach nicht mehr gesehen worden. Ich denke, Jankuhn wollte, dass so ein bedeutender Fund der Öffentlichkeit zugänglich gemacht wurde. Den Nazis dürfte das nicht geschmeckt haben und sie beseitigten ihn! Denn Eckbert Jankuhn wurde zum Ende des Krieges nicht mehr gesehen."

„Und das Zarengold?"

„Das, fürchte ich, bleibt ein Geheimnis der Nazis. Ich denke, in dem Zug sind noch mehr verschollene Schätze versteckt. Okay, wir sind am Eingang, du schwimmst als Erster und kletterst den Vorsprung hoch, dann ziehst du einmal feste an dem Seil. Ich folge dir dann!"

Isaac nickte ihm zu, band sich das Seil um die Hüften und glitt langsam in das kalte Wasser. Bald darauf verschwand seine Silhouette und Henry blieb alleine in dem Gang zurück.

Henry holte eine kleine Plastiktüte, in der einmal ein Apfel war, heraus und steckte das Notizbuch hinein. Kurz überlegte er, es wieder in seine Jackentasche zu verstauen, doch ein Gefühl der Vorsichtigkeit überkam und durchdrang ihn. „Was, wenn er sie verfolgt hatte?", dachte er. Dieses Risiko wollte er nicht eingehen. Er kramte in seiner Umhängetasche und holte eine Klebebandrolle heraus. Er klebte sich kurzerhand das Buch an die obere Innenseite seines Oberschenkels. Als er seinen Gürtel wieder zuschnallte, spürte er einen kräftigen Ruck am Seil.

Er glitt in das kalte Wasser und schwamm auf die Öffnung zu, durch die nun diffus orangerotes Tageslicht schimmerte. Er tauchte auf, griff nach dem Klippenvorsprung und kletterte mit Isaacs Unterstützung auf den Felsvorsprung hinauf. Er setzte sich und atmete einmal tief durch, die Luft war angenehm warm.

Er ließ seine Beine über das sich kräuselnde Wasser unter

ihm baumeln. Er schaute sich um, die Sonne begann bereits hinter den Bergen des Eulengebirges zu versinken. Isaac stand neben ihm, Wasser tropfte von seiner Kleidung herab und bildete eine Pfütze unter ihm.

„Kannst du das glauben? Wir haben das Bernsteinzimmer in Hitlers Panzerzug gefunden, tief in der Erde in einem Stollen, unter einem Schloss versteckt. Das ist für die Geschichte und für die Archäologie ein bedeutender Fund. Ich hoffe, dass wir nun die Gelder bekommen werden, die wir brauchen, um die Suche nach dem Schlüssel unbegrenzt fortzusetzen!"

„Glauben kann ich es noch nicht so recht', sagte Isaac, „aber was ich glauben kann, ist, dass der Aufstieg nach dort oben noch einmal sehr anstrengend sein wird!", und zeigte die Felswand hinauf.

Henry legte den Kopf in den Nacken und seufzte. „Du hast Recht, wir sollten keine Zeit verlieren!" Dann stand er auf und sie begannen mit dem Aufstieg.

Es dauerte einige Zeit, bis die beiden knapp unter der oberen Kante der schroffen Felsklippe ankamen. Mit letzter Kraft ergriff Henrys Hand einen kleinen Busch, der nahe der Klippe wuchs. Er zog sich daran hoch, rollte sich erschöpft auf den Rücken, schloss die Augen und rang nach Luft. Knapp neben ihm zog sich Isaac über die Klippenwand und hockte sich erschöpft ins Gras.

„Ich habe das Gefühl, ich werde langsam zu alt für so etwas!", scherzte Henry und rang immer noch nach Luft.

„Henry!", sagte Isaac scharf.

„Du brauchst mir nicht zu schmeicheln. Ich werde dich als Assistenten auch so behalten!", erwiderte Henry grinsend.

„Henry!", wiederholte Isaac erneut, nur dieses Mal klang seine Stimmer eher ängstlich.

Henry öffnete seine Augen und richtete sich zu einer sitzenden Position auf. Vor ihm lag die Schlucht, er ließ seinen Blick zu Isaac schweifen, der neben ihm stand und zum nahen Waldrand starrte.

„Wer sind die?", fragte er leise.

Henry erkannte Angst in Isaacs Gesicht. Schnell stand er auf und drehte sich um. Er schaute in mehrere Gewehrläufe, die allesamt auf ihn und Isaac gerichtet waren.

In der Mitte standen zwei Männer, die keine Waffen trugen. Der Rechte von ihnen war ein kleiner blonder Mann mit Schnauzbart und einem schwarzen Anzug. Darunter trug er ein seidenblaues Hemd.

Der Linke war größer, breiter und Mitte 30. Sein Gesicht trug einen Drei-Tage-Bart. Er schien sehr sportlich zu sein, unter seinem weißen Leinenhemd konnte man Ansätze der Brustmuskulatur erkennen. Er trug eine braune Lederjacke und eine beige Mehrzweckhose.

Er war es, der die beiden ansprach: „Hallo, Henry, lange nicht mehr gesehen! Siehst alt aus. Na, was macht ihr beiden hier? Ein romantischer Ausflug zu zweit?", höhnte der Mann.

„Hallo, Nickolas. Danke, dass es dir aufgefallen ist, nicht dass ich mit 36 immer noch besser aussehe als du, sondern dein Intelligenzquotient scheint in den letzten Jahren auch noch gesunken zu sein. Was führt dich denn hierher?"

Isaac schaute verdutzt zu Henry. „Du kennst diese Männer?"

„Na ja, genau genommen kenne ich nur ihn hier", antwortete Henry und zeigte mit seinem Daumen auf den Mann in der braunen Lederjacke. „Das ist Nickolas

Jankuhn! Er und ich kennen uns von früher. Wir haben vor sechs Jahren zusammen nach dem Grab von Alexander gesucht."

„Du meinst, das ist der Enkel von Eckbert Jankuhn, dessen Tag... aua", unterbrach Isaac sich selbst, als er einen heftigen Schmerz in seinem Fuß verspürte.

Henry ging zwei Schritte auf Nickolas zu. „Tut mir leid, Isaac, ich bin manchmal sehr ungeschickt!", bemerkte Henry und fixierte dabei Nickolas. „Was willst du hier? Hoffst du wieder etwas zu entdecken, was andere bereits gefunden haben!", knurrte Henry.

„Du hast mich damals um den Fund des Grabes gebracht und mir die notwendigen Informationen gestohlen! Ich will nun endlich das, was mir zusteht!", raunte Nickolas zurück.

Der Mann im Anzug schaute ihnen geduldig zu.

„Was dir zusteht? Ich habe dir damals keine Informationen gestohlen. Stell dir vor, ich habe das Grab Alexanders ganz allein gefunden!", erwiderte Henry.

Nickolas schielte an Henry vorbei und fixierte Isaac. „Was wollte der Kleine eben sagen? Ihr habt was gefunden?"

Henry sagte nichts.

„Moment, ihr habt etwas von meinem Großvater gefunden, richtig? Sein Tag..." Nickolas schaute wieder zu Henry. „Sein Tagebuch!", sagte Nickolas nun mit sicherer Stimme.

Henry schaute ihm in die Augen. Der Mann im Anzug schaute den beiden weiter zu, anscheinend wurde er zunehmend ungeduldiger.

„Nein, aber wir haben eine Kiste mit ein paar seiner Sachen gefunden", sagte Henry schließlich.

„Prima, dann ist das nun geklärt!", sagte der Mann im Anzug und schaute die beiden entschlossen an. „Mich interessieren keine Habseligkeiten eines Toten. Ich will wissen, ob es da unten ist?", fuhr der Mann fort und schubste Henry zurück Richtung Klippe.

„Es?", fragte Isaac irritiert nach.

„Das Geschenk von König Friedrich Wilhelm I. an den Zaren Peter den Großen! Ist es da unten?", fragte er noch einmal.

Isaac sagte nichts, auch Henry schwieg und schaute nur abwechselnd zu den beiden Männern. „Na schön, dann eben auf die harte Tour!" Als der Mann seinen Satz beendet hatte, hob er seine Hand und winkte einmal.

Dann setzten sich die bewaffneten Männer in Bewegung und drängten die beiden zum Abgrund. Es waren nur noch drei Meter, die sie von der Schlucht trennten. Schritt für Schritt traten sie rückwärts auf die Klippe zu. Lediglich ein halber Meter Gras trennten sie noch von einem Sturz in die Tiefe.

„Landa, das reicht jetzt! Ich war mit Einschüchterung und vielleicht eins auf die Nase einverstanden, aber nicht mit Mord!", versuchte Nickolas seinen Partner davon abzubringen, Henry und Isaac über die Klippe zu werfen.

Henry stutzte, als er den Namen des Mannes hörte.

Isaacs panische Rufe rissen Henry aus seinen Gedanken.

„Henry, los, sag es ihnen schon. Ich bin zu jung, um schon als Fischfutter zu enden!"

Henry spürte, dass sein letzter Schritt bereits nur noch Luft traf. Schnell schaute er unter sich, er stand an der Klippe, dann schaute er zu Isaac. Auch er stand an der Klippe und hatte die Arme ausgebreitet, damit er das Gleichgewicht besser halten konnte.

Dann schaute Henry zu Nickolas. „Dort unten, wo das Wasser sich kräuselt, unterhalb des Schlosses, findest du den Eingang. In den Tunneln wirst du eine Kiste deines

Großvaters finden!"

„Und das Bernsteinzimmer?", rief Landa nun zornig dazwischen.

„Das auch!", antwortete Henry.

„Vielen Dank, Herr Voigt. Eine Frage habe ich noch, was denken Sie hält mich nun davon ab, Sie nicht doch in die Schlucht zu werfen?" Landa grinste süffisant.

Henry schaute zu Landa, richtete dann allerdings ganz schnell seinen Blick auf Nickolas. „Sie, Herr Norman Landa, werden uns nicht töten! Nickolas würde das nicht zulassen und Sie brauchen ihn für die Bergung des Zimmers und als öffentliche wissenschaftliche Stimme. Auch wenn er ein Hitzkopf ist, genießt er einen guten Ruf in der Welt der Archäologie. Sie brauchen ihn, wenn Sie nicht wollen, dass man Ihnen nicht das gibt, was Sie wollen. Den Ruhm und ein schönes Erinnerungsstück für Ihre Sammlung!", antwortet Henry mit ruhiger und ernster Stimme.

Landa schaute etwas beeindruckt zu Henry. Dann überlegte er kurz und gab seinen Männern ein Zeichen. „Nun gut, durchsucht sie und dann lasst sie laufen! Wir haben noch viel vor, wir müssen einen Schatz heben! Herr Voigt, seien Sie gewarnt, beim nächsten Wiedersehen werde ich nicht mehr so großzügig sein!", rief Landa.

Als Henry in Nickolas' Gesicht schaute, sah er etwas, das nach Erleichterung aussah, oder es war Vorfreude auf das, was sie dort unten zu finden hofften.

Isaac und Henry überlegten nicht lange, sie zogen ihre Taschenlampen aus ihren Taschen und liefen durch den Wald in Richtung der Straße, an der sie ihr Auto geparkt hatten.

Es war bereits dunkel geworden. Sie fuhren die Waldstraße nach Wałbrzych entlang.

„Wer war dieser Landa?", wollte Isaac wissen.

„Norman Landa ist der Inhaber der Landa Consolidated Mines Limited, einer der größten Diamantenproduzenten der Welt. Norman Landa hat neben Diamanten noch eine andere Leidenschaft, Artefakte und verschollene Schätze zu finden. Geld spielt bei ihm allerdings keine Rolle, davon hat er schon genug. Ihm geht es eher um den Ruhm und das eine oder andere Artefakt für seine private Sammlung zu finden! Er hat auch noch andere Firmen. Seine Firmengruppe heißt Cerberus, eine der Spartenbereiche dieser Gruppe konzentriert sich auf den Handel mit Artefakten und okkulten Gegenständen und gilt als äußerst gewalttätig. Die Männer schrecken dabei nicht einmal vor Mord zurück! Beweisen konnte man Landa diese illegalen Verwicklungen jedoch nicht!", erklärte Henry, während er das Auto steuerte.

„Hmm, okay, also ein richtig mieser Typ!", sagte Isaac.

Sie schauten sich kurz an und fingen an zu lachten.

„Warum haben Landas Männer eigentlich das Tagebuch nicht gefunden?"

Henry schaute kurz grinsend zu Isaac und tippte sich gegen den Oberschenkel. „Manchmal kann dir so eine Kleberolle den Hintern retten!"

Isaac musste wieder lachen.

Sie kamen bald nach Wałbrzych, wo sie nicht zur Akademie des Wissens fuhren, sondern zum Bahnhof Wałbrzych Główny. Von dort aus nahmen sie den Zug nach München, wo Henry einen alten Freund besuchen wollte.

Nachdenklich fischte er den Hotelschlüssel aus seiner Jackentasche. In der anderen hielt er Jankuhns kleines schwarzes Tagebuch.

„Ich dachte schon, du lässt mich hier den ganzen Tag versauern!", raunte ihn Isaac beim Hereinkommen an.

Henry nahm keine Notiz von Isaac, der auf dem Sofa saß und gerade sein zweites Frühstück genoss; der Fernseher lief. Als Isaac merkte, dass Henry ihn nicht beachtete, wandte er sich wieder der Flimmerkiste zu. Henry setzte sich an den kleinen Schreibtisch und knipste die Tischlampe an. Er riss ein kleines Blatt von dem Notizblock vor sich ab, schlug das Tagebuch auf und notierte sich ein paar Dinge.

„Henry, schau, eine Eilmeldung über Hitlers Zug!", machte Isaac Henry auf das Fernsehprogramm aufmerksam.

Henry wandte seinen Blick dem Fernseher zu. „Mach mal bitte etwas lauter, vielleicht erfahren wir, was noch alles in dem Zug war!", bat Henry und setzte sich auf den Sessel, der links neben dem Sofa stand.

Sie sahen auf dem Bildschirm eine junge hübsche Frau. In der Hand hielt sie ein Mikrofon, hinter ihr war ein Schloss zu sehen. Henry verzog unwillkürlich sein Gesicht, als er die Frau sah, als hätte er sie erkannt und als hegte er keinerlei Sympathie für sie. Isaac entging Henrys Gesichtsausdruck nicht, er fragte allerdings nicht nach, sondern schenkte dem Geschehen auf dem Bildschirm wieder seine volle Aufmerksamkeit.

Im Hintergrund waren Autos, LKWs und Zelte zu sehen, aus denen immer wieder Personen traten und eilig verschwanden. „Hier ist *Wissen Aktuell* mit einer

Sondersendung. Ich bin Charline Krüger und befinde mich vor dem Schloss *Zamek Książ*, zu Deutsch Schloss *Fürstenstein*, in der polnischen Region Niederschlesien, nahe der Stadt Wałbrzych. Dieses Schloss gehörte einst zu einem Komplex der Nationalsozialisten. Projekt Riese, so der Name des einst geplanten Komplexes, erstreckte sich über mehrere Kilometer des Eulengebirges. Durch unterirdische Tunnel waren die einzelnen Stationen der gigantischen Anlage miteinander verbunden.

In einem dieser Tunnel, die teilweise mit Gleisen ausgestattet waren, hat der Archäologe Nickolas Jankuhn einen spektakulären Fund gemacht. In einem geheimen Eisenbahntunnel fand er den über 70 Jahre versteckten Panzerzug von Adolf Hitler. Nun, Herr Jankuhn ...", die Kamera zoomte etwas heraus und Nickolas Jankuhn tauchte neben der Reporterin im Bild auf, „... Sie können unseren Zuschauern vielleicht kurz schildern, was diesen Fund so außergewöhnlich macht." Dann hielt sie Jankuhn das Mikrofon hin.

„Vielen Dank, Frau Krüger. In der Tat haben wir hier einen beeindruckenden Fund gemacht. Rund 80 Meter unter uns fand ich einen versteckten Geheimtunnel. In diesem stand ein alter Panzerzug, der dem ehemaligen Diktator Deutschlands gehörte."

„Wie sind Sie darauf gekommen, dass dort unten der Zug des Führers versteckt war?", unterbrach ihn die Reporterin.

„Seit Jahren verfolgte ich schon die Spur und fand verschiedene Hinweise, die mich hier in diese Region führten. Den entscheidenden Hinweis bekam ich allerdings von einem alten Informanten."

Henry und Isaac ließen zugleich ein verachtendes Stöhnen von sich hören.

„Anonyme Informanten, dass ich nicht lache!", raunte Henry.

„Haben Sie etwas Wertvolles in dem Zug gefunden?", fragte ihn die Reporterin.

„Ja, neben dem lang verschollenen Bernsteinzimmer und einigen Kisten Gold, Silber und Juwelen, die ich dem verschollenen Zarengold zuschreibe, haben wir auch einige Gemälde gefunden. Wir haben bis jetzt *Maler auf der Straße zu Tarascon* von Vincent van Gogh, *Porträt eines jungen Mannes* von Raffael und *Titus mit den Zügen eines Engels* von Rembrandt van Rijn gefunden. Es gibt allerdings noch einige weitere ungeöffnete Kisten."

„Also ist der Rembrandt doch eine Fälschung gewesen, der damals aufgetaucht ist!", murmelte Henry.

„Was sonst noch in dem Zug versteckt ist, werden wir in den nächsten Stunden erfahren. Mein Partner Norman Landa, Inhaber der Landa Consolidated Mines Limited, finanziert die Bergung und ist äußerst interessiert daran, dass die Kunstwerke ihren rechtmäßigen Eigentümern zurückgeführt werden." Die Kamera zog noch etwas weiter auf und Landa tauchte neben der Reporterin auf.

„Von wegen! Ich wette, er wird sich das ein oder andere Gemälde unter den Nagel reißen! So ein Heuchler und Nickolas ist nicht besser, dass er mit ihm gemeinsame Sache macht!", fluchte Isaac.

„Herr Landa, das ist eine ehrenwerte Aufgabe und großzügig zugleich", begrüßte die Reporterin Norman Landa.

„Sie schmeicheln mir." Landa lächelte schmierig. „Ich finde, nur so darf man mit solchen Schätzen verfahren. Ein Kunstwerk wie das Bernsteinzimmer sollte der Allgemeinheit zugänglich gemacht werden und unbedingt an seinen ursprünglichen Platz zurückkehren. Die Kosten für die Bergung der Kunstwerke investiere ich dafür äußerst gerne und fühle mich berufen, dies zu ermöglichen!", erklärte Landa.

„Schau ihn dir an, als Wohltäter präsentiert er sich. Wenn sie nur wüssten, welche Motive er wirklich hat!", raunte Henry.

„Er ist wirklich ein fetter, schmieriger Mistk..."

„Isaac", unterbrach Henry ihn.

„Das war es erst einmal für diesen Moment von mir. Wir werden Sie in den kommenden Stunden weiter auf dem Laufenden halte. Nun folgt eine Reportage über das Bernsteinzimmer. Bleiben Sie dran und verpassen Sie nichts! Mein Name ist Charline Krüger, das war *Wissen Aktuell* für den Moment." Dann schüttelte sie den beiden die Hände und das Logo der Sendung tauchte auf dem Bildschirm auf.

Henry stand auf und setzte sich wieder an den Schreibtisch. Isaac machte seinem Unmut über den gestohlenen Fund Luft und schaltete dabei durch das Fernsehprogramm.

Henry beachtete Isaac nicht weiter und widmete sich wieder dem Tagebuch, irgendetwas Brauchbares musste doch darin zu finden sein. Ihm war bewusst, dass Nickolas' Großvater, Eckbert Jankuhn, und sein Großvater Wilhelm Voigt damals viele bedeutende Entdeckungen gemacht hatten. Zusammen hatten sie das Inka-Grab von Pachacútec entdeckt. Er war der eigentliche Schöpfer des Inka-Imperiums und trug dazu bei, dass das Volk der Inka zu einer Hochkultur wuchs, das sich über ganz Peru ausbreitete und noch etwas darüber hinaus.

Nur einen kleinen Teil hatte Eckbert Jankuhn dieser Expedition in seinem Tagebuch gewidmet, der größte Teil bestand aus verschlüsselten Texten, Zahlen und Skizzen. Henry konnte damit nichts anfangen, seine Vermutung war, dass Eckbert und sein Großvater auf der Suche nach etwas sehr Bedeutendem waren. Immer wieder waren kurze Passagen in Stichworte verfasst oder bestanden aus kurzen Sätzen. Eckbert musste sich immer wieder einige Notizen zu Orten, Gebäuden und anderen wichtigen Dingen gemacht haben.

Henry seufzte und verzweifelte an den verschlüsselten Texten. Ohne Anhaltspunkt und eine Idee, worum es in den Texten ging, war es unmöglich, sie zu entschlüsseln. Frustriert blätterte er ein paar Seiten weiter, dann stutzte er und blätterte zwei Seiten zurück. Er hielt inne und betrachte die Seite. Er konnte noch nicht so recht begreifen, was er da sah. Auf der Seite war nur ein Symbol, unter dem ein Satz geschrieben stand:

Der Mondgott Jarich versteckte einst eine Kammer unter seinen Füßen, finde sie und du findest den Weg zu Salomons Geheimnis.

Henry las den Satz noch zwei weitere Male, dann betrachtete er das Symbol darüber. Es bestand aus zwei Teilen, der obere Teil sah einem Kreuz sehr ähnlich. In diese erste Kreuzform war ein weiteres Kreuz aufgemalt, so als wäre es in die erste Form eingestanzt. In der Mitte des Kreuzes war eine ovale Form aufgemalt, von der mehrere Linien wegführten, als würde diese ovale Form hell strahlen. In der ovalen Form waren Schatten hineingemalt, als befände sich darin Nebel oder eine Flüssigkeit.

Der untere Teil des Symbols zeigte vier längliche parallel nach unten verlaufende Stifte, von denen die jeweils äußersten ab der Hälfte nach außen wegknickten. Henry kannte das Symbol und schaute zu Isaac auf.

Der schaute ihn fragend an. „Und?"

„Und?", wiederholte Henry irritiert.

„Ich fragte, was wir jetzt machen sollen. Dieser Landa hat sich mit deinem Freund Jankuhn unsere Entdeckung unter den Nagel gerissen und wir haben nichts!"

„Das ist nicht ganz richtig, Isaac, wir haben mehr als vorher, viel mehr!" Dann hielt Henry das Notizbuch nach oben. „Leider werde ich noch nicht ganz schlau aus dem, was hier drinsteht, aber ..."

„Was hat eigentlich dein Freund gesagt, wegen dem wir hier nach München gekommen sind?", unterbrach ihn Isaac.

„Leider war der Besuch ohne Erfolg. Christin konnte mir nicht wirklich mit dem Buch weiterhelfen. Sie hat nur herausgefunden, dass eine Passage am Anfang der Aufzeichnungen einen Berg der Versuchung beschreibt. Diese Passage war mit ‚Lk 4,1-13' gekennzeichnet. Aber mir erschließt es sich nicht, was es zu bedeuten hat."

„Ah, dein alter Freund heißt also Christin?", fragte Isaac ihn grinsend. „Jetzt wird mir einiges klar! Konnte sie dir denn bei anderen Dingen weiterhelfen? Du warst ja schließlich die halbe Nacht und den Morgen weg!", fuhr Isaac feixend fort.

„Ich war noch spazieren, um den Kopf frei zu bekommen. Außerdem musst du auch nicht alles wissen!" Henry zwinkerte ihm verschmitzt zu. „Aber schau mal, was ich hier in dem Buch gefunden habe!" Henry stand, während er sprach, auf, kam zu Isaac hinüber und hielt ihm die Seite mit dem Symbol hin.

Isaac nahm das Buch und betrachte die Seite. „Mensch, das ist doch das gleiche Zeichen, das wir in der Grabkammer von Alexander dem Großen gefunden haben. Bis heute hat keiner eine Ahnung, wofür dieses Zeichen steht und warum es auf seinem Sarkophag eingelassen wurde!"

„Ganz genau, Isaac, nur ich verstehe nicht, wie Eckbert Jankuhn es kennen konnte und wo er es gesehen hat. Schau dir mal den Satz darunter an!" Henry ging, während er sprach, zur Balkontür, schritt auf den kleinen Balkon und betrachtete das Geschehen auf der Straße unter ihm.

Isaac las den Satz laut vor, dann verstummte er. Nach kurzer Zeit fragte er Henry: „Du sagtest doch, dass Christin in dieser Passage den Berg der Versuchung identifiziert hatte? Und Lk 4,1-13 ist aus der Bibel und zwar aus dem Buch Lukas."

Henry drehte sich um und nickte ihm zu.

„Hmm, also hier steht, der Mondgott Jarich versteckte einst eine Kammer ... War der Mondgott Jarich nicht der Namensgeber für die uralte Stadt Jericho, die auch in der Bibel Erwähnung fand, und befindet sich da nicht auch der Berg der Versuchung, wo Jesus vom Teufel persönlich in Versuchung geführt wurde? Dies wird im Buch Lukas beschrieben", sprach Isaac seine Gedanken laut fragend aus.

Der Schock über die Erkenntnis traf Henry wie einen Schlag in die Magengrube. „Mann, Isaac, du bist ein Genie, das ist genial. Warum bin ich nicht selbst darauf gekommen? Natürlich muss es die Stadt Jericho nahe Jerusalem sein. Das passt zusammen. Los, pack deine Sachen, wir müssen zum Flughafen!", rief Henry aufgeregt und rannte in sein Schlafzimmer. Hastig stopfte er seine Sachen in einen kleinen Koffer. Dann rief er: „Beeil dich, Isaac, wir dürfen keine Zeit mehr verlieren!"

„Was ist denn auf einmal los, Henry?", rief Isaac aus dem kleinen Zimmer nebenan.

Henry antwortete ihm nicht. Er ging zur Balkontür und schob sie zu, dabei fielen ihm zwei Männer in schwarzen

Anzügen auf, die gerade über die Straße gingen. Ein Windstoß öffnete für einen Bruchteil einer Sekunde das Jackett des linken Mannes, Henry verschlug es den Atem, als er den in der Sonne glänzenden Griff einer Pistole erkannte.

Schnell drehte er sich um und rief erneut: „Isaac, los jetzt, wir muss hier weg! Sofort!"

Isaac kam stolpernd aus seinem Zimmer gerannt und fiel dabei fast über seine noch offenen Schnürsenkel. „Was hast du es denn auf einmal so eilig?", fragte er keuchend.

„Cerberus, sie sind hier und wahrscheinlich bereits auf dem Weg hier hoch. Los, komm!" Kaum hatte er seinen Satz beendet, riss er die Zimmertür auf und rannte zum Fahrstuhl.

Isaac folgte ihm. „Du meinst, Landa und seine Männer verfolgen uns? Wie sollen sie uns denn gefunden haben?"

„Offenbar verfolgen sie uns. Ich weiß es nicht, ich habe nur zwei Männer von Cerberus unten auf der Straße gesehen." Henry drückte mehrmals hektisch, während er sprach, auf den kleinen Knopf, um den Lift zu rufen. Der Aufzug war bereits auf dem Weg nach oben.

Henry zögerte kurz und rannte los. „Komm, Isaac, wir nehmen die Treppe", rief er.

Sie rannten den Flur entlang, bis sie eine graue schwere Tür erreichten. Henry machte keine Anstalten anzuhalten, stattdessen lief er an ihr vorbei Richtung Fenster.

„Hier ist das Treppenhaus, Henry! Wo willst du hin?", rief Isaac ihm nach.

Doch Henry lief weiter. Dann sah Isaac über dem Fenster am Ende des Ganges ein kleines Notausgangschild mit einer kleinen Treppe daneben. Isaac begriff und spurtete los. Der Aufzug war nur noch zwei Stockwerke unter ihnen.

Henry war bereits durch das Fenster geklettert und befand sich auf der Feuerleiter. Isaac kletterte ebenfalls aus dem Fenster und lehnte es hinter sich an, dann folgte er Henry abwärts.

Henry lief zu einem Taxistand gegenüber dem Hotel, riss die Tür des ersten Taxis auf, sprang hinein und Isaac warf die Tür noch im Sprung hinter sich zu. Der Fahrer schaute die beiden entsetzt an.

Henry und Isaac keuchten, Henry röchelte nur: „Zum Flughafen bitte, so schnell es geht!", und hielt ihm 100 Euro hin. Der Taxifahrer schaute die beiden noch einen Moment skeptisch an, dann nahm er das Geld und fuhr los.

„Wie kommst du darauf, dass unsere Verfolger von Cerberus waren?", wollte Isaac wissen, als er seine Tasche zwischen seinen Beinen in den Fußraum gleiten ließ.

„Die Männer der Gruppe tragen nur schwarze Anzüge. Ich weiß auch nicht, was die Men-in-Black-Sache soll, allerdings tragen sie alle die gleiche Firmenkrawatte in Seidenblau. Die Firmengruppe Cerberus beherbergt ein Finanzunternehmen, das weltweite Ableger hat, Chemieunternehmen in Indien und unter anderem auch Waffenproduzenten. Auch mehrere Antiquitäten-Großhändler gehören zu ihr. Der Mutterkonzern ist dabei hauptsächlich für die Produktion der Diamanten zuständig und ein eigenes Familienunternehmen der Landas. Ich vermute allerdings, dass die Firma eher als Deckmantel dient, für Geldwäsche und um Kontakten zu knüpfen! Als ich die Anzüge und die Waffe gesehen habe, habe ich eins uns eins zusammengezählt."

Isaac schaute noch einmal prüfend aus dem Heckfenster und sah zwei Männer in der Ferne, die aus der Gasse neben dem Hotel gelaufen kamen und ihnen nachschauten, dann bog das Taxi ab und die Männer verschwanden aus seinem Blickfeld.

„Was ist, wenn sie uns weiter folgen?"

„Wir müssen ab jetzt stets auf der Hut sein und unsere Umgebung im Auge behalten. Gib mir mal dein Handy."

Isaac tat, worum Henry ihn bat.

Henry nahm Isaacs Handy und holte auch seins aus der Tasche. Dann warf er die beiden Mobiltelefone beim Überqueren der Isar in den Fluss.

„Hey, was soll das? Das war neu", rief Isaac entgeistert.

„Wir dürfen Cerberus keine Möglichkeit geben, uns orten zu können! Ich kaufe dir ein neues, wenn alles vorbei ist!", erklärte Henry ihm ruhig.

Isaac schaute der Brücke nach, von der zuvor sein Telefon geflogen war, dann drehte er sich stumm um und schaute aus dem Fenster.

Ein heftiger Ruck riss Henry aus dem Schlaf. Noch orientierungslos, schaute er sich um. Neben ihm saß Isaac, der ihn mit einem breiten Grinsen anschaute.

„Na, Sonnenschein, gut geschlafen?"

Henry schaute aus dem Fenster und sah, dass sie gerade die Landebahn entlangrollten. Er streckte sich und gähnte leise. „Das hat gutgetan, ich war echt erledigt", sagte er und schaute auf seine Armbanduhr. „Oh, drei Stunden vierzig, der Pilot hatte es wohl eilig. Leider werden wir die Zeit wieder im Verkehr verlieren. Wir müssen noch ein gutes Stück vom Ben Gurion Airport zu unserem Hotel in Jericho fahren", erklärte er, während er sich abschnallte und Isaac in den Gang des Flugzeuges folgte.

„Wenn wir Glück haben", fuhr er fort, „schaffen wir es in

knapp zwei Stunden nach Jericho", und zog dabei seinen kleinen Koffer aus der Ablage über den Sitzen.

„Ich verstehe einfach nicht, wie es sich eine Stadt wie Jerusalem leisten kann, keinen Flughafen zu haben!", murrte Isaac.

„Jerusalem hatte mal einen, aber der wurde geschlossen. Dieser hier ist der größte in Israel und man kommt von hier schnell nach Tel Aviv oder Jerusalem. Los, komm, die Schlange löst sich auf."

Henry steckte den Schlüssel ins Zündschloss des Leihwagens. Eilig fuhr er vom Gelände des Flughafens und folgte dem Highway nach Jerusalem, von dem er einer weiteren Straße nach Jericho folgte.

Auf dem Parkplatz ihres Hotels *Jericho Resort Village* stellte er den Wagen ab und stieg aus. Isaac folgte ihm zur Rezeption, dort nahmen sie ihre Schlüssel entgegen und verabredeten sich zum Abendessen. Es war schon zu spät, um heute noch etwas zu untersuchen.

Als sie nach dem Abendessen vor ihren Hotelzimmertüren standen, verabredeten sie sich für sieben Uhr zum Frühstück und gingen dann zu Bett. Henry duschte sich noch ab, schaute noch etwas fern, bis ihm die Augen zufielen. Er war trotz des Schlafes während des Fluges ziemlich müde.

Isaac gähnte, als er sich mit einem Teller voller Frühstücksleckereien zu Henry an den Tisch setzte.

„Morgen, gut geschlafen?", grüßte ihn Henry.

„Ja, nur zu kurz. Hast du schon eine Idee, wo wir hier suchen sollen?"

„Ja, wir werden gleich nach dem Frühstück zum Stadtviertel

Tell es-Sultan aufbrechen. Dort fand man die Ruinen der alten Stadt. Es gibt dort mehrere Ruinen und auch eine Stadtmauer, die allerdings zu einer späteren Zeitperiode gehört. Die erste Siedlung wurde um circa 10000 vor Christus dort errichtet und über die Zeit immer wieder zerstört und neu aufgebaut. Dort wurde durch ein Archäologen-Team Anfang der 50er-Jahre ein Turm gefunden, der heute als der erste erbaute Turm gilt. Sein Zweck ist unklar, aber ich denke, dass wir dort den ältesten Teil der Ruinen finden und uns dort einmal umschauen sollten!"

Tell es-Sultan liegt im Westjordanland und ist ein längliches Grabungsgelände, das an die Talstation der Jericho-Seilbahn grenzt. Von dort aus kann man auf den Berg der Versuchung fahren. Der 21 Meter hohe Tell, oder auch Siedlungshügel genannt, beherbergt Siedlungsruinen verschiedener Epochen. Insgesamt sind es 23 verschiedene Ruinenepochen. Die älteste gefundene Siedlungsruine ist 11500 Jahre alt und liegt im Süden des Grabungsgebietes. An mehreren Stellen haben Archäologen bereits Ausgrabungen vorgenommen und einige alte Ruinen freigelegt. Um den Hügel herum ist über die Zeit das heutige Jericho zu einer Kleinstadt herangewachsen. Noch heute wird dort überwiegend Landwirtschaft betrieben.

Henry parkte den Wagen im Süden des Grabungsgeländes etwas versteckt in einer Seitenstraße.

„Warum parken wir hier? Dort am Ausgrabungsgelände gibt es einen Besucherparkplatz?", wollte Isaac wissen und schaute sich irritiert um.

„Sagen wir so, ich will auf Nummer sicher gehen", erwiderte er kurz und zog den Schlüssel aus dem Zündschloss. „Okay, wir brauchen das GPS-Gerät und die Taschenlampen." Dann stieg Henry aus und schaute prüfend die Straße in beide Richtungen hinunter. Er hoffte, dass sie den Männern von Cerberus und Landa nun entkommen waren.

Isaac stieg ebenfalls aus und holte aus dem Kofferraum seine abgenutzte alte braune Lederumhängetasche heraus.

„Hast du alles?", fragte Henry, als er den Wagen abschloss.

„Klar!", erwiderte Isaac und warf den Kofferraumdeckel zu.

Dann folgten sie dem kurzen Stück zur Kreuzung, von der sie auf das Grabungsgelände gelangten. Sie folgten einem kurzen Stück Kiesweg, der im Schatten einiger Bäume lag.

„Und wo befindet sich jetzt unser Turm?", wollte Isaac wissen.

„Psst, Isaac. Wir sollten vorsichtig sein", flüsterte Henry, „die Umgebung im Auge behalten und flüstern. Irgendwie habe ich ein ungutes Gefühl. Der Turm befindet sich nicht weit von uns entfernt hier im Süden des Gebietes. Dort vorne siehst du die kleine ausgegrabene Schlucht. Komm, dort müssen wir hin, in ihr befindet sich der Turm!" Er zeigte dabei auf eine kleine Passage vor ihnen.

Eilig durchquerten sie die gut zehn Meter hohe Schlucht und betraten schon nach nur ein paar Metern einen kleinen Platz. An der Nordseite sahen sie einen gut acht Meter hohen Turm aus unbearbeiteten Steinen, der vor einer Wand aus Lehm und Sand stand. Nach links führte ein weiterer Weg tiefer ins Ausgrabungsgebiet. Rechts von ihnen lief eine etwa drei Meter hohe Mauer aus ebenfalls unbehandelten Steinen aus der Lehmwand kommend auf den Turm zu.

Die beiden gingen auf den Turm zu und suchten einen Eingang, um ins Innere zu gelangen.

„Schau mal, hier ist ein schmales Loch im Boden, das durch

die Mauer ins Innere führt!"

Henry kam zu Isaac herum und kniete sich neben das Loch. Von der Decke des Turms fiel ein dicker Sonnenstrahl durch ein Gitter auf den staubtrockenen Boden. „Okay, da geht es gut einen halben Meter nach unten. Komm, wir müssen da rein!"

Henry rutschte als Erster durch das Loch, Isaac folgte ihm kurz danach. Das *Betreten Verboten* Schild ignorierten sie dabei. Durch ihren Aufprall wirbelten sie Staub auf, der sie husten ließ. Als der Staub sich etwas gelegt hatte, nahm Henry seine Lampe und leuchtete den kreisrunden Raum ab. Alles sah so aus, als wäre hier schon einige Zeit kein Mensch mehr gewesen.

Außer einer Treppe, die an der Innenwand nach oben führte, war nichts in diesem Turm zu finden. Sie suchten jeden Stein ab und jeden Winkel. Isaac war zweimal die Treppe hinauf- und heruntergegangen und fand auch dabei nichts.

Enttäuscht ließ er sich auf die unteren Stufen fallen und seufzte. „Hier ist nichts! Wir müssen uns geirrt haben! Wir suchen an der falschen Stelle!"

„Nein, das glaube ich nicht. Eckbert Jankuhn muss hier gewesen sein. Er hat die Spur des Schlüssels gefunden. Wenn alle Archäologen so schnell aufgeben würden wie du, hätten wir heute wohl nicht ein einziges Dinosaurier-Skelett gefunden! Du sitzt übrigens gerade auf der ältesten gefundenen Treppe der Menschheit", merkte Henry an und holte das Notizbuch noch einmal heraus.

Schnell schlug er die Seite auf mit der Bibelpassage. Er las sie, dann blätterte er eine Seite weiter, Zahlen, nur Zahlen standen dort. Ganz zum Schluss der Zahlenkolonne stand 290° *Azimut*. Er stutze, Azimut, fieberhaft überlegte er, woher er das Wort kannte. „Du wartest hier, ich muss kurz telefonieren!"

„Wen willst du anrufen?", hakte Isaac nach.

Henry hörte es nicht mehr, er war bereits durch das Loch gehechtet. Schnell lief er die Schlucht entlang und eilte zu seinem Auto. Dann nahm er das neu gekaufte GPS-Telefon aus dem Handschuhfach und wählte hastig eine Nummer. Ein Mann meldete sich.

„Hallo? Ezra, bist du es?"

Der Mann antwortete irritiert: „Henry? Bist du das?"

„Ja, Ezra. Ich muss mich kurzhalten. Was sagt dir 290° Azimut, Turm von Jericho und Berg der Versuchung?", sagte Henry hastig und schaute sich dabei immer wieder um. Er wurde das Gefühl nicht los, beobachtet zu werden. Er ging zurück zur Schlucht, während er telefonierte, und schaute sich dabei immer wieder um.

„Wo bist du, Henry? Was ist los, steckst du in Schwierigkeiten?", erkundigte sich der Mann besorgt.

„Nichts, womit ich nicht fertig werde. Ich bin in Jericho. Bitte, Ezra, beantworte die Frage, bitte, ich habe nicht viel Zeit!"

„Okay, also Azimut ist ein Terminus aus der Astronomie und dieser bezeichnet einen nach Himmelsrichtungen orientierten Horizontalwinkel. Hmm, oh Moment, 290° Azimut, ja natürlich. Die Erbauer des Turms von Jericho haben diesen genau an der Stelle errichtet, auf welche der Schatten des Berges Quarantal während der Sommersonnenwende fällt. Und der Berg Quarantal heißt auch Berg der Versuchung. Die Treppe in der Turmachse ist auf diesen Punkt ausgerichtet und zwar genau 290° Azimut. Aber das ist nur eine These, wieso willst du das alles wissen?"

„Tut mir leid, Ezra, ich erkläre es dir später. Du hast mir sehr geholfen. Ich muss los." Ohne auf eine Antwort zu warten, legte Henry auf und rutschte wieder durch das Loch zurück in den Turm.

„Wen hast du denn jetzt angerufen? Henry, du weißt doch etwas?", wollte Isaac von ihm wissen und kam auf Henry zu. Dieser lächelte ihn nur an und erwiderte: „Warte es ab, ich zeig es dir! Gib mir bitte mal das GPS-Gerät!"

Isaac kramte in seiner Tasche, einen Augenblick später hielt er Henry das Gerät entgegen. Henry nahm es und tippte einige Koordinaten ein. Sie standen in der Mitte des Turmes und Henry drehte sich langsam im Kreis, dann rief er:

„Dort in dieser Richtung liegt der Berg der Versuchung! Okay, dann ist also dieser Punkt hier und dieser hier!"

Henry holte das Tagebuch heraus und schrieb etwas auf ein loses Notizblatt und murmelte dabei vor sich her. Dann schreckte er hoch, schaute zur Decke und ließ seinen Blick die Treppenstufen herabwandern, bis sein Blick auf Isaac traf.

Henry schaute Isaac wie versteinert an. „Taschenlampe", sagte er nur kurz und streckte seine Hand aus. Isaac gab sie ihm.

Henry rannte ohne zu zögern die 22 Stufen hinauf, auf der obersten, die kurz unterhalb der Decke endete, blieb er stehen. Er schaltete die Lampe ein und richtete den Lichtkegel auf den Boden des Turms. Doch er konnte nichts erkennen. „Wie spät ist es?", fragte er Isaac.

„12:07 Uhr, warum?", erwidert er.

Henry antwortet nicht, er knipste seine Lampe aus und beobachtete gebannt den Boden. Der Sonnenlichtstrahl, der durch die kleine Öffnung in der Decke hereinfiel, hatte fast die Mitte des Raumes erreicht. Henry beobachtete den kleinen runden Lichtfleck.

Dann geschah es, einzelne halb vom Staub verdeckte Steine, die im Zentrum des Lichtkegels im Boden verankert waren, fingen an weißlich zu schimmern. Henry konnte nicht glauben, was er dort sah. Isaac schaute irritiert und wartend zu Henry auf. Henry sah zunächst überrascht aus, dann formte sich sein Mund zu einem breiten Grinsen.

„Was hast du denn? Henry, sag schon, was siehst du?", rief Isaac ihm neugierig zu.

„Das Auge des Aton, dort unten, unter deinen Füßen!", gab er Isaac zur Erklärung.

Isaac verstand nicht so recht, was Henry ihm damit sagen wollte. „Das Auge des Aton?", wiederholte er verwundert.

„Ja, vielleicht kennst du es als *das Auge des Re*. Es symbolisiert die Sonnenscheibe des Sonnengottes. Die Erbauer dieses Turms haben diesen Turm mit dieser Treppe nach dem Schatten, den der Berg Quarantal, der auch Berg der Versuchung heißt, während der Sommersonnenwende wirft, ausgerichtet. Rate mal, welcher Tag heute ist, genau der 21. Juni, der Tag der Sommersonnenwende. Die Spitze des Schattens ist genau an dem Ort, an dem du gerade stehst, und dieser ist mit dem Auge des Re markiert. Re war der Gott der Sonne im alten Ägypten. Eine solche alte Hieroglyphe dieser Hochkultur hier zu finden ist äußerst bemerkenswert, zumal sie nur mit Hilfe von Licht und von hier oben zu erkennen ist. Die einzelnen dazugehörigen Steine müssen eine mit Licht reagierende Substanz in sich haben", erklärte Henry, während er die Stufen wieder hinabging.

Dann bückte er sich und betrachtete das gut zehn mal zehn Zentimeter große Symbol vor sich auf dem Boden. Mit Bedacht pustete er den Staub beiseite. Er senkte seinen

Kopf etwas näher hinab und erkannte in der Pupille des Auges ein darin eingraviertes weiteres Symbol, welches ihm bekannt vorkam.

Er stutzte und schreckte hoch. „Isaac, sieh mal, das Symbol Salomons. Kannst du das glauben? Wir haben tatsächlich endlich die Spur nach dem Schlüssel gefunden. Nur inwieweit die antiken Hochkulturen miteinander zusammenhängen, erklärt es mir noch nicht!", ließ er seiner Freude freien Lauf und beugte sich wieder nachdenklich zum Symbol hinab. Er spürte, wie die warmen Sonnenstrahlen weiter ihren Lauf nahmen. Er musste schnell herausfinden, warum das Symbol hier auf dem Boden platziert worden war, bevor die Stelle wieder vom Schatten verschluckt wurde.

Isaac hockte sich neben Henry und ließ vorsichtig seinen Zeigefinger über das winzige Symbol und die Pupille wandern. Durch etwas Druck seitens Isaacs Finger gab die gut ein Zentimeter große Pupille nach und versank im Boden.

Henry und Isaac schreckten zurück und beobachteten die Hieroglyphe. Mit einem dumpfen Bollern tauchte das Symbol samt einigen umliegenden Steinen einen spaltbreit in den Boden ab und verschwand anschließend seitwärts im Fußboden. Ein Schwall muffiger, staubiger Luft stieß ihnen aus dem entstandenen Loch entgegen.

„Das ist eine versteckte Kammer!", sagte Isaac begeistert und leuchte mit seiner Lampe in die Dunkelheit.

„Du wartest hier. Ich hole den Fotoapparat!" Henry stand auf und ging zu der Öffnung nach draußen hinüber. Dann drehte er sich noch einmal zu Isaac um. „Du wartest auf mich und startest keinen Alleingang. Vielleicht gibt es dort

unten versteckte Fallen!"
Isaac nickte und leuchtete wieder ins Loch.

Henry öffnete den Kofferraum und kramte die Digitalkamera aus seiner Tasche. Mit einem lauten blechernen Knall schlug der Deckel des Kofferraumes zu. Er schaute schnell nach rechts, dann nach links, bevor er über die Straße ging. Wie vom Blitz getroffen, erstarrte er zu Eis. Kurzzeitig schnürte ihm der Anblick die Luft ab.
Am Ende der Straße bog gerade ein dunkler Wagen in die Straße ein. In dem Moment, als der Wagen um die Ecke fuhr, konnte er gerade so in der Ferne noch durch das Fahrerfenster spähen und erkannte zwei dunkel angezogenen Männer. Henrys Glück war es, dass die Sonne etwas in seinem Rücken stand, sodass sie genau auf die Windschutzscheibe des Wagens schien. Die Straße flimmerte in der Mittagshitze und die Konturen der Straße verschwammen in der Ferne.
Schnell überquerte er die Straße, dann den Parkplatz und öffnete die Tür des kleinen Souvenirladens neben der Talstation. Er wollte auf keinen Fall riskieren, dass die Männer ihn erkannten und ihm vielleicht zum Turm folgten oder noch viel schlimmer, ihm das Tagebuch entwendeten. Schweiß rann ihm die Schläfen herunter.
Der Mann hinter der Theke raunte etwas vor sich hin, als Henry den Laden betrat, und schaute dann wieder desinteressiert in seine Zeitschrift. Henry beachtete ihn nicht, er nahm sich eine Postkarte aus einem Ständer, ging zu einem kleinen Tisch am Fenster. Er nahm den Stift, der auf ihm lag, in die Hand. Von hier hatte er den Parkplatz und das Stück Straße, auf dem sein Wagen parkte, genau im Blick. Hatten die Männer ihn erkannt und warteten jetzt

draußen auf ihn, bis er wieder herauskam? Die Gedanken ließen ihn den Atem anhalten.

Er atmete einmal tief durch, dann richtete er den Blick auf die Karte unter ihm und schrieb ein paar Zeilen an seinen Neffen Leonard auf die Postkarte. Ihm wollte er sowieso schon lange mal wieder schreiben. Er hatte gerade sein Studium in Astrophysik beendet und lebte in Köln bei Henrys älterer Schwester Rosa.

Henry schaute während des Schreibens immer wieder nervös zur Straße hinaus, doch nichts geschah dort. Schnell schrieb er die Adresse noch auf die Karte und legte den Stift wieder hin. Die Postkarte gab er dem Mann hinter der Theke, der eine Briefmarke daraufklebte und sie zu anderen Karten in eine gelbe Kiste legte. Henry bezahlte und ging zur Tür.

Doch er öffnete sie nicht, er blieb vor ihr stehen und sah, wie der Wagen mit den Männern langsam die Straße entlangrollte und gegenüber seinem Wagen zum Stehen kam. Der Beifahrer stieg aus und hielt geradewegs auf Henrys Wagen zu. Henry beobachtete ihn dabei und stutzte: Wieso wusste der Mann, welches der geparkten Autos auf der Straße seines war? Es sah aus wie jedes andere alte verstaubte Auto dort auf der Straße.

Bevor Henry weiter darüber nachdenken konnte, sah er, wie der Mann in alle Fenster lugte und prüfte, ob die Türen verschlossen waren. Zu Henrys Erleichterung waren sie es, dann stieg der Mann wieder ins Auto und die beiden fuhren weiter. Henry wartete noch einen Augenblick, dann verließ er schnell den Laden und rannte zurück zu Isaac.

„Mann, ich dachte, du lässt mich jetzt hier in diesem alten Turm für immer alleine!"

„Los, wir müssen uns beeilen." Henry ging auf ihn zu und hockte sich neben die Öffnung im Boden.

Isaac schaute ihn neugierig an. „Ist was passiert? Du siehst so nervös aus."

Henry zögerte kurz, dann setzte er sich an den Rand des Loches und schaute zu Isaac. „Ja, ich habe zwei Männer von Cerberus gesehen. Wir müssen schnell da runter, Fotos von dem Raum aufnehmen und dann schnell verschwinden, bevor die Männer hier auftauchen!"

Dann ließ er sich in das Loch gleiten. Mit einem dumpfen Aufprall kam er auf dem staubigen Boden auf. Er knipste die Lampe an und schaute sich um. Henry konnte nur gebückt in der gut anderthalb Meter hohen kreisrunden Kammer stehen.

In die steinernen Wände waren unzählige Symbole, Runen und Hieroglyphen eingelassen. Henry erkannte Zeichen von den unterschiedlichsten Hochkulturen.

„Henry, was sind das für Symbole?", wollte Isaac wissen. Er hatte sich flach auf den Bauch gelegt und lugte kopfüber in die Kammer.

„Da bin ich mir noch nicht so sicher, Isaac!", flüsterte er, als er auf ein kleines Loch in der Wand zuging. Darunter lag auf dem Boden ein faustgroßer Stein. Steinsplitter lagen um ihn herum im Staub. Henry ging näher auf die Stelle zu, dabei wählte er seine Schritte mit Bedacht und griff vorsichtig in die kleine Öffnung in der Wand. Er ertastete eine kleine hölzerne Schatulle und zog sie vorsichtig aus dem Loch heraus.

Er öffnete sie, doch sie war leer. Er steckte sie in seine Hosentasche und schaute sich die Öffnung etwas genauer an. Der Stein, der einst die Öffnung verdeckte, war noch halb zu erkennen. Henry konnte den oberen Kreuzteil von

Salomons Symbol erkennen.

„Hast du was gefunden?"

Henry zuckte zusammen und drehte sich zu Isaac um. „Weiß ich noch nicht", raunte er ihm zu. Dann ging er zurück zur Mitte des Raumes und fotografierte die Wände ab.

Isaac folgte Henry nach draußen in die Schlucht und folgte ihm in Richtung Auto. Gerade als sie die Straße betraten, hörten sie einen Motor in der Ferne aufheulen. Am anderen Ende der Grabungsstätte fuhr eine schwarze Limousine los, direkt auf sie zu. Hinter ihr konnten sie die unverwechselbare Gestalt Landas, dicht gefolgt von Nickolas erkennen, die gerade in ein Auto stiegen.

„Los, Isaac, lauf!", rief Henry.

Eilig rannten sie zu ihrem Auto. Henry fuhr keine Sekunde zu spät los. Als sie am Ende der Straße ankamen, konnte er im Rückspiegel erkennen, wie das erste Auto um die Kurve schlitterte.

Henry bog ab und fuhr quer durch Jericho, bis er sich sicher war seine Verfolger abgeschüttelt zu haben. Henry kam eine Idee, nicht weit von ihnen im Wadi Quelt, einer Schlucht, die von Jericho nach Jerusalem führte, lag das alte Kloster St. Georg. Dort würden sie Zuflucht finden und erst einmal untertauchen können.

Henry lenkte den Wagen die schmale, staubige Straße entlang, bis er das Auto etwas abseits unterhalb der Straße hinter ein paar Sträuchern abstellte. Dort blieb es vor möglichen neugierigen Augen verborgen.

Henry nahm seine Lederjacke vom Rücksitz und Isaac die Sachen aus dem Kofferraum. Dann kletterten die beiden

den kleinen Abhang zur Straße hinauf, überquerten die Talstraße und passierten das Tor, hinter dem der Fußweg zum Kloster St. Georg hinaufführte.

„Die Mönche hier sind echt gastfreundlich. Ich hätte nicht gedacht, dass sie uns hier so einfach Zuflucht gewähren würden."

„Na ja, es gehört zu ihrer Grundidee, den Hilfesuchenden und Bedürftigen zu helfen."

„Allerdings ist es auch ein bisschen skurril, die Kirche mit den Skeletten der im sechsten Jahrhundert hier massakrierten Mönchen auszukleiden. Das ist schon sehr makaber und gruselig, finde ich!"

„Du warst wohl noch nie in den Pariser Katakomben!", scherzte Henry, während er die Digitalkamera aus der Tasche fischte.

Isaac lehnte sich auf die Fensterbank und beobachtete den Fußweg, der sich durch die Schlucht schlängelte und der immer wieder durch die tiefer liegenden Gebäude verdeckt wurde.

Das Kloster St. Georg war direkt in die Felswand der Schlucht gehauen worden. Die einzelnen Gebäude wurden dabei in unterschiedlichen Höhen und Ebenen errichtet, sodass man vom höchsten Gebäude eine gute Sicht hatte über die restlichen Gebäude und den Fußweg, der zum Toreingang führte.

Henry und Isaac befanden sich in einem Gebäude auf der höchsten Ebene, in einem kleinen spärlich eingerichteten Zimmer mit zwei einfachen Betten, einem Schrank, zwei Stühlen und einem Tisch. Henry setzte sich mit der Kamera in der Hand an den Tisch und drückte den Power-Knopf, kurz darauf leuchtete der kleine Bildschirm der Rückseite der Kamera auf.

„Weißt du, Henry, mich lässt der Gedanke einfach nicht los,

wie uns Landa und seine Männer finden konnten. In München wussten sie, wo wir waren, daraufhin haben wir unsere Handys zerstört. Dein neues Telefon hast du hier gekauft, also hätten sie uns nicht orten können. Daher frage ich mich, wie konnten sie uns dann hier in Jericho finden?", wunderte sich Isaac und drehte sich zu Henry um.

Dieser hatte seinen Blick starr auf den kleinen Bildschirm gerichtet, dann ließ er die Digitalkamera etwas sinken und drehte sich langsam zu Isaac herum. „Wenn ich genauer darüber nachdenke, kann Nickolas auf keinen Fall die Spur nach Jericho gefunden haben. Er hat nicht das Tagebuch, die einzige Möglichkeit ist, dass er einen weiteren Hinweis in der Kiste seines Großvaters gefunden hat, den wir übersehen haben", dachte Henry laut. „Doch woher sollte er wissen, wonach wir suchen? Ich habe ihm nie von Salomons Zeichen erzählt, es sei denn, er wäre selbst darauf gekommen", murmelte er weiter.

Dann schüttelte er den Kopf und sagte etwas lauter: „Nein, das kann nicht sein, wie sollte er denn auch!" Henry wusste nur von Salomons Schlüssel und seinem Geheimnis durch seinen verstorbenen Vater.

Von Eckbert Jankuhn waren keine Dokumente oder sonstiges nach seinem Verschwinden aufgetaucht. Seine Familie hatte, seit er in Russland operierte, nie mehr etwas von ihm gehört. Henry glaubte nicht daran, dass seine restliche Familie ihm etwas Konkretes erzählt haben konnte, was Nickolas' Großvater betraf. Sie schämten sich für seine Dienste bei den Nazis, daher wurde, als Nickolas und er noch Freunde waren, nie über Eckbert gesprochen.

„Hat Nickolas dich nicht an der Schulter berührt, als wir in Polen an der Schlucht standen? Da hattest du doch deine Jacke an. Was ist, wenn er dabei, à la James Bond, einen kleinen Sender an deinem Kragen befestigt hat?", warf Isaac ein.

Henrys Kopf ruckte zum Bett herum, auf dem seine Lederjacke lag, dann schaute er fassungslos Isaac an. Wie konnte ihm dieser Gedanke nur entgangen sein? Natürlich musste es so sein, der Gedanke, dass Nickolas selbst auf die Spur gekommen sein konnte, war ihm zutiefst zuwider.

Schnell sprang er auf, griff sich seine Jacke vom Bett und untersuchte den Kragen. Es dauerte keine zehn Sekunden, dann hielt er einen Ein-Cent-Stück-großen Sender zwischen Daumen und Zeigefinger. „So ein Mistkerl! Was machen wir jetzt damit?", fragte Isaac und griff nach dem Sender. „Ich werde ihn zerstören!"

„Henry, warte! Ich habe eine bessere Idee!", rief Isaac, nahm den Sender und rannte zur Tür.

„Was hast du vor?", rief Henry ihm noch hinterher, doch Isaac war schon auf dem Flur verschwunden, dabei rannte er fast einen Mönch um, der gerade aus seinem Zimmer in den Flur trat.

Der Mönch schaute ihm nach und sagte etwas auf Hebräisch. Henry verstand den Appell des Mönchs: „Das ist ein Kloster und keine Laufbahn!"

Dann verschwand der Mönch und Henry richtete nachdenklich seinen Blick wieder auf die Kamera. Er klickte sich durch die Aufnahmen der Kammer von Jericho. Er stutzte und zoomte einen Bildausschnitt näher heran. Es waren Symbole zu sehen, die dort eigentlich nicht sein durften. Er erkannte ägyptische Hieroglyphen, das jedoch war nicht das Sonderbare an dem Bildausschnitt.

Es war zwar eine Sensation und bewies, dass die beiden benachbarten Kulturen eine viel tiefgreifendere Verbindung hatten als bisher angenommen, doch Henrys Interesse galt der Symbolreihe daneben. Es waren die Symbole der Maya, den, wie heute vermutet wird, Erfindern der Schrift in Mesoamerika. Henry konnte nicht glauben, was seine Augen dort sahen. Wie konnte das sein, das Volk der Maya entstand erst knapp 5000 Jahre nach der Erbauung des Turmes. Wie konnten dann also Schriftzeichen einer viel späteren Hochkultur, die zudem auf der anderen Seite der Welt entstanden war, an dieser Wand eingemeißelt worden sein? Henry schüttelte ungläubig den Kopf.

In dem Moment stürmte Isaac ins Zimmer. „So, das Problem mit unseren Verfolgern sollte sich nun in Luft auflösen bezeichnungsweise im Sande verlaufen!" Er grinste und lachte.

„Was meinst du?" Henry schaute ihn fragend an.

„Na, ich habe den Sender einer Ratte, die ich in einem der vielen Verbindungstunnel im Felsen gefunden habe, umgebunden und sie draußen im Sand ausgesetzt. Nun dürfen Landa und seine Männer auf Rattenjagd gehen!" Isaac grinste bis über beide Ohren.

„Fantastisch, Isaac, sehr gut gemacht. Trotzdem sollten wir jetzt schnell hier verschwinden. Wahrscheinlich sind die Männer von Cerberus schon längst auf dem Weg hierher!"

„Da gebe ich dir Recht, Henry!", erwiderte Isaac erregt und zeigte durch das offene Fenster in die Schlucht.

Henry erkannte mehrere dunkel angezogene Männer, die den Weg von dem kleinen Platz zum Kloster herauf liefen. Henry schnappte sich schnell seine Sachen und verließ das Zimmer. Isaac folgte ihm und sie liefen den Flur entlang.

Bis Henry stehen blieb und sich an Isaac wandte. Er wollte wissen, ob Isaac auch einen Tunnel gefunden hatte, der sie vielleicht nach oben auf das Plateau oberhalb des Klosters brachte. Isaac nickte und zusammen rannten sie den diffus erleuchteten, felsigen Gang aufwärts entlang, bis sie neben einer kleinen Kapelle ins Freie gelangten. Sie schnauften kurz durch und orientierten sich.

Henry erkannte einen kleinen Weg, der ungefähr 500 Meter von ihnen entfernt zurück nach unten führte. Sie rannten zum oberen Ende des Weges, der sich an der Wand der Schlucht entlangschlängelte und in den kleinen Platz mündete, auf dem das Tor am Fuße des Weges zum Kloster errichtet war. Sie liefen den im Schatten gelegenen Weg entlang, bis sie schließlich ziemlich außer Atem auf dem sonnigen Platz ankamen.

Mehrere leere dunkle Autos parkten am Straßenrand. Sie überquerten die kaum befahrene Straße und hechteten den Abhang zu ihrem versteckten Auto hinab. Dort trank Isaac zuallererst die halbe Wasserflasche, die im Fußraum lag, in einem Zug leer. Dann hielt er Henry die Flasche hin, doch dieser beachtete die Flasche nicht.

Sein schweißbenetztes Gesicht war auf das schwarze Notizbuch in seinen Händen gerichtet. Henry dachte fieberhaft darüber nach, was es mit dem aufgebrochenen Hohlraum in der versteckten Kammer unter dem Turm auf sich haben konnte. Dann tauchte vor seinem inneren Auge die kleine Holzschatulle, die unter dem Loch auf dem Boden lag, auf. Dann das noch halb sichtbare Symbol Salomons auf dem zerbrochenen Stein, der den Hohlraum einst verschloss.

„Was war in der Kiste? Hatten Eckbert und sein Großvater etwas gefunden, einen Hinweis?", dachte er, schnell schlug er das Notizbuch auf, vielleicht hatte Jankuhn etwas darüber notiert.

„Henry, du musst etwas bei der Bullenhitze trinken!", machte Isaac ihn auf die Wasserflasche aufmerksam und schüttelte sie dabei leicht hin und her.

Henry wandte seinen Blick nicht vom Notizbuch ab, stattdessen griff er geistesabwesend nach der Flasche und hielt sie fest. Er las eine Passage, die sich Eckbert Jankuhn zwei Seiten nach den Notizen zu Jericho notiert hatte. Dort standen ein Satz und einige Zahlen geschrieben.

Er wiederholte diesen Satz immer wieder leise vor sich hin murmelnd: „Alles wird sein, alles wird vergehen!"

„Was?", wollte Isaac verwirrt wissen.

„Diesen Satz hat Jankuhn sich notiert und darunter stehen ein paar Zahlen geschrieben. Das könnten Koordinaten sein!", rätselte er. „Ich habe da einen Verdacht, was es damit auf sich haben könnte. Okay, wir fahren nach Jerusalem und suchen uns ein Internet-Café. Ich muss etwas überprüfen!" Dann klappte er das Buch zu und startete den Motor.

Konzentriert durchforstete er einige Seiten im World Wide Web. Das kleine staubige Café war zu dieser Nachmittagszeit kaum besucht. Hinter der Theke, an der man auch Zigaretten und Getränke kaufen konnte, saß ein junger Mann auf einem Stuhl und schaute auf einen kleinen Fernseher. Ein alter Ventilator, der ebenfalls auf der Theke stand, ratterte unaufhaltsam vor sich her. Die trockene heiße Luft roch nach Zigarettenqualm, altem Kaffee und Schweiß.

Isaac saß auf einem klapprigen Plastikstuhl neben Henry und schaute abwechselnd auf den Bildschirm und zur Ladentür. Isaac rutschte auf dem Stuhl immer wieder nervös hin und her.

Henry bekam davon nichts mit, er las gerade einen Text, der von einer alten Legende über König Salomon handelte.

Dann zog der Text auch Isaac in seinen Bann.

Der Text erzählte davon, dass Salomon nicht nur ein sehr weiser und friedlicher König war, sondern dass er auch die Macht über 72 Dämonen besaß, die er mit seinem Schlüssel wegsperren und freilassen konnte. So konnte er den Frieden in seinem Königreich bewahren.

In einem Werk von unbekannter Herkunft, das in griechischer Schrift verfasst wurde und als sehr alt galt, gab es Hinweise, dass Salomon einen Schlüssel oder ein Siegel von Gott erhalten hatte. Dieses Werk, das auch Salomons Testament genannt wurde, besagt, dass dieser Schlüssel Salomon die Fähigkeit verlieh, über die 72 Dämonen zu herrschen. König Salomon galt bis heute als der größte und mächtigste König Israels, durch das Siegel konnte er nicht nur Dämonen, sondern auch Geistern und selbst dem Teufel Befehle erteilen.

Salomon galt ebenfalls als Verfasser vieler magischer Bücher, ihm sprach man viele verschiedene Symbole und geheimnisvolle Siegel zu, mit denen man die Dämonen beschwören konnte. Immer wenn Salomon bedenken hatte, dass der Schlüssel, den er durch Gottes Gnade erhalten hatte, ihn auf den falschen Weg führen könnte und er Unheil anrichten konnte, sprach er sich selbst immer wieder einen Satz vor, während er mit dem Zeigefinger über den Schlüssel strich: „Alles wird sein, alles wird vergehen!"

„Ha! Ich wusste es doch!", rief er.

Isaac zuckte so heftig zusammen, dass der Plastikstuhl unter ihm nachgab und er zu Boden fiel. Der Mann hinter der Theke raunte nur etwas desinteressiert auf Hebräisch in ihre Richtung und widmete sich dann wieder seiner

Sendung.

„Aua", stöhnte Isaac, als er auf den Boden auftraf.

Henry schaute kurz in seine Richtung und grinste Isaac an. „Isaac, wir sind auf der richtigen Spur und ich glaube, wir sind sehr nah dran. Moment, die Koordinaten ...", merkte er voller Freude an, dann schaute er noch einmal skeptisch zu Isaac, der immer noch auf dem Boden lag, hinunter. „Was machst du denn da auf dem Boden?", fragte er kurz, lächelte, schüttelte den Kopf und schaute wieder zum Bildschirm. Dann tippte er etwas auf der Tastatur ein.

„Mir geht es übrigens gut. Mir tut nur der Hintern weh!", raunte Isaac und rappelte sich auf.

„Sei froh, dass es nur der Hintern ist, gibt Schlimmeres!", erwiderte Henry ihm spöttisch, ohne seinen Blick von der Tastatur abzuwenden, das Grinsen konnte er sich dabei allerdings nicht verkneifen.

„So, jetzt gleich wissen wir, wohin uns die Koordinaten führen werden", fuhr er fort. „Der Tempelberg! Natürlich, das hätte ich mir auch denken können!" Seine Worte überschlugen sich fast. Er sprang auf, legte dem Mann hinter der Theke 50 Schekel auf den Tresen und stürmte nach draußen.

Isaac stellte den defekten Stuhl an eine Wand, lächelte dem Mann hinter der Theke kurz verlegen zu und folgte Henry. „Warte doch mal. Wo willst du hin?", rief Isaac ihm nach und folgte ihm zum Auto.

Er hatte es ein paar Meter vom Laden entfernt in einer Seitenstraße geparkt. Er stand vor der Fahrertür, legte seine Arme auf das Dach des Autos und schaute zu Isaac, der ihm gegenüberstand. „Ich rufe gleich meinen alten Freund Ezra an. Er arbeitet hier an einigen Ausgrabungen auf dem Tempelberg. Vielleicht weiß er, wo wir zu suchen anfangen sollen!"

„Okay, aber wir sollten auf Nummer sicher gehen und vielleicht mit einem Münztelefon anrufen, ich traue deinem neuen Telefon nicht!"

„Dann fahren wir jetzt erst mal zum Hotel, von da aus werde ich telefonieren. Vielleicht hat er morgen schon Zeit. Heute ist es leider schon zu spät, es dämmert schon."

Er öffnete die Fahrertür, holte das Satellitentelefon aus dem Handschubfach, ging zur anderen Straßenseite, warf es einmal auf den Boden und ließ es anschließend in dem Mülleimer verschwinden. Dann stieg er zu Isaac ins Auto.

Es war noch früh, als Isaac zu ihm ins Auto stieg. „Wo geht es hin?", fragte Isaac und schnallte sich an.

„Wir treffen uns mit Ezra in einem kleinen Frühstückscafé, nicht weit von hier!" Er startete den Motor. „Wir treffen uns mit Ezra in der Altstadt, im Holy Café", fuhr er fort, als er den Wagen aus der Parklücke manövrierte.

Das Café mit dem himmlischen Namen *Holy* lag im Westen des Tempelberges in der Altstadt, nicht weit von der Klagemauer entfernt. Die Altstadt Jerusalems ist in vier Viertel gegliedert, das jüdische, das muslimische, das christliche und das armenische Viertel, und von einer Mauer umgeben.

Herzlich umarmte Henry den hageren Mann, der von seinem Stuhl aufsprang, als er ihn erblickte. Er stellt ihn Isaac als Ezra vor und erklärte ihm, dass Ezra für die Waqf-Behörde, die eine unveräußerliche Islam-Stiftung war, arbeitete. In ihrem Namen leitete Ezra einige Ausgrabungen unterhalb der Al-Aqsa-Moschee und sicherte für die Behörden die Funde und war zudem der Chefkurator des

Israel-Museums.

„Ich freue mich sehr, dich wiederzusehen. Wie lange ist das nun her? Zehn Jahre?"

Ezra lächelte. „Ich glaube, sogar schon zwölf Jahre, mein lieber Henry. Ich freue mich auch sehr, dich wiederzusehen. Aber bevor wir weiterreden, sollten wir was zu essen bestellen." Ezra zeigte auf einen Tisch hinter sich, der unter einem Sonnenschirm auf der Terrasse des Cafés stand.

Auch wenn es noch früh war, ist bei einem strahlendblauen Himmel ein Sonnenschirm in Israel Gold wert. Die drei nahmen auf drei der vier Stühle Platz.

„Ich bestelle uns etwas zum Frühstück, ihr werdet es lieben. Hier gibt es das beste Shakshuka in ganz Jerusalem!", erklärte Ezra.

Als der Kellner kam und die Bestellung aufnahm, wandte Isaac sich fragend an Henry. Bevor er seine Frage allerdings aussprechen konnte, beantwortete er ihm diese bereits: „Shakshuka sind Eier, die in einer leckeren würzigen Tomatensauce gekocht werden!"

Isaac nickte ihm dankbar zu, dann verschwand der Kellner auch schon wieder.

„Ich habe uns auch drei Kaffee dazu bestellt. Also, was ist so wichtig, dass ich sofort aus dem Museum hierher eilen musste? Wir haben nämlich vorgestern einige interessante Dinge unterhalb der Moschee entdeckt, die meiner ganzen Aufmerksamkeit bedürfen!"

„Du wirst mir nicht glauben, was ich dir jetzt erzählen werde!", begann er und lehnte sich etwas näher zu Ezra hinüber.

Er senkte seine Stimme und erzählte ihm alles, was bisher geschehen war. Von dem Zeichen im Grab von Alexander dem Großen, dem Tagebuch Jankuhns in der Kiste des versteckten Panzerzuges des Führers und ihrem Fund im Turm von Jericho. Dann zeigte er ihm die Fotos auf der Kamera, die er in der versteckten Kammer aufgenommen hatte, und die Notiz, die Eckbert Jankuhn in dem versteckten Hohlraum gefunden hatte.

Ezra hörte gespannt zu, er wollte ihn in seiner Erzählung keinesfalls unterbrechen. Erst der Kellner, der ihnen das Frühstück brachte, unterbrach ihn.

Als der Kellner wieder verschwunden war, schaute Henry gespannt zu Ezra. „Und?"

„Und?", fragte Ezra ihn zurück und zerschnitt dabei seine Eier.

„Na, was hältst du von dem Ganzen?", fragte er etwas ungeduldig.

Ezra schaute auf und lächelte ihm zu, dann tippt er mit dem kleinen Finger der rechten Hand, in der er das Messer hielt, auf das Tagebuch, das zwischen ihm und Henry auf dem Tisch lag. „Zeig mir bitte noch mal das Zeichen, welches du in dem Grab von Alexander dem Großen gefunden hast!"

Er tat, worum ihn Ezra gebeten hatte, und blätterte ein paar Seiten zurück. „Dieses Zeichen hier hatte Eckbert Jankuhn schon Anfang der 1930er-Jahre notiert. Er hatte es als Hinweis mit dem Satz, der uns nach Jericho geführt hatte, notiert. Es ist dasselbe Zeichen, welches wir auf dem Sarkophag von Alexander dem Großen gefunden haben. Ich habe es das erste Mal in einem Text gesehen, der auf Papyrus geschrieben stand.

Dieses Dokument, welches von einem Volk spricht, das jenseits der Grenzen des makedonischen, ägyptischen oder persischen Reiches lebte, besagt, dass dies das Zeichen des Wissens ist und vor allem der Schlüssel zum Wissen ist. Der Text besagt weiter, dass dieses Zeichen einen Schlüssel symbolisiert und dem Auserwählten den Weg zum Wissen des Sternen-Volkes zeigt. Als ich dann dieses Zeichen auf dem Sarkophag von Alexander fand, kam mir eine Idee: Dieses Dokument wurde von makedonischen Priestern aus der Bibliothek von Alexandria in das Serapeum von Alexandria gebracht. Dort wurde es Anfang des 20. Jahrhunderts, zusammen mit ein paar letzten Schriftrollen aus dieser Zeit, in einer Kammer wiedergefunden. Der Text spricht auch von einer Verbindung zwischen diesem Zeichen und König Salomon.

Da kam ich ins Grübeln und stellte Nachforschungen an, ich glaube heute, dass dieses Zeichen den Schlüssel Salomons symbolisiert und Salomon einst den Zugang zu seinem umfangreichen Wissen öffnete. Ich glaube, Salomon besaß den Schlüssel zur Quelle allen Wissens. Stell dir mal vor, Ezra, wir finden diesen Schlüssel und könnten so das Wissen erlangen, um Technologien zu entwickeln, die Hungersnöte, Energieknappheit und Armut ausmerzen würden. Wir könnten Technologien entwickeln, die es uns ermöglichen würden, andere Planeten zu besiedeln!"

Ezra hob die Hand und unterbrach ihn. „Die Legenden um König Salomons Schlüssel sind mir durchaus geläufig. Die Legenden sprechen von einem Ring, mit dem er bestimmte Dämonen kontrollieren konnte, und andere Legenden sagen, dass es der Schlüssel zu seinem Wissens war. Allerdings sind diese Legenden uralt und wurden über die Zeit immer wieder neu erzählt. Aber du sagtest, dass dieses Zeichen auf dem Sarkophag Alexanders eingraviert war?"

Er nickte.

„Das ist allerdings wirklich merkwürdig!", murmelte Ezra nachdenklich und starrte auf das Symbol auf der Tagebuchseite.

„Ist das nicht das Zeichen, welches Sie in Griechenland in dem Grab Alexanders gefunden haben? Sie sagten, wenn ich mich recht erinnere, in einem Interview, es symbolisiert Salomons Schlüssel!"

Er und Ezra ruckten erschrocken mit dem Kopf herum, auch Isaac schaute erschrocken auf in die Richtung, aus der die weibliche Stimme kam.

Hinter Ezra und Henry stand eine junge Frau Anfang 30. Sie trug eine Sonnenbrille und eine rote Cappy der San Francisco 49ers. Sie lächelte ihnen zu und ging auf den freien Platz am Tisch zu. „Der ist noch frei?", fragte sie und setzte sich auf den freien Stuhl am Tisch, ohne auf eine Antwort zu warten.

„Was willst du denn hier? Für dich ist hier kein Platz am Tisch!", bellte Henry die Frau an.

„Ist das ... ist das nicht die Reporterin, ich meine, du kennst sie?", fragte Isaac unwillkürlich lächelnd nach, ohne seine Augen von ihr abzuwenden.

„Das ist sie, zu meinem Leidwesen kennen wir uns schon etwas länger. Ich habe damals nach seinem Fund in Griechenland einen Artikel über ihn veröffentlicht. Einen, wie ich finde, sehr detaillierten und ausführlichen Bericht über den Finder des Grabes von Alexander dem Großen!"

„Ausführlich und detailliert ist richtig, allerdings hast du mir die Worte im Mund verdreht und mich eher wie einen Idioten dastehen lassen, der an übernatürlichen Hokuspokus glaubt!"

„Übernatürlichen Hokuspokus?"

„Ja, mein lieber Isaac, Frau Krüger hier schreibt für ein kleines Wissenschaftsmagazin. Ich war damals so töricht, ihr ein Interview nach dem Fund zu gewähren. Anfangs ging es nur um den Fund des Grabes und um die

Grabkammer. Als wir über das Zeichen auf dem steinernen Sarg Alexanders zu sprechen kamen und ich von meinen Recherchen zu dem Symbol erzählte, wurde sie hellhörig und bohrt nach. Da sie durchaus weiß, ihren Charme einzusetzen, erzählte ich ihr von meiner Vermutung, dass es den Schlüssel Solomons symbolisiert."

Der Kellner kam zu ihnen an den Tisch und fragte, ob er noch etwas bringen durfte.

Henry reagierte als Erster. „Vielen Dank, wir brauchen nichts. Die Dame wollte uns gerade wieder verlassen!" Ezra übersetzte dem Kellner schnell, der daraufhin wieder verschwand.

„Jetzt sei doch nicht so, ich habe mich bereits bei dir entschuldigt, was soll ich denn noch tun?"

„Wofür hat sie sich denn bereits entschuldigt?", warf Isaac fragend ein, bevor er antworten konnten.

„Eigentlich habe ich mir geschworen, nicht mehr darüber zu reden. Na ja, als ich damals Charline kennengelernt habe, war sie eine junge Journalistin, die gerade ihren ersten großen Bericht schreiben wollte. Sie war ambitioniert und wissbegierig. Als wir im Laufe der Ausgrabungen immer mehr Details für ihren Bericht zusammentrugen, kamen wir uns näher, das war auch der Grund, warum ich ihr von meiner Theorie über den Schlüssel erzählte.

Ich spann etwas herum und erzählte ihr, dass es ein Volk geben musste, das uns bis heute unbekannt ist und ihr Wissen an Salomon und die Menschen weitergegeben haben mussten. Charline hat meine Zuneigung zu ihr ausgenutzt, um an die Infos zu gelangen, die sie brauchte. Als ich eine weitere Spur zum Schlüssel nicht finden konnte, verschwand sie und beendete ihren Artikel. Sie berichtete über meine Theorie und stellte mich als Spinner dar, der die bisherigen wissenschaftlichen Erkenntnisse über die Entstehung der Menschheitszivilisation in Frage stellte und eher daran glaubte, dass die Menschen von Aliens oder etwas in der Art abstammen könnten und von ihnen ihr heutiges Wissen geerbt haben.

Der Fund des Grabes fand Beachtung in der Welt der Wissenschaft, seit dem Interview gelte ich zwar als namhafter Archäologe, aber für meine Theorie über den Schlüssel Salomons und die Verbindung zu Alexander erntete ich viel Spott und Hohn!"

„Ich gebe zu, es war vielleicht nicht alles treffend formuliert, aber lass mich dir bitte etwas anbieten!"

„Pah, nicht treffend formuliert", unterbrach er sie zornig. „Das reicht, los, geh jetzt. Wir beide haben uns nichts mehr zu sagen!"

Ezra beugte sich zu ihm herüber und flüsterte ihm zu: „Henry, lass mir dir bitte einen Rat geben, als dein Freund!" Er nickte. „Hör dir an, was sie zu sagen hat, vielleicht kann sie dir noch nützlich sein!"

Herny dachte kurz nach und atmete nach ein paar Sekunden der Stille einmal tief durch. „Na schön, was willst du mir anbieten? Ich weiß zwar nicht, was du mir anbieten könntest, was für mich von Nutzen sein könnte, aber du hast Glück, dass Ezras Wort bei mir viel Gewicht hat!"

„Du wirst es nicht bereuen, danke. Also, ich möchte euch begleiten und einen Artikel über eure Suche schreiben. Ich verspreche, ich werde nur Fakten einbauen, die ich von euch erhalten werde, und du kannst den Artikel vor Veröffentlichung lesen. Ich will die exklusive Story haben, wenn du Recht hast mit deiner Theorie, dann will ich es sein, die diesen Artikel schreibt!"

„Wieso sollte ich dazu Ja sagen? Was habe ich davon,

womöglich noch mehr Spott und Hohn!"

„Du würdest mir die Chance geben, deine Ansicht bezüglich dieser Theorie wieder ins richtige Licht zu rücken und dem Rest der Welt zu zeigen, dass du Recht hattest. Bitte, Henry, lass es mich wiedergutmachen! Ich verspreche, ich werde mich dieses Mal, bevor wir wieder getrennte Wege gehen, verabschieden!" Sie lächelte ihm charmant zu.

„Ich fände es sehr schön, wenn du uns begleiten würdest!" Isaac lächelte ihr verschmitzt zu.

„Gut, dass du das nicht entscheidest, Isaac. Aber in diesem Fall würde ich sagen, okay. Aber sobald ich ein ungutes Gefühl verspüre, das heißt beim ersten Anzeichen, das ich verspüre, dass du es nicht ernst meinst, werde ich unser Arrangement direkt beenden!"

Charline lächelte ihm zufrieden zu und nahm ihre Sonnenbrille ab. „Nachdem wir das geklärt haben, erzählt doch mal, worüber ihr eben geredet habt."

„Wir haben uns darüber unterhalten, dass wir in dem alten Tagebuch von Eckbert Jankuhn ein Symbol gefunden haben, welches uns nach Jericho und schließlich hierher ... Aua!", rief Isaac am Ende und rieb sich sein Schienbein.

„Okay, danke, Isaac, das reicht. Du musst nicht direkt, wenn du eine schöne Frau siehst, die Hosen runterlassen!"

Charline schaute verlegen zu Boden und Isaacs Gesichtsfarbe wechselte zu rot. Er versank in seinem Stuhl.

„Also, dann bist du im Groben auf dem Stand der Dinge, wir haben die Spur gefunden. Ezra wollte uns, bevor du uns unterbrochen hast, glaube ich, etwas mitteilen!"

„Ich leite momentan die Ausgrabungen unterhalb der Al-Aqsa-Moschee. Dort stand früher der Tempel Salomons, der erste Tempel auf dem Tempelberg."

Henry nickte ihm zustimmend zu.

„In diesem Tempel soll laut Überlieferung einst die Bundeslade aufbewahrt worden sein. Nachdem er von Nebukadnezar II. und den Babyloniern zerstört wurde, wurde mit persischer Hilfe nach der Befreiung Jerusalems ein neuer Tempel erbaut. Dieser gilt als der zweite Tempel Salomons. In dessen Ruinen glauben wir gerade zu graben. Wir haben tief im Tempelberg unterhalb der Moschee etwas Interessantes gefunden. Vielleicht ist es besser, ich zeige es euch, das ist sicherer! Ich muss nur kurz telefonieren. Wir brauchen von der Waqf die Genehmigung für euch."

„Einverstanden, auch wenn ich bis dahin vor Neugier geplatzt bin, aber du hast Recht. Sicher ist sicher!", erwiderte Henry und winkte den Kellner herbei. Er zahlte, während Ezra zum Telefonieren aufstand.

„Wo müssen wir hin?", wollte er wissen, als er den Motor des Autos startete.

„Zum Marokkanertor", gab ihm Ezra kurz zurück.

Charline und Isaac verriegelten die Sicherheitsgurte auf dem Rücksitz, während Henry aus der Parklücke ausparkte.

Es dauerte nicht lange, bis er in die Ma'alot Ir David St südlich des Tempelberges einbog und das Auto parkte. Sie stiegen aus und orientierten sich kurz.

„Wusstet ihr, dass quasi genau hier, wo wir gerade sind, früher einmal die Stadt Davids stand?"

Henry und Ezra guckten beide zu Isaac und lächelten.

„Wusstest du, dass es Davids Plan war, dort oben auf dem Berg einen Tempel zu errichten? Allerdings wurde es ihm verwehrt und so baute sein Sohn Salomon den ersten Tempel und verband ihn angeblich mit der Stadt seines Vaters! Bis heute hat man diesen Tunnel nicht gefunden!", erwiderte ihm Henry lächelnd.

„Das wusste ich noch nicht!", murmelte Isaac, als er Ezra und Henry hinterherschaute.

Charline kam ums Auto herum und legte ihm die Hand auf die Schulter. „Sei ihm nicht böse, er ist nun mal auch Professor an der Uni, da kommt manchmal der Lehrer durch. Aber sonst ist er ein netter Kerl. Na komm!", sagte sie zu Isaac und tätschelte ihm den Rücken.

Isaac lächelte ihr hinterher und folgte.

Sie gingen die Straße bis zum Ende wieder zurück, wo sie am südlichen Fuß des Tempelberges in eine Querstraße mündete. Sie folgten der Querstraße ein kurzes Stück nach Westen, bis sie rechts von ihnen an ein offenes Gelände gelangten. Sie überquerten die Straße und gingen auf den Einlasskontrollpunkt zu.

Jeder, der das Gelände betreten wollte, musste sich durchsuchen lassen, allerdings wurde nicht nur nach Waffen oder ähnliches gesuchte, sondern es wurde auch darauf überprüft, welcher Glaubensrichtung man angehörte. Nicht muslimisch Gläubige durften den Tempelberg ausschließlich über das Marokkanertor oberhalb der Klagemauer betreten. Die Polizeibeamten wurden dabei von Angestellten der Waqf-Behörde unterstützt.

Ezra zeigte den Beamten seinen Waqf-Ausweis und eine Genehmigung für seine Begleiter auf seinem Handy, denn ohne diese Genehmigung durften nicht-muslimische Bürger oder Nicht-Mitglieder der Waqf den Tempelberg oder die Moschee nicht betreten.

„Bitte einmal folgen", wies Ezra an und führte die Gruppe auf den kleinen Platz hinter den Kontrollhäuschen. „Seht ihr die Brücke dort vorne, die über das tiefer liegende Areal führt? Das ist die **Mughrabi**-Brücke und führt zum Marokkanertor."

„Wo ist nun die Klagemauer?"

„Die ist unterhalb des Tores, du siehst, wie die Gläubigen dort unten ihren Kopf gegen die Steinwand legen und beten. Das ist die Klagemauer, eine Außenwand des ersten Tempels!", erklärte Henry Isaac.

„Sie sagten, dass Sie unterhalb der **Al-Aqsa-Moschee** Ausgrabungen leiten? Ist es denn nicht schon länger verboten, unterhalb des Tempelbergs zu graben?"

Ezra lächelte Charline zu, während sie über die Brücke gingen. „Das ist richtig, Frau Krüger. Doch die Waqf-Behörde hat die Kontrolle über diesen Berg, und auf Grund einiger Schwierigkeiten mit der Statik des Berges hat man sich entschlossen, es zuerst einmal mit Scans des Bergmassives zu probieren. Die Ergebnisse waren nicht eindeutig, jedoch klar genug, um viele Tunnel und einige Kammern zu entdecken. Wir haben tief unter der Moschee eine neue Kammer gefunden. Dort gehen wir jetzt hin."

„Also heißt das, die Waqf hat keine Lehre aus den massiven Grabungen der Vergangenheit gezogen? Schon einmal hat die Waqf mit Baggern und Bulldozern im Erdreich gegraben und wollte unterhalb der Ställe Salomons auf der Ostseite eine unterirdische Moschee errichten. Dadurch sind die statischen Probleme doch erst aufgetreten! Wer weiß, was da alles an archäologischen Schätzen vernichtet worden ist!"

„Da hast du Recht, Henry. Ich möchte nicht bestreiten, dass die Waqf oder auch die jüdischen Archäologen sich in der Vergangenheit nicht immer bestens und zum Vorteil aller verhalten haben. Fakt ist, wir graben mit Bedacht und sind sehr vorsichtig dabei. Das Team besteht lediglich aus fünf Archäologen und du wirst mir dankbar sein, dass wir es getan haben.

Aber nun gut mit der Fragestunde, wir sind jetzt da. Bitte zieht eure Schuhe hier aus. Ihr bekommt, wenn wir in den Keller gehen, andere, in der Moschee müssen sie allerdings ausgezogen werden. Ihr könnt sie hier hineinstellen!", erklärte ihnen Ezra und zeigte auf eine kleine Nische in der Wand neben einem kleineren Seiteneingang zur Moschee.

Dann drehte sich Ezra noch einmal um, als er die schwere Tür bereits einen spaltbreit geöffnet hatte. „Bitte benehmt euch absolut leise im Innenraum. Es ist für euch ein absolutes Privileg, dass ihr die Moschee betreten dürft. Der Zutritt für Nicht-Muslime ist eigentlich streng verboten!" Dann bat er Charline ins Innere und folgte ihr.

Isaac wollte ihnen folgen, doch Henry hielt ihn auf. „Warte bitte noch kurz. Ich wollte mich bei dir entschuldigen. Ich war eben im Café etwas forsch zu dir. Nimm es mir bitte nicht übel, nur, ich kenne Charline oder zumindest dachte ich es, bis sie mich sitzen ließ. Ich vertraue ihr nicht, sie hat es schon einmal gemacht. Ich habe damals mein Herz und alles andere mit ihr geteilt. Als ich für sie nicht mehr von Wert war, verschwand sie. Ich würde dich daher bitten, Fortschritte über unsere Suche in ihrer Gegenwart mit Bedacht zu äußern. Das wollte ich dir nur noch sagen, ich fand, du solltest es wissen!"

Isaac schaute ihm in die Augen und sah, dass es ihm nicht leichtgefallen war, über seine Vergangenheit mit Charline zu sprechen. Er machte einen Schritt auf ihn zu und streckte ihm lächelnd die Hand entgegen.

Henry schaute kurz auf Isaacs Hand und nahm ihn dann in den Arm und flüsterte: „Danke!"

Die Tür schwang einen Spalt hinter ihnen auf und Ezras Kopf lugte hindurch. „Kommt ihr?"

„Wir kommen!", antwortete Henry und löste sich von Isaac, dann folgten sie Ezra ins Innere der Al-Aqsa-Moschee.

Sie durchquerten das große von Säulen und Rundbögen gesäumte Mittelschiff der Moschee nach Süden, bis sie am Ende in eine runde Halle gelangten, deren Decke eine prunkvoll verkleidete Kuppel war. Die Moschee war fast leer, nur vereinzelt sah man jemanden.

Ezra erklärte flüsternd, dass die Moschee zurzeit nur für Waqf-Mitglieder zugänglich ist, auch wenn die Türen unverschlossen sind, halten sich die Gläubigen an die Anweisung. Sie folgten Ezra in das östliche Seitenschiff, wo er vor einer unscheinbaren alten Holztür stehen blieb.

„So, hinter dieser Tür geht es in das Kellergewölbe. Diese Schuhe hier könnt ihr anziehen", erklärte er und entriegelte die Tür. Sie folgten der dahinterliegenden steinernen Wendeltreppe nach unten.

„Diese Moschee steht heute an der Stelle, an der vor knapp 3000 Jahren der erste Tempel errichtet wurde?"

„Ganz genau, Frau Krüger. Zuerst ließ König Salomon um 950 vor Christus einen Tempel auf diesem Berg errichten, der um 586 vor Christus durch Nebukadnezar II. und die Babylonier zerstört wurde. Im Jahre 516 vor Christus stellte man auf Befehl von Herodes, dem römischen Klientelkönig, und mit persischer Hilfe den zweiten Tempel fertig", erklärte Ezra, während sie die Wendeltreppe hinabstiegen.

„Die Römer errichteten auch die Umfassungsmauern", erklärte er weiter, „der bekannteste Teil dieser Mauern ist die Westmauer, oder auch Klagemauer genannt. Dieser Tempel wird auch in der Bibel und anderen religiösen

Schriften erwähnt. Jesu soll in diesem Tempel ein- und ausgegangen sein. In den darauffolgenden Heiligen Kriegen um die Stadt Jerusalem wurde dieser Tempel erneut zerstört. Später eroberte der islamische Glauben Palästina und auf dem Tempelberg wurde der Felsdom, nicht weit von hier, errichtet und einige Jahre später diese Moschee über uns.

Genug mit der Geschichtsstunde, wir sind jetzt in den Katakomben der Moschee, die direkt in die alten Fundamente der Tempelanlagen gebaut wurden!"

Er zeigte auf freigegrabene Mauerpassagen, die rund einen halben Meter aus dem Boden der Halle ragten. Die Treppe mündete in einer rechteckigen Halle, die von Säulen durchzogen war. Der Boden war von ausgegrabenen Überresten alter Mauern gesäumt.

„Das sind also die alten Mauern des zweiten Tempels?"

Ezra lächelte. „Ja, Isaac, das sind sie. Freut mich, dass dich das schon begeistert! Warte mal ab, bis wir unten sind!"

„Unten?", fragte Henry.

„Ja, wir müssen dort hinten durch den Durchgang und noch rund zehn Meter nach unten. Der Raum, den ich euch zeigen will, liegt fast an der südlichen Wand des Tempelberges!", klärte Ezra sie auf.

Charline und Isaac gingen begeistert zwischen den Ruinenmauern umher. Das Kellergewölbe war nur spärlich ausgeleuchtet, die diffuse Beleuchtung ließ die Halle in einem gespenstischen Licht erscheinen.

Henry folgte Ezra zum Durchgang. „Nun erzähl schon, was willst du uns zeigen?"

„Na gut, ich kann dir schon einmal verraten, dass wir vor ein paar Monaten einen Hohlraum entdeckt haben, der etwas abseits der restlichen Ruinen lag. Wir fanden den Zugang zu dem Verbindungstunnel und beseitigten das Erdreich. Ein kreisrunder Raum kam zum Vorschein, der zwei Meter hoch war. Als der Raum von Erde und Staub befreit war, trauten wir unseren Augen nicht. Aber besser, du schaust es dir selbst an!"

Henry seufzte und drängte Ezra zur Eile. Es kribbelte ihm schon in den Fingern vor Anspannung. Ezra führte die kleine Gruppe durch Gänge, kleine Hallen und verwinkelte Räume, bis sie den Zugangstunnel zum neu entdeckten Raum erreichten.

Ein schmaler Gang, der gerade so hoch war, dass sie ihn nur gebückt durchqueren konnten, lag vor ihnen. Er war gut 20 Meter lang und führte stetig bergab. Die Steinquader, aus denen der Tunnel gebaut wurde, waren teilweise noch mit Erdreich verdreckt, sodass man nur hin und wieder den Stein darunter erkennen konnte.

Am Ende des Tunnels gelangten sie in einen kreisrunden Raum. Ezra betrat ihn zuerst und wartete, bis alle aus dem Tunnel in den Raum gelangt waren.

„Nun seid ihr in dem, wie ich glaube, Geheimnisraum von König Salomon. Wozu dieser Raum wirklich gedacht war, wissen wir noch nicht. Nachdem wir diesen unscheinbaren Raum freigelegt haben, begannen wir ihn zu untersuchen. Wie ihr hinter mir auf dem Boden vor der Wand erkennen könnt, haben wir zuerst versucht herauszufinden, ob unter der Erde noch etwas ist. Leider fanden wir unter der noch zehn Zentimeter dicken Erdschicht direkt den steinernen Fußboden. Also fingen wir an, die Wände freizubürsten.

Wir trauten unseren Augen nicht, als wir die Schriftzeichen und Hieroglyphen der verschiedensten Hochkulturen der Evolutionsepochen der Geschichte darauf eingraviert fanden. Das Faszinierendste dabei war allerdings, dass wir

Schriftzeichen von Kulturen aus dem **präkolumbischen Mesoamerika** oder andern Hochkulturen fanden, die vor mehren tausend Jahren existierten und sich auf der anderen Seite der Erde entwickelten."

„Genau wie in Jericho!", unterbrach Isaac Ezra flüsternd.

„Jericho? Was war in Jericho?", fragte Charline skeptisch nach.

Henry überging Charlines Frage und richtete seinen Blick auf Ezra. Seine Augen waren weit geöffnet und die Anspannung und Nervosität waren in seinem Gesicht deutlich zu erkennen. „Sag schon, Ezra, hast du es hier gefunden? Salomons Zeichen?"

Ezra musterte für einen Moment seinen gespannten alten Freund und lächelte ihm zu. „Deswegen habe ich euch hierher geführt. Schaut mal hier!" Ezra drehte sich zur Wand hinter sich und zeigte auf ein Symbol, das auf Brusthöhe in den Steinquader eingemeißelt war. Es war das Schlüssel-Zeichen von König Salomon.

Henry machte zwei Schritte nach vorne an Ezra vorbei und begutachtete das Symbol. Vorsichtig strich er darüber. Mit den Fingerspitzen rieb er die hauchdünne Erdschicht von dem Stein. Darunter kamen dünne Linien zum Vorschein, die so zart waren, dass man sie nur erkennen konnte, wenn man wusste, dass sie da sein mussten.

Die anderen drei schauten ihm dabei ganz genau zu, als er auf die im Quadrat laufenden Linien aufmerksam machte. „Gib mir mal bitte deine Lampe."

Ezra gab ihm etwas irritiert seine Taschenlampe. Er schlug einmal feste mit dem unteren Ende der Lampe auf das Symbol. Unter leisem Knirschen gab die dünne Steinfliese nach und gab die Sicht auf einen Hohlraum frei.

Ezra konnte seine Begeisterung nicht mehr für sich

behalten, ein lautes *Sei gelobt, Herr im Himmel* war von ihm zu vernehmen.

„Ja, ganz recht, mein alter Freund, ihr habt hier wirklich etwas Geheimnisvolles gefunden." Vorsichtig griff er in das Loch hinein und ertastete eine kleine flache Steintafel. Schnell zog er sie heraus und leuchtete mit der Lampe auf sie. Auf ihr waren wenige Worte in hebräischer Schrift zu erkennen. „Bitte sei so nett, mein Hebräisch ist etwas eingerostet!"

Ezra nahm ihm die Tafel aus der Hand und Henry leuchtete ihm. Er war so gespannt wie Charline und Isaac auf Ezras Übersetzung.

Dieser strich ein paar Mal vorsichtig über die Schriftzeichen und befreite sie von Staub. „Hier steht ein Satz: Nur die Seelen der Toten kennen das Geheimnis."

„Das ist alles?", wollte Isaac enttäuscht wissen.

„Was soll das heißen, nur die Seelen der Toten kennen das Geheimnis?", wiederholte Charline.

Ezra schaute nachdenklich auf die kleine Steintafel, auch Henry dachte angestrengt nach. Dann wandte er sich ab und leuchtete noch einmal in den Hohlraum in der Wand. Außer Staub und Steinsplitter war dort nichts mehr zu finden.

„Ich weiß, ihr findet es hier sehr aufregend, aber würde es euch etwas ausmachen, wenn wir wieder an die frische Luft gehen? Langsam fühle ich mich hier in den engen Räumen so tief unter der Erde nicht mehr wohl!", gab Isaac beklommen zu.

Henry drehte sich zu den dreien. „Isaac hat Recht, wir sollten wieder nach draußen, wir werden hier nichts mehr finden!", sagte Henry mit bestimmendem Ton und verschwand im Tunnel.

Der Rest der Gruppe folgte ihm. Als sie wieder ins Freie traten und ihre Schuhe angezogen hatten, atmete Isaac einmal tief ein und hielt sein Gesicht den wohltuenden Sonnenstrahlen entgegen.

Der Brunnen der Seelen

Die Sonne stand tief am wolkenlosen blauen Himmel, es war bereits Nachmittag geworden. Auf dem Vorplatz der Moschee war nicht mehr viel los, nur vereinzelt sah man noch Menschen umherlaufen. Sie gingen ein paar Meter über den weiten Platz, auf dem ein paar Bänke und Bäume in Grünanlagen standen. Am Ende des Platzes war ein kleiner etwas höher gelegener Garten angelegt, über eine Treppe gelangte man zu dem Weg, der zum dahinterliegenden Felsendom führte.

Isaac und Charline setzten sich auf eine Bank am Ende des Platzes mit Blick auf die goldene Kuppel des Felsendomes. Ezra und Henry standen vor der Bank und begutachteten erneut sehr akribisch die Steintafel im Sonnenlicht.

„Was meinst du? Was könnte mit diesem Satz gemeint sein? Ich habe im Tagebuch nachgeschaut, leider hat Jankuhn diese Stelle gut verschlüsselt. Es wird Zeit brauchen, es zu dechiffrieren."

„Ich bin mir nicht sicher, vielleicht gibt es einen Hinweis auf einen Friedhof oder dergleichen. Aber wo sollen wir anfangen zu suchen?", grübelte Ezra.

Sie tauschten weiter fieberhaft Ideen aus.

Währenddessen wandte Isaac sich an Charline. „Wusstest du, dass das Gebäude dort drüben hinter dem Garten der Felsendom ist?"

„Na klar, der Felsendom ist ja so bekannt wie die Klagemauer oder die Moschee!"

„Aber wusstest du auch, dass der Felsendom das älteste islamische Gebäude ist und einen Schrein darstellt? Unter seiner Kuppel liegt ein Granitstein aus einer der härtesten grauen Gesteinsschichten, die es hier gibt, und ist ein wahres geologisches Prachtstück. Auf diesem Fels soll auch einst die Bundeslade gestanden haben, den Abdruck soll man heute noch erkennen können."

„Das habe ich noch nicht gewusste, aber ich denke, es wird an solchen Orten auch viel über die Zeit hinzugedichtet!"

„Ich merke schon, da kommt die Journalistin bei dir durch. Tatsachen und Fakten sind wahre Informationen", sagte Isaac lachend. Charline musste ebenfalls schmunzeln.

„Aber eine Tatsache habe ich noch für dich", fuhr Isaac fort. „Unter diesem Stein befindet sich eine Höhle, die man durch einen kleinen Zugang betreten kann. In dieser Höhle befindet sich der Brunnen der Seelen. Dort versammeln sich die Seelen der Verstorbenen zweimal pro Woche. Auch einen auffallenden Felsvorsprung gibt ..."

„Sag das nochmal!" Henry schaute Isaac an, als hätte er gerade erfahren, dass Autos fahren können.

Isaac schaute ihn verdutzt an. „Was meinst du?"

„Das mit der Höhle!"

„Du meinst, dass es dort den Brunnen der Seelen gibt?"

„Ja. Nur die Seelen der Toten kennen das Geheimnis. Natürlich, Mann, wie konnte ich daran nicht denken! Wir müssen in die Höhle. Oh verdammt!", rief Henry seinen letzten Satz entsetzt aus und duckte sich dabei vor die Bank. Dann zog er Ezra ebenfalls nach unten.

Charline schaute Henry erschrocken an und flüsterte ihm zu: „Was hast du?"

„Wir sollten schnell hier verschwinden, dort am Eingang der Moschee ist Landa und Nickolas mit zwei weiteren Männern. Der mit der Glatze ist, glaube ich, einer von Landas Schlägern, den anderen kennen ich nicht!", gab Henry preis.

„Den anderen kenne ich aber, das ist ein hochgestelltes

Mitglied der Waqf-Behörde. Aber was machen die hier?"

„Offenbar kann man auch einige Mitglieder überreden zu privaten Führungen durch die Moschee, wenn der Preis stimmt. Noch haben sie uns nicht gesehen und ich weiß auch nicht, wie sie uns auf die Spur gekommen sind. Ich möchte es allerdings auch nicht herausfinden, los, verschwinden wir!"

Als die vier Männer in der Ferne hinter dem Portal in der Moschee verschwunden waren, sprang Henry auf und die vier liefen zum südlichen Haupteingang des Felsendoms. Ezra öffnete das schwere Eingangsportal und ließ zuerst Charline, dann Isaac hindurchschlüpfen und folgte ihnen dann. Henry hielt noch kurz inne und vergewisserte sich, dass ihnen niemand hierher gefolgt war, bevor er ebenfalls im Felsendom verschwand.

Sie standen in einem kreisrunden Raum, der von einem Säulengang umschlossen war. Hoch über ihren Köpfen thronte die Kuppel. Die Innenseite der Kuppel war prunkvoll verziert mit in goldener Schrift gefassten heiligen Texten und Symbolen. In der Mitte des Raumes befand sich, von einem Geländer umgeben, der Felsbrocken, auf dem einst die Bundeslade gestanden haben soll. Durch kleine Öffnungen unterhalb des Kuppelrandes fiel Sonnenlicht ins Innere des Doms und tauchte den grauen Steinfels bereits zur Hälfte in ein gleißendes goldenes Licht. Eine kleine Reisegruppe schaute sich noch kurz vor Schließung des Schreins um.

Leises Geflüster drang an Henrys Ohr, als er sich in dem Raum umschaute und den Steinblock in der Mitte inspizierte. Im fiel ein fast kreisrundes Loch auf, das durch den Steinblock führte und einen kleinen Ausschnitt der darunterliegenden Höhle preisgab. „Wir müssen da runter,

Ezra!"

„Ich weiß, Henry", flüsterte Ezra zurück, „wir warten noch, bis die Gruppe dort drüben verschwunden ist. Dürfte nicht mehr lange dauern, die offizielle Öffnungszeit ist gleich vorbei!"

„Gut, dass wir einen persönlichen Reiseführer mit Sondergenehmigung haben!" Charline lächelte und machte ein Foto von dem Steinfels.

„Genau aus diesem Grund will ich Archäologe sein!", sagte Isaac ehrfürchtig und voller Begeisterung, als er seinen Blick durch den Raum schweifen ließ.

Charline schaute zu ihm hinüber und lächelte ihm zu. Henry bemerkte es und ertappte sich dabei, wie auch er willkürlich anfing zu lächeln. Seine Augen ruhten auf der schönen jungen Frau, die er einst geliebt und der er sein Herz geschenkt hatte. Kurz wurde ihm ganz warm und er fühlte etwas Angenehmes, das seinen Körper durchströmte. Doch so schnell, wie es gekommen war, verflog es auch wieder, als ihm die Gedanken an seinen Schmerz aus vergangenen Tagen ins Gedächtnis geschossen waren. Schnell eiste er sich von ihrer anmutigen Gestalt los und bemerkte, dass die Reisegruppe gerade dabei war, durch den Ausgang zu verschwinden. „Okay, los, Ezra!", sagte er und ging auf Ezra zu.

Ezra bemerkte ebenfalls, dass sie nun alleine waren, und nickte Henry zu. Dann ging Ezra um den Steinblock herum, bis er auf der anderen Seite vor einem kleinen Schrein halt machte. Dieser Holzschrein war am Ende des Felsens errichtet worden und verdeckte sehr geschickt eine kleine Treppe, die in einen schmalen Gang führte.

„Durch diesen Gang gelangen wir ins Innere der Höhle!", wies Ezra die drei auf die Öffnung im Boden hin, nachdem er die darüber liegende Holzplatte und den Teppich entfernt hatte. Die Marmorböden waren im gesamten Gebäude generell mit für diese Region typischen bestickten Teppichen ausgelegt. Charline machte ein Foto von Ezra, wie er auf die Stelle im Boden zeigte.

Unter einem kleinen Vorsprung des Schreins gleich neben der Treppe zeigte Ezra auf eine Stelle am Boden. „Wenn ihr genau hinschaut, könnt ihr dort noch den hauchdünnen Fußabdruck vom Propheten Mohammed erkennen."

„Hmm, ich kann nichts erkennen. Du, Charline?"

Henry ging grinsend an Isaac und Charline vorbei und folgte Ezra die Treppe hinunter.

Charline hockte sich neben Isaac und schaute lächelnd zu ihm. „Du musst daran glauben, ihn zu sehen, dann wirst du ihn sehen!"

Isaac schaute sie verwirrt an. „Das verstehe ich nicht!"

„Das wirst du noch", sagte sie lächelnd und verschwand ebenfalls in der Höhle.

Henry fand sich am Fuß der Höhle in einem kurzen Tunnel wieder, der in eine knapp zwei Meter fünfzig hohe Höhle mündete. Die Höhle war nicht besonders groß, ungefähr sechs Meter im Durchmesser und die Wände bestanden aus schroffen Felsen. Auch hier war der Boden mit Teppich ausgelegt und bis auf einen kleinen hüfthohen Altar in einer Ecke, den zwei schmale Säulen zierten, war nur noch eine kleine Gebetsecke an einer anderen Wand zu sehen. Sonst war die Höhle leer.

„Hast du eine Idee, wonach wir suchen, Henry?"

„Ich weiß es nicht genau, aber ich würde sagen, wir untersuchen den Raum zuerst nach dem Zeichen. Isaac, fang du doch dort drüben mit Charline in der Gebetsecke

an. Ezra und ich schauen uns derweil hier drüben um!",
schlug Henry vor und ging ein paar Schritte an den Altar
näher heran. „Das ist also der Brunnen der Seelen!",
murmelte Henry.

Ezra kam zu ihm und flüsterte: „Hey, Henry, das miḥrāb
wurde doch erst viel später hier unten eingebaut. Charline
und Isaac werden da drüben nichts finden."

„Ich weiß, aber so ist Charline nicht in meiner Nähe und ich
kann meine Arbeit machen!", raunte er leise zurück.

Ezra schaute kurz zu den beiden hinüber und betrachtete
Charline bei ihrer Suche. Dann grinste er und wandte sich
wieder zu Henry der inzwischen den Marmorsockel des
Altars abklopfte. „Du magst sie noch immer, hab ich Recht?
Deswegen soll sie nicht in deiner Nähe sein, damit du dich
sicher fühlst und nicht an sie denken musst!"

Henry schaute kurz kühl zu ihm auf und schüttelte mit dem
Kopf. „Mach dich nicht lächerlich. Hilf mir lieber mal und
stell nicht solche aberwitzigen Theorien auf!", knurrte er
leise.

Ezra grinste noch immer und wusste, dass er Recht hatte. Er
kannte Henry sehr gut, auch wenn sie sich lange nicht mehr
gesehen hatten.

Nach ein paar Minuten, in denen die vier den Raum
akribisch unter die Lupe nahmen, wanderten die
Sonnenstrahlen langsam über die Oberfläche des Felsens,
bis diese fast das Loch zur Höhle erreicht hatten.

Ezra und Isaac standen gerade vor dem Marmoraltar und
unterhielten sich über die alten Legenden, die sich um den
Brunnen der Seelen rankten. Charline studierte derweil ein
Stück der Felswand nicht weit von Henry entfernt. Henry
schaute sich einen markanten Felsvorsprung an und ließ

gerade seine Hand über den kühlen Stein gleiten.

„Ah, das muss die Zunge des Felsens sein, laut der Legende hat an dieser Stelle der Felsen den Khalifen 'Umar begrüßt."

Henry erschrak und ruckte mit dem Kopf herum. Neben ihm stand Charline und schenkte ihm ein warmes Lächeln. Henry betrachtete sie und spürte, wie es bei ihrem Anblick in ihm anfing zu kribbeln. „Oh Charli... ehm, ich meine: hallo, Charline!", stammelte er.

Sie lachte. „Was ist los, Henry, hat es dir die Sprache verschlagen oder hast du ein schlechtes Gewissen?"

„Was, wie? Ehm, nein!", haspelte er. „Ich war nur in Gedanken und habe mich nur erschrocken, alles gut!", fügte Henry schnell hinzu, drehte sich schnell zu Isaac und Ezra um. Er wollte so schnell, wie es ging, der Situation entfliehen. „Habt ihr was gefunden?", fragte er die beiden mit leicht angehobener Lautstärke.

„Nein, noch nicht. Ihr?", gab Isaac ihm Antwort.

Henry schüttelte den Kopf und stellte sich in die Mitte des Raumes, dabei warf er Charline noch einen flüchtigen Blick zu und richtete, als er ihren Blick bemerkte, seine Aufmerksamkeit auf die Decke. Charline lächelte noch immer, senkte den Kopf, ohne ihre Augen von Henry zu lassen, und strich sich durchs Haar, dann widmete sie sich wieder der Felswand.

Henrys Blick fiel auf das Loch in der Decke, das leicht nach links von ihm versetzt in der Decke eingelassen war. Die felsigen Ränder der Öffnung erstrahlten in einem goldenen Ton. Die Sonne kündigte sich bereits an und es würde nicht mehr lange dauern, bis die Sonnenstrahlen durch das Loch in die Höhle fielen und wenige Minuten später ganz aus dem Innenraum des Felsendomes verschwunden waren.

Henry betrachtete kurz das Loch, dann fiel sein Blick auf

den mit Teppich ausgelegten Fußboden. Eine Idee erhellte seinen Geist und er schaute plötzlich ganz aufgeregt zu Ezra. „Ezra, wir müssen den Teppich auf die Seite rollen und wir müssen uns beeilen!" Kaum hatte er seinen Satz beendet, machte er sich daran, den Teppich vom Tunneleingang her aufzurollen.

Ezra kam auf ihn zu und intervenierte: „Henry, was machst du da? Das können wir nicht machen! Das hier ist ein heiliges Haus!"

„Bleib ganz ruhig, ich will nur den Teppich auf die Seite rollen. Ist ja nicht so, als wolle ich ein Loch in den Fels sprengen!" Dann schaute Henry zu Ezra auf. „Ezra, vertrau mir. Ich habe das Rätsel gelöst. Habe ich dich jemals enttäuscht?"

Ezra zögerte für einen Bruchteil einer Sekunde, dann half er Henry. Auch Isaac und Charline halfen dabei, den Teppich von der anderen Seite zur Seite zu rollen. „Verrätst du uns auch, was dir durch deinen Kopf schwirrt?", fragte Isaac.

„Wir suchen den Brunnen der Seelen. Das dort drüben ist ein Altar, aber nicht der eigentliche Brunnen der Seelen. Fast in jeder alten Mythologie steht die Sonne für das Leben und der Mond für die Toten. Der Tag gehört den Lebenden und die Nacht den Toten und wenn es dämmert, werden die Seelen der Verstorbenen dem Totenreich übergeben. Amun-Re ist der Urgott der Sonne und des Lebens, er war der bedeutendste Gott des alten Ägyptens. Das war der letzte Teppich, nun warten wir!", teile er den anderen mit.

Unter den Teppichen war nun ein glatter, glänzender Marmorboden zum Vorschein gekommen. Ziemlich in der Mitte des Raumes war ein Symbol aus verschiedenfarbigen Steinen in die Marmorplatten eingelassen worden. Dieses Symbol bestand aus einem weißen Marmorkreis, in der

Mitte dieses Kreises war ein schwarzer Stern eingelassen. Henry war sich nicht sicher, ob dieser Stern aus Glas oder einem ähnlichen schimmernden Material bestand. Er war glatt und glänzend und pechschwarz.

Um diesen Kreis aus weißem Marmor war ein weiterer Kreis gezogen. Die beiden Marmorkreise wurden durch eine dünne Linien aus schwarzem Stein getrennt. In dem äußeren Kreis waren immer mit dem gleichen Abstand zueinander merkwürdige Symbole aus farbigem glänzenden Material eingelassen. Diese sahen aus wie Runen oder anderer magische Glyphen.

Er betrachtete das Symbol mit einer gewissen Ehrfurcht. Er war sich sicher, dieses musste eine magische Glyphe von König Salomon sein. Auch wenn er es nicht selbst war, der dieses okkulte Zeichen hier eingelassen hatte, war er sich sicher, dass es seine Anhänger und Geheimniswahrer gewesen sein mussten. Sie mussten beim Bau des Felsendoms dieses hier eingelassen haben; was es genau war und wofür es gut sein sollte, war ihm allerdings noch nicht klar.

Einige Sekunden später brach der erste Sonnenstrahl durch das Loch in der Felsdecke in den Innenraum der Höhle und tauchte sie in ein warmes Licht. Die vier stellten sich vor den Tunneleingang und verfolgten den Weg der gebündelten Sonnenstrahlen über den Höhlenboden. Wenige Augenblicke später griffen die ersten Strahlen nach dem Rand des Symbols und zogen sich mit aller Kraft in Richtung des schwarzen Sternes.

Die Luft war vor Anspannung wie elektrisiert, Henrys Pulsschlag erhöhte sich. Sollte er nun endlich am Ende seiner Suche sein? Würde er der Archäologe sein, der Salomons Schlüssel findet und sein Geheimnis entschlüsselt? Die Gedanken kreisten in seinem Kopf wie wild herum.

Dann war es so weit, der äußere Rand des gebündelten Lichtes hatte den Stern erreicht. Ganz gemächlich kroch der Lichtkegel über den Boden und schob sich immer weiter über den Stern. Die Farbe des Sterns schien sich in ein blasses Rot zu wandeln, das immer intensiver wurde. Als der Kegel aus Sonnenlicht sich genau über dem Stern befand, fing das Material an zu glühen, so intensiv, dass die gesamte Höhle in ein gleißendes mystisches Rot getaucht war.

„Unglaublich", murmelte Isaac begeistert vor sich hin.

„Das ist es! Das wird mir keiner glauben!", versicherte Charline mit fasziniertem Blick und nahm schnell ihre Kamera zur Hand.

Ezra beobachtete genau wie Henry wie gebannt das Geschehen. Um ihn herum schienen verschiedene Hieroglyphen auf. Es waren jeweils ein Schriftzeichen der prägenden Hochkulturen der Geschichte. Die Zeichen glühten in einem orangeroten Licht wie Lava. Zwei Atemzüge passierte nichts, bis es Henry wie ein ferner Ruf aus dem Nichts durchfuhr. Die Symbole erloschen und das Glühen des Sternes wurde schwächer, bis in der Mitte das Auge des Re erschien.

Der Ruf erweckte in Henry das Verlangen, das Auge zu berühren. Blitzschnell beugte er sich hinunter und berührte behutsam das Symbol. Als Henrys Finger von dem eiskalten glasähnlichen Material glitten, glühte das Auge einmal hell weiß auf, dann erlosch das Licht wieder. Das Bündel aus Sonnenlicht war derweil verschwunden und nur noch die Öffnung in der Decke schimmerte leicht golden.

„Das war es?", rief Isaac enttäuscht.

„Habe Geduld!", flüsterte Henry wie in Trance.

Einen Augenblick später hörten sie ein leises Klicken und der Stern erhob sich gut fünf Zentimeter aus dem Boden, dann klickte es erneut und in den vier größten Spitzen tauchten die Zeichen der vier Himmelsrichtungen auf. Henry bückte sich erneut und griff nach dem Stern.

Ezra verstand, was er vorhatte. „Das ist echt genial. Die alten Baumeister waren wirklich Genies. Du musst den Stern um 180 Grad drehen. Norden zeigt gerade nach Süden!"

„Du hast Recht, Moment!", stimmt Henry ihm zu und drehte den Stern vorsichtig in Position.

Als die Himmelsrichtungen übereinstimmten, klickte es und Henry ließ ihn wieder los. Dann sank das Sternsymbol wieder zurück in seinen Steinsockel und kam mit einem dumpfen Geräusch zum Stillstand.

„Das hier ist der wahre Brunnen der Seelen!", entschlüpfte es Henry voller Überwältigung.

Kurz darauf glitt ein gut einen Meter breiter und einen Meter fünfzig hoher Ausschnitt der Felswand zur Seite. Es war der Teil, an dem sich der markante Felsvorsprung befand, der den Namen *die Zunge des Felsens* trug.

„Mann, ich fasse es nicht. Ein geheimer Türöffner öffnet einen geheimen Durchgang, der in der Wand versteckt ist. Das ist ja besser als in jedem Hollywood-Film. Ich glaube, der Pulitzerpreis ist mir sicher!"

„Warten wir erst einmal ab, was wir dort finden werden! Los, kommt! Schnell, helft mir noch, die Teppiche wieder auszurollen!"

„Henry hat Recht, wir sollten unsere Spuren verwischen und dann lasst uns nachschauen, wohin uns der Tunnel führt!", stimmte Ezra zu.

Kurz nachdem sie den Durchgang passiert hatten,

verschloss sich die Felswand mit einem dumpfen Ächzen hinter ihnen. Schnell suchte Ezra nach einem Hebel oder dergleichen, der den Durchgang wieder öffnete. Doch er fand nichts.

„Wir sollten herausfinden, was am Ende des Tunnels ist, vielleicht gibt es irgendwo einen Spalt im Felsen, wo wir wieder ins Freie schlüpfen können."

„Viele solcher versteckte Abschnitte haben einen weiteren Zugang!", fügte Ezra Henrys Vorschlag hinzu, als er Isaacs ängstlichen Blick bemerkte.

Der Tunnel war offenbar direkt durch den Felsen gehauen worden, die Wände waren schroff und kalt. Henry schlich dicht von Ezra gefolgt durch den schmalen Felsgang, der gerade so hoch war, dass sie aufrecht stehen konnten. Charline und Isaac folgten ihnen ein paar Schritte zurückliegend. Der Gang führte stetig leicht abfallend nach unten und wand sich immer wieder um Kurven.

„Eine Frage habe ich allerdings noch", rief Isaac. „Wieso hat das noch nie jemand vor uns gefunden?"

„Weil nie jemand hier danach gesucht hatte', antwortete Ezra ihm flüsternd. „Warum sollte man unter dem ältesten muslimischen Gebäude der Welt den bedeutendsten König der Juden vermuten? Dazu kommt, dass der Fußboden der Höhle fast immer mit Teppich ausgelegt ist."

Henry bemerkte im Lichtkegel von Ezras Taschenlampe eine dünne Staubschicht, die den Boden bedeckte. „Mann, so muffig, wie es hier riecht, und die Staubschicht sagen wohl, dass diesen Gang hier schon einige Jahrhunderte niemand mehr betreten hat. Ezra, ich habe ein gutes Gefühl, ich spüre, dass wir auf der richtigen Spur sind!", flüsterte Henry mit Ehrfurcht in der Stimme.

Ezra lächelte. „Ja, ich muss gestehen, dass ich etwas nervös bin. Es ist sehr aufregend, aus irgendeinem Grund haben wir diesen Gang bei unseren Untersuchungen nicht gesehen. Vielleicht sind die Felswände mit einem Material durchzogen, die den Gang im Verborgenen gehalten haben!", grübelte er flüsternd.

„Ich glaube, wir sind gleich am Ende des Ganges, spürst du den leichten Windzug? Hier muss irgendwo eine Öffnung nach draußen sein!", machte Henry ihn aufmerksam und hielt dabei seine Hand in die Luft.

Der Gang führte um eine scharfe Kurve, hinter der er in eine kleine Felshöhle mündete. Sie war rund und vereinzelt lagen schwere Felsbrocken vor den Felswänden. In der Mitte war ein kleiner Steinsockel errichtet, von dem vier Säulen zur Decke führten. Überall standen alte vermoderte Kisten und Tongefäße herum.

Als der Lichtkegel der Stablampe auf den Steinsockel traf, wurde es still in der kleinen Höhle. Die vier standen nebeneinander und betrachteten das Objekt, das dort auf dem Steinsockel stand. Die Höhle erstrahlte in einem geheimnisvollen goldenen Licht, das durch den Lichtkegel, der auf den aus Gold gefertigten Sarkophag fiel, herrührte. Prunkvolle Schnitzereien waren auf den Wänden des Sarkophags zu sehen, die mit Dutzenden Edelsteinen, Smaragden und Saphiren veredelt waren.

Charline tastete nach Henrys Hand. Als sie seine fand, griff sie nach ihr und flüstertet zu ihm: „Du hast ihn gefunden! Henry, die Vergangenheit tut mir leid!"

Henry schaute ihr kurz in die Augen, nickte ihr zu und löste den Griff. Er stieg voller Ehrfurcht die beiden Stufen hinauf und betrachtete den Sarg. Er hielt einen Moment inne, dann streckte er seine Hand aus und berührte vorsichtig den goldenen Deckel mit seinen Fingerspitzen. Er ging langsam um den Sarg herum und ließ dabei seine Finger über das kühle Edelmetall gleiten.

„Henry, sag schon, ist er es?"

Henry blieb am Fuße des Sarkophages stehen und betrachtete die Oberfläche des Deckels. Etwas oberhalb der Deckelmitte war ein Rubin eingelassen. Der faustgroße Edelstein hatte die Form eines Sternes mit fünf Zacken. Er funkelte blutrot im Schein der Taschenlampe.

Um ihn herum war ein Kreis in den goldenen Deckel eingelassen, um den verschiedene Symbole eingeschnitzt waren. Darunter war ein Symbol zu sehen, das Henry nur zu gut kannte, es war das Symbol, welches sie hierher geführt hatte.

„Ja, Isaac, er ist es. Hier vor uns liegt der große und weise König Salomon, der Herr der Dämonen und der Weisheit!", sagte Henry voller Respekt.

Eine Hand legte sich auf Henrys Schulter. „Henry, mir fehlen die Worte. Als du mich vor ein paar Tagen angerufen hast und mir von deinem Verdacht erzählt hast, glaubte ich nicht daran, dass wir das hier finden werden. Das Grab von König Salomon, hier unter seinem einstigen Tempel. Siehst du die Symbole, die überall auf dem Sarkophag verteilt sind?"

Henry ließ seinen Blick über die Symbole schweifen. Charline hatte sich auf eine Kiste gesetzt, ihr Notizbuch lag neben ihr auf der Kiste. In der einen Hand hielt sie ihr Handy, welches ihr als Lichtquelle diente, und in der anderen einen Stift.

Isaac stand ebenfalls am Sarkophag und schaute sich die Verzierungen an. „Hey, steht das Zeichen hier in der Mitte des Deckels nicht für die indische Göttin Maya?"

Henry ließ seinen Finger über die Schriftzeichen gleiten. „Das ist richtig, Isaac, sehr gut. In der Tat ist dies das Symbol für die indische Göttin des Universums. Das ist sehr interessant, hier sind auch Symbole aus dem antiken Griechenland und der Römer. Auch der Mongolen, der Inka, der Sumerer, der Olmeken, der Ägypter und auch Chinesische Zeichen aus der Xia-Dynastie sehe ich. Das ist sehr beeindruckend und von unglaublichem wissenschaftlichen Wert. Diese Kulturen, es sind noch ein paar mehr, als die ich genannt habe, überschnitten sich fast alle um 2000 vor Christus. Das wäre der Beweis, dass alle Hochkulturen in einer Verbindung zueinander standen, auch die späteren, wie die Inka, Olmeken und die Azteken, die erst weit nach Christi Geburt existierten!", fachsimpelte Henry und grübelte über seine Theorie nach.

Ezra drehte sich zu ihm und schüttelte verständnislos den Kopf. „Henry, komm schon, weißt du, was du da gerade erzählst? Du behauptest, dass alle Hochkulturen der Geschichte miteinander eine Verbindung hatten?"

„Zumindest hatten sie alle eine Verbindung zu König Salomon. Ja, Ezra, ich glaube, es gibt eine Verbindung zu diesen Kulturen und Salomon, nur welche, ist mir noch nicht klar!"

„Vielleicht gibt es seinen Schlüssel ja wirklich und er offenbart uns das Geheimnis!", warf Isaac vorsichtig dazwischen.

Henry schaute zu ihm hinüber, dann machte er eine kreisende Bewegung mit seiner Hand. „Okay, suchen wir nach ihm! Schaut euch die Kisten an und guckt in die Tongefäße, es war früher Brauch, den Toten alles, was sie im Reich der Toten brauchten, mitzugeben. Wenn sie wirklich der Meinung waren, dass Salomon den Schlüssel besaß, um

Dämonen zu kontrollieren, wird er ihn im Totenreich durchaus gebrauchen können!"

„Henry hat Recht, wir sollten uns in der Höhle ein wenig umsehen. Aber seid bitte vorsichtig, alles hier in der Höhle ist von unschätzbarem kulturellen Wert. Bitte geht sehr behutsam mit den Gegenständen um!"

Isaac nickte Ezra zu und fing an die Tongefäße hinter sich zu durchsuchen, Ezra tat es ihm gleich. Henry drehte sich um und ging auf die größte der Kisten, auf der Charline saß, zu. „Hey, willst du uns nicht helfen?"

„Schon, allerdings habe ich keine Ahnung, wonach ich suchen sollte, und ich will mir noch alles notieren. Das ist eine Sensation, Henry, damit wirst du endgültig in die Geschichte der Archäologen eingehen!" Sie strahlte ihn an.

Er atmete einmal tief aus und antwortete ihr mit Bedacht: „Charline, du hast es damals nicht verstanden und heute verstehst du es ebenso wenig. Mir geht es nicht um Ruhm und Anerkennung. Mir geht es darum, die Geschichte zu finden und sie der Menschheit näherzubringen. Den Kindern zu zeigen und zu erzählen, wie es einmal war! Darum tu ich das alles!"

Sie schaute ihn einen Moment an und erwiderte dann forsch: „Schon klar, Henry. Ich habe dich verstanden, du suchst die Geschichte, genauso wie du sie früher gesucht hast und alles andere vergessen hattest. Du hast nur von deiner Entdeckung erzählt und dich nur dafür interessiert. Ich war dir egal, für dich gab es nur deine Archäologie. Das war der Grund, warum ich gegangen bin!"

Sie klappte ihr Notizbuch zu und stand auf. Sie fixierte seine Augen, dann fuhr sie fort: „Und ich blöde Kuh habe mir jahrelang ein schlechtes Gewissen eingeredet wegen dem Artikel! Ja, es war nicht alles schön, was ich geschrieben habe, aber du hast mich zutiefst verletzt und mich ignoriert! Nach dem Artikel hat sich allerdings alles geändert, du hast mir Aufmerksamkeit geschenkt und plötzlich hast du mich wahrgenommen! Ich habe versucht hier mit dir wieder Kontakt aufzunehmen, weil ich mich so schlecht gefühlt habe und ich dachte, du hättest dich geändert. Da habe ich mich wohl getäuscht! Also bitte, Henry, sieh dich nicht immer als Ritter in glänzender Rüstung!" Dann wischte sie sich eine Träne weg und verschwand hinter dem Sarkophag.

Henry stand dort vor der Kiste wie angewurzelt. Ein übles schmerzhaftes Gefühl erfüllte plötzlich seine Magengrube und arbeitete sich von dort durch seinen Körper. Es fühlte sich an, als hätte ihm jemand mit voller Wucht eine Faust in den Magen gerammt. Als er spürte, wie seine Beine wackelig wurden, setzte er sich schwermütig auf die Kiste und schaute ausdruckslos zu Boden.

So hatte er es noch nie gesehen. Für ihn war immer klar gewesen, dass Charline ihn damals nur ausgenutzt hatte. Sich an ihn rangemacht hatte, um an Informationen zu gelangen, um ihren Artikel fertigzuschreiben. Dass er sie total neben seiner Arbeit vernachlässigt hatte, war ihm nie in den Sinn gekommen. Er stellte sich die Frage, ob sie Recht hatte, dass er selbst der Grund war, dass sie verschwunden war.

Isaacs Stimme riss ihn aus seinen Gedanken. „Hey, Henry, alles klar? Ist was passiert, Charline ist eben so schnell auf die andere Seite gelaufen und sah nicht gerade fröhlich aus."

Henry schaute ihn an und lächelte. „Ach, Isaac, alles gut, ich bin nur der größte Trottel dieser Welt. Frag besser nicht!" Dann stand er auf und legte Isaac seine Hand auf die Schulter. „Lass dir gesagt sein, nicht immer scheint alles so zu sein, wie man es vielleicht zuerst sieht!"

Isaac schaute ihn etwas irritiert an.

„Eines Tages wirst du es verstehen. Nun sag schon, habt ihr etwas gefunden?"

„Also, Ezra würde sagen, ja. Schau ihn dir an." Isaac zeigte auf ihn. Ezra durchsuchte gerade eine Kiste nicht weit von ihnen und zog eine goldene dünne Tafel aus ihr.

Henry schmunzelte. „Er weiß halt um die wahre Bedeutung dieses Fundes, das Gold und die Edelsteine sind hier nicht der Schatz, die Existenz schon dieser Gegenstände und der Symbole, das ist der wirkliche Schatz! Also einen Schlüssel habt ihr noch nicht gefunden? Hmm, lass uns noch in diese Kiste hier schauen. Der Schlüssel muss hier sein!"

„Was ist, wenn es keinen Schlüssel gibt und es wirklich nur eine Legende ist?"

„Wir werden sehen, aber vergiss nicht, an jeder Legende ist auch etwas Wahres dran!"

Dann durchsuchten sie auch die letzte Kiste und auch in dieser fanden sie goldene Statuen, Texttafeln, Ketten, Kelche und andere Kostbarkeiten. Nur der Schlüssel blieb weiterhin vor ihnen verborgen.

„Habt ihr mal daran gedacht, den Sarkophag zu öffnen? Vielleicht haben sie den Schlüssel ihm in den Sarg gelegt. Wenn das mit dem Totenkult stimmt, braucht er den Schlüssel bei sich!" Völlig gefasst, als wäre nie etwas gewesen, stand Charline auf dem Steinsockel und leuchtete den Sarkophagdeckel ab.

Henry schaute sie an, dann schaute er zu Ezra.

Dieser sah aus, als hätte er ein Gespenst gesehen. „Den Sarkophag öffnen, wissen Sie, was Sie da gerade sagen? Wir können den Sarg nicht einfach öffnen. Wir könnten die Leiche dabei zerstören oder beschädigen!"

Henry wusste, dass Ezras Einwand berechtigt war, allerdings waren sie so weit gekommen und wenn sie ihn jetzt nicht öffneten, würden sie nie erfahren, was in ihm verborgen war. Die Waqf-Behörde würde die Ausgrabung leiten und ihre eigenen Untersuchungen durchführen. Henry würde vielleicht nie wieder die Möglichkeit erhalten, den vielleicht im Sarg versteckten Schlüssel zu untersuchen.

„Ezra, ich verstehe dich und deinen Einwand, doch haben wir keine andere Wahl. Wenn die Waqf-Behörde hier anfängt alles zu untersuchen, werden wir vielleicht nicht mehr in der Lage sein zu erfahren, was in diesem Sarkophag versteckt ist!"

Ezra schaute nachdenklich in Henrys Richtung. Nach einem Moment schaute er den Sarkophag an. „Okay, Henry und ich werden den Sarg öffnen. Allerdings fasst niemand die Leiche an. Alles kann für so ein altes Relikt zum Verhängnis werden!"

Henry nickte seinem Freund zu. Zusammen schoben sie den schweren Deckel auf die Seite. Ein Schwall muffiger, staubiger Luft entwich aus dem Inneren. Henry musste sich kurz die Hand vor Nase und Mund halten. Die vier drängten sich um den Sarg und schauten gebannt ins Innere.

Als der Staub sich legte, sahen sie einen mumifizierten Leichnam. Auf dem Kopf trug er eine prunkvolle goldene Krone. Um den Hals hing an einer dünnen goldenen Kette ein Anhänger. Henrys Puls erhöhte sich so stark, dass seine Halsschlagader sichtlich pulsierte. Es kribbelte in seinem ganzen Körper.

„Henry, siehst du das? Wir haben ihn!", hörte er Isaacs begeisterte Stimme.

„Ja, wir haben ihn!", gab Henry glücklich zurück. „Ezra,

würdest du den Anhänger von einer der beiden Ösen lösen? Du hast am meisten Erfahrung dabei und wir brauchen den Schlüssel!"

„Wofür brauchen wir denn den Schlüssel?", stellte Charline eine Gegenfrage, bevor jemand anderes Henry antworten konnte.

Henry schaute zu ihr. „Wir brauchen ihn, um das Schloss zu öffnen, hinter dem sich Salomons Geheimnis verbirgt!"

„Salomons Geheimnis?", fragte sie nach.

„Ja, woher er sein Wissen bezog und was es mit der Verbindung auf sich hat, dass wir immer wieder über die alten Hochkulturen der Geschichte stolpern, wenn wir nach ihm suchen!", erklärte Henry und zeigte auf die Mumie vor sich.

„Bitte etwas Respekt, das ist nicht nur ein ihm. Das ist der große König Salomon!", stellte Ezra klar.

„Verzeihung, Ezra, ich wollte nicht respektlos wirken!", entschuldigte Henry sich.

„Ich werde euch den Schlüssel leihen. Wenn du ihn nicht mehr brauchst, werde ich ihn zurückerhalten, er gehört in ein Museum!" Bei seinen letzten Worten fixierte Ezra Henry mit ernstem Blick.

„Selbstverständlich!", antworte er ihm knapp.

Als Ezra sich daran machte, den Anhänger von der Kette zu lösen, fiel Isaacs Blick auf eine kleine unscheinbare Tafel am Fuße des Sargs. Die Tafel war kaum wahrzunehmen, sie glich farblich der grauen Innenfarbe des Sarkophags. Nur eine leichte Schräglage und einem guten Auge war es zu verdanken, dass sie nicht unentdeckt blieb. Als er sie anhob, kam darunter ein Ring zum Vorschein.

„Wow, ist der schön!"

„Das ist er, Charline. Das muss der sagenumwobene Ring

sein, mit dem Salomon die Dämonen kontrollieren konnte!", vermutete Henry.

Ezra schaute mit dem Anhänger in der Hand auf. Sein Blick fiel auf den Ring. Er nahm den Ring in die Hand und betrachtete ihn.

In der Mitte war ein ovaler blutroter Edelstein eingelassen. Im Inneren des Edelsteins konnten sie ein Pentalfa erkennen. Es war ein Pentagramm, das aus fünf ineinander stehenden Alphas bestand und wie ein fünfzackiger Stern aussah. Um den Edelstein war in die goldene Fassung etwas auf Hebräisch eingraviert: Alles wird sein, alles wird vergehen.

„Dieser Ring wurde durch Gottes Gnade mit einzigartigen Fähigkeiten ausgestattet und König Salomon zum Geschenk gemacht. Im Talmud, das eine der bedeutendsten jüdischen Schriften ist, gibt es einen Satz. Talmud, Eruvin 19a: Es gibt drei Tore zur Hölle, eins davon in der Wüste, ein anderes im Meer und ein weiteres in Jerusalem! Vielleicht ist dieser Ring hier in meinen Händen der Schlüssel zum Höllentor!"

„Okay, vielleicht sollten wir jetzt wieder ernsthaft werden. Tor zur Hölle und Dämonen, das klingt eher nach einem zweitklassigen Horrorstreifen. Allerdings, was steht denn auf der Tafel, die Isaac in den Händen hält?"

Henry nahm diese Isaac aus der Hand und begutachtete sie etwas genauer und murmelte dabei: „Charline hat Recht, wir sollten uns auf der Suche nach Salomons Geheimnis weiter an Tatsachen halten!"

„Kannst du es lesen, Henry? Oder soll ich dir helfen?"

„Danke, Ezra! Ich versuche es mal." Er studierte einige Minuten lang die Schriftzeichen. „Hier steht in Hebräisch geschrieben: Wenn du die Quelle des Wissens finden willst, gehe zum Hügel, an dem die Götter geboren wurden, und du wirst mein Geheimnis finden."

„Der Hügel, an dem die Götter geboren wurden?", wiederholte Ezra nachdenklich. „In Israel gibt es meines Wissens keinen Berg oder Hügel, an dem in der Mythologie die Götter geboren wurden. Die Götter der griechischen Mythologie sind nicht auf einem Hügel geboren worden, sie wurden durch Chaos erschaffen und weitere Verbindungen der Titanen entstanden."

„Was ist denn mit den römischen Göttern?", brachte Charline fragend ein.

Henry schüttelte den Kopf. „Die römischen Götter sind zum größten Teil aus der griechischen Mythologie entstanden bezeichnungsweise sind dieser sehr ähnlich. Mir würde nur ein Ort einfallen, wo die Götter auf einem Hügel geboren wurden, und das ist Heliopolis. Dort gibt es den Urhügel, auf dem die Götter geboren wurden."

„Heliopolis? Das ist in Ägypten, besser gesagt liegt es im heutigen Kairo. Du meinst, in den Ruinen ist Salomons Geheimnis versteckt?"

„Das, Ezra, werden wir nur herausfinden, wenn wir da sind. Es ist der einzige Ort, der mir spontan einfällt, auf den dieser Satz passt."

„Okay, Henry, dann müsst ihr aber ohne mich dorthin reisen. Ich muss mich hier um die Katalogisierung und die ordnungsgemäße Sicherstellung des Grabes kümmern."

„Das verstehe ich. Isaac, Charline und ich werden nach Kairo fliegen und dich auf dem Laufenden halten. Komm, wir verschließen zuerst den Sarkophag wieder und dann suchen wir einen Weg nach draußen."

Isaac half den beiden, den schweren Deckel in seine ursprüngliche Position zu schieben. Ezra tauschte mit Henry den Schlüsselanhänger gegen Salomons Ring.

Hinter einem kleinen Felsvorsprung auf der anderen Seite der Höhle fanden sie einen weiteren schmalen Gang. Leicht abfallend führte er die Gruppe am Ende in eine Sackgasse.

Die vier untersuchten die Felswände und Charline fand einen kleinen Hebel, der die Felswand vor ihnen öffnete. Mit einem schweren kratzenden Geräusch schob sie sich in die Felswand hinein und gab den Blick in einen kleinen Garten frei. Vor der Öffnung hingen Kletterpflanzen herab und aus dem Boden davor wuchsen ein paar Sträucher empor. Als Charline den Hebel losließ, begann sich der Durchgang wieder zu verschließen.

Schnell schlüpften die vier ins Freie; gerade als Isaac seinen Fuß aus dem noch kleinen Spalt zog, ertönte ein dumpfes Poltern und die Öffnung war verschwunden.

Die Felswand gab keinen Hinweis darauf preis, dass hier eine Öffnung versteckt war. Die vier befanden sich in einem kleinen grünen Garten am Fuße des Tempelberges, der nicht von der Straße aus einsehbar war.

Er setzte sich zu Charline und Isaac an den Tisch des kleinen Cafés. Die beiden schauten ihn erwartungsvoll an. „Kannst du uns bitte einmal aufklären, wonach wir jetzt noch suchen? Wir haben doch Salomon und den Schlüssel gefunden!"

„Psst, Isaac, schrei das doch hier nicht so herum. Wer weiß, wer alles zuhört!"

„Entschuldigung!", murmelte Isaac reumütig.

Henry zog aus der alten Lederumhängetasche einen Umschlag heraus und legte ihn auf den Tisch. Charline nahm und öffnete ihn, in dem Moment, als der Kellner mit dem Frühstück kam. Er servierte dreimal Shakshuka, drei Tassen Kaffee.

Als der Kellner wieder verschwunden war, zog Charline drei Flugtickets aus dem Umschlag. „Wir fliegen heute Nachmittag nach Kairo? Aber wonach genau suchen wir denn jetzt?", wollte sie wissen und steckte die Tickets zurück in den Umschlag.

Er machte sich über sein Frühstück her und erzählte währenddessen: „Ich glaube, dass wir etwas viel Größerem auf der Spur sind. Etwas so Großem, dass wir es jetzt noch nicht begreifen können."

„Okay, nur damit ich es auch richtig verstehe. Wir fliegen nach Kairo und suchen etwas Großes?"

Henry nickte Isaac zu. „Ja, wir suchen etwas Großes, und zwar einen Ort, an dem die Götter geboren wurden."

„In Kairo gibt es einen Hügel, an dem die Götter der Ägypter geboren wurden? Aber was hoffst du denn dort zu finden?"

Henry schaute amüsiert zu Isaac. „Es gab zu längst vergangener Zeit die Stadt Heliopolis. Dort soll es laut der ägyptischen Mythologie einen Hügel gegeben haben, auf dem der erste und wichtigste Gott des antiken Ägypten geboren wurde. Es war Amun-Re, der Gott der Sonne, der uns schon die ganze Zeit auf unserer Suche begegnet. Die Stadt Heliopolis gibt es heute nicht mehr, denn die lag einst nordöstlich von Kairo, doch Kairo wuchs über die Jahrhunderte und verschlang die alte Stadt. Die Ägypter bauten auf dem Urhügel eine riesige Tempelanlage.

Heute ist von dieser allerdings nichts mehr zu sehen. Die Überreste der Stadt liegen unterhalb von wild gebauten Häusern und Straßen. Seit der Revolution im Jahre 2011 häufen sich auf den Straßen und Plätzen des heutigen Kairoer Stadtviertels Matariya meterhohe Müllhaufen an. Die stellenweise angefangenen Ausgrabungsstellen dort liegen still, dort sollten wir anfangen zu suchen.

Wonach? Ich weiß es nicht, aber ich denke, wir sollten das Schloss zu diesem Schlüssel finden oder nach einem Hinweis, der uns dort hinführt. Ich muss herausfinden, was es mit der Verbindung zwischen Salomon und den anderen Hochkulturen auf sich hat!"

„Ein Schloss? Also wenn das Schloss an dem Tor zur Hölle angebracht ist, bin ich raus. Mit Dämonen sollte man sich nicht anlegen!", spaßte Isaac.

Henry und Charline lachten herzhaft. Als sein Blick auf sie fiel, wandelte sich sein Lachen zu einem glücklichen Schmunzeln. „Es ist schön, dich wieder lachen zu sehen. Ich hatte ganz vergessen, wie wunderschön du dabei aussiehst!"

Charline schaute verlegen abwechselnd auf ihren Teller und Henry, es entfuhr ihr dabei ein unwillkürliches Lächeln.

„Ehm okay, wollt ihr alleine sein? Ich kann auch verschwinden und gehe irgendwohin, wo es nicht komisch ist!"

„Schon okay, Isaac, alles gut. Es wird hier nichts Komisches passieren", sagte Charline zu Isaac und legte dabei ihre Hand auf Henrys. Dass ihr gefiel, was Henry sagte, konnte sie dabei allerdings nicht verstecken.

„Ich komme gleich wieder, ich muss meine Schwester anrufen. Sie hat heute Geburtstag." Henry stand auf und ging zur Telefonkabine neben der Toilette des Cafés.

Charline beobachtete ihn von ihrem Platz aus. Das Telefonat dauerte nicht lange. Henry trat aus der Kabine und blieb einen Moment vor ihr stehen. Charline bemerkte, dass irgendetwas nicht stimmte. Ausdruckslos schaute Henry zu Boden und ihm fehlte jegliche Farbe im Gesicht.

Schnell stand sie auf und ging zu ihm. „Alles in Ordnung? Du siehst aus, als wäre jemand gestorben."

Mit leerem Blick schaute er sie an. „Meine Mutter ist gestern Abend an einem Herzinfarkt gestorben."

Sie nahm ihn in den Arm und drückte ihn an sich. Ihre unüberlegte Äußerung tat ihr zutiefst leid. „Das tut mir leid. Ich bin für dich da!" Sie drückte ihn fester an sich.

Er zögerte einen Moment, dann umschloss auch er ihren Körper. Isaac saß mit dem Rücken zu ihnen und bekam davon nichts mit. Die beiden standen dort einige Minuten nichts sagend.

Dann löste er sich und schaute sie an. „Ich werde heute noch nach Köln fliegen. Übermorgen wird sie bereits beerdigt! Ich komme gleich zu euch, ich brauche noch einen Moment!"

Sie nickte ihm zu und ging zurück zu Isaac an den Tisch.

„Ich dachte schon, ihr lasst mich hier alleine sitzen!", entgegnete er Charline.

Sie schaute ihn ernst an. Trauer zeichnete sich in ihrem

Gesicht ab. „Henry hat gerade erfahren, dass seine Mutter gestern verstorben ist. Er kommt auch gleich!"

Isaac wurde schlecht und schaute auf den Tisch, er wusste nicht, was er sagen sollte. Ein paar Minuten später setzte sich Henry zu ihnen an den Tisch.

„Das tut mir leid. Kann ich irgendetwas für dich tut?", sagte Isaac und spürte, wie sich Tränen in seinen Augen sammelten.

Henry lächelte Isaac zu, dann sagte er mit belegter Stimme: „Ich weiß das zu schätzen. Du bist ein guter Freund. Ich werde alleine nach Deutschland fliegen und Abschied nehmen. Ihr fliegt wie geplant nach Kairo und versucht so viel wie möglich herauszufinden. Isaac, bitte gib Ezras Büro im Museum diese Nummer. Er soll sich bei mir melden, wenn er Zeit hat!"

„Ich werde mit Isaac nach Kairo fliegen, aber du meldest dich bitte bei mir, wenn du gelandet bist." Charline schob ihm einen kleinen Zettel mit ihrer Handynummer über den Tisch.

„Ich werde mich bei dir melden, wenn ich kann, und dir mitteilen, wann und wo wir uns treffen!"

Sie nickte zufrieden.

Drei Stunden musste er in Istanbul totschlagen, bis sein Anschlussflug ihn nach Köln/Bonn brachte. Der Pilot musste all sein Können bei der Ladung während des aufkommenden Gewitters unter Beweis stellen. Vom Flughafen nahm er sich ein Taxi und fuhr zu einem Hotel, das am Stadtwald von Köln lag. Es war mitten in der Nacht und er hatte sich erst für mittags mit seiner Schwester Rosa verabredet.

Er ließ die Zimmertür hinter sich leise ins Schloss fallen,

legte sein Gepäck ab, rückte den Sessel vor das große Fenster und ließ sich schwermütig in ihn sinken. Mit einem Mal fielen all der Stress und die Aufregung der letzten Wochen von ihm ab. Die Stille des dunklen Zimmers kroch langsam von hinten an ihn heran und packte ihn vollends.

Er ließ seine Gedanken schweifen und sein leerer Blick fiel dabei auf die beleuchtete Wasserfontäne des Sees im Wald. Nur das leise gleichmäßige Trommeln der auf die Scheibe klatschenden Regentropfen war zu vernehmen. Die Wassertropfen tanzten wild durcheinander und vereinten sich zu kleinen Bächen, die der Schwerkraft zum Fensterrand hinunter folgten. Seine Gedanken irrten ziellos durch die Nacht, bis sie auf eine Kindheitserinnerung trafen.

Er lag ihm Bett, seine Mutter lag neben ihm und las ihm aus seinem Lieblingsbuch vor. Die geheimnisvolle Insel von Jules Verne. Sie las ihm jeden Abend vor und blieb so lange bei ihm liegen, bis er eingeschlafen war, und tröstete ihn, wenn er einen Albtraum gehabt hatte. Sie war für ihn Geborgenheit, ein Platz, an dem alles andere unwichtig erschien. Wenn sie ihn im Arm hielt, war für ihn die Welt in Ordnung.

Er bemerkte, wie ihm eine Träne die Wange hinunterlief, er wischte sie nicht weg. Immer mehr Tränen liefen ihm über die Wangen. Seine Mutter war nicht mehr da, er konnte sie nicht mehr anrufen oder sich bei ihr Rat einholen. Er konnte nicht mehr zu ihr fahren, wenn es ihm nicht gut ging oder er einen Menschen brauchte, dem er einfach alles erzählen konnte, egal was es war oder wie banal es erscheinen sollte. Sie war einfach nicht mehr da, ein schwerer Kloß hatte sich in seinem Hals verankert. Sein Magen krampfte und bereitete ihm zusätzlich Schmerzen.

Dann erinnerte er sich an etwas, was seine Mutter ihm immer bevor sie aus dem Zimmer ging ins Ohr geflüstert hatte. Er hatte es öfters im Halbschlaf aufgenommen und es hatte sich bei ihm eingebrannt. „Du bist das Wertvollste, was ich je besitzen werde, mein Engel."

Seine Lippen formten sich zu einem Lächeln und er wischte sich die Tränen aus dem Gesicht. Dann stand er auf und schaute noch einen Moment aus dem Fenster, mittlerweile tobte draußen ein heftiges Gewitter. Blitze zuckten durch die schwarzen Wolken. Die Bäume bogen sich unter dem Wind, Blätter und Äste flogen umher.

Er atmete einmal tief durch und ließ sich einfach so, wie er war, aufs Bett fallen und schlief ein.

Er schreckte hoch. Da wieder, er hatte sich nicht getäuscht, jemand klopfte an die Tür. Schnell rappelte er sich von dem Bett auf und rieb sich den Schlaf aus den Augen. Dann hörte er ein leises elektrisches Summen, dem ein Klicken folgte. Die Tür wurde geöffnete, er schaute zur Tür und sah eine junge Frau im Türrahmen stehen.

„Bitte entschuldigen Sie, ich hatte geklopft und niemand hat geantwortet, ich wollte das Zimmer sauber machen."

Er schaute die Frau an. „Tut mir Leid, ich habe geschlafen. Ich mache mich nur schnell frisch und muss dann los, in einer halben Stunde können Sie gerne wiederkommen."

Die Frau nickte und schloss die Tür.

Er duschte, putzte sich die Zähne und ging zurück zu seiner Sporttasche. Er zog sich frische Kleidung an und ließ sich auf den Sessel vor dem Fenster fallen. Er musste seine Gedanken ordnen.

Sein Antrieb war verloren gegangen, irgendwie erschien ihm die Welt da draußen so weit entfernt und bedeutungslos.

Sein Blick fiel auf zwei Enten, die ihre Bahnen auf dem See drehten, dann schweifte er ab zur Fontäne, bis sein Blick schließlich an einem kleinen Jungen hängenblieb, der mit seinen Eltern am Ufer Fangen spielte. Die Szene hatte etwas Beruhigendes und seine Gedanken drifteten wieder in die Vergangenheit ab.

Kaum hatte er sich an den Familienurlaubstag am Strand von Tel Aviv-Jaffa zurückversetzt, riss ihn eine Melodie aus seinem Tagtraum. Auf dem Display leuchtete der Name Rosa auf, dann schaute er auf seine Armbanduhr.

„Rosa? Tut mir leid, ich weiß, ich bin zu spät. Seid ihr schon da? Okay, ich bin spätestens in zwanzig Minuten da!", sagte er und legte auf.

Er hastete zum Stuhl, über den er seine Lederjacke geworfen hatte, schnappte sich seine Zimmerkarte und verließ das Zimmer.

Er eilte zur Bahnhaltestelle und stieg in die Linie sieben ein, die ihn zum Heumarkt brachte. Dort traf er sich mit seiner Schwester Rosa und ihrem Mann Manfred in einem kleinen Frühstückskaffee mit Blick auf den Rhein.

Seine Schwester begrüßte ihn herzlich, ihr Mann umarmte ihn und bot ihm einen Platz am Tisch an. „Es freut mich, dich zu sehen. Wie geht es dir?"

„Sagen wir, den Umständen entsprechend. Ich war gerade in Jerusalem mit Isaac, meinem Assistenten, als ich dich anrief. Ich bin gestern noch nach Köln geflogen und habe daher nicht viel geschlafen."

Seine Schwester legte ihre Hand auf seine und seufzte tief, in ihrem Blick lag etwas Warmes und Mitfühlendes.

„In Jerusalem?", fragte ihr Mann.

„Ja, ich bin da an etwas dran, allerdings möchte ich noch nicht darüber sprechen. Wie geht es Leonard eigentlich? Ist er nicht hier?", versuchte er schnell das Thema zu wechseln.

„Leonard schafft es leider nicht, er steckt mitten in seiner Doktorarbeit", erklärte ihm Manfred. „Er ist vor zwei Tagen nach Houston zur NASA. Er hat dort ein Praktikumsplatz erhalten und kann dort für seine Dissertation recherchieren. Er fängt zwar gerade erst damit an, aber diese Chance war der perfekte Einstieg. Leonard möchte ja nach seinem Doktor bei der ESA anfangen. Würde mich freuen, ihn bei mir zu haben."

„Das mit der ESA erzählte er mir, dann bin ich ja mal gespannt, wohin ihn seine Reise führen wird."

Sie unterhielten sich noch einige Zeit weiter über banale Dinge und schwelgten in Erinnerungen. Bis seine Schwester ein kleines schwarzes Buch aus ihrer Handtasche zog und es auf den Tisch legte.

Er begutachtete es. „Was ist das?", fragte er.

„Das hat mir Mutter letzte Woche gegeben mit der Bitte, es dir zukommen zu lassen. Sie meinte, vielleicht kannst du etwas damit anfangen. Sie fand es vor ein paar Tagen in einer Kiste auf dem Dachboden, mit lauter Erinnerungen an Großvater", erklärte sie und schaute anschließend auf ihre Armbanduhr. Dann erschrak sie. „Wo ist nur die Zeit geblieben. Wir haben ja schon fünf Uhr durch. Wir müssen los, wir können deine Cousinen und Cousin nicht so lange mit Onkel Josef alleine lassen. Du weißt doch, wie er ist", sagte sie und nahm die Hand ihres Mannes.

„Wohin?", fragte Henry irritiert.

„Wir sind zum Essen mit Tante Iris und ihrer Familie eingeladen", brummte Manfred.

„Wir haben gesagt, wir bringen dich mit, ich kann dich doch nicht alleine in deinem Hotelzimmer sitzen lassen. Komm, wir müssen los, Manfred, zahlst du bitte", warf seine

Schwester dazwischen.

Seine Laune wurde schlechter, ein Familienessen mit seiner Tante Iris und ihrer Familie, er wollte lieber alleine sein und seine Ruhe haben. Zudem war Großonkel Josef ein sehr lauter, direkter und manchmal auch peinlicher Zeitgenosse. Nicht nur einmal hatte er mit zunehmendem Alkoholpegel es geschafft, ein Restaurant alleine zu unterhalten.

Dann sprang er auf, beugte sich zu seiner Schwester und ihrem Mann hinüber: „Bitte wartet kurz hier, ich begleiche die Rechnung." Dann ließ er die beiden am Tisch alleine und ging zur Theke, hinter der ein Kellner gerade Getränke einschenkte. Henry beglich bei ihm die Rechnung, dann fiel sein Blick auf das Münztelefon neben der Bar.

Er hatte Glück, es gab nur noch selten solche Apparate in Restaurants oder Hotels. Manche besaßen sie noch aus Nostalgie. Er ging zu dem Telefon hinüber, nahm den Hörer ab und wählte. „Wie sieht es aus? Nichts? Okay, versucht es mal an dem Platz, wo einst der Sonnentempel stand. Wir haben jetzt zweimal bedeutende Hinweise auf Amun-Re gefunden. Das muss etwas bedeuten. Okay, ich melde mich morgen noch mal. Isaac weiß, wo der Platz ist, sonst fragt euch durch oder recherchiert. Bis morgen." Er legte den Hörer auf und ging wieder zurück zum Tisch.

„Was hast du noch gemacht?", wollte seine Schwester wissen, als sie sich die Jacke anzog.

Er erzählte ihr kurz von dem Telefonat mit seinen Assistenten, steckte das schwarze Buch in seine Jackentasche und sie verließen das Restaurant.

Er fuhr nach dem überraschend angenehmen Familienabend direkt ins Hotel. Die Beerdigung am nächsten Tag war sehr bewegend, alle waren gekommen, mit Ausnahme von Leonard. Nachdem der Sarg in die Erdkuhle abgelassen worden war, sprach der Pfarrer noch einige Worte. Nur der Himmel hielt an diesem Tag seine Tränen in Schach, die Sonne strahlte.

Die kleine Trauergemeinde war bereits dabei, sich aufzulösen. Er wollte gerade zu einem Taxi eilen, als ihn Rosa rief. Henry drehte sich um, sah, wie sie und Manfred über die Wiese auf ihn zu kamen.

„Musst du schon wieder los?"

„Ja leider, Schwesterherz. Ich will nach Ägypten, Isaac wartet bestimmt schon auf mich."

Sie nahm seine Hand und hielt einen Moment inne. „Kleiner Bruder, du hattest schon immer deinen eigenen Kopf. Du kannst doch ein paar Tage bei uns bleiben. Manfred und ich würden uns freuen. Nur um den Kopf frei zu bekommen und wir teilen uns die Trauer."

„Deine Schwester hat Recht. Bleib noch ein bisschen bei uns. Wenn du magst, können wir mal zum ESA-Center am Flughafen fahren."

Ein warmes Gefühl von Geborgenheit erfüllte ihn, doch er konnte nicht bleiben. Er musste von hier weg. Alles hier erinnerte ihn an seine Mutter, er musste seine Suche wieder aufnehmen und sich ablenken.

Dann umarmte er die beiden zugleich und flüsterte: „Ihr seid alles, was ich noch an Familie habe. Alles hier wiegt zu schwer für mich, es ist wie ein Anker, der mich nach unten zieht. Ich muss wieder zurück auf die offene See und weiter nach Großvaters Schicksal suchen." Er umarmte seine Schwester. „Wir werden uns bald wiedersehen." Dann gab er seiner Schwester einen Kuss auf die Wange und gab Manfred die Hand.

Er öffnete die Tür des Taxis und stieg ein. Bevor das Taxi

losfuhr, öffnete er das Fenster. „Grüßt mir bitte Leonard, schade, dass er nicht da war. Ich hoffe, er hat meine Karte bekommen."

Seine Schwester nickte. „Sie ist letzte Woche gekommen, bevor er aufgebrochen war."

Dann fuhr das Taxi los und sie winkten sich zu.

Im Hotel angekommen, packte er schnell seine Sporttasche, mehr hatte er nicht mitgenommen. Er checkte aus und fuhr mit der Bahn zum Flughafen.

Als er in der Menschenmenge des Terminals stand, kramte er sein Handy aus der Hosentasche. Er wollte, bevor er einen Flug buchte, mit Isaac und Charline sprechen. Er tippte Charlines Nummer ein, doch bevor er auf die Taste mit dem grünen Hörer tippen konnte, leuchtete eine andere Nummer auf dem Display auf.

Er kannte die Nummer nicht, doch bei der Vorwahl stutzte er. Es war die israelische Vorwahl. „Ezra?", murmele er. Schnell tippte er auf das grüne Hörersymbol. „Hallo, Ezra? Bist du es?"

„Nicht ganz, ich bin Aaron, Doktor Dreyfuss ist nicht da. Ich fürchte, es ist etwas passiert!" Ein Pause folgte.

„Was ist mit Ihnen? Warum sprechen Sie nicht weiter? Hallo, Aaron, sind Sie noch dran?"

„Doktor Dreyfuss wurde entführt!"

„Entführt?", entfuhr es ihm. Mit einem Mal verschwand das Getümmel um ihn. Als würde er in ein tiefes dunkles Loch fallen, alles wurde plötzlich um ihn herum still und wirkte weit weg.

„Ja, entführt. Ich bin heute morgen in sein Büro gekommen und fand nur einen Zettel auf seinem Schreibtisch vor. Darauf stand: ‚Wenn Sie Doktor Ezra Dreyfuss unbeschadet wiedersehen wollen, kontaktieren Sie Doktor Henry Hieronymus Voigt und sagen ihm, wir lassen Doktor Dreyfuss frei, wenn er uns im Austausch den Gegenstand aushändigt, den er in der Kiste gefunden hat. Übermorgen bei Sonnenaufgang soll er im Garten Getsemani vor der Kirche aller Nationen warten. Sollte jemand auf die Idee kommen, die Behörden einzuschalten, wird es Doktor Dreyfuss mit seinem Leben bezahlen. Mit freundlichen Grüßen, C.'

Mehr stand nicht auf dem Zettel, dann erinnerte ich mich, dass wir eine Nummer von Ihnen erhalten haben, Doktor Dreyfuss hatte sie in seinem Schreibtisch eingeschlossen. Leider hatte es etwas gedauert, den Zweitschlüssel zu organisieren."

„Diese Mistkerle! Dieses Mal ist Landa definitiv zu weit gegangen! Machen Sie sich keine Sorgen. Ich werde jetzt meine Assistenten verständigen und mit der nächsten Maschine nach Israel kommen. Wir werden Ezra helfen!"

Dann legte er auf und wählte erneut Charlines Nummer.

Kurz und knapp brachte er sie und Isaac auf den neusten Stand. Er steckte das Handy in seine Hosentasche und eilte zu dem Schalter der **Pegasus Airline**. Er hatte Glück, der einzige Flug nach Tel Aviv ging in einer Stunde und es waren noch Plätze frei.

Es war Nacht, als die Maschine auf dem Flughafen Ben Gurion aufsetzte. Als er in dem kleinen Hotel in Jerusalem eincheckte, war es bereits weit nach Mitternacht. Er setzte sich auf das Bett und wählte Charlines Nummer. Er hörte den Freiton, doch niemand nahm ab.

Entnervt legte er auf und warf das Telefon auf das Bett. Sein Kopf war schwer und die Gedanken rasten. Es fühlte sich an, als würde ein Schwarm Bienen laut summend willkürlich durcheinander fliegen. Jeder Gedanke erschien nur so lange vor seinem inneren Auge, um einen kurzen Blick auf ihn zu erhaschen, dann folgte der nächste und der nächste.

Er schloss die Augen und versuchte Herr des Chaos zu werden. Dann flammte ein Gedanke in ihm glasklar auf. Die Minibar, irgendwo musste doch hier im Zimmer eine Minibar sein. Er stand auf und schaute in den Schrank unter dem Schreibtisch. Er zog an dem nur noch mit einer Schraube befestigten Griff und fand einen kleinen Kühlschrank. Er nahm eine kleine Flasche Wodka heraus und trank sie mit einem Schluck aus. Seine Kehle brannte, er nahm noch eine Flasche heraus und öffnete sie. Gerade als er sie an seine Lippen setzte, klingelte sein Handy.

Er nahm das Gespräch entgegen. Es war Charline, sie waren bereits in Israel und auf dem Weg nach Jerusalem. Er sagte ihr, wo er sich gerade aufhielt, dann legte er auf. Er trank die Flasche leer und ließ sich aufs Bett fallen.

Er spürte, wie die Wärme des Alkohols durch seinen Körper strömte. Er schloss die Augen, der Bienenschwarm lichtete sich langsam und gab den Blick auf seine Mutter frei, wie sie mit ihm eine Sandburg baute. Er ließ das dumpfe schmerzende Gefühl los, das sich in den letzten Tagen wie ein Schleier grauen Nebels um seine Gedanken gelegt hatte. Er ließ sich von der Unbekümmertheit des Momentes in seiner Erinnerung treiben.

Er schreckte hoch. „Henry, bist du da? Wir sind es, Charline und Isaac."
Er rappelte sich auf und eilte zur Tür; kaum hatte er sie geöffnet, stürmte Isaac an ihm vorbei. Er schaute ihm kurz nach.

Charline stand im Türrahmen, dann umarmte sie ihn. „Geht es dir gut? Ich habe mir Sorgen gemacht", flüsterte sie ihm ins Ohr und gab ihm einen Kuss auf die Wange.

Er nickte und schloss hinter ihr die Tür. „Okay, in knapp zwei Stunden geht die Sonne auf. Wir brauchen von hier aus ungefähr eine halbe Stunde bis zum Ölberg. Ich hoffe, ihr wurdet nicht verfolgt oder habt mit jemandem telefoniert!"

„Nein, wir haben nicht telefoniert und verfolgt wurden wir auch nicht, soweit ich weiß", erwiderte Isaac und setzte sich auf den hölzernen Schreibtischstuhl.

Charline setzte sich auf das Bett und schaute sich um. „Hübsch hast du es hier, hat etwas von einem Bahnhofshotelzimmer aus den 1930ern."

Henry schaute sich irritiert um. „Mag sein, es war nicht teuer und es erfüllt seinen Zweck. Also ich möchte, dass ihr beide euch gleich zurückhaltet und mich reden lasst. Noch besser, ihr geht einfach in Deckung. Zweifellos will Landa und Nickolas das Buch hier." Er warf das Notizbuch von Eckbert Jankuhn neben Charline aufs Bett.

„Du wirst es doch nicht Nickolas und diesem Norman Landa überlassen?", fragte Isaac verächtlich nach.

„Wenn wir Ezra dafür unbeschadet wiederbekommen, dann ja. Isaac, kein Grund, den Kopf hängen zu lassen, ich habe einen Plan. Du wirst schon sehen."

Sie suchten Schutz hinter einem Busch im Garten Getsemani und beobachteten den Eingang der Kirche aller Nationen.

„Wusstet ihr, dass diese Kirche auch Todesangstbasilika genannt wird?", erzählte Henry. „Hier in Getsemani, am Fuße des Ölberges, nicht weit vom Tempelberg entfernt, soll laut der Bibel Jesus gebetet haben, bevor er gekreuzigt wurde. Lukas 22, 44: ‚Und er betete in seiner Angst noch inständiger und sein Schweiß war wie Blut, das auf die Erde tropfte.' Die Gelehrten der Kirche deuten dies als Hinweis, dass Jesus vor seiner Kreuzigung Todesangst hatte. Welch ein treffender Ort für den Austausch. Das kann nur Nickolas' Idee gewesen sein, wobei ich nicht glaube, dass es seine Idee war, Ezra zu entführen."

„Psst, Henry, sieh nur, da tut sich was", flüsterte Charline und deutete auf den kleinen Parkplatz neben der Kirche.

Drei dunkle Limousinen parkten gerade, aus denen dunkel angezogene Gestalten ausstiegen. Sonst war der Parkplatz leer. Henry konnte in der Dämmerung und auf die Entfernung nur grobe Umrisse erkennen. Eine Gestalt ging etwas gebückt, es sah so aus, als hätte sie einen Sack oder dergleichen über dem Kopf.

„Das muss Ezra sein!", flüsterte Henry.

Die Gestalt wurde vor das Eingangsportal der Kirche gezerrt, wo sich die Gruppe aufstellte. Im Morgenlicht der immer weiter steigenden Sonne und der kürzeren Distanz konnten sie nun die Gestalten besser erkennen.

„Da neben Ezra stehen Landa und Nickolas."

„Ja, Isaac, ich sehe sie. Los kommt, es geht los!" Er stand auf und verließ die Deckung.

Charline zögerte einen Moment, dann folgte sie Henry und Isaac. Henry blieb gut zehn Meter vor der Cerberus-Gruppe inmitten des Gartens stehen. Er hoffte so, schnell Deckung zu finden, falls etwas Unvorhersehbares passieren würde. Charline und Isaac gingen hinter der Palme in Deckung, von hier aus konnten sie alles gut überblicken. Henry stand nur einen halben Meter schräg vor der Palme. Es war noch sehr ruhig und leer im Tal, doch er wusste, dass es nicht mehr lange dauern konnte, bis die ersten Touristengruppen eintrafen.

„Hallo, Doktor Voigt, haben Sie es bei sich?", zerschnitt die dunkle, bestimmte Stimme Landas die morgendliche Stille.

Er zögerte kurz und erwiderte entschlossen: „Ich will erst mit Doktor Dreyfuss sprechen!"

Landa blickte starr in Henrys Augen. Dann blitze für einen Moment das Glas seiner Armbanduhr in der aufgehenden Sonne auf, als er eine schnelle Bewegung mit seinem Arm machte. Die Sonne hatte es gerade geschafft, über den Ölberg im Osten aufzugehen. Der Mann, der hinter der vermummten Gestalt stand, zog ihr den Sack vom Kopf.

Henry vernahm einen leisen entsetzten Aufschrei, welcher von Charline stammen musste. Kurz abgelenkt, ließ er seine Aufmerksamkeit Ezra zuteil werden. Sein Gesicht war blutverschmiert, sein linkes Auge war geschwollen und Blut quoll ihm oberhalb des Auges aus und lief ihm die Wange herunter. Offenbar hatten Landas Männer versucht die Antwort aus ihm herauszuprügeln, was ihnen anscheinend nicht gelungen war, sonst würden sie sich hier nicht gegenüberstehen, dachte Henry. „Was habt ihr mit ihm gemacht? Landa, das wirst du mir büßen!", rief er ihnen entschlossen entgegen.

„Henry, lass uns das hier nicht komplizierter machen, als es bereits ist. Gib mir einfach das, was mir zusteht. Ich weiß, dass du etwas in der Kiste von meinem Großvater gefunden hast! Etwas, was mir endlich zu dem Ruhm und der Anerkennung verhilft, um die du mich gebracht hast."

Er spürte, wie ihn Adrenalin durchströmte, ihm wurde warm und er fühlte sich zunehmend unbesiegbar. In diesem Moment fasste er den Entschluss, dass Nickolas das Buch nie erhalten wird und dass er Ezra befreien musste, egal was es kosten würde. Nickolas war endgültig zu weit gegangen.

Er hatte immer die Hoffnung gehabt, dass ihre alte Freundschaft irgendwann wieder Bestand haben könnte. Mit dem, was sich seinen Augen nun bot, gab es definitiv kein Zurück mehr für ihn; Nickolas, Landa und Cerberus mussten aufgehalten werden.

Er zuckte unwillkürlich zusammen, ein heftiger Schmerz durchzog seinen Arm. Dieser ging von seiner Hand aus, es fühlte sich an, als hätte er sich die Fingerkuppe des kleinen Fingers in einer Tür eingeklemmt. Er hatte seine Hand so fest vor Wut zu einer Faust gepresst, dass die Knöchel weiß waren und seine Fingernägel sich ins Fleisch gruben. Blut tropfte von seinen Fingerspitzen.

Er schüttelte kurz seine Hand, der Schmerz war egal, das Blut war egal, es zählte nur, Ezra zu befreien. Er lag mit seiner anfänglichen Vermutung richtig, in diesem Moment bogen zwei Reisebusse auf den Parkplatz neben der Kirche ein.

Langsam rollten sie in Parkposition, kurz darauf öffneten sich die Türen und die Insassen strömten ins Freie. Entferntes Stimmengewusel drang an Henrys Ohr. Er bemerkte die schnellen Blicke, welche die Männer ihm gegenüber zum Parkplatz huschen ließen. Nickolas sah plötzlich nervös aus, auch Landa sah beunruhigt aus.

Henry witterte eine Chance, hier unbeschadet mit Ezra zu entkommen. Schnell hob er die Hand und wollte sie gerade in seine Innentasche der Jacke verschwinden lassen, da hörte er auch schon ein mehrfach ertönendes metallisches Klicken. Die Waffen der Männer waren alle auf ihn gerichtet.

„Doktor Voigt, machen Sie keine Dummheiten!", mahnte Landa kühl und hob seine flache Hand auf Kopfhöhe.

„In meiner Innentasche befindet sich das, weswegen Sie

hier sind."

Landa ließ seine Hand wieder sinken und gab seinen Männern still den Befehl, die Waffen zu senken. „Wir wollen ja nicht unnötig Aufsehen erzeugen!", sagte er ruhig. „Also, bitte zeigen Sie uns, was sich in Ihrer Innentasche verbirgt."

Henry hob erneut seine Hand, nur dieses Mal ließ er sie ganz langsam in seiner Jacke verschwinden. Nickolas machte einen Schritt auf ihn zu, so gespannt war er darauf zu erfahren, was in der Kiste einst versteckt war. Mit zwei Fingern zog er das kleine schwarze Buch aus seiner Jacke hervor und hielt es hoch.

„Ein kleines Buch, mehr nicht? Deswegen sträuben Sie sich so und schicken ihren Freund zur Gesichtsbehandlung?", höhnte Landa.

„Das hier ist nicht irgendein Buch. Es ist Eckbert Jankuhns Tagebuch. In diesem Buch hat er alle Details niederschrieben, die er auf seiner Suche gefunden hat. Wonach er und mein Großvater gesucht haben, weiß ich nicht, allerdings muss es etwas sehr Bedeutsames sein."

Bevor Nickolas etwas sagen konnte, ergriff Landa das Wort: „Okay, genug mit dem Geplauder. Werfen Sie uns das Buch herüber, dann werden wir Ihren Freund gehen lassen!"

„Aus welchem Grund sollte ich das tun? Welche Versicherung geben Sie mir, dass Sie mich nicht einfach über den Haufen schießen, wenn Sie das Buch haben?"

Landas Mund formte sich zu einem bösartigen überlegenen Grinsen. Er wusste, dass er alle Trümpfe in der Hand hielt. „Keine Versuchung. Sie haben mein Wort, das muss reichen! Also wird's bald. Her mit dem Buch, oder Ihr Freund hier wird für Ihre Unentschlossenheit büßen!"

Der Mann hinter Ezra gab ihm einen Stoß, sodass Ezra ein

paar Schritte nach vorne taumelte. Er konnte sich mit letzter Kraft auf den Beinen halten.

Henry spürte, dass, wenn ihm jetzt nichts einfiel, die Situation böse für sie enden würde. Die Touristengruppen hatten sich bereits sortiert und folgten ihren beiden Leitern den schmalen Weg vom Parkplatz zur Kirche hinunter. Er dachte an das Feuerzeug in seiner rechten Jackentasche. Gleich wenn die Besuchergruppen das Ende des Weges erreicht hatten, musste er den Moment nutzen und schnell in seine Tasche greifen.

Er flüsterte: „Haltet euch bereit, egal was gleich passiert, wenn ich *jetzt* rufe, lauft ihr zu Ezra und holt ihn euch! Verstanden?"

„Verstanden!", flüsterten Charline und Isaac zugleich.

„Ich zähle jetzt bis drei, das ist meine letzte Warnung. Das hier ist nicht meine erste Verhandlung, in der ich überzeugend sein muss!", rief Landa.

Der Mann, der Ezra am nächsten stand, hob seine Waffe und richtete sie auf Ezra. Noch hatte keiner der herannahenden Touristen bemerkt, was sich vor den Toren der Kirche abspielte. Die anderen Männer richteten ihre Pistolen auf Henry.

„Henry, ich bitte dich, es muss hier niemand sterben. Gib mir einfach mein Buch!"

Er schaute Nickolas an und zwinkerte ihm zu. „Du sollst dein Buch haben!", rief er.

Dann war der Moment gekommen, die ersten Touristen kamen am Ende des Weges an und hatten nun eine perfekte Sicht auf das Schauspiel vor der Kirche. Panik brach aus, als eine junge Frau bei dem Anblick der bewaffneten Männer anfing zu schreien. Die Menge stob auseinander, das war der Moment, auf den Henry gewartet hatte, die Männer vor ihm wurden von dem Schrei und der aufkommenden Panik abgelenkt.

Er griff in seine Jackentasche, holte das alte Sturmfeuerzeug seines Vaters heraus und entzündete das Buch.

Nickolas drehte in diesem Moment seinen Kopf in seine Richtung und schrie: „Nein, Henry, nicht!"

Doch es war zu spät, das Buch hatte Feuer gefangen. Er warf es in Nickolas' Richtung, der genauso wie Landa versuchte, es zu fangen. In diesem Moment rief Henry: „Jetzt!"

Charline und Isaac rannten los, warfen sich Ezras Arme über die Schultern und halfen ihm zu fliehen. Henry rannte ihnen helfend entgegen. Kaum hatten sie ein paar Meter zurückgelegt, eröffneten die Männer das Feuer.

Henry konnte gerade noch erkennen, wie Nickolas versuchte die Flammen auszutreten, dann wandte er sich an Charline, die an Ezra zerrte: „Lauf zum Auto und starte den Motor! Lauf!" Dann übernahm er ihre Position an Ezras Seite.

Sie versuchten so viele Bäume und Felsbrocken zwischen sich und ihre Verfolger zu bringen wie nur möglich, um Deckung vor dem Kugelhagel zu erhalten. Am Auto angekommen, schlüpfte Isaac auf die Rückbank und zog mit Henrys Hilfe den in der Zwischenzeit bewusstlos gewordenen Ezra ins Auto. Henry sprang auf den Beifahrersitz und Charline gab Gas.

Er schaute zurück und erkannte, wie ihre Verfolger sich einen Weg durch die panisch herumlaufenden Menschen bahnten und zum Parkplatz eilten. Erleichtert sackte er auf seinen Sitz zurück. „Mann, das war knapp!"

„Leider war es für Ezra nicht knapp genug!", sagte Isaac betrübt.

Er drehte sich ruckartig um, auch Charline drehte sich

mehrmals um und versuchte dabei den Wagen gerade zu halten. Aus Erzas Brust quoll Blut, das sein Hemd dunkelrot färbte.

Die Nekropole

„Das dauert ja ewig. Wir sitzen hier schon Stunden!", sagte Isaac.

„Es wird bereits dunkel draußen, du solltest etwas schlafen und schrei hier nicht so herum. Charline schläft schon. Der Arzt wir schon kommen, sobald es Ezra besser geht."

Isaac schaute Henry an, dann wanderte sein Blick auf die leicht gepolsterten Sitzbänke des Wartebereichs. Komfortabel sah anders aus, allerdings würden sie für ein paar Stunden Schlaf reichen.

Henry machte es sich ebenfalls so gut es ging bequem auf dem Dreisitzer und schlief ein. Henry träumte gerade davon, wie er in einem Geländewagen sitzend auf eine am Horizont stehende Pyramide zufuhr. Die Sonne stand hoch über ihm und ließ den Sand vor ihm wie ein goldenes Meer erstrahlen. Plötzlich wackelte der ganze Wagen und schien sich dabei fast zu überschlagen.

„Henry", rief ihn eine Stimme, er schaute sich um, doch er war alleine in dem Wagen. „Henry, nun komm schon", rief ihn die Stimme erneut. Dann spürte er, wie ihn ein eiskalter Schwall Wasser mitten ins Gesicht traf.

Er schreckte hoch, vor ihm stand Charline mit einem leeren Glas in der Hand. Sie schaute ihn an. Isaacs hämisches Lachen drang an sein Ohr. Ein Tropfen lief Henry über die Wange zum Mund. „Was denn los?" Er wischte sich die restliche Flüssigkeit aus dem Gesicht, die Wasser war, wie er feststellte.

„Der Arzt war gerade da."

„Wie geht es Ezra? Was sagt der Arzt? Warum habt ihr mich nicht geweckt?"

„Immer mit der Ruhe. Sie haben ihn in ein künstliches

Koma versetzt, um den Sauerstoffbedarf des Gehirns zu reduzieren. Er hatte gewaltiges Glück, dass die Kugel von einer Rippe abgelenkt wurde und seine Herz nur um Millimeter verfehlt hatte. Allerdings wurden einige wichtige Arterien verletzt und er hat viel Blut verloren. Er wird jetzt noch ein paar Tage in dem Zustand bleiben, damit sein Körper sich besser regenerieren kann."

„Ist er denn außer Lebensgefahr?"

„Sein Zustand ist noch kritisch", antwortete Isaac, „aber das Schlimmste hat er hinter sich. Er wird sich allerdings noch zwei Operationen unterziehen müssen. Der Arzt meinte, wir sollen nach Hause gehen."

„Nach Hause? Ich kann doch jetzt nicht nach Hause gehen."

„Wir können hier nichts für Ezra tun", sagte Charline und setzte sich neben Henry. Sie nahm seine Hand und hielt sie fest, sie schaute ihm in die Augen. „Lass uns hier verschwinden und weitersuchen. Lass uns endlich herausfinden, wonach dein Großvater und Eckbert Jankuhn gesucht haben. Tu es für Ezra. Lass Cerberus nicht die Genugtuung, dass sie uns aufgehalten haben. Wir sollten jetzt erst recht da rausgehen und dieses verdammte Geheimnis um Salomon lüften!"

Henry schenkte ihr ein warmes Lächeln, dann legte er seine andere Hand auf ihre. „Du bist so wunderschön, wenn du überzeugend se..."

„Hallo, Leute, ich bin auch noch da, das romantische Gequatsche kann keiner ertragen! Wir sollten besser mal darüber reden, wie wir weiter vorgehen wollen!"

Charline und Henry lachten, auch Isaac wurde davon angesteckt. Die positive Energie, die der Moment ausstrahlte, tat ihnen sehr gut und entfachte neue Energie in ihnen. Sie beruhigten sich langsam wieder, Henry stand auf und ging zum Fenster des kleinen Wartebereichs des Hadassah Medical Center. Es lag in der Nähe des Ölberges.

Henry schaute durch das Fenster auf einen kleinen begrünten Innenhof. „In Heliopolis habt ihr nichts gefunden?"

„Außer Müll und Bauschutt war da nichts", sagte Isaac.

„Wir haben die zugänglichen Ausgrabungsstellen untersucht", fügte Charline hinzu, „waren zwar nicht viele, aber wir waren zur Sicherheit auch im Ägyptischen Museum. Dort hatte man das Schlüsselzeichen auch noch nie gesehen."

In ihm rumorte es, irgendetwas passte nicht. Es ergab keinen Sinn, wieso sollte die Spur hier ins Leere laufen? Er musste etwas übersehen haben. Er starrte einige Zeit abwesend in den Garten und vergaß alles andere um sich herum. Immer wieder murmelte er dabei die hebräischen Worte, die auf der Tafel standen.

Nach ein paar Minuten des Schweigens rief er: „Mann, ich bin manchmal so vernagelt." Er drehte sich zu den beiden herum.

Isaac und Charline schauten ihn an. „Welche Glühbirne ist dir den gerade angegangen?", fragte Isaac.

„Manchmal sieht man den Wald ..."

„Heeenry, was ist los?", unterbrach Charline ihn ungeduldig.

„Ich hätte Ezra die Tafel noch mal lesen lassen sollen. Es heißt nicht, wo die Götter geboren wurden, sondern wo sie begraben wurden. Die Pharaonen wurden damals wie Götter verehrt. Die Pharaonen ließen sich riesige monumentale Grabanlagen ..."

„Ja danke, Henry, ich habe auch Geschichte studiert und weiß, was eine Pyramide ist. Lass uns hier nicht so auf heißen Kohlen sitzen", sagte Isaac.

„Djoser!"

„Ist das nicht ein Senfmarke?", fragte Charline irritiert. Isaac lachte.

„Ich weiß zwar nicht, wie Senf in die Geschichte passt, aber du meinst Dijon-Senf und es ist auch nur ein Senfrezept. Ich meine die Djoser-Pyramide. Dort sollten wir suchen. Es war die erste Pyramide der Geschichte", sagte er.

„Wie kommst du darauf, dass es jetzt stimmt?", fragte Isaac.

„Weil jetzt alles passt oder hast du eine bessere Idee?"

„Wir fliegen also nach Kairo", sagte Charline, als sie Isaacs ratloses Gesicht sah. Henry nickte glücklich.

„Wo ist denn Isaac schon wieder?"

„Komm her, setz dich zu mir. Ich habe dir einen Kaffee geholt. So wie du ihn magst mit einem Schluck Milch."

Charline schaute auf den Becher Kaffee, den er ihr entgegenstreckte. Sie schenkte ihm ein warmes Lächeln und setzte sich neben ihn auf den freien Platz am Tisch.

Um sie herum tummelten sich wartende, umhereilende und sich lautstark unterhaltende Menschen, die in den verschiedensten Sprachen der Welt miteinander kommunizierten. Der Lärm in der riesigen Halle des israelischen Flughafens von Tel Aviv glich einem sprachlichen Intermezzo. Henry und Charline saßen in einem kleinen Außenbereich eines Cafés mitten in der Flughafenhalle.

„Isaac kommt gleich wieder, er musste auf die Toilette und wollte noch etwas besorgen"

„Du hast dir ja gemerkt, wie ich meinen Kaffee trinke", sagte sie und setzte den Becher wieder ab.

„Wie hätte ich das denn auch vergessen können? Wir haben so viel Kaffee damals zusammen getrunken, mir kommt die

Zeit mit dir vor, als wärst du nie weg gewesen. Alles ist noch so klar. Die gemeinsamen Recherchen, das Essengehen, dein Duft, dein Körper ..."

„Du solltest vielleicht nicht zu sehr ins Detail gehen!" Charline schmunzelte und zwinkerte ihm aufreizend zu.

Er schaute in ihre grünen Augen, in denen er sich schon so viele Male verloren hatte. „Alles war perfekt, bis du ..." Seine Stimme brach ab und er senkte seinen Blick zur Tischplatte.

„Es tut mir leid, was damals passiert ist." Sie legte ihre Hand auf seine. „Wirklich, Henry, unsere gemeinsame Zeit war fantastisch ..."

„So fantastisch, dass du gegangen bist", unterbrach er sie mit scharfem Ton. Seine Augen ruhten wieder auf ihren.

„Ich hatte dir schon erklärt, warum ich gegangen bin! Für dich gab es doch nur deine Ausgrabung und deine Archäologie." Sie zog ihre Hand zurück und umschloss nun mit beiden Händen ihren Kaffeebecher.

Er biss sich auf die Unterlippe, schon wieder hatte er ihr die Schuld gegeben. Sein Blick kreiste durch das Menschengewusel, er erspäht ein junges Pärchen, welches sich eng umschlungen innig küsste.

„Werden wir beide noch eine Chance haben?", fragte er mit belegter Stimme, den Blick fest auf das Pärchen gerichtet. Er war sich ziemlich sicher, die Antwort zu kennen.

„Was ist denn jetzt anders als damals? Du bist immer noch der verbissene Geschichtenjäger wie früher! Wir sollten das Geheimnis um Salomon lüften, allein darauf sollten wir uns konzentrieren. Das mit uns ..."

Pause, Stille, sein Herz klopfte und drohte gleich aus der Brust zu springen. ‚Ja, und das mit uns?' Warum sprach Charline nicht weiter, er schenkte ihr wieder seine volle Aufmerksamkeit. Als sich ihre Blicke trafen, bemerkte er ihre ernste Miene.

„Um uns solltest du dir jetzt keine Sorgen machen. Unseren Verlauf der Geschichte wirst du auch noch herausfinden!"

Er war irritiert, diese Antwort war nicht das, was er erwartet hatte. „Nein, ich bin nicht mehr wie früher ... Ich ..." Henry konnte keinen klaren Gedanken fassen, zu sehr verwirrte ihn die Situation. ‚Was soll das denn heißen: Unseren Verlauf der Geschichte werde ich auch noch herausfinden?'

Seine Verwirrtheit schien Charline offenbar sehr zu belustigen, sie musste herzhaft lachen. Da war es wieder, das Lachen, das er so liebte und vermisst hatte.

„Was ist denn hier los, wusste gar nicht, dass Henry so witzig ist?"

„Du solltest deinen Mentor nie unterschätzen. In Henry steckt offenbar noch so einiges, was wir beiden noch nicht wissen!"

Isaac grinste.

„Ihr seid mir ja zwei komische Vögel. Hast du nun alles erledigt, unser Boarding hat begonnen", raunte Henry Isaac etwas mürrisch zu, was noch mehr Lachen beider nach sich zog.

Der Pilot setzte die Maschine butterweich auf der Ladebahn auf. Sie nahmen sich vom Flughafen ein Taxi zum Great Pyramid Inn nahe der Pyramiden von Gizeh. Henry war schon einmal in diesem kleinen Hotel gewesen, von dort aus hatte man einen fantastischen Blick auf die großen Pyramiden. Die Dämmerung hatte bereits eingesetzt, als die drei die Hotellobby betraten.

„Ich vergesse immer wieder, wie schön diese Aussicht ist, so geheimnisvoll und grazil", sagte er.

Charline und Henry saßen auf seinem Balkon und genossen ein traditionelles ägyptisches Abendessen. Die Sonne war bereits untergegangen, die leichte Brise verlieh der Nachtluft Frische und Klarheit.

Charline hatte sich zu den drei hell erleuchteten Pyramiden gewandt, die dort aus dem Wüstensand wie drei glühende Berge ragten. „Die Pyramiden sind zweifellos eine der beeindruckendsten und schönsten Dinge, die ich kenne."

Er ließ seinen Blick zu den Pyramiden schweifen. „Die Pyramiden sind auch ganz ansehnlich." Er warf Charline ein verschmitztes Lächeln zu.

„Du bist und bleibst ein gnadenloser Charmeur."

„Ich hatte schon immer ein Auge für die wirklich interessanten und wertvollen Dinge, denn ich weiß um ihre Schönheit."

„Wenn ich mich nicht täusche, bist du sehr gut darin, uralte Geheimnisse und Artefakte wiederzufinden. Du wolltest hoffentlich nicht gerade sagen, dass du mich für uralt hältst oder dass ich so aussehe." Sie schaute ihn vorwurfsvoll an.

Er winkte ab. „Ganz im Gegenteil, ich wollte nur damit sagen ..."

Charline hob die Hand und unterbrach ihn. „Ich weiß schon, was du sagen wolltest. Ich würde nur gerne wissen, was du im Schilde führst."

„Was meinst du?"

„Abendessen unterm Sternenhimmel, die fantastische Aussicht."

Er überlegte einen Moment. „Es gibt da in der Tat etwas, was ich gerne loswerden will."

Charline schaute ihn gespannt an.

„Unsere gemeinsame Zeit hat mir viel bedeutet ..." Er griff nach ihrer Hand, sie fühlte sich zart und warm an. „Auch wenn sich unsere Beziehung nicht so entwickelt hat, wie ich es mir gewünscht habe, muss ich oft an die Zeit denken."

„Worauf willst du hinaus?" Ihr blondes Haar ging leicht im Wind mit. Es verlieh ihrem Aussehen den perfekten Kontrast zum schwarzen Abendkleid.

Er konnte sein Lächeln nicht unterdrücken. „Nicht auf das, an das du gerade denkst!"

„Henry!" Gleichzeitig lächelte sie.

„Obwohl dieser Teil fantastisch war."

Sie ließ geschmeichelt den Blick wieder über die Balkonbrüstung hinausschweifen.

„Haben wir beide noch eine Zukunft?" Sie sah ihm in die Augen. „Ich denke, wir beide haben uns nicht gut verhalten am Ende, aber wir beide waren und sind ein Team, das zusammen gehört", ergänzte Henry.

Sie beugte sich etwas nach vorne über den Tisch und legte ihre Hand auf seine. „Lass die Zukunft einfach ihren Lauf nehmen und genieße, was du hast. Die letzten Wochen waren doch sehr schön."

„Du warst schon immer die Vernünftige von uns beiden!"

Sie schaute ihn irritiert an.

„Auch ich fand die letzten Wochen sehr schön mit dir und kann dich sehr gut verstehen!"

Sie schaute ihn glücklich an. „Dann bleibt nur noch ein ernstes Problem."

Jetzt guckte er sie irritiert an.

„Der Wein ist alle!" Mit einem Augenzwinkern nickte sie in Richtung Flasche.

„Gut, dass ich auf solche Probleme vorbereitet bin!"

Henry lenkte den kleinen weißen Toyota von dem Parkplatz der Autovermietung.

„Charline, du siehst ja ziemlich zerknautscht aus!"

„Danke, Isaac, das ist sehr aufmerksam von dir. Letzte Nacht zu viel Wein", raunte sie und rieb sich das Gesicht.

Henry grinste verschmitzt. „Vielleicht liegt es auch am Schlafmangel."

Sie schaute ihn empört von der Seite an. „Wohl werde ich in der kommenden Zeit wieder ganz viel Schlaf finden." Henrys Grinsen verschwand und er schaute kurz verlegen zu Charline hinüber, bevor er sich wieder dem Verkehr widmete.

Isaac beobachtete das Ganze von der Rücksitzbank und ließ seinen Blick abwechselnd von Charline zu Henry und zurück wandern.

Sie brauchten nur eine halbe Stunde, bis Henry den Wagen auf dem Parkplatz abstellte. Die Sonne ging gerade auf. Henry wollte so früh wie möglich hier sein, bevor die Touristenscharen Sakkara überfluteten. Er wollte die Nekropole für sich ganz alleine haben.

Sie gingen durch die Ruinen des einstigen Eingangsportals der Tempelanlage, deren Herzstück die Stufenpyramide des Djoser war. 62 Meter ragte sie in den violett gefärbten Himmel. Im Osten schob sich gerade die Sonne über den Horizont und verdrängte die ersten Sterne.

„Das ist ja eine Riesenanlage", sagte Isaac staunend, als sie das Gelände durch den einzigen Eingang in der Südostecke betraten.

„Das gesamte Gelände umfasst 15 Hektar, das sind 21 Fußballfelder", erklärte Henry. „So groß waren vor knapp 5000 Jahren nur ganze Städte. Das zeigt, welche Bedeutung dieser Nekropole damals zugesprochen wurde."

„Und wo sollen wir anfangen zu suchen?", fragte Charline.

Henry zeigte auf die Pyramide. „Dort, würde ich sagen. Wir sollten uns zuerst die Pyramide vornehmen. Der Eingang liegt auf der Nordseite, wir können direkt quer über den Südhof gehen. Heute ist er mit Sand aufgefüllt, früher hätten wir einige Umwege gehen müssen."

Die drei machten sich zum Eingang auf.

„Eins musst du mir noch erklären, du sagtest doch irgendetwas von einem Urhügel? Hier ist doch kein Hügel, wie kommst du darauf, dass wir hier richtig sind?", fragte Charline.

Henry blieb mitten auf dem Platz stehen und schaute zur Pyramide. „Ist das etwa kein Hügel?", fragte er grinsend.

„Ich verstehe nicht", erwiderte Charline.

„Hier hat vor 5000 Jahren der Pyramidenbau seinen Ursprung genommen, wenn auch diese hier nie als Pyramide geplant war, entwickelte diese sich zu dem hier. Damals wurden viele neue Techniken und Stile erdacht. Die Ägypter hatten den Gedanken, mit den Pyramiden den Urhügel nachzuempfinden, um den Göttern näher zu sein. Die Pharaonen wurden damals wie Götter verehrt."

„Ich verstehe, aber was ich noch nicht verstehe, was hat der erste König der Juden mit den Ägyptern und ihren Göttern zu tun?"

„Ich glaube, Charline, Henry vermutet eine engere Verbindung zwischen den Kulturen, als uns heute bekannt ist. Beide Kulturen existierten zur selben Zeit und waren sehr fortschrittlich."

Henry nickte Isaacs Aussage zustimmend zu. „Ich denke, wir werden bald erfahren, wo die Verbindung zwischen den Hochkulturen liegt, denn vergesst nicht die Hieroglyphen der anderen Kulturen, die uns bereits in den Verstecken begegnet sind. Bis jetzt wissen wir nur, dass sie alle etwas mit Salomons Geheimnis zu tun haben", fügte Henry hinzu. Sie folgten ihm zum Eingang.

„Ich glaube, unsere Suche endet hier!"
Henry guckte zu Isaac hinauf, der auf der zweiten Stufe stand und zu Charline und ihm hinunterschaute. „Was meinst du?", fragte Henry.
„Komm besser mal hier hoch."
Henry und Charline machten sich auf, das Holzgerüst zu erklimmen, das sie auf die zweite Stufe brachte. Eine kurze Treppe führte in die Pyramide hinab und endete vor einer Eisentür.
„Hier kommen wir nicht rein. Die Tür ist doppelt gesichert!", sagte Henry. „Aber keine Sorge, etwas weiter oben gibt es einen zweiten Eingang, vielleicht haben wir dort mehr Glück!"
„Klingt nach einem Plan. Wo ist eigentlich Charline?", fragte sich Isaac, als er sich umdrehte und den kurzen Treppenaufgang nach draußen hinaufschaute.
„Bestimmt draußen!", sagte Henry und erklomm die ersten Stufen.
Charline hatte sich auf die Stufenkante der Ostseite gesetzt und ließ ihren Blick über das Gelände und die umliegende Wüste schweifen. In der Ferne konnte sie einige Dünen erspähen, die so gewaltig waren, dass man sie auch als Berge bezeichnen konnte. Die aufgehende Sonne ließ die Wüste wie ein glutrotes Meer erstrahlen. Die Temperaturen waren noch nicht sehr angestiegen, Charline trug noch ihre dünne Jacke. Über ihr waren noch vereinzelte helle Sterne am dunkelblauen Himmel zu erkennen. Ihre Beine baumelten an der Steinwand herunter und der kühle Morgenwind wehte ihr durch die Haare, gedankenverloren ließ sie ihren

Blick durch die Landschaft schweifen.

Eine Hand legte sich von hinten auf ihre Schulter.

„Charline, was machst du hier?"

Sie zuckte zusammen und drehte sich um. Henry hockte hinter ihr. „Kannst du dich nicht bemerkbar machen und mich nicht so erschrecken?"

„Das war nicht meine Absicht, komm, wir müssen nach oben zum zweiten Eingang."

Charline stand auf und klopfte sich den Sand von der Hose. „Zweiter Eingang? Was ist denn mit dem ersten?", fragte sie, als sie die Holzplanken des seitlich an der Pyramide aufgebauten Gerüstes betraten.

„Der ist zu gut verschlossen, ich hoffe, die Tür dort oben macht uns keine Schwierigkeiten."

„Da seid ihr ja, wo wart ihr schon wieder? Euch zwei Turteltauben darf man auch keine Sekunde aus den Augen lassen", sagte Isaac, als die beiden auf der vierten Stufe ankamen.

Henry ging wortlos an ihm vorbei, schon seit einiger Zeit machte sich in ihm eine innerliche Unruhe breit. Die ganzen Hinweise, die sie fanden, brachten sie immer wieder zu neuen Orten, doch es blieben immer wieder nur Hinweise. Klar, die Entdeckung Salomons war ein bedeutender und außergewöhnlicher Fund, jedoch brachte dieser ihn seinem Ziel nicht viel näher. Eher im Gegenteil, dieser Fund warf noch viel mehr Fragen auf. Er musste unbedingt das Rätsel lösen und letztendlich herausfinden, wonach sein Großvater sein ganzes Leben lang gesucht hatte und schließlich dieses dafür geopfert hatte.

„Sind diese Gerüste immer hier?", fragte Charline, als sie die Stufe der Pyramide betrat.

„Ich glaube, die sind nur hier aufgebaut, damit sie die

Pyramide restaurieren können", erklärte Isaac ihr.

„Kommt, wir müssen hier runter", sagte Henry und zeigte einen Treppenabgang hinunter.

Am Ende war erneut eine Tür eingelassen. Henry atmete auf, es war eine Holztür mit einem einfach Türschloss. Er holte ein kleines Etui aus seiner Jackentasche. Mit zwei filigranen Metallwerkzeugen stocherte er in dem Türschloss herum.

„Ein Dietrich? Das sind ja ganz neue Seiten an dir", sagte Charline und schaute Henry beeindruckt über die Schulter. „Die Bad-Boy-Seite kannte ich ja noch gar nicht!"

„In mir stecken offenbar viele verborgene Talente. Isaac, leuchte bitte mal", flüsterte er konzentriert.

Isaac holte seine Taschenlampe aus der Tasche und richtete sie auf die Tür.

„Gefällt mir sehr", sagte Charline.

Es klickte im Schloss und die Tür schwang mit Hilfe eines kleinen Stupsers von Henry auf. Er hatte seine Lampe ebenfalls aus seiner Jackentasche geholt und leuchtete den Schacht hinter der Tür hinunter.

Der Treppenschacht führte noch einige Meter nach unten, bis er in einem horizontalen Gang mündete. „Nun sind wir tief in der Pyramide", sagte Henry und leuchtete in den vor ihnen liegenden Gang.

„Sind solche Pyramiden nicht wie Labyrinthe aufgebaut? Was ist, wenn wir uns verlaufen?", fragte Charline mit einem besorgten Unterton.

„Früher vielleicht einmal, als diese fertiggestellt wurden. Allerdings sind die Pyramiden dafür recht gut erforscht und für Touristen begehbar gemacht. Hier sind Schilder an den Wänden, die den Weg zeigen." Henry blieb stehen und drehte sich zu den beiden um. „Das heißt nicht, dass es hier unten ungefährlich ist!", sprach er im ernsten Ton weiter.

Charline und Isaac standen vor ihm wie Eissäulen, fast wären sie in Henry hereingelaufen, so abrupt war er stehen geblieben.

„Wir befinden uns in einem 5000 Jahre alten Bauwerk, praktisch alles hier könnte uns zum Verhängnis werden. Keiner kann genau sagen, ob es hier noch versteckte Fallen, Kammern oder Gänge gibt. Da man hier auch keine Mumie eines Pharaos gefunden hat, liegt das Hauptaugenmerk nicht mehr unbedingt auf Erkundung dieser Pyramide. Vor allem bei der gewaltigen Größe des Geländes gibt es auch noch genug andere Dinge, die untersucht werden wollen. Ich kann es nicht gebrauchen, dass hier einer draufgeht. Zudem sind viele Bereiche einsturzgefährdet."

„Schon verstanden! Nichts anfassen, mach dir um mich keine Sorgen, mir wird nichts passieren", erwiderte Isaac mit etwas genervtem Ton.

„Um dich mache ich mir auch keine Sorgen, ich möchte nur Charline hier heile durchbringen!", erwiderte er mit einem Augenzwinkern, drehte sich um und folgte dem Gang.

Charline lächelte geschmeichelt und warf Isaac einen kurzen Blick zu, dann folgte sie Henry.

„Hauptsache, das Mädchen überlebt. Um den Ausländer macht sich wieder keiner ..."

„Isaac, komm jetzt, sonst bleibst du hier alleine mit den Ratten!", rief Henry ihn. „Außerdem sind wir alle hier Ausländer", fügte er hinzu.

Isaac schaute sich panisch um. „Ratten? Hier gibt es Ratten? Hey, wartet auf mich!", rief er den beiden angeekelt von der Vorstellung, auf eine Ratte zu treffen, nach.

Sie folgten dem Gang, bis sie an eine Kreuzung kamen. An der Wand war ein Schild angebracht, auf dem war eine Pfeil nach links und nach rechts aufgemalt.

„Ich würde vorschlagen, wir gehen weiter nach Osten. Dort ist der älteste Teil der Pyramide, die Grabkammern und die Galerie sind schon mehrfach untersucht worden. Vor nicht allzu langer Zeit fand man im Ostteil einen bis dahin verborgenen Gang, der die Pyramide mit dem Südgrab am anderen Ende des Komplexes verbindet", schlug Henry vor und leuchtete den Gang in beide Richtungen ab.

„Älterer Teil? Wird so eine Pyramide denn nicht in einem Rutsch gebaut?", fragte Charline.

„Spätere Pyramiden ja, diese hier war ursprünglich als Mastabar-Grab geplant, also eine flache Grabkammer unter der Erde", erklärte Henry, während er dem Gang nach Osten folgte. Sie mussten nun leicht geduckt gehen, da die Deckenhöhe nicht besonders hoch war.

„Die Ägypter waren wohl Zwerge!", scherzte Isaac. Charline grinste.

„In der Tat belegen Untersuchungen von Mumien, dass die Körpergröße der Menschen damals etwas geringer war als die der heutigen. Aber um auf deine Frage zurückzukommen, Charline, diese Pyramide wurde in sechs Bauphasen erbaut. Diese Bauphasen waren neuen Technologien und Wichtigkeit der Grabanlagen geschuldet, so ist aus der einfachen Grabkammer eine Nachempfindung des Urhügels in Form einer Pyramide entstanden und legte den Grundstein für einen regelrechten Pyramiden-Boom", erklärte er weiter.

„Und so sind die Pyramiden entstanden?", fragte Charline.

„Anhand der verschiedenen Bauphasen dieser Pyramide lässt sich darauf schließen. Auch vom Alter her ist diese hier die älteste, auch die Baustile der späteren Pyramiden sind dieser hier sehr ähnlich. Doch bleibt dieser Komplex hier einzigartig, die Größe dieser Grabanlage ist gewaltig und wurde nur hier in diesen Dimensionen gefunden; das zeigt, welche Bedeutung diesem Ort zugesprochen wurde. Irgendetwas muss hier sein, ich spüre es", fügte er seiner Erklärung hinzu.

Einige Minuten folgten Charline und Isaac ihm, ohne etwas gefunden zu haben. Er wurde zunehmend nervös. Er musste hier einfach etwas finden, etwas so Bedeutendes, das er seinen Geldgebern präsentieren konnte. Ohne das Geld seiner Gläubiger würde seine Suche vermutlich hier in Ägypten ein Ende finden. Erst gestern hatte er eine Nachricht von Herrn Strauß erhalten, dem Vorsitzenden der Archäologischen Gesellschaft Frankfurt.

Die AGF fördert und finanziert ausgewählte Projekte, die der Erforschung alter Kulturen gewidmet sind. Seltene, wertvolle und kostbare Artefakte werden im Archäologischen Museum Frankfurt ausgestellt. Diese Gesellschaft förderte damals Henrys Suche nach dem Grab von Alexander dem Großen und führte seitdem eine sehr erfolgreiche exklusive Sonderausstellung über das Reich des einstigen makedonischen Herrschers. Die Gesellschaft plante derzeit eine Expansion der Ausstellungsräume, da sie gerne den Erfolg der Ausstellung wiederholen wollten. Daher hatten sie Henry mit einem größeren Budget ausgestattet. Henry hatte zudem alle Freiheiten bekommen, die er brauchte.

Jetzt blieb der Erfolg aus und der Druck auf ihn wurde größer. Allerdings war dies nicht Henrys einzige Sorge, insgeheim war er sein ganzes Leben schon auf der Suche nach dem Schicksal seines Großvaters. Jetzt hoffte er, endlich eine heiße Spur zu haben.

Sie gingen den südlichen Gang, der parallel zur Außenwand verlief, entlang. Immer wieder passierten sie kleine Nischen und Sackgassen, in denen sie allerdings nichts außer Staub, unbedeutende verblasste Hieroglyphen und kleine Skelette fanden. Offenbar gab es hier einige Ratten, die hier unten verendet waren.

Sie befanden sich im tiefsten Unterbau der Pyramide, der einige Meter unterhalb des Wüstenbodens lag. Henry dachte fieberhaft nach, hatte er irgendetwas übersehen oder suchten sie doch an der falschen Stelle? Letzte Nacht hatte er erneut das Tagebuch seines Großvaters nach irgendetwas Brauchbarem durchforstet. Ohne einen Anhaltspunkt oder einen Dechiffrierschlüssel konnte er die Zahlencodes, einzelnen Worte und Skizzen nicht deutet. Ihm blieb vorerst nur der Hinweis aus Salomons Grabkammer.

Es wurmte ihn, nicht zu wissen, wie weit Nickolas Jankuhn das Tagebuch noch verwenden konnte und was er bis jetzt herausgefunden hatte. Es war zum Verzweifeln, er wusste noch nicht einmal, wofür der Schlüssel gut war, den sie in Salomons Sarkophag gefunden hatten. Alles sah danach aus, dass Salomons Geheimnis ein gut gehütetes Geheimnis blieb.

„Was ist los, Henry?", fragte Isaac ihn.

Henry blieb plötzlich wie zur Eissäule erstarrt stehen. Charline trat neben ihn und schaute ihn an. Henrys Blick war starr auf den staubigen Boden vor ihm gerichtet. Wortlos stand er dort einige Sekunden, dann zeichnete sich ein Anflug eines Grinsens in seinem Gesicht ab, im nächsten Moment erwiderte er Charlines Blick und umarmte sie.

„Manchmal stehe ich echt auf dem Schlauch", sagte er, ließ sie los und folgte mit schnellen Schritten den Gang zurück.

Charline leuchtete ihm hinterher, dabei traf ihr Lichtkegel Isaacs verblüfftes Gesicht.

„Jetzt dreht er glaube ich komplett durch!", sagte Isaac und ließ seinen Zeigefinger dabei auf Höhe seiner Schläfe kreisen.

„Ich glaube, wir sollten ihm folgen, ich kenne Henry, irgendetwas Geniales ist ihm eingefallen", sagte sie, dann schaute sie Isaac an. „Jedenfalls hoffe ich es sehr, ich hätte nichts dagegen, dieses staubige und modrig riechende Labyrinth wieder zu verlassen!" Dabei rümpfte sie angewidert die Nase.

Henry folgte dem Gang zurück, bis sie an eine Abzweigung kamen, an dem ein Gang nach Süden abging. Er sah aus, als wäre er einmal zugemauert gewesen und gewaltsam aufgebrochen worden.

Er drehte sich um und wartete auf die beiden. „Dies ist unser Pfad zu Salomons Geheimnis", sagte er überzeugt und zeigte auf die Öffnung rechts neben ihm. Steinbrocken lagen auf dem Boden, anscheinend war die Mauer mit Hammer und Meißel bearbeitet worden.

Isaac leuchtete in den Gang hinein. „Ist das der Verbindungstunnel zum Südgrab?", fragte Isaac.

„So ist es. Ich glaube, er wurde nicht umsonst angelegt und zugemauert!", sagte Henry.

„Die Archäologen, die diesen Gang entdeckt haben, werden ihn doch untersucht haben. Wieso sollten wir dann jetzt dort noch etwas finden?", fragte Charline.

„Die Archäologen wussten nicht das, was wir wissen. Vertraut mir, hier sind wir richtig", sagte er und trat durch die Öffnung zum Verbindungstunnel.

„Ich weiß, was du denkst!", sagte Isaac und leuchtete Henry hinterher. „Wir sollten ihm vertrauen, Henry hat nicht umsonst das Grab Alexanders und Salomons gefunden. Er weiß, was er tut, er ist nicht nur mein Freund, sondern auch mein Mentor, weil er eben anderes denkt als andere. Ihm fallen Dinge auf, die andere übersehen oder für unwichtig erachten."

„Vielleicht hast du Recht und wir sollten auf seine Fähigkeiten vertrauen."

„Haltet ihr da hinten ein Kaffeekränzchen ab, oder kommt ihr nun mit mir das Geheimnis um Salomon lüften?", hallte Henrys Stimme aus dem Gang ihnen entgegen.

Isaac folgte Charline den Gang entlang, es dauerte nicht lange, dann sahen sie Henry vor der Tunnelwand stehen.

„Hast du was gefunden?", fragte Isaac.

„Ich bin mir noch nicht sicher, aber schau dir diese Hieroglyphe hier an!", sagte er und zeigte auf ein Symbol an der Wand in seinem Lichtkegel.

„Das Auge des Re?", fragte Charline.

„Laus mich der Affe, wenn das nicht ein Hinweis ist. Zweimal hat es uns schon den Weg gezeigt!", murmelte Isaac.

Dann machte Henry einen Schritt nach vorne, beugte sich näher heran und pustete behutsam gegen das Symbol an der Wand. „Dieses hier steht allerdings auf dem Kopf!", murmelte er.

„Ist das nicht der Sonnengott der Azteken?", fragte Isaac und zeigte auf ein Symbol, das neben dem Auge in die Wand eingelassen war.

Es sah aus wie ein altes Steuerrad eines Segelschiffes, in der Mitte sahen sie ein Gesicht mit herausgestreckter Zunge. Auf dem Kopf saß eine Art Krone und die Ohren trugen Ohrringe. Das Symbol war sehr verblasst.

Henry richtete seinen Blick auf das Symbol. „Das muss es

sein!", flüsterte er.

„Azteken, Sonnengott? Ich verstehe nichts mehr", sagte Charline verwirrt.

„Das wirst du noch", flüsterte Henry etwas abwesend. Vorsichtig ließ er seinen Zeigefinger über das Aztekensymbol gleiten.

„Ist denn hier vorher noch niemandem dieses Zeichen aufgefallen? Ich meine, wir sind hier in einer ägyptischen Pyramide", fragte Charline skeptisch.

„Schau dich doch mal um, der Tunnel ist einige Meter lang und es gibt unzählige Zeichen und Symbole an den Wänden. Bis die jemand alle dokumentiert hat, werden Jahre vergangen sein", erklärte Isaac und leuchtete den Gang rauf und runter.

Henrys Finger ertasteten am Rand des aztekischen Symbols eine kaum spürbare Fuge. Vorsichtig drückte er mit Zeige- und Mittelfinger auf das Symbol. Es gab nach und versank gut zwei Zentimeter in der Wand, ein Klicken ertönte. Ein leises Rattern drang aus der Wand, dann drehte sich das Auge des Re um 180 Grad und rastete ein. Das Auge versank nicht in der Wand, im Gegenteil, es schob sich langsam etwa fünf Zentimeter aus der Wand.

„Das ist merkwürdig, so einen Türverschluss habe ich noch nie gesehen!", murmelte Henry.

„Irgendwie sieht es so aus, als könnte man es herausnehmen!", flüsterte Charline, als sie sich vorbeugte und den hervorstehenden Stein musterte.

Henry griff danach und zog daran, der Stein gab nach und ließ sich aus seiner Fassung lösen. Kaum hatte Henry den Stein in Form des Auges des Re in der Hand, ertönte ein lautes steinernes Schleifen.

Vor ihnen öffnete sich ein gut einen Meter breiter

Durchgang. Ein Schwall muffiger Luft drang aus dem Tunnel heraus. Es dauerte nicht lange, dann verschwand das Stück Wand in der Decke. Isaac und Henry ließen ihre Lichtkegel in den neuen Durchgang gleiten. Ein nach rechts gebogener, leicht abfallender geheimer Gang lag vor ihnen.

„Entweder habe ich im Studium geschlafen, als die Geschichte der Azteken dran war, oder ich bin einfach nur vergesslich", sagte Isaac ungläubig.

„Was meinst du?", fragte Charline.

„Die Kultur der Azteken entstand fast tausend Jahre nach der Kultur der Ägypter, wie also kann es sein, dass hier an der Wand das Zeichen ihres Sonnengottes gemeißelt steht?", warf Isaac in die Runde.

„Weißt du denn, ob dieses Zeichen hier auch wirklich das Zeichen der Azteken ist?", erwiderte Henry. „Der Sonnenstein, den wir hier sehen, ist geschichtlich viel jünger als der Tunnel, allerdings kann dieses Zeichen früher auch etwas anderes bedeutet haben, nur wir verbinden es mit der Kultur der Azteken. Vielleicht ist es ein Symbol, das die Ägypter schon viel früher für etwas anderes verwendet haben." Er steckte das steinerne Augenabbild des Re in seine Jackentasche. „Kommt, wir sollten nicht so viel Zeit verlieren, nicht mehr lange und die ersten Touristen tauchen hier auf", fügte er hinzu und betrat den neuen Korridor.

Kaum hatten sie die Öffnung durchquert, verschloss sich die Wand hinter ihnen mit einem dumpfen Aufprall. Charline hatte noch versucht, unter der herabgleitenden Steinwand hindurchzuschlüpfen. Ihr Versuch blieb erfolglos, zu schnell war der Durchgang wieder verschlossen. Verzweifelt schlug sie mit den Händen gegen den kühlen Stein. „Hallo, hört uns jemand? Wir sind hier eingeschlossen!", versuchte sie sich bemerkbar zu machen.

Isaac legte ihr seine Hand auf die Schulter. „Charline, das bringt nichts. Der Stein ist zu dick, spar dir deine Kraft! Lass uns nachsehen, ob wir einen anderen Ausgang finden", versuchte Isaac Charline zu beruhigen.

„Offenbar haben wir beim Betreten den Verschlussmechanismus ausgelöst. Diese Bodenplatte hier muss als eine Art Drucksensor funktionieren. Wir sollten jetzt aufpassen, wohin wir unsere Füße setzen", mahnte Henry, der in der Hocke die Bodenfliese hinter Charline und Isaac untersuchte.

Sie schlichen vorsichtig den Gang entlang, dabei setzten sie jeden Schritt mit Bedacht. Nach ein paar Metern dem Weg leicht nach unten folgend gelangten sie an eine massive Steinwand.

„Super, eine Sackgasse", sagte Charline entmutigt.

„Das glaub ich nicht! Sieh hier links an der Wand, diese Stelle hier." Henry zeigte auf eine ovale Vertiefung, die in die rechte Tunnelwand eingelassen war. „Moment", sagte er und holte das steinerne Auge des Re aus seiner Jackentasche. Dann hielt er es vor die Öffnung in der Wand. „Hab ich es mir doch gedacht, passt genau, einfach genial", murmelte er begeistert.

„Eher ziemlich bestialisch, wenn du den Stein nicht aus der ersten Tür entfernt hättest, würden wir hier unten elendig verdursten und zugrunde gehen", fügte Isaac verachtend hinzu.

„Eine Schatzsuche ist kein Kindergeburtstag. Die Menschen damals haben Fallen und raffinierte Mechanismen eingebaut, um Grabräuber fernzuhalten. In diese Pyramide sind über die Jahrhunderte bereits Dutzende Räuber eingedrungen, indem sie Tunnel gegraben haben. Wer weiß, was hier noch für Fallen versteckt sind", sagte er in ernstem Ton und setzte den Stein in die vorgesehene Öffnung ein.

Charline beobachtete gespannt, wie sich der Stein nahtlos

in die Öffnung schmiegte, dann vernahmen sie ein dumpfes Klopfen. Ein gewaltiger Mechanismus setzte sich in Gang, kurz darauf schob sich die Wand vor ihnen zur Seite und verschwand in der Korridorwand.

Henry steckte seinen Kopf zuerst durch die Öffnung und ließ seinen Lichtkegel durch den Raum wandern und betrat vorsichtig den Raum. Mit einem Auge behielt er immer den Boden vor seinen Füßen im Blick, um nicht unvorsichtig eine Falle auszulösen. Charline und Isaac folgten ihm und hielten sich dabei hinter ihm.

Der Lichtschein seiner Stablampe streifte durch einen quadratischen, nicht allzu großen Raum. Er schätzte seine Deckenhöhe auf zwei Meter fünfzig.

„Wir müssen uns unter der Hauptkammer der Pyramide befinden", sagt er und leuchtete die Decke ab. Diese funkelte im Schein der Taschenlampe, als wären Hunderte Diamanten in die steinerne Decke eingelassen. Bis auf den in der Mitte des Raumes platzierten Schrein war der Raum leer.

Ehrfürchtig näherten sie sich dem Schrein und ließen ihre Blicke über ihn schweifen. Er war makellos und er weckte den Anschein, hier seit knapp 5000 Jahren unberührt im Verborgenen zu ruhen.

„Was ist das?"

„Das, Charline, ist ein unberührter Sarkophag eines Pharaos."

„Ich dachte, die sind aus Gold wie der von Tutanchamun."

Isaac antwortet ihr, während Henry seine Hand über den kühlen Stein des Sarges gleiten ließ: „Das ist ein äußerer Sarg, man geht davon aus, dass es immer mehrere Särge gab, wie bei den Holzfiguren Matrjoschka. Bei dem viel später verstorbenen Pharao Tutanchamun gab es sogar noch

Schreine, die um den Sarkophag erbaut wurden."

„Komm, hilf mir mal, den Deckel abzunehmen", bat Henry Isaac und ging an die Stirnseite des Sarges.

Mit enormem Kraftaufwand schafften sie es, den schweren Deckel auf die Seite zu schieben und gegen den Sarg zu lehnen. Darunter kam ein weiterer Sarkophag zum Vorschein.

Der Deckel wirkte, als hätte man das flüssige Gold direkt über den Leichnam gegossen und erkalten lassen. Die Konturen waren so fein herausgearbeitet worden, dass die Gesichtszüge den Eindruck erweckten, jeden Moment lebendig zu werden.

Die Arme waren auf Brusthöhe verschränkt, in den Händen hielt das Abbild des Pharaos den Krummstab und Wedel. Auf dem Kopf waren Umrisse des Nemes-Kopftuchs eingelassen.

„Wunderschön", hauchte Charline, als ihre Fingerspitzen gerade über das kühle Gold des Krummstabes glitten.

Henry schaute zu ihr auf, seine Mundwinkel zuckten kurz zu einem Lächeln. Er senkte seinen Blick und beobachtete, wie Charlines Hand langsam über den Deckel glitt. „Djoser war der Pharao, der Ober- und Unterägypten miteinander vereinte. Das hier dürfte das erste Mal gewesen sein, dass ein Pharao in dieser Pose, mit Krummstab und Wedel, bestattet wurde. Zusammen mit dem Nemes-Kopftuch symbolisieren sie die Herrschaft über ganz Ägypten. Djoser war ebenfalls ein sehr weiser, revolutionärer und edler König – wie Salomon." Er suchte Charlines Blick, sie schenkte seiner Erklärung keinerlei Aufmerksamkeit, der Glanz des Goldes schimmerte in ihren Augen wider.

„Hilf mir bitte mal, denn Deckel zu öffnen. Ich muss wissen, ob er darin liegt. Bis jetzt hat niemand den

Leichnam von Djoser in seinen Bauwerken gefunden", sagte er an Isaac gewandt. Henry stupste Charline an, die leicht zusammenzuckte, als sie aus ihre Trance gerissen wurde. Amüsiert kopfschüttelnd über ihre Reaktion gaben die beiden ihr die Taschenlampen.

Isaac stellte sich in Position und gleichzeitig hoben sie mit aller Kraft den Deckel an. Der Deckel schien leichter zu sein als der erste. Ein wenig schnaufend von der Anstrengung, griff Henry nach einer der Taschenlampen. Ein strenger Geruch entglitt dem Inneren des Sarkophages. Charline musste sich abwenden, auch Isaac rümpfte die Nase.

Es schien, als würde Henry der Geruch nicht stören. „Stellt euch nicht so an, das ist nur der verweste Herzskarabäus hier", sagte er und zeigte auf einen schwarzen walnussgroßen Käferpanzer. Dieser lag auf der Brust der Mumie auf Höhe des Herzens.

„Sind das nicht bösartige Fleischfresser?", fragte Charline sich ekelnd.

„Ganz im Gegenteil, der Skarabäus war ein göttliches Tier im alten Ägypten, er wurde ..." Henry hielt mitten im Satz inne, dann fing er an zu grinsen und schaute zu den beiden auf. Charline und Isaac schauten ihn irritiert an. „Dieser Käfer symbolisiert den Sonnengott Re", sagte er triumphierend und wandte seinen Blick, nun sich kurz vor dem Ziel wissend, dem Inneren zu.

„Ich verstehe immer noch nicht den Zusammenhang zwischen Re, König Salomon und dem ganzen anderen. Wonach suchen wir eigentlich genau?", fragte Isaac etwas erregt.

Henry antwortete nicht, seine Aufmerksamkeit galt dem blutroten Rubin, der auf der Stirn der goldenen Totenmaske eingearbeitet worden war. Als der Lichtkegel der

Taschenlampe auf ihn traf, ging ein gleißender roter Strahl von ihm aus und traf an der Decke auf einen Kristall.

Von ihm aus führten drei weitere weiße Linien fort zu anderen Kristallen. Die drei sahen staunend zu, wie die umliegenden kleinen Kristalle ebenfalls anfingen schwach zu leuchten. Der rote Strahl vom Rubin ausgehend verwandelte die Decke in ein Meer aus Tausenden funkelnden Sternen.

Er legte die Lampe so in den Sarg, dass das Licht der Lampe den Rubin weiterhin durchdringen konnte. Dann folgten seine Augen erneut dem Strahl zur Decke. Henry hatte das Gefühl, den Nachthimmel über sich zu erblicken, gebannt betrachtete er das Schauspiel. Ein Ruck durchfuhr ihn, eine Erinnerung trat vor sein inneres Auge. Die fünf hellen Kristalle an der Decke bildeten ein umgedrehtes, leicht gekipptes Ypsilon.

„Das ist der Zusammenhang, nach dem wir gesucht haben!", murmelte er freudig, als er begriff, was sie da entdeckt hatten.

Charline und Isaac schauten sich nur ratlos an. „Geht es dir gut?", fragte ihn Isaac vorsichtig.

„Das Symbol dort oben an der Decke ist das Sternbild Krebs."

„Bist du jetzt auch noch unter die Astrophysiker gegangen?", unterbrach ihn Isaac.

„Das weiß ich, weil die alten Ägypter dieses Bild am Himmel bereits vor 3000 vor Christus unter dem Namen Schildkröte kannten. Später wurde daraus Skarabäus, es repräsentiert die Unsterblichkeit. Wenn ich mich recht erinnere, befindet sich im Herzen des Sternbildes ein Doppelsternsystem. Ich glaube, dass dieses Doppelsternsystem etwas mit dem Geheimnis Salomons zu tun hat. Nur was, weiß ich noch nicht genau."

Isaac und Charline schauten ihn skeptisch an. Isaac machte einen Schritt auf ihn zu, hob beide Hände auf Brusthöhe und fragte Henry langsam: „Möchtest du uns sagen, dass es etwas mit Außerirdischen zu tun hat?" Charline lachte auf.

Henry nahm keine Notiz von Isaacs Frage, er ließ stattdessen seinen Blick wieder zum Pharao wandern.

„Fängst du schon wieder damit an?", warf Charline ihm erzürnt an den Kopf. „Du hast mir Vorwürfe gemacht, dass ich dich hingestellt habe, als würdest du an Aliens glauben und so ein Kram! Jetzt stehst du hier wie ein kleiner Junge, der gerade seine Geschenke unter dem Weihnachtsbaum aufmacht, und faselst etwas von einer Verbindung zu fremden Planeten und so einen Quatsch."

Isaac wich einen Schritt zur Seite, um nicht in die Schusslinie zu geraten.

Henry schaute sie erschrocken an und kam einen Schritt auf sie zu. „Damals habe ich nur rumgesponnen und dir meine wildesten Gedankengänge offenbart. Die du dann an die Öffentlichkeit gebracht hast. Heute ist es anderes, ich glaube, wir sind auf der Spur nach dem größten Geheimnis der Menschheit. Es passt alles zusammen, die verschiedenen Symbole, die bedeutenden Könige, die so viel Gutes für ihr Volk geleistet hatten. Die neuen Techniken der Bauwerke, die unter ihrer Regentschaft entstanden sind und heute noch als Weltwunder gelten. Fachleute rätseln immer noch, wie diese monumentalen Bauwerke mit den damaligen Techniken erschaffen werden konnten. Die anderen Hochkulturen werden bestimmt auch solche Hinweise versteckt haben", versuchte er ihr zu erklären.

„Sorry, wenn ich kurz dazwischengehe", sagte Isaac, bevor

Charline antworten konnte. „Ich glaube nicht an Aliens und solche Dinge. Ich habe Archäologie studiert, weil ich die Geschichte liebe. Henry, du bist brillant, aber ich glaube, du hast eine These im Kopf, die dir niemand abkaufen wird. Du hast hier den Pharao Djoser entdeckt, das solltest du der Menschheit mitteilen. Das machen Archäologen, sie suchen alte Dinge der Geschichte und jagen keinen Wesen aus anderen Welten nach." Charline stimmte Isaac stumm zu.

Henry wandte sich ab und kniete sich neben den offenen Sarkophag. Er wollte den beiden nicht glauben, dass das hier schon alles war. Irgendetwas passte noch immer nicht, bis jetzt hatte der Schlüssel von Salomon keine Verwendung gehabt. Auch das Geheimnis von Salomon blieb bis jetzt noch vor ihm verborgen. Im Tagebuch seines Großvaters gab es noch so viele Seiten, die er nicht verstand, und jegliche Spur zu ihm fehlte hier. Er fragte sich: ‚Wenn Jankuhn und mein Großvater König Salomon und Djoser gefunden hatten, warum haben sie es nicht veröffentlicht? Warum liegen beide Könige bis heute noch gut versteckt in ihren Särgen? Das passt doch nicht zusammen.‘

Dann kam ihm ein weiterer Gedanke: ‚Vielleicht sollte es so sein, denn das, wonach sie wirklich suchten, musste etwas viel Größeres und Bedeutenderes sein. Deswegen hatte mein Großvater die Funde geheim gehalten.‘

Entschlossen sagte er, ohne seinen Blick von dem rot glühenden Rubin auf der Totenmaske des Pharaos abzuwenden: „Unsere Reise endet hier noch nicht. Es gibt noch etwas Größeres." Dann fiel sein Blick auf einen fingernagelgroßen, würfelförmigen Stein, der auf dem Boden des Sarges neben dem Kopf der Mumie lag.

Er streckte seine Hand aus und griff danach, doch er ließ sich nicht anheben. Er schaute ihn kurz irritiert an, dann legte er seinen Zeigefinger auf ihn und drückte ihn leicht auf den Boden. Der Stein gab nach und wurde eins mit dem Boden.

Im nächsten Moment erlosch der Rubin und der Sternenhimmel verschwand. Der Boden unter seinen Füßen begann zu vibrieren. Henry schnellte zurück, stolperte und landete verdutzt auf seinem Hintern, dabei verlor er den Griff der Taschenlampe, diese rollte über den Boden. Schnell stand er auf, griff sich die Lampe, stellte sich zu Charline und Isaac hinüber.

Gebannt warteten sie darauf, was nun passierte. Links neben dem Sarg öffnete sich eine Bodenplatte und gab den Blick auf steinerne Stufen preis.

Für einen Moment regte sich niemand, dann löste sich Henry aus seiner Starre und ging behutsam auf die Öffnung im Boden zu.

„Sei vorsichtig, es könnte auch eine Falle sein", flüsterte Charline ihm hinterher.

Die Treppe war nicht lang, der Lichtkegel der Taschenlampe fiel am Ende der Treppe auf einen grob bearbeiteten Steinboden. Er gab den beiden ein Zeichen und sie folgten ihm die Treppe hinunter.

Kaum waren sie bei der Hälfte angelangt, sackten die Stufen unter ihren Füßen weg und aus der Treppe wurde eine Rutschbahn. Sie schlugen unbeholfen auf dem Boden auf und rutschten über ihn noch ein Stück hinweg. Po und Rücken vor Schmerz reibend rappelten sie sich auf.

Er holte die Taschenlampen, die ein Stück weiter mit einem metallischen Klacken über den Boden gerutscht waren. Er hob sie auf und warf Isaac seine zu. Gerade hörten sie noch, wie die Steinplatte den oberen Durchgang zur Treppe mit einem dumpfen Grollen wieder verschloss.

Henry ließ seine Lampe durch den Raum schweifen, es war ein fast kreisrunder Raum. Alles bestand lediglich aus kahlem, grauem Felsgestein. Dutzende Stalagmiten und Stalaktiten wuchsen vom Boden oder hingen von der Decke wie riesige Eiszapfen herab.

Er leuchtete die Wände ab. „Sieht so aus, als gäbe es keine Öffnung nach draußen im Felsen", flüsterte er. Im Raum war es mucksmäuschenstill, er sagte seine Worte gerade so laut, dass Charline effektiv nur zwei Worte verstand. Diese brannten sich jedoch in ihren Gehörgang ein: *keine Öffnung.*

„Wir werden hier sterben! So hatte ich mir das nicht vorgestellt, tief unter dem Wüstensand zu verhungern und elendig zu verrecken. Ich hatte noch so viel vor in meinem Leben", brach es aus Charline hysterisch los.

Isaac stand neben ihr und klopfte sich den Staub von seiner Hose.

Charline seufzte und starrte mit leerem Blick ins Dunkel. „Wär ich doch nach Deutschland zurückgeflogen, als ich noch konnte. Nein, ich muss natürlich meinem schlechten Gewissen folgen, um den Namen des großen Archäologen Henry Vogt reinzuwaschen, der nun doch an Außerirdische glaubt. So ein Schwachsinn, wenn ich das ausspreche, könnte ich loslachen, wenn mir nicht zum Heulen wäre."

Kaum war der Widerhall ihrer letzten panischen Wutrede verklungen, wurde der Raum von leisen Schluchzern durchdrungen. Charline ließ sich gegen die kalte Felswand fallen und sackte aufgelöst zusammen. Sie vergrub das Gesicht in ihren Händen und ließ ihren Gefühlen freien Lauf.

Isaac hockte sich vor sie und versuchte sie zu beruhigen.

„Wir werden hier nicht sterben!"

Charline hob ihren Kopf, ihre Augen waren rot vom Weinen, Tränen rannen ihr über die Wangen. Ihr Gesicht glänzte von der Tränenflüssigkeit auf ihrer Haut im Schein von Isaacs Lampe. „Ach und das weiß du woher? Du hast es gehört, keine Öffnung! Da kann dir auch nicht Mister Super-Henry-ich-kann-alles helfen", fauchte sie ihn an.

Isaac schaute sie einen Moment an und lächelte sie aufmunternd an und legte ihr seine Hand auf das Knie.

„Lustig finde ich das nicht und wenn du dich lustig über mich machst, lernst du mich noch kennen", zischte sie ihm zu, ihre Lippen wurden ganz schmal und sie schaute ihn mit einem durchdringenden, bedrohlichen Blick an.

Isaac ignorierte ihre Wut und die Drohung. Er antwortete ihr mit ruhiger und sicherer Stimme: „Glaub mir, wir werden nicht sterben! Es gibt hier einen Weg hinaus."

„Wie kannst du da so sicher sein?", erwiderte sie, ihre Stimme klang nun etwas weniger von Wut erfüllt, sie zitterte nur noch.

„Wir sind hier, weil wir den Hinweisen von Eckbert Jankuhn gefolgt sind. Er und Wilhelm müssen ebenfalls hier gewesen sein. Henry erzählte mir, dass er bis jetzt nicht viel aus dem Tagebuch seines Großvaters auswerten konnte, bis auf ..."

Charlines Augen wurden etwas größer und ihre Gesichtsmuskeln entspannten sich etwas. Ihre Wut kühlte langsam ab und wandelte sich in Neugier.

„Daten über Tage. Wilhelm hat einige Seiten chronologisch mit einem Datum versehen. Als Henry wusste, dass wir hierher kommen mussten, wurde ihm klar, dass eine Zahlenreihe auf der Seite Koordinaten waren. Wilhelm war am 26.04.1938 hier", erklärte er.

„Ich weiß noch immer nicht, was du mir damit sagen willst.

Wilhelm muss ja nicht hier unten gewesen sein, vielleicht haben sie diesen Raum nie gefunden."

„Ich bin mir ziemlich sicher, dass sie ihn gefunden haben. Es gib noch mehrere spätere Einträge in Wilhelms Tagebuch, die darauf schließen lassen, dass sie hier etwas gefunden haben und ihre Suche fortsetzen konnten."

„Gehen wir mal davon aus, dass du Recht hast, dann musst du mir noch eins erklären. So wie wir herausgefunden haben, kann man die zweite Tür nur mit dem Auge öffnen. Dieser Schlüssel war jedoch an der ersten Tür, wo wir ihn fanden."

Isaac lächelte ihr verschmitzt zu, warf einen schnellen Blick über seine Schulter zu Henry und antwortete ihr: „Ich würde das Grab von Tutanchamun darauf verwetten, dass Wilhelm nach dem Verlassen des Raumes hier den Schlüssel wieder an seinen Platz oben im Gang gebracht hat. Wenn er auch nur ein bisschen so wie Henry war, dann schätzte er die alten Kulturen genauso sehr und war darauf bedacht, die Unversehrtheit dieses Geheimnisses zu wahren."

Ihre Mundwinkel zuckten für einen Moment und ließen Isaac den Hauch eines Lächelns erahnen. „Da bist du dir sicher?", fragte sie ihn mit einem kratzigen Ton. Sie spürte den Kloß im Hals, der sich nun langsam löste und schrumpfte.

Isaac warf Henry einen weiteren Blick zu. „Weil Henry genau das tun würde."

„Wie habt ihr euch eigentlich kennengelernt?"

„Das war Zufall, ich war damals gerade mitten im Schreiben meiner Masterarbeit. Ich verbrachte die meiste Zeit in der Bibliothek, ich arbeitete bereits mehrere Wochen an meiner Forschung über ein Volk, das mit Alexander dem Großen

Handel betrieben hatte. Dieses Volk soll als eigentliche Bedrohung für Alexander gegolten haben. Ich saß an einem Tisch, versunken in Dutzenden Büchern und Notizzetteln, dann kam Henry an meinem Platz vorbei.

Er war damals schon eine Koryphäe, wenn es um Alexander und die Makedonier ging, er leitete damals einen Kurs für Drittsemester. Er blieb kurz an meinem Tisch stehen, schaute mich wortlos an, betrachtete die Titel der Bücher und las anschließend fast zehn Minuten in meinen Notizen. Ich war so perplex, dass er an meinen Tisch kam, dass ich kein Wort rausbrachte. Du musst wissen, dass wir ihn alle ziemlich verehrt haben und er eine Art Rockstar unter den Archäologen war. Als er einige Seiten durchgelesen hatte, legte er sie hin und verschwand wortlos.

Ich machte mich irritiert und verwirrt wieder an die Arbeit, eine halbe Stunde später flog ein Buch auf meinen Tisch. Als ich aufschaute, stand er vor mir, tippt auf das Buch und sagte", Isaac sprach mit einer gekünstelten tiefen Stimme weiter, *„lies das, dort findest du deine Antworten. Danach komm zu mir."*

Charline fuhr Isaac lachend dazwischen. „Gut, wie du ihn nachmachst, ich kann mir richtig vorstellen, wie er dort vor dir stand." Charline steckte Isaac mit ihrem Lachen an. Charline spürte, wie der Sinn des Lebens wieder zurück zu ihr kam. Ihr wurde wärmer und der Nebel verflüchtigte sich, der ihre Gedanken getrübt hatte. „Hat das Buch geholfen?", fragte sie und zwang ihre Atmung sich wieder zu normalisieren.

„Ich habe mit Hilfe des Buches meine Masterarbeit mit Sehr Gut abgeschlossen. Das Buch handelte von den Nachkommen der Indus, die eine frühe Hochkultur in Indien waren." Dann stand er auf und streckte ihr die Hand entgegen. Sie schaute zu ihm auf. „Vertrau ihm, er ist der einzige Mensch, dem ich mein Leben anvertrauen würde. Er findet einen Weg hier heraus. Er hat mir damals auch vertraut, nach meinem Masterabschluss bot er mir an, sein Assistent zu werden, so habe ich schon vieles von ihm gelernt."

Charline atmete einmal erleichtert durch, griff nach seiner Hand und ließ sich von Isaac beim Aufstehen helfen.

Henry trat etwas näher an den kreisförmigen Sockel in der Mitte des Raumes heran. Er war direkt unterhalb der Felsenkuppel errichtet worden. Auf dem gut zehn Zentimeter starken Sockel befand sich eine Art Vorrichtung oder Halterung für etwas Großes. Der Boden in der Mitte der Empore war linsenförmig ausgehöhlt. Henry ging auf eine der vier schwarzen Halterungen zu.

Die vier pechschwarzen gekrümmten Stangen ragten etwa zwei Meter aus dem Boden kommend zur Decke empor. Henry fand, dass sie aussahen wie die Beine von Kankra, der Riesenspinne aus den Herr-der-Ringe-Spielfilmen. Sie fühlten sich kalt und glatt an. Seine Finger glitten quasi wie von selbst über die glänzende Oberfläche. Die Hülle fühlte sich an, als würde ein dünner Film Öl sie umhüllen. Als er seinen Zeigefinger gegen seinen Daumen rieb, spürte er allerdings keine Feuchtigkeit mehr.

„Schon was gefunden?", hörte er Isaacs näher kommende Stimme.

Er antwortete nicht sofort, ihm war gerade ein Schlitz an der Sockelkante aufgefallen. Er ging in die Hocke und untersuchte die Öffnung. „Ich bin mir noch nicht sicher, aber ich glaube, hier lag mal etwas Großes, Kugelförmiges in dieser Halterung. Diese Öffnung hier ist merkwürdig", erklärte er immer leiser werdend.

Isaac hockte sich neben ihn und musterte die längliche Öffnung. „Sieht so aus, als ob man dort etwas einstecken kann."

Charline stand hinter ihnen und schaute sich um. Henry warf einen flüchtigen Blick zu Isaac und tastete nach dem Schlüssel, der an einer Kette unter seinem Hemd baumelte.

„Natürlich, der Schlüssel", sagte Isaac, als Henry ihn in die Öffnung einführte. Der Schlüssel passte perfekt und löste ein leises Klicken aus.

Die drei warteten einige Sekunden und verharrten. Henry war so gespannt, dass er fast das Atmen vergaß, doch auch nach einer halben Minute passierte nichts. Er zog den Schlüssel heraus und steckte ihn erneut in die Öffnung. Wieder nur ein leises Klicken, sonst blieb alles still.

„Ist es kaputt?", fragte Charline.

Sie bekam keine Antwort auf ihre Frage, Henry zog stattdessen erneut den Schlüssel heraus und pustete einmal kräftig in den Spalt hinein. Staub und Sand kamen aus der Öffnung geflogen, dann steckte Henry den Schlüssel wieder hinein. „Ein letztes Mal", murmelte er.

Das Klicken ertönte, kurz darauf öffnete sich ein kleines Fach neben dem Schlüsselloch im Sockel. In dem Hohlraum stand ein kleines Kästchen aus Stein.

Er nahm es an sich und öffnete den Deckel, ein Stück Pergament lag darin. Er faltete es auseinander und begann zu lesen.

„Was steht darauf?", fragte Isaac ihn ungeduldig. Henry las konzentriert. „Steht dort, wo der Schatz ist?", fragte Isaac erneut.

„Es ist nicht leicht zu lesen, hier steht in hebräischer Sprache: ‚Wir konnten Salomons Geheimnis nicht hierher zurückbringen. Es ist wieder an seinem alten Platz in der Stadt der Amun, den Erbauern. Im Reich des schwarzen Königs, der über die grüne Wüste wacht.' Sonst steht hier nichts", las Henry vor.

„Das ist Scheiße, es kann doch nicht sein, dass wir von Hinweis zu Hinweis uns hier arbeiten und nichts finden. Ich bin langsam wirklich stinksauer", sagte Isaac mit lauter erregter Stimme.

„Isaac, reiß dich zusammen. Was hast du erwartet, dass man früher wertvolle Dinge und Geheimnisse hinter einer Tür einschließt, auf der steht ‚hier hinter ist, was du suchst'? Konzerntrier dich auf die Fakten und auf dein Wissen. Du bist keine zwölf, ich habe dich nicht gebeten mein Assistent zu werden, damit du herumjammerst. Du bist intelligent und verfügst über einen außerordentlichen Spürsinn. Wir werden das Geheimnis lösen, nur nicht jetzt", erwiderte Henry ihm sofort in scharfem Ton.

„Tut mir leid, du hast Recht. Ich habe die Fassung verloren. Kommt nicht wieder vor", gab Isaac reumütig zurück.

Henrys Sorgen stiegen allerdings damit stark an, wieder hatte er hier nichts gefunden, was er seinen Gönnern in Deutschland präsentieren konnte. Den Sarkophag konnte er ihnen noch nicht präsentieren. Er konnte einfach nicht riskieren, dass Nickolas davon Wind bekam und sich so wieder an ihre Fersen heften konnte.

„Wir werden jetzt hier weitersuchen und einen Ausgang finden. Wir müssen den schwarzen König finden", fügte Henry hinzu und machte sich auf zur gegenüberliegenden Felswand.

Charline und Isaac machten sich ebenfalls daran, die Wände und die Stalagmiten zu untersuchen.

Isaac schaute genervt auf seine Armbanduhr. „Wir suchen hier schon seit gut zwei Stunden und haben nichts gefunden. Langsam meldet sich mein Magen."

„Ich könnte auch ein Happen vertragen", sagte Charline und ließ sich an einer Stalagmite zu Boden gleiten. Henry untersuchte gerade einen Felsvorsprung.

„Wir wissen ja noch nicht mal", sagte Isaac, „wonach wir hier suchen sollen. Wenn es irgendeinen Schalter gibt, kann es auch Tage dauern, bis wir ihn gefunden haben", und ließ sich gegenüber von Charline zu Boden.

„Wenn ihr da auf dem Boden herumjammert, könnte das durchaus passieren", raunte Henry zurück.

Isaac erhob sich wieder und biss sich auf die Lippe. Er ärgerte sich innerlich über seinen Kommentar. „Komm, Charline, lass uns weitersuchen. Das stimmt, Henry, auf dem Boden sitzend werden wir nichts finden."

Henry arbeitete sich gerade zu einem Felsversprung vor. Er wusste nicht genau, wonach er suchen sollte, doch sagte ihm sein Bauchgefühl, dass er nach dem Auge suchen sollte. Langsam ließ er seine Finger in die Felsspalte gleiten. Kälte und Feuchtigkeit war, was er zuerst spürte, bis sein Mittelfinger einen würfelförmigen Stein ertastete. Hoffnung durchströmte ihn, als ihm klar wurde, was seine Finger da berührten.

Er schloss die Augen und drückte mit etwas Kraft auf den Stein. Dieser gab nach und öffnete ein kleines Fach im Felsen neben seinem Kopf. Schnell zog er seine Hand aus dem Spalt und richtete seine Taschenlampe darauf. Isaac und Charline kamen voller Euphorie zu ihm herüber.

„Ist das der Weg nach draußen?", fragte Charline, unbändige Freude lag in ihrer Stimme.

„Wir werden sehen. Auch eine kaputte Uhr geht zweimal am

Tag richtig", flüsterte Henry, während er aus seiner Jackentasche das steinerne Auge des Re fischte.

„Was?", fragte Isaac irritiert. Henry ignorierte Isaacs Frage.

Sie schauten auf eine Vertiefung, die zuvor von einer dünnen Steinabdeckung verdeckt wurde. Die Vertiefung hatte die Form des Auges. Er legte es hinein und hielt die Luft an. Er spürte, wie sein Herz anfing schneller zu schlagen. Seine Fingerspitzen kribbelten vom Adrenalin.

Ein Ächzen, das klang, als ob Steine aufeinander rieben, durchdrang die Stille der Cenote. Eine Öffnung im Fels gut fünf Meter von ihnen entfernt tat sich auf.

„Der Weg nach draußen!", stöhnte Charline voller Erleichterung.

Henry zögerte nicht lange, entfernte den Steinschlüssel aus dem Schloss und wandte sich zum neu entstandenen Gang. Sofort begann sich die Öffnung wieder zu verschließen.

„Lauft!", rief er ihnen zu und schubste sie in die Richtung.

Sie hechteten zum Durchgang, der bereits zur Hälfte wieder verschlossen war. Henry schaffte es als Letzter gerade noch so, seinen Körper durch die Spalte zu schieben, bevor hinter ihm die Felswand mit einem dunklen Grollen den Durchgang erneut verschloss.

„Mann, das war knapp." Kaum waren seine Worte verklungen, hörten sie ein weiteres dumpfes Geräusch. „Los, weiter den Gang hinauf, sonst sind wir hier gefangen", rief er. Er versuchte nicht in Panik zu geraten, jedoch schlich sich ein leichter panischer Unterton in seine Stimme.

Sie schafften es in allerletzter Sekunde, den Verbindungstunnel zwischen der Pyramide und dem Südgrab zu betreten, bevor die Steinwand die Öffnung verschloss. Angst und Panik fielen von ihnen ab und Freude durchströmten sie. Sie schauten sich nach Luft schnappend an und fingen an zu lachen.

„Los, lasst uns hier verschwinden", sagte Henry und leuchtete den Gang in Richtung des Südgrabes entlang. Er setzte das steinerne Auge des Re wieder an seinen ursprünglichen Platz im Tunnel ein. Mit einem leisen Rattern drehte es sich und versank in die Ausgangsposition.

Charline und Isaac grinsten sich an und nickten sich hinter Henrys Rücken zu.

Der Tunnel führte sie in eine der Grabkammern des Südgrabes. Henry öffnete die Stahltür, die den Durchgang zur Grabkammer versperrte, mit seinem Dietrich. Die Grabkammern waren auch hier mit blauen Fliesen ausgekleidet worden wie die kleineren Grabkammern der Pyramide.

Sie mussten sich in einer Nebenkammer verstecken, als gerade eine Gruppe Touristen sie passierten. Dann eilten sie die lange Treppe zum Ausgang hinauf. Draußen fielen sie nicht weiter auf, viele Touristen streiften umher, machten Fotos oder standen in Gruppen auf dem großen Platz des Einganges herum. Die Sonne stand bereits tief am Himmel, sie hatten einige Stunden in dem Pyramidenkomplex verbracht.

Henry suchte in der Menschenmenge immer wieder nach Nickolas oder Landa. Es wurmte ihn zunehmend, nicht zu wissen, ob sie ihnen noch auf den Fersen waren. Eilig hasteten sie zu ihrem Auto und verließen die Nekropole von Sakkara in Richtung ihres Hotels.

„Wo ist denn Henry? Ich dachte, wir wollten zusammen etwas zu Abend essen und darüber sprechen, wie wir weitermachen", fragte Isaac, als er sich an den Tisch zu

Charline in dem Hotelrestaurant setzte.

„Er war eben hier und meinte, er müsste ein wichtiges Telefonat nach Deutschland führen", antwortete sie ihm und studierte währenddessen die Speisekarte.

„Aha", erwiderte Isaac und griff nach der Speisekarte, die vor ihm auf dem Tisch lag. Kurz darauf kam der Kellner und nahm die Getränke auf.

Henry folgte dem Kellner mit den Getränken zu dem Tisch und ließ sich mit einem Seufzer auf dem Stuhl nieder.

„Was ist los? Du siehst ja aus wie sieben Tage Regenwetter", sagte Isaac, als er Henrys trostlosen Gesichtsausdruck bemerkte. Charline klappte die Karte zu und musterte ihn ebenfalls.

„Ich fürchte, unsere Reise endet hier. Die FAG wird mir kein weiteres Geld mehr gewähren, ohne brauchbare Artefakte oder ähnliches dafür zu erhalten", sagte er niedergeschlagen.

„Wir haben doch Salomon und Pharao Djoser entdeckt ..."

„Pssst", fuhr er Charline ins Wort. „Schrei das doch hier nicht so rum! Das darf noch niemand wissen. Das, was wir heute entdeckt haben, ist freilich eine Sensation, aber noch können wir es der Menschheit nicht offenbaren. Nicht bevor ich weiß, was mit meinem Großvater passiert ist und wie das alles mit dem Geheimnis zusammenhängt. Zu weit sind wir schon gekommen und zu viel Kraft hat es gekostet, um jetzt alles unüberlegt wegzuwerfen", erwiderte er erregt flüsternd.

Der Kellner kam wieder und fragte nach der Essensbestellung. Henry suchte sich schnell etwas aus und sie bestellten. Danach verschwand der Kellner.

„Wie geht es eigentlich Ezra?", fragte Charline und griff nach ihrem Glas Weißwein.

„Bevor ich in Deutschland anrief, habe ich mit Aaron, dem

Assistenten von Ezra, telefoniert. Er sagte mir, dass sie ihn aus dem künstlichen Koma wieder wecken konnten. Allerdings wird seine Genesung noch einige Wochen in Anspruch nehmen. Das ist auch der Grund, warum wir auch unseren Fund aus Jerusalem noch nicht publik machen können. Wir brauchen Ezra dafür, er ist unser Mann, um sicherzustellen, dass alle Funde die Aufmerksamkeit und Würde bekommen, die sie verdient haben."

„Das heißt, uns sind die Hände gebunden. Ohne Geld aus Deutschland können wir nichts machen", fügte Isaac Henrys Aussage hinzu.

„Wir können doch einfach warten, bis Ezra wieder bei Gesundheit ist, und folgen dann dem Hinweis, den wir heute gefunden haben."

„Nein. Es muss eine andere Möglichkeit geben", fuhr Henry Charline an. Sie schreckte zurück.

„Tut mir leid", entschuldigte er sich sofort bei ihr. „Ich wollte dich nicht so anfahren. Es ist nur, ich kann nicht so lange warten. Bis dahin kann Nickolas vielleicht etwas gefunden haben, was ich übersehen habe. Mit den finanziellen Möglichkeiten Landas stehen ihm ganz andere Wege offen als uns. Ich kann nicht riskieren die Spur zu dem Schicksal meines Großvaters zu verlieren. Hinweise könnten verloren gehen und mit ihnen jegliche Hoffnung, das Rätsel zu lösen", fuhr Henry mit belegter Stimme fort.

Als der Kellner das Essen brachte, schaute Henry teilnahmslos darauf, während die anderen ihres wortlos aßen. Eins wusste Henry mit Bestimmtheit, bis jetzt hatte er weniger Antworten als neue Fragen gefunden. Er wusste noch immer nicht mit Sicherheit, wonach er überhaupt suchte oder geschweige denn, was mit seinem Großvater passiert war. Auch der letzte Hinweis, verriet ihm überhaupt nichts, im Gegenteil stellte dieser ihn vor neue Fragen. Er tastete nach dem Schlüssel unter seinem Hemd. Wofür war er nur gut? Was verbirgt sich hinter dem Schloss, zu dem er passt? Was ist nur mit seinem Großvater passiert?

Seine Gedanken schweiften ab, tiefe Traurigkeit stieg in ihm auf. Das Bild seiner Mutter tauchte vor seinem inneren Auge auf. Als er seine Gabel gedankenverloren aufhob, fiel diese klirrend auf den Teller zurück. Die beiden schauten ihn erschrocken an.

Eine Träne rann ihm über seine Wange, dann schaute er auf und sagte mit fester Entschlossenheit: „Ich werde meinen Großvater finden, koste es, was es wolle."

Er schaute auf das noch qualmende Notizbuch hinab. Jedenfalls auf das, was noch davon übrig war. Er hob es auf und pustete die letzten Funken aus. Vorsichtig blätterte er die halbverkohlten Seiten durch und rief wütend: „Das wirst du mir büßen, Henry Voigt." Voller Zorn schaute er dem flüchtenden Auto seines Erzfeindes in der Ferne nach. Er wandte sich zum Parkplatz hinter sich um und sah, dass eine der dunklen Limousinen auf ihn wartete.

„Ins Hotel", sagte er zu dem Fahrer. Als sie losfuhren, sah er, dass die israelische Polizei gerade die tiefer gelegene Straße entlangraste. „Geben Sie Gas, wir haben keine Zeit zu verlieren." Der Mann am Steuer ließ den Motor aufheulen und preschte los.

Er zog die Vorhänge zu und setzte sich an den Schreibtisch des kleinen Hotelzimmers. Er musste endlich herausfinden, welche Geheimnisse sein Großvater ihm hinterlassen hatte. Er knipste die Lampe an und schlug das Buch auf. Die Seiten waren mit Zahlen und Zeichnungen versehen. Manche Skizzen und Aufzeichnungen waren dem Feuer zum Opfer gefallen. Beim Durchblätterten wurde eine Erinnerung aus seiner Jugendzeit wieder präsent.
Sein Vater saß neben ihm auf der Bank in der Garage. Vor ihnen stand ein Boot aus Holz, an dem die beiden schon einige Stunden gewerkelt hatten. Sein Vater trank dabei gerne mal ein Bier.
„Hier, das hast du dir verdient", sagte sein Vater zu ihm und gab ihm eine Flasche. Es wahr der einzige schwache Moment, der ihm in Erinnerung geblieben war, in dem sein

Vater über dessen Vater gesprochen hatte.

„Bevor dein Großvater mit den Nazis gemeinsame Sache gemacht hatte und nach Russland ging", fing sein Vater an zu erzählen und öffnete ihm die Bierflasche, „war er ein erfolgreicher Archäologe. Zusammen mit seinem besten Freund Wilhelm, dem Großvater deines Freundes Henry, hatte er viele Dinge gefunden."

Dann verschwamm die Erinnerung und setzte etwas später wieder ein. Er saß in dem Boot in der Garage und sein Vater lief um das Boot herum. Er nahm einen kräftigen Schluck aus seiner Flasche, dann blieb er stehen und schaute ihn an.

„Warum er das mit diesen Nazischweinen gemacht hat, kann ich mir nicht erklären, aber von da an war er für mich nicht mehr mein Vater."

Das enttäuschte Gesicht seines Vaters würde er nie vergessen. „Ist das der Grund, warum du Versicherungsvertreter geworden bist?"

„Vielleicht, mein Sohn. Das ganze Leben nur auf Reisen sein, im Sand buddeln und mit Glück etwas finden, das könnte ich mir nicht vorstellen."

„Du meinst, Abenteuer erleben. Was könnte es Schöneres geben."

Er starrte auf die Überreste des Notizbuches vor sich. „Danke, Großvater, durch dich habe ich meine Bestimmung gefunden." Trauer stieg in ihm auf, die sich sehr schnell in Wut verwandelte beim Anblick des halb verbrannten Tagebuchs. Fieberhaft versuchte er etwas in dem Buch zu finden, was ihm weiterhalf, die Spur zu Henry wieder aufzunehmen.

Wie lange er dort saß, wusste er nicht, er wurde müde und seine Augen wurden schwer. In der Ferne vernahm er

Polizeisirenen, die leiser wurden.

Vor seinem inneren Auge tauchten Umrisse auf, die schnell klarer wurden. Der junge Henry saß auf einem Bett inmitten von Dutzenden Notizblättern und aufgeschlagenen Büchern. Auf seinem Schoß lag ein Laptop. Er saß auf dem Boden und hielt ein Buch in der Hand. Unverständliche Worte drangen an sein Ohr. Er legte das Buch auf die Seite und griff nach einem Zettel, auf dem er sich Notizen zu Alexander dem Großen gemacht hatte.

Die Erinnerung verschwamm erneut und er fand sich vor einer aufgebrochenen Tür wieder. Er blickte auf hastig herausgerissene Schubladen, offene Schranktüren und achtlos weggeworfene Bücher. Der Inhalt des Mülleimers war auf dem Boden verteilt worden.

Er betrat das Zimmer und hob einen Zettel auf. Auf ihm stand in einer weiblichen Handschrift, die ihm unbekannt war, geschrieben: *Danke für alles.* Daneben war ein Herz aufgemalt. Der süßliche Duft des Damenparfüms stieg ihm wieder in die Nase und regte seine Erinnerung an über die Frau, mit der er sich in der Nacht getroffen hatte.

Er spürte die Wut und das Entsetzen, das er damals verspürt hatte, als wäre er dort noch vor ein paar Augenblicken gestanden. Die Worte seines Freundes drangen in sein Gedächtnis:

„Du musst mal wieder raus. Das intensive Recherchieren tut dir nicht gut. Wir streiten uns zunehmend und du bist leicht reizbar geworden. Unsere Freundschaft ist bereits in Mitleidenschaft gezogen worden und durch dein Konkurrenzdenken habe ich Angst, dass wir getrennte Wege gehen werden. Ich kenn da ein Mädchen, das dich unbedingt kennenlernen will. Sie wird dir guttun und lenkt dich etwas ab. Entspann dich etwas und fahr mal herunter.“

Die Worte waren immer noch klar in seinem Gehirn gespeichert, als hätte er das Gespräch vor ein paar Minuten geführt.

Er schreckte hoch, ein ziehender Schmerz brannte in seinem Nacken. Er war über dem Notizbuch eingeschlafen. Zornig stand er auf und rieb sich den Nacken. Er schritt vor seinem Bett auf und ab, die Gedanken fest bei Henry, die seinen Wut weiter wachsen ließen.

Schlagartig blieb er stehen. Das heute morgen erlebte Szenario vor der Kirche wurde ihm im Gedächtnis wieder präsent. Die Frau, die bei Henry war – ihn beschlich das Gefühl, dass er sie kannte. „Könnte es die Reporterin gewesen sein, die Henry damals schon begleitet hatte? War es Maria, die sich mit ihm in der Nacht getroffen hatte? Ihr süßliches Parfüm würde er nie vergessen. Aber Henry rief sie Charline. War sie die gleiche Frau?" Er ärgerte sich, dass er in dem Durcheinander die Frau nicht direkt bemerkt und genauer betrachtet hatte.

Das Klingeln seines Handys riss ihn aus seinen Gedanken. „Ich höre. ... Okay, bin in zwanzig Minuten da."

Die Bar war leer, nur ein Mann im Anzug saß am Ende und trank einen Drink. Er setzte sich auf einen Barhocker und bestellte sich einen Whisky ohne Eis. Der Barkeeper stellte das Glas, das er gerade polierte, zur Seite und schenkte ihm einen Single malt Whisky ein.

Nickolas hob das Glas und schwenkte es, dann nahm er einen Schluck und stellte es lächelnd auf dem Tresen ab. Der Barkeeper schaute zufrieden aus und widmete sich wieder dem zu polierenden Glas.

Ein Mann setzte sich neben ihn. „Dasselbe", sagte er und

zeigte auf sein Glas.

Der Barkeeper schenkte dem Mann ein Glas ein, der sofort einen Schluck davon nahm. „Das ist ein wirklich guter Whisky", sagte er. Der Mann hinter der Theke nickte ihm zu und kümmerte sich um einen neuen Gast.

„Der Schweinehund ist uns tatsächlich entwischt. Die Bullen haben uns einen Strich durch die Rechnung gemacht", sagte der dickliche Mann neben ihm, während er die Flüssigkeit in seinem Glas betrachtete.

„Ich habe nichts anderes erwartet."

„Sei dir sicher, wir werden ihn kriegen", sagte Landa und drehte sich zu ihm.

„Nicht heute. Wir müssen zuerst herausfinden, wohin sie wollen. Henry ist im Vorteil, er muss einen Hinweis gefunden haben."

„Er wird noch in der Stadt sein. Ich glaube, wir haben den Dreyfuss getroffen. Die werden nicht weit kommen. Ich habe meine Leute zu allen Krankenhäusern geschickt."

„Das bringt nichts. Die sind längst weg und Ezra Dreyfuss brauchen wir nicht mehr."

„Sie sind der Archäologe, bis jetzt haben Sie noch nicht viel gefunden. Ich werde langsam ungeduldig, ich will endlich haben, was Sie mir versprochen haben."

„Ich sagte, ich beschaffe Ihnen Ihren Schatz und ich werde mein Wort halten", sagte er und trank seinen Whisky mit einem Schluck aus, dann signalisierte er dem Barmann, dass er nachschenken sollte.

„Ich hoffe es für Sie, momentan brauche ich Sie noch. Sorgen Sie dafür, dass es so bleibt", zischte Landa ihm zu, dabei kam er ihm bedrohlich nah. „Ich werde für zwei Tage nach Russland fliegen, wir sind zu einer Ehrung im Kreml eingeladen. Sie wollen uns, bitte entschuldigen Sie, ich meinte: mir einen Orden verleihen. Schließlich habe ich dafür gesorgt, dass das Bernsteinzimmer wieder nach Russland gelangt ist."

Er drehte seinen Kopf in Landas Richtung und fixierte seine kleinen wässrigen Augen. „Ich werde in der Zwischenzeit das Buch weiter studieren und nach Hinweisen suchen", sagte er mit aller Ruhe und Gelassenheit. So bedrohlich Landa auch war, was hatte er zu verlieren? Momentan saß er in einer Sackgasse und könnte beim besten Willen in dem Buch nichts finden, das behielt er allerdings für sich.

„Genau das werden Sie für mich tun, beschaffen Sie mir meinen Schatz, dafür bezahle ich Sie schließlich." Dann stand Landa auf und verließ die Bar.

Er blieb noch einige Minuten dort sitzen und starrte auf sein Spiegelbild, das ihn aus dem Spiegel hinter dem Regal der Bar anblickte. ‚Das ist eine Sackgasse, Nickolas, besinne dich auf den Ursprung. Fang nochmal von vorne an‘, sagte eine innere Stimme zu ihm.

Ihm kam ein Gedanke, er trank seinen Whisky aus und legte dem Barmann ein paar Scheine auf den Tresen. Dann verließ er die Hotelbar, eilte zu seinem Zimmer und packte seine Sachen.

Während des Fluges blätterte er in dem Tagebuch, er hatte die Hoffnung schon fast aufgegeben, etwas zu finden. Dann fiel ihm auf einer Seite ein Symbol auf, dessen rechte Seite dem Feuer zum Opfer gefallen war. Eine verkohlte Linie lief nun an dieser Stelle entlang. Darüber konnte er ein paar Buchstaben erkennen, *Sal*, darunter *Schl*. ‚Es sind handschriftliche Notizen, vielleicht von Henry?‘, grübelte er. ‚Was soll das bedeuten?‘ Er schaute aus dem Fenster und spürte, wie seine Augen schwer wurden.

Die Maschine des Typs Boing 737 setzte sanft auf der Landebahn des Berliner Flughafens auf. Er nahm sich ein Taxi, das ihn zu einem Reihenhaus in der Eisenacher Straße brachte.

„Nickolas, das ist ja eine freudige Überraschung. Was machst du denn hier?", begrüßte ihn eine kleine wohlgenährte Dame mit einer Schürze, als sie ihm die Wohnungstür aufmachte.

„Hallo, Oma", grüßte er zurück und umarmte sie. Ein vertrauter Duft aus seiner Kindheit stieg ihm in die Nase, seine Oma war gerade am Kochen.

„Komm doch rein", bat sie ihn und nahm ihm seine Jacke ab. Dann verschwand sie in der Küche. „Ich habe noch ein Stück Fleisch im Kühlschrank von meinem Nachbarn Bernd. Er schaut immer nach mir und hat Angst, dass ich verhungere", drang ihre fröhliche Stimme zu ihm in den Flur.

„Du musst nicht extra für mich kochen." Er wusste, dass es seiner Großmutter egal war, was er sagte. Sie hatte schon immer ihren Enkel mit voller Leidenschaft umsorgt, daher rief er hinterher: „Oder vielleicht nur ein kleines Stück."

„Ich mache auch noch ein paar Kartoffeln mehr. Ich habe auch noch Rotkohl da mit den Apfelstücken, den du als Kind immer so gerne gegessen hast."

Er schmunzelte und eine tiefe Geborgenheit durchdrang ihn, für einen kurzen Moment fühlte er sich wieder wie der kleine Nickolas, der seine Oma besuchte. Er kam zu ihr in die Küche. „Kann ich dir helfen?"

„Ach papperlapapp, dein Großvater hat hier mehr im Weg gestanden, als er geholfen hatte, und ständig nur genascht. Daher hat hier kein Mann mehr etwas zu suchen, wenn gekocht wird. Setz dich in die Stube und nimm dir schon mal ein Glas mit. Im Kühlschrank müsste noch eine Flasche Bier sein."

„Es ist zwölf Uhr Mittags."

„Als ob euch das schon jemals vom Biertrinken abgehalten hat, dein Großvater hielt nach einem leckeren Essen und einer Flasche Bier immer einen Mittagsschlaf."

Er überlegte kurz und nahm sich die Flasche und ein Glas, dann setzte er sich an den Esstisch. Beim Einschenken musste er grinsen und murmelte: „Jedes Mal behandelt sie mich, als ob ich ein Kumpel von Großvater oder noch acht Jahre alt wäre." Er nahm einen kräftigen Schluck von dem eiskalten Bier. Es tat gut und entspannte ihn ein wenig.

Es dauerte auch nicht lange, dann kam seine Großmutter mit zwei dampfenden Tellern zu ihm an den Tisch und setzte sich ihm gegenüber. Kaum saß sie, da wollte sie schon wieder aufspringen. „Mist, ich habe die Bratensoße und das Besteck für dich vergessen."

Er hob die Hand. „Ich hole es", sagte er und verschwand in der Küche.

„Das hat fantastisch geschmeckt, ich bin pappsatt", sagte er und legte die Hände auf den Bauch.

„Du hast mir immer noch nicht verraten, wie es kommt, dass du hier bist."

„Ich wollte dich etwas zu Großvater fragen."

„So, was denn?", fragte sie ernst.

„Du hast mir nie konkret erzählt, was er in den letzten zwei Jahren gesucht hatte, bevor er für die Nazis gearbeitet hat."

Seine Großmutter stand auf und fing an den Tisch abzuräumen. Etwas Trauriges und Zorniges zugleich lag in ihrem Gesichtsausdruck. Er bemerkte es und stand auf, nahm ihre Hand, die gerade nach seinem leeren Bierglas greifen wollte.

„Was hast du? Ich wollte dich nicht verärgern. Ich wollte nicht die letzten dunklen Jahre anreißen, ich wollte nur wissen, was davor war", versuchte er die Situation zu beruhigen.

Sie schaute ihn an, löste ihre Hand und brachte das Geschirr in die Küche. Er nahm sich schnell den zweiten Teller und folgte ihr. Als er den Teller in die Spüle stellte, drehte sie sich abrupt um und schaute ihn scharf an. Sie stützte sich mit einem Arm an der Küchenzeile ab, den anderen stemmte sie auf ihre Hüfte. „Du bist kein Deut besser als er."

Völlig überrumpelt stand er nur da und schaute sie mit großen Augen an.

„Du und dein Großvater habt nur das eine im Sinn, euch selbst und diese blöden alten Dinge unter der Erde. Aber lass dir mal was gesagt sein, es gibt auf dieser Welt noch Wichtigeres als das, Familie, Freunde und Liebe", fuhr sie fort. Dann warf sie das Geschirrtuch und die Schürze auf die Spüle und ging an ihm vorbei.

Er brauchte eine Sekunde, um sich zu sammeln, und ging ihr hinterher. „Ich kann dir nicht ganz folgen."

„Archäologie ist nicht alles im Leben. Es gibt noch weitaus schönere und wichtigere Dinge. Hast du eine Freundin?"

„Wie kommst du jetzt auf so etwas?", fragte er und schaute ihr zu, als sie sich ein Gläschen Himbeerschnaps einschenkte und sich in ihren Fernsehsessel fallen ließ. Er stand am Fenster und schaute zu ihr rüber. Nachdem sie einmal genippt hatte, schaute sie ihn wartend an.

„Nein, zurzeit nicht, ich bin gerade an etwas Großem dran."

Sie trank ihr Glas leer und schaute zu den Bildern, die an der Wand und auf der Kommode darunter zu sehen waren.

„Das hat dein Großvater auch immer gesagt. Zehn Jahre war ich mit ihm schon zusammen, sieben davon verheiratet, bevor er verschwand. Deinen Vater habe ich alleine großziehen müssen, er hatte seinen Vater nie wirklich kennengelernt, weil dein Großvater an etwas Großem dran war."

Sein Blick streifte über die Bilder an der Wand. Er erkannte seinen Großvater, es waren Fotos von seinen Expeditionen. Auch Wilhelm Voigt erkannte er mit seiner Großmutter, die mit den beiden an einem Tisch saß. Auf dem Foto daneben sah er sie mit seinem Vater, der ungefähr drei oder vier Jahre alt war. Er wusste, was ihm seine Großmutter damit sagen wollte. „Hatte er dir denn jemals erzählt, wonach er gesucht hatte?"

„Er sprach nur von seinen Reisen und Entdeckungen. Ich habe da nie so richtig zugehört. Ich war einfach nur froh, dass er bei mir war, und ich wollte die Zeit mit ihm genießen. Ich hatte andere Dinge im Kopf, als seinen Geschichten zu lauschen." Sie klang traurig und ihr Blick verriet ihm, dass sie gedanklich in Erinnerungen schwelgte.

„Kannst du dich denn vielleicht an etwas erinnern, vielleicht an einen Namen oder einen Ort, der für ihn sehr wichtig war?" Er fixierte sie, es machte den Anschein, dass es hinter der faltigen Fassade rumorte und arbeitete.

„Er sagte kurz bevor er zu seiner letzten langen Reise mit Wilhelm aufbrach irgendetwas von König Salem, Simon oder Saldo. Ich weiß es nicht mehr, aber er meinte, sie wären dem größten Geheimnis der Menschheit auf der Spur."

„König Salomon?"

Sie schaute ihn an. „Ja, das war es. Da, die fünf Bilder hat er mir von seiner Reise geschickt." Sie zeigte auf die Bilder auf der Kommode.

Er nahm das vorderste, das Wilhelm und seinen Großvater vor der Al-Aqsa-Moschee zeigte. ‚Was hatte König Salomon mit all dem zu tun, wonach suchten sie?', grübelte er. Dann fiel ihm die noch halb lesbare Notiz wieder ein. „Sal – Schl, nein", murmelte er. ‚Solomons Schlüssel? Hatte Großvater wirklich die Spur zu Salomons Schlüssel gefunden?', fragte er sich in Gedanken.

Dann fiel ihm ein Bild in der hinteren Reihe ins Auge. Es zeigte die beiden Archäologen vor einer Stufenpyramide. Er erkannte die Pyramide. Er griff nach dem Bild und betrachtete es näher. „Djoser, was haben die Ägypter mit Salomons Schlüssel zu tun?" Er drehte sich um und hielt ihr das Bild hin. „Gab es auch einen Brief oder so etwas zu diesem Bild?"

„Nein, er schickte mir immer nur die Fotos mit ein paar Worten auf der Rückseite." Sie stand auf und verschwand im Flur.

Er öffnete den Rahmen und holte das Foto heraus. Auf der Rückseite stand geschrieben: *Liebste Eva, Wilhelm und ich sind gerade in Ägypten und sind fast am Ziel. Wir haben es fast geschafft, das Geheimnis zu lösen. Ich werde bald wieder zu Hause sein. Dein dich liebender Eckbert.*

Er drehte das Foto wieder herum und betrachtete es. ‚Fast am Ziel, ist Henry etwa kurz davor?', fragte er sich plötzlich ganz aufgeregt.

Als seine Großmutter wieder ins Zimmer kam, sagte sie: „Ich werde mich jetzt etwas hinlegen, du kannst später wieder kommen."

Er steckte das Bild in den Rahmen und stellte es zurück. „Danke für alles, Oma, es tat gut, hier zu sein, aber ich muss los."

Sie schaute ihn an, als hätte sie diese Antwort schon vorhergesehen. Er gab ihr einen Kuss auf die Wange und nahm sie in den Arm.

„Tu, was du tuen musst, wenn es dich glücklich macht und es das Richtige ist." Dann löste sie sich, tätschelte ihm lächelnd seine Wange und verschwand im Schlafzimmer.

Er konnte Landa nicht erreichen, er schaute die Straße hinunter und hielt nach einem Taxi Ausschau. Sein kleiner Rollkoffer stand neben ihm, am Ende der Straße entdeckte er an einer Hauswand eine Reklametafel.

„Ein Zimmer für eine Nacht", sagte er zu der Rezeptionistin, die ihm kurze Zeit später den Hotelzimmerschlüssel aushändigte. Er ging nicht auf sein Zimmer, er wollte in der kleinen Computernische Nachforschungen zu König Salomon durchführen. Er hatte eine Vermutung, die er sich bestätigen musste.

Die Zeit verging, seine Augen wurden schwer, plötzlich stutzte er. Die Textpassage handelte von Salomons Schlüssel und dessen Mythos. „Dieser alte Mistkerl, er hat doch tatsächlich die Spur zu Salomons Schlüssel wiedergefunden", murmelte er grinsend. Irgendwie verspürte er Freude bei dem Gedanken; ob es die Hoffnung war, mehr über seinen Großvater herauszufinden oder die Chance zu bekommen, den Schlüssel vor Henry zu finden, wusste er nicht genau.

Er suchte zwei Flugverbindungen heraus und fuhr anschließend den Computer herunter. Er schaute auf die Uhr. ,Schon fast zehn! Ich muss Landa anrufen, schlafen wird er ja wohl noch nicht', dachte er und wählte seine Nummer.

„Ja, tut mir leid, ich weiß, es ist in Russland schon spät, aber ich weiß, wonach Henry sucht. Erzähle ich Ihnen, wenn wir uns sehen. Schaffen Sie es, morgen nach Kairo zu kommen? Okay, es geht von Moskau aus um 5:30 Uhr ein Flieger nach Kairo."

Er schaute verdutzt auf sein Handy, aus dem Hörer drang nur noch ein Tuten. Er schüttete verständnislos den Kopf und ging auf sein Zimmer.

Eine dunkle Limousine wartete bereits am Ausgang des Kairoer Flughafenterminals auf ihn. Der Flug von Herrn Landa komme planmäßig in zwanzig Minuten an, informierte ihn der Fahrer im schwarzen Anzug.

Nickolas stieg aus und schlenderte zu dem kleinen Bistrowagen in der Flughafenhalle. Es war erst kurz nach neun und er hatte noch nichts gefrühstückt. Mit Kaffee und einem Bagel in der Hand bummelte er zurück zum Auto. Als er gerade durch die Schiebetür ins Freie trat, trafen zwei weitere dunkle Luxuslimousinen ein.

Er erkannte zumindest die jeweils beiden vorne sitzenden Männer in den Autos. Die hinteren Scheiben waren getönt.

„Ah, unsere Leibwache ist also auch schon eingetroffen, dann dürfte er ja gleich da sein", sagte er zu dem Fahrer, der ihm gerade wortlos nickend die Tür öffnete. Er genoss gerade den letzten Schluck seines Kaffees, da wurde die Tür geöffnete und eine kleiner dicklicher Mann stieg zu ihm ins Auto.

„Guten Morgen, wie war es in Russland?"

„Lassen wir die Höflichkeit. Erzählen Sie mir, was Sie herausgefunden haben." Landas eisblaue Augen fixierten ihn.

„Ich komme gerade aus Deutschland, wo ich meine Großmutter besucht habe. Sie erzählte mir von einer großen Sache, die mein Großvater und Wilhelm Voigt versuchten zu finden."

„Wo soll ich hinfahren?", fragte der Fahrer vorsichtig.

„Zur Nekropole von Sakkara", antwortete Nickolas.

Landa schaute ihn fragend an. Der Wagen fuhr los, dicht gefolgt von den beiden Begleitfahrzeugen. „Was wollen wir da?"

„Das will ich Ihnen gerade erzählen. Ich fand in dem Notizbuch Überreste einer Notiz, die von Henry stammen muss. Sal und Schl, als meine Großmutter mir erzählte, dass mein Großvater an einem Geheimnis um König Salomon dran war, wurde es mir klar. Wir suchen nach Salomons Schlüssel."

„Was ist das für ein Schlüssel?"

Er erzählte Landa in einer kurzen Zusammenfassung, was er alles über Salomon und seine Legenden herausgefunden hatte. Landas Augen wurden immer größer, es machte den Anschein, als würde er zunehmend in einen Rausch verfallen. Als er davon erzählte, dass Salomon sogar Dämonen unter Kontrolle bringen konnte mit Hilfe dieses Schlüssels, war es um ihn geschehen.

„Wir müssen Doktor Voigt um jeden Preis aufhalten, er darf den Schlüssel und seine Macht nicht bekommen. Ich will diesen Schlüssel." Landa drehte sich zu ihm und packte ihn am Arm. Er griff so feste zu, dass Nickolas vor Schmerz sein Gesicht verzog. „Ich will diesen Schlüssel um jeden Preis."

Er schaute Landa in die Augen. Eine Spur Wahnsinn flammte für einen Moment in Landas kühlem Blick auf.

Dann ließ er ihn wieder los, räusperte sich und fragte: „Also, wir werden den Schlüssel in Sakkara finden?"

Nickolas rieb sich seinen Arm und schaute aus dem Fenster. Zähneknirschend antwortete er: „Das weiß ich nicht, mein

Großvater schickte meiner Großmutter eine Postkarte, auf der die Djoser-Pyramide zu sehen war. Auf der Rückseite stand, dass sie kurz vor dem Ziel sind. Ich bin mir ziemlich sicher, dass Henry dort ist."

„Ich hoffe es für Sie. Meine äußerst großzügige Geduld hat auch seine Grenzen. Sie sollten besser nicht herausfinden, was dann passiert, wenn Sie Ihr Konto aufgebraucht haben."

Die Warnung hatte seine Wirkung, er spürte, wie er nervöser wurde und der Druck auf ihn stieg.

Draußen rauschten die staubigen Häuserfronten vorbei. Die Straßen waren mäßig befahren und sie kamen gut voran. Sie mussten eine Strecke von knapp 70 km zurücklegen, um vom Sphinx International Airport zur Djoser-Pyramide zu gelangen.

Gerade fuhren sie an den großen Pyramiden von Gizeh vorbei, als ihm ein Wagen auffiel, der in der Gegenrichtung an ihnen vorbeifuhr. Ein Mann saß am Steuer und eine Frau auf dem Beifahrersitz. Für einen Moment konnte er das Gesicht des Mannes genau erkennen.

„Henry?", rief er, drehte sich um und versuchte dem Auto zu folgen.

„Was?", fragte Landa irritiert.

„Da in dem weißen Toyota, da saß Henry drin."

„Los, hinterher!", rief Landa aufgeregt dem Fahrer zu, der umgehend seinen Kollegen in den folgenden Fahrzeugen Beschied gab und anschließend das Gaspedal durchdrückte. Sie nahmen die nächste Ausfahrt und bogen sofort zweimal links ab und folgten dem Highway zurück in Richtung Airport.

Flucht

„Hey, alles in Ordnung?", fragte sie ihn.

Henry schreckte aus seinen Gedanken und schaute ihr in die Augen. Nur langsam fand er sich in dem Restaurant zurück. Charline hielt seine Hand und schaute ihn mitfühlend an. Isaac schnitt gerade ein Stück Fleisch ab und schaute zu ihm auf.

„Es geht schon, ich hab nur an meine Mutter gedacht."

„Schon okay, willst du darüber reden?", unterbrach sie ihn.

„Lasst uns mal darüber reden, was wir jetzt machen", warf Isaac dazwischen. „Ich meine, wir können doch nicht wirklich die letzten Wochen einfach so hinter uns lassen."

Charline lächelte Isaac zu.

„Nett, dass du ablenken willst", sagte Henry, „aber du hast Recht. Wir müssen eine Lösung finden. Wir haben den König gefunden, seinen Schlüssel und hier haben wir gefunden, wo einst sein Geheimnis verborgen lag. Ohne die finanzielle Unterstützung der Gesellschaft können wir die Suche nicht fortführen. Meine Ersparnisse sind aufgebraucht."

„Mich braucht ihr gar nicht erst angucken, ich habe vielleicht 100 Euro auf dem Konto", sagte Isaac mit vollem Mund und schnitt das nächste Stück Steak ab.

„Könntest du nicht einen Artikel über Landa und dessen Firmengruppe Cerberus schreiben? Vielleicht könnten wir Nickolas und Landa so ebenfalls von der Spur abbringen", fragte er Charline und tauchte seinen Löffel in den Risotto.

„Das ist vielleicht gar keine schlechte Idee, ich gehe eben telefonieren. Vielleicht kann mein alter Kollege John schon mal Hintergrundrecherchen anfertigen", sagte sie und stand auf.

„Es ist zum Haareraufen, dass wir unseren Fund hier und in Jerusalem nicht der Öffentlichkeit präsentieren können", sagte Isaac und stach dabei in sein Stück Fleisch.

„Dein Fleisch ist schon tot", sagte Henry lachend. „Ja, das ist wirklich ätzend, dass wir an dieser Stelle nicht weitermachen können."

Charline brauchte nicht lange, ein paar Minuten später kam sie bereits an den Tisch zurück. „Erledigt, nun habe ich eine Frage, was wäre dein nächster Schritt gewesen, wenn du weiterhin Geld zur Verfügung hättest?", fragte Charline.

Er schaute sie argwöhnisch an. „Theoretisch gesprochen", sagte er vorsichtig, „würde ich in die USA fliegen und einen alten Freund besuchen. Vielleicht findet er noch etwas in dem Tagebuch und kann uns helfen, den Hinweis zu deuten. Er ist Archäologe und ein führender Spezialist für das präkolumbische Mesoamerika. Vielleicht kann er etwas mit dem letzten Hinweis anfangen."

„Das klingt doch nach einem Plan", sagte Charline.

Er wusste noch immer nicht genau, worauf sie hinaus wollte.

„Dafür fehlt uns aber das Budget", erinnerte sie Isaac.

„Nicht zwangsläufig, ich habe von meinem Onkel vor zwei Jahren etwas Geld geerbt, das ich gut angelegt habe. Da er keine Kinder hatte, war ich für ihn eine Art Ersatztochter, nun ist dabei ein kleines Vermögen angewachsen", sagte sie und nahm einen Schluck aus ihrem Weißweinglas, ohne sie dabei aus den Augen zu lassen.

Ein lautes Klirren zerschnitt jegliches Gespräch in dem Speisesaal des Hotels. „Du hast Geld geerbt und stellst es uns zur Verfügung. Wieso? Ich meine, das ist fantastisch", rief Isaac.

Henry stand auf, gab ihr wortlos einen Kuss auf den Mund.

„Ich muss schnell telefonieren", sagte er und grinste bis über beide Ohren, dann verließ er eilig den Saal.

Isaac schaute mit großen Augen zu Charline und lächelte. „Das hast du wohl nicht kommen sehen."

„Vielleicht ja doch", sagte sie und lächelte verschmitzt in ihr Glas.

„Okay, Frank weiß Bescheid", sagte Henry, als er ein paar Minuten später an den Tisch zurückkam. „Morgen Mittag geht ein Flug nach Newark. Wir sollten uns gleich hinlegen, es wird ein langer Flug, und uns hier spätestens um sieben beim Frühstück treffen", sagte er euphorisch.

Sie aßen auf und gingen auf ihre Zimmer. Isaac musste als Erstes auf der ersten Etage aussteigen, sie verabschiedeten sich. Charline und er stiegen auf Etage zwei aus und schlenderten lachend zu ihren Zimmern. An ihrer Zimmertür blieben sie stehen, sie öffnete die Tür und ließ sie einen Spalt aufschwingen, dann drehte sie sich noch einmal zu ihm um. „Gute Nacht."

„Noch müssen wir nicht schlafen gehen", erwiderte er und machte einen Schritt auf sie zu.

„Was hast du vor?" Sie senkte ihren Blick und lächelte, als er sie zu sich zog und zärtlich ihren Hals zu küssen begann.

Sie genoss es für einen Moment, dann drückte sie ihn von sich und legte ihm den Finger auf den Mund. „Nicht jetzt, hab Geduld", sagte sie und verschwand rückwärts gehend im Zimmer. Sie zwinkerte ihm verführerisch zu und schloss die Tür.

Er atmete einmal tief durch und machte sich zu seinem Zimmer auf, ein warmes, freudiges Gefühl kribbelte in seinem ganzen Körper.

Nach dem Frühstück packten sie ihre Sachen zusammen und verließen das Hotel. Er verstaute das Gepäck und setzte sich ans Steuer des weißen Leihautos.

„Eigentlich sehr schade, dass wir Ägypten schon wieder verlassen müssen. Ich würde so gerne hier weiterforschen." Isaac schaute aus dem Fenster und betrachtete die Wüste neben dem Highway.

„Viele haben hier schon Schätze gefunden und werden es auch noch tun. Wir suchen allerdings etwas Wertvolleres als Gold und Diamanten", erwiderte Henry und betrachtete die großen Pyramiden von Gizeh, die hinter der Auffahrt auftauchten. Wie Berge ragten sie aus dem Wüstensand dem wolkenlosen Himmel entgegen.

„Um das zu finden, unterstütze ich euch mit meinen finanziellen Mitteln. Ich will endlich wissen, was Salomons Geheimnis ist", sagte Charline.

Isaac wandte sich zur Heckscheibe und versuchte in der Ferne die Umrisse der Djoser-Pyramide zu erspähen. Dann verdeckte eine Brücke seine Sicht, die gerade über ihn hinweggeflogen war. Er schaute ihr ein paar Augenblicke nach.

Drei schwarze Limousinen gerieten in sein Blickfeld, die gerade die Ausfahrt auf der anderen Seite nahmen. Isaac verfolgte die drei Autos, als sie über die Brücke fuhren. Irgendwie wirkten die drei schicken Wagen wie Fremdkörper in der sonst staubigen und einfachen Umgebung.

Als die drei Limousinen mit hoher Geschwindigkeit aus der Auffahrt hinter ihnen wieder herausgeschossen kamen und dabei fast einen Geländewagen von seiner Spur abdrängten, machte Isaac auf die Fahrzeuge aufmerksam.

Henry schaute abwechselnd auf die Straße vor ihm und in

den Rückspiegel. „Scheiße, dass muss Landa mit seinen Cerberus-Männern sein. Wie konnten sie uns finden?"

„Das ist jetzt egal, Henry, gib Gas, sie holen mächtig auf", rief Isaac panisch, seinen Blick starr auf ihre Verfolger gerichtet.

Die Limousinen teilten sich auf die Spuren auf und beschleunigten noch immer. Er drückte ebenfalls das Gaspedal durch und überholte in Schlangenlinien die Autos vor ihm. Der mittlere dunkle Wagen schloss so weit auf, dass nur noch eine Wagenlänge zwischen ihnen lag. Die beiden anderen Autos versuchten sie in die Zange zu nehmen. Erst der linke, dann der rechte Wagen schloss zu ihnen auf. Die Fahrer der beiden schwarzen Autos rammten fast gleichzeitig das Heck des weißen Toyotas.

Charline schrie hell auf, Isaac hielt sich krampfhaft am Vordersitz fest. Henry versuchte das Lenkrad nicht zu verreißen, dann musste der rechte Wagen einem Fahrzeug ausweichen. Diese Chance nutze er, um aus der Wagenzange zu entwischen. Er lenkte den Wagen auf den Standstreifen und hatte freie Fahrt. Er konnte ein paar Meter gutmachen.

Auf der mittleren Spur holte der dritte Wagen auf, Isaac konnte sehen, wie sich das Beifahrerfenster öffnete. Der Mann, der offensichtlich Landa war, streckte seinen Arm aus dem Fenster und zielte mit einer Pistole. Er drückte dreimal ab, was die Heckscheibe des Toyotas zum Zerbersten brachte. Isaac duckte sich, Glassplitter rieselten auf ihn nieder.

„Bleibt unten", rief Henry und gelangte hinter einem Lastwagen aus der Schusslinie.

„Jetzt ist er total irre geworden, ich will noch nicht sterben", schrie Isaac panisch.

Charline hatte ihren Kopf zwischen die Beine gelegt und hielt sich die Ohren zu. Ein Summen kam von ihr, er schaute kurz zu ihr hinüber und versuchte sie zu beruhigen. „Hier wird niemand sterben." Henry sah bereits die Ausfahrt vor sich und gab noch einmal Gas und verließ den sicheren Schatten des Lastwagens. Kaum hatte er ihn verlassen, sah er auch schon die drei dunklen Wagen, aus dem mittleren zielte Landa immer noch mit seiner Waffe auf sie.

Er hörte die dumpfen Schläge der abfeuernden Waffe, aus dem Augenwinkel sah er, wie sich das Fenster hinter Landa öffnete und Nickolas sich hinauszwängte. Dann griff Nickolas nach Landas Arm und versuchte ihm die Waffe aus der Hand zu schlagen.

Die anderen beiden dunklen Wagen ließen sich hinter sie fallen. Dann verschwanden sie und er lenkte den Toyota die Ausfahrt hinaus.

Vor ihm tauchten stehende Autos auf, er lenkte auf den Seitenstreifen und fuhr an ihnen vorbei. Ein kurzer Blick in den Rückspiegel verriet ihm, dass zwei der Limousinen sie immer noch verfolgten.

Von der Rücksitzbank drang Isaacs Stimme an sein Ohr: „Fahr, fahr, fahr, sie sind immer noch da."

„Ich weiß, halt dich fest." Er beschleunigte und fuhr mit vollem Risiko auf die Gegenfahrbahn und passierte die Kreuzung. Die Ampel stand auf Rot, nur ein Hauch trennte das von der Seite heranrauschende Fahrzeug von dem Heck des weißen Toyotas.

Die hintere Limousine hatte nicht so viel Glück, ein LKW, der von der anderen Seite kam, erwischte den schwarzen Wagen. Der laute Knall wurde von herumfliegenden Glas- und Metallsplittern begleitet.

„Einer weniger, aber der andere ist immer noch an uns

dran."

„Danke, Isaac, das sehe ich auch." Er zog die Handbremse und sie schlitterten an der nächsten Kreuzung nach links. Auf dem Straßenschild, das an ihnen vorbeirauschte, stand Airport.

Charline hob den Kopf, er schaute zu ihr. „Lass den Kopf unten, einer ist immer noch da."

Sie sah plötzlich sehr gefasst aus, als wäre es nichts gewesen. „Ich ruf die Polizei", sagte sie und suchte ihr Handy.

„Das brauchst du nicht mehr. Da hinten kommen schon drei Autos mit Sirene", rief Isaac, während er ihren Verfolger fest im Blick hielt.

Henry wich dem Verkehr aus und nahm dabei auch die eine oder andere Mülltonne am Straßenrand mit. Nur im allerletzten Moment sah er den von links heranrauschenden schwarzen Wagen. Mit Mühe konnte er ihm ausweichen.

„Das ist Landas Wagen, Vorsicht, er will wieder schießen", rief Issac und duckte sich.

„Charline, duck dich, keine Zeit für Helden." Henry schaute von Charline wieder zur Straße und in den Rückspiegel. Eine ganze Riege von Polizeiwagen war hinter den beiden dunklen Luxusautos aufgetaucht. Offenbar hatte Landa diese gerade auch bemerkt und ließ seinen Kopf wieder im Wagen verschwinden, dann bog sein Wagen ab.

Henry warf noch einen Blick in den Rückspiegel, sah, wie die Polizei ihren letzten Verfolger gerade zum Anhalten zwang, dann bog auch er ab, jedoch in Landas entgegengesetzte Richtung.

Sie mussten das Auto loswerden und hier so schnell wie möglich verschwinden, eine polizeiliche Untersuchung konnte er jetzt nicht brauchen, zudem musste man ihnen erst einmal glauben, und bis dahin würde es

Untersuchungen geben. Er zögerte nicht lange und lenkte den Wagen durch einige kleine Nebenstraßen und parkte ihn in einem Hinterhof eines Restaurants.

„Geht es euch gut?"

Charline und Isaac nickten ihm zu und sie verließen das Auto. Sie griffen sich ihre Sachen und eilten zu der nahen großen Straße, wo er ein Taxi heranwinkte.

„Wir haben es doch tatsächlich noch geschafft, ich dachte, wir würden hier nicht mehr rechtzeitig ankommen."

Charline schaute Henry entsetzt an. „Ist das dein Ernst, dass du dir jetzt darum Gedanken machst? Ich bin froh, dass ich nicht im Krankenhaus mit einer Schusswunde liege oder noch viel schlimmer tot im Straßengraben."

„Hast du etwa an meinen Fahrkünsten gezweifelt?"

„Die haben mir nicht so viel Sorge bereitet, sondern eher dass auf mich geschossen wurde", sagte sie. In ihrer Stimme lag immer noch Panik.

Er schaute sie an und wollte sie in den Arm nehmen.

Sie drehte sich weg und ging zwei Schritte. „Nicht jetzt, lass mich gerade bitte einfach. Ich dachte, du wühlst im Sand nach altem Zeug, aber dass ich dabei mein Leben aufs Spiel setze? Ne, ich brauche jetzt gerade Luft."

Er schaute ihr zu, wie sie vor ihm aufgebracht hin und her ging. „Na ja, du fandest das doch immer etwas langweilig, jetzt hattest du etwas Action."

Sie blieb stehen und schaute ihn durchdringend mit zornigem Blick an. Er konnte förmlich die Verachtung und ihren Zorn spüren, der in ihrem Gesichtsausdruck lag. Für einen kurzen Moment lief es ihm kalt den Rücken runter.

Zu seinem Glück kam gerade Isaac mit den drei Flugtickets in der Hand winkend auf sie zu. „So, ich habe alles, können wi..." Er unterbrach sich, als ihm Charlines eingefrorenes vor Wut blutrotes Gesicht auffiel. „Alles okay?" Dann wandte er sich an Henry und flüsterte: „Was hast du schon wieder getan?"

Er flüsterte zurück, dabei Charline nicht aus den Augen lassend: „Frag besser nicht. Sonst kommen wir vielleicht doch nicht mehr lebend hier weg." Er wandte seinen Blick zu Isaac. „Wir sollten jetzt gehen."

„Das würde ich dir auch raten, mein Lieber", schnaufte sie den beiden hinterher. Dann drehte sie sich um und wollte nach ihrem Rollkoffer greifen. Henrys Umhängetasche lehnte dagegen, ihr Blick verharrte kurz auf ihr.

Der Moment, als sie ihm diese damals geschenkt hatte, kam ihr in den Sinn. Wie glücklich sie damals war, dass er sich so darüber gefreut hatte und ihr einen Kuss gegeben hatte. Sie schaute zur Decke des Terminals, dabei schwand ihre Wut und die Zuneigung zu ihm war wieder da. Sie fühlte sich wie damals, als sie den geheimnisvollen und gut aussehenden Archäologen kennengelernt hatte.

Sie hängte sich die Tasche um und griff sich ihren Koffer. Gerade als sie sich umdrehte, um den beiden zu folgen, lief sie Henry dabei fast um. Er war gerade wieder zu ihr zurückgekommen.

„Hoppla, nicht so stürmisch."

Sie schaute zu ihm auf. „Blödmann, hier deine Tasche. Solltest besser drauf aufpassen", sagte sie und hängte sie ihm um. Dann ging sie an ihm vorbei zu Isaac, der an der Sicherheitskontrolle auf sie wartete. Henry schaute ihr etwas irritiert nach.

Die Maschine der American Airlines setzte etwas holprig auf der Rollbahn des Flughafens von Newark auf. Am

Haupteingang nahmen sie sich ein Taxi und fuhren nach Princeton.

„Wer ist eigentlich Frank?"

Henry drehte sich zu Isaac um, der mit Charline auf der Rückbank saß. „Frank ist der Enkel eines sehr guten Freundes meines Großvaters. Henry Williams, mein Großvater, und Eckbert Jankuhn haben damals zusammen unter anderem das Grab des wohl größten Inka-Königs, Pachacútec Yupanqui, gefunden."

Charline und Isaac hörten aufmerksam zu.

„Später trennten sich die Wege der drei, Jankuhn und mein Großvater gerieten auf die Spur von Salomon und Williams widmete sich einiger okkulter alter Gegenstände. Sein Enkel Frank führte später diese Leidenschaft fort."

„Was ist denn mit Franks Vater? War der kein Archäologe?", fragte Charline.

Henry senkte seinen Blick, er schien traurig zu werden. „Sein Vater war in der gleichen Einheit wie mein Vater. Zusammen dienten sie im ersten Golfkrieg, wo sie zusammen mit drei weiteren Soldaten einer Fliegerbombe zum Opfer fielen. Später stellte sich heraus, dass es friendly fire war. Danach ist meine Mutter mit mir wieder nach Deutschland gezogen."

„Du kommst eigentlich aus den Staaten?", fragte Isaac überrascht nach.

„Mein Großvater und seine Familie waren beziehungsweise sind US-Amerikaner. Meine Großmutter wurde in Deutschland geboren. Die beiden haben sich kennengelernt, als meine Großmutter in Ägypten im Urlaub war. Wilhelm war zu der Zeit mit Eckbert dort auf einer kleinen Expeditionsreise. Meine Großeltern verbrachten drei Wochen zusammen dort. Ein halbes Jahr später heirateten sie und zogen nach Deutschland. Mein Großvater behielt allerdings immer seine kleine Wohnung in den Staaten, so konnte mein Vater zwei Staatsangehörigkeiten erhalten und meldete sich später zum Militärdienst. Archäologie war nie seins gewesen."

„Tut mir leid, das mit deinem Vater, wäre er besser mal Archäologe geworden", sagte Isaac mit belegter Stimme.

Henry lächelte ihm zu. „Du kannst doch nichts dafür und es ist schon lange her. Aber zurück zu Frank, er hat manchmal einen sechsten Sinn, wenn es um das Entschlüsseln oder Deuten von Hinweisen geht. Zudem hat er sehr viele Kontakte in aller Welt, die uns vielleicht helfen können."

Kurz darauf hielt das Taxi vor einem modernen Apartmentblock im spanischen Stil an.

„Archäologie scheint doch Geld abzuwerfen, schau sich einer das Gebäude an", sagte Isaac staunend, als er aus dem Taxi ausstieg.

Ein etwa einen Meter achtzig großer Mann öffnete ihnen die Tür. Als er Henry erkannte, zeichnete sich in seinem vom Wetter gezeichneten Gesicht ein breites Grinsen ab. Henry und der Mann umarmten sich herzlich. Die Ärmel des Hemdes spannten sich, als er Henry in den Arm schloss. Er stellte Charline und Isaac vor. Frank bat sie herein.

„Das ist ja eine fantastische Wohnung. Das ist ja wie in einem Museum hier", staunte Isaac, als er seinen Blick durch das Wohnzimmer schweifen ließ. Frank verschwand in der Küche.

„Das sind alles Exponate, die Frank auf seinen Reisen gefunden hat und behalten durfte."

„Ist das eine Totenmaske der Maya?" Isaac zeigte auf eine kleine Maske, die in einer Vitrine lag.

Henry nickte ihm grinsend zu.

„Sehr gut. Darunter liegen auch noch einige Originalschriften der Maya, die ich studiere", sagte Frank, der im Türrahmen zur Küche stand. „Was wollt ihr trinken? Henry, du ein Bier?"

„Eine Cola bitte, wir brauchen unsere ganze Konzentration."

Bevor Isaac oder Charline ihm antworteten, verschwand Frank wieder in der Küche und kam mit vier Dosen Cola zu ihnen zurück. Er setzte sich auf den Sessel Henry gegenüber und stellte die Dosen auf dem kleinen Glastisch ab.

„Also, was soll ich mir so Wichtiges ansehen, dass ihr extra dafür in die Staaten kommt?"

„Alles fing mit einem Buch an, das einst Eckbert Jankuhn gehörte."

„Nickolas' Großvater?"

Er nickte Frank zu und brachte ihn auf den aktuellen Stand ihrer Erkenntnisse, dabei ließ er nichts aus. Anschließend legte er das Tagebuch seines Großvaters auf den Tisch. Frank nahm es und blätterte es durch.

„Zeig ihm den Schlüssel", sagte Isaac aufgeregt.

„Ihr habt den Schlüssel bei euch?"

Henry grinste Frank an und holte vorsichtig den Anhänger unter seinem Hemd hervor und gab ihn Frank samt Kette.

Voller Ehrfurcht und Begeisterung nahm der ihn entgegen und betrachtete ihn. Er drehte ihn in seinen Händen von einer Seite auf die andere und holte sich eine Lupe hinzu. Die drei schauten ihm gespannt zu.

Frank untersuchte den Schlüssel Millimeter um Millimeter genau. „Das ist eine sehr schöne und filigrane Handarbeit. Das muss Wochen gedauert haben, um diese winzigen, grazilen Symbole und Zeichen einzuschnitzen", murmelt er, dabei ein Auge zugekniffen. „Das ist tatsächlich Salomons

Schlüssel?", fragte er Henry und legte den Anhänger auf seine flache Hand.

Henry nahm ihn. „Ich bin der festen Überzeugung, dass er es ist. Dieser Anhänger hing um den Hals von Salomons mumifizierter Leiche. Er muss es sein."

„Heißt es nicht, dass das der Schlüssel zu seiner Weisheit war und das Versteck zu seinem Geheimnis öffnet?"

„Das, mein alter Freund, ist die Frage, deren Antwort wir versuchen zu finden. Wir haben einen Hinweis, den wir noch nicht entschlüsseln konnten, und irgendwie ist Salomons Geheimnis mit dem Schicksal meines Großvaters verbunden."

„Herr Williams", fuhr Charline dazwischen.

„Bitte nennen Sie mich Frank, wir sind hier unter Freunden."

„Okay, Frank, freut mich."

Frank nickte ihr zu.

„Was hältst du von der ganzen Geschichte? Könnte daran was sein, für mich ist es sehr interessant zu erfahren, wie ein weiterer Archäologe dies alles deutet."

Ein lauter Rülpser bebte durch das Wohnzimmer. Sie schauten fassungslos zu Isaac. Der stellt seine leere Dose auf den Tisch und schaute sie reumütig an. „Verzeihung, zu schnell zu viel Cola getrunken."

Ohne weiter darauf einzugehen, antwortete Frank Charline: „Ich habe auf meinen Reisen schon viel gesehen und es liegt in meiner Familie, an das Unergründliche zu glauben und okkulte Artefakte zu suchen. Ich glaube, dass Henry auf der Spur nach etwas wirklich Bedeutsamem ist und den Schlüssel bereits gefunden hat, der ihm am Ende das Versteck öffnen wird."

„Da sind wir schon bei den Problemen. Was ist in diesem

Versteck, wo ist dieses Versteck, was ist Salomons Geheimnis? Was hat es mit dem letzten Hinweis auf sich? Aber die größte Frage für mich ist, warum ist mein Großvater nie mehr von seiner Reise zurückgekehrt, obwohl Eckbert Jankuhn wie wir wissen in Deutschland angekommen ist?"

„Das sind viele Fragen auf einmal. Wir sollten eins nach dem andern versuchen zu klären. Zeig mir mal den letzten Hinweis."

Er gab Frank den Hinweis. Frank nahm das alte Stück Pergament vorsichtig entgegnen und rollte es mit den Fingerspitzen auseinander. Aufmerksam las Frank die hebräischen Worte mehrmals durch. Dann drehte er das Blatt um, legte es auf den Tisch und untersuche es mit der Lupe. Als er nichts fand, drehte er es wieder um und untersuchte die Textseite.

„Der Hinweis steckt im Text, ich glaube nicht, dass dort noch etwas im Geheimen steht."

„Da stimme ich dir zu, Henry", murmelte Frank, als er durch die Lupe schaute. Dann legte er sie auf die Seite.

„Sagt dir das Volk der Amun vielleicht etwas? Vielleicht hat dieses Volk etwas mit den Mayas zu tun, deren Zeichen sind wohl die überraschendsten an den Wänden der geheimen Kammern gewesen."

Frank massierte sich nachdenklich das Kinn. „Ich habe in den letzten Monaten eine sehr alte Schrift der Maya studiert. Ich konnte leider von dem fast sechsseitigen Text bis jetzt nur fast die Hälfte entschlüsseln. Es ist ein Text, der aus den Anfängen der Mayakultur stammt und fast 6000 Jahre alt ist. Es sind lauter Stein-Glyphen gewesen, die ich abgepaust habe." Frank stand auf und verschwand in einem Zimmer neben der Küche.

Mit ein paar Blättern in der Hand und einer Brille auf der Nase kam er zurück. Er gab Henry die Blätter und setzte sich. Henry überflog die Notiz und stutzte bei dem Wort *Amunesierque*.

„Amunesierque? Gibt es zwischen diesem Wort und dem Volk eine Verbindung?", fragte er, ohne von den Notizen aufzuschauen.

„Das kann ich dir leider nicht beantworten, allerdings glaube ich, dass der Text von einer Begegnung handelt."

„Einer Begegnung?", fragte Charline überrascht nach.

„Die Maya haben damals vereinzelte Expeditionen in den Süden Richtung Costa Rica und sogar bis an die Grenze des heutigen Kolumbien unternommen."

„Bis nach Kolumbien sind die damals gelaufen?", unterbrach Isaac Frank skeptisch.

„Ja, die Maya waren ein Volk, das sehr erfolgreich war in dem, was sie taten, weil sie ihre Umgebung und Feinde immer im Auge behielten. Daher führten sie ins Umland regelmäßig Expeditionen, um neue Verbündete und potenzielle Feinde auszumachen. Der Text handelt offenbar von einer Legende, die die Krieger von einer dieser Expeditionen mitgebracht haben. Ein Volk, das ihnen auf dieser langen Expedition begegnet war, berichtete von einem weiteren Volk, das in einer großen Stadt lebte. Dieses Volk lebte mit mächtigen Geschöpfen in dieser Stadt, diese Geschöpfe nannten sie Amunesierque. Ich glaube, das heißt soviel wie *Volk der Sterne* oder *Sternenvolk*."

„Volk aus den Sternen?", fragte Henry nach.

„Könnte es auch durchaus heißen."

Charline warf ihm einen flüchtigen Blick zu.

„Dieses Volk soll sehr fortschrittlich für diese Zeit gewesen sein", fuhr Frank fort. „Die Erbauer dieser Stadt haben mit anderen Völkern viel Handel getrieben und ihr Wissen geteilt, so konnten die anderen Völker sich weiterentwickeln. Eines Tages verschwanden sie und das Volk beschützte die Stadt, sie wurden als sehr blutrünstig und gefährlich beschrieben. Daher stellten danach alle anderen Völker den Handel ein und die Maya sind nicht weiter in den Süden vorgedrungen."

„Steht da auch, wo diese Stadt sein soll?"

„Leider nicht. Jedenfalls konnte ich noch nicht mehr entschlüsseln und das kann auch noch Wochen oder Monate dauern." Frank stand erneut auf und ging zu der großen Weltkarte, die an der Wand hing. „Sie muss jedenfalls südlicher als hier sein."

Henry stand auf und betrachtete die Stelle, auf die Frank zeigte. Franks Finger umkreiste die nördliche Grenze Kolumbiens.

„Wie viel südlicher meinst du?"

Franks Finger wanderte die Karte hinunter und stoppte irgendwo im Grün des brasilianischen Regenwaldes. Dann nahm er seinen Finger von der Karte und setzte sich wieder. „Ehrlich gesagt, habe ich keine Ahnung. Es könnte gut möglich sein, dass dieses Volk irgendwo im kolumbianischen oder brasilianischen Regenwald zuhause war. Es könnte das gleiche Volk gemeint sein, aus Amunesierque könnte über die Zeit Amun geworden sein."

Henry seufzte und ging enttäuscht auf und ab. „Ich verstehe das alles nicht. Wo ist die Verbindung, Frank? Was habe ich übersehen, wieso finde ich in Israel und Ägypten Symbole aus dem **präkolumbischen** Amerika? Jetzt erzählst du mir etwas von einem Blutvolk, das tief im Dschungel lebt. **Im Reich des schwarzen Königs, der über die grüne Wüste wacht. Was ...",** unterbrach er sich selbst und blieb wie angewurzelt stehen. „Ich bin so ein Idiot, es liegt doch glasklar auf der Hand." Er schaute zu Frank, als wäre ihm gerade der Sinn des Lebens klargeworden.

Frank hatte einen ähnlichen Gesichtsausdruck und sprang auf. „Natürlich, das ist es, der schwarze König, der über die grüne Wüste herrscht", erwiderte Frank ihm freudig.

Isaac und Charline schauten die beiden fragend an. „Würdet ihr uns Unwissende bitte mal aufklären?", raunte Isaac ihnen zu.

Sie schenkten den beiden wieder ihre Aufmerksamkeit.

„Der schwarze König, der über die grüne Wüste herrscht, damit ist niemand anderes als der schwarze Leopard gemeint oder auch schwarzer Panther. Er ist der König des Dschungels", erklärte er Isaac freudig, seine Worte überschlugen sich fast.

Isaac teilte Henrys Begeisterung über die Erkenntnis nicht. „Was sagt uns das nun? Dass wir nach einer Stadt im Dschungel suchen müssen?"

Henrys freudiges Gesicht verschwand, Isaacs Worte holten ihn wieder aus seiner Euphorie. Er wandte sich an Frank: „Er hat Recht, leider sagt uns das nicht viel. Ohne zu wissen, wo wir suchen sollen, werden wir die Stadt nicht finden. Auch wenn wir den Hinweisen der Maya folgen würden, der Regenwald des Amazonas-Beckens ist einfach zu riesig. Wir müssen uns etwas anderes überlegen." Enttäuschung erfüllte seinen Körper.

Frank setzte sich. „Wir wissen jetzt, dass Salomon sowie die anderen Hochkulturen der alten Geschichte Kontakt zu diesem Volk hatte, das sie Amun nannten. Ich denke, dort in dieser Stadt wird Salomons Geheimnis versteckt sein und dort wirst du das Schloss zu diesem Schlüssel finden", sagte Frank und tippte auf den Schlüssel, der vor Henry auf dem

Tisch lag.

„Bleibt nur noch eine Frage zu klären", sagte Isaac, „wie weit hat dein Großvater das Rätsel lösen können?"

Henry senkte den Blick von Isaac zum Tagebuch. Die Gedanken kreisten wie wild in seinem Kopf. ‚Hatte mein Großvater die Stadt gefunden und wenn ja, wie? Gibt es noch einen Hinweis, den ich übersehen habe?'

Ein durchdringendes Piepsen riss ihn aus seinen Gedanken. Charline ging mit dem klingelnden Handy in die Küche.

„Hey, Henry, alles in Ordnung?", fragte ihn Frank, der ihn besorgt anschaute.

„Ja, warum?"

„Na ja, du warst gerade total abwesend und hast unverständlich gemurmelt."

„Ich habe nur über etwas nachgedacht. Alles in Ordnung", antwortete er kurz und setzte ein gekünsteltes Lächeln auf. Dass ihn die Suche nach seinem Großvater emotional so beschäftigte, wollte er ihnen jetzt noch nicht preisgeben. In dem Moment, als Frank nachhaken wollte, kam Charline zurück zu ihnen.

„Ich muss nach Deutschland, das war gerade John, mein Kollege. Er hat einige brisante Fakten über Cerberus herausgefunden. Es könnte die eine vernichtende Story werden, ich fahre zum Flughafen und nehme den nächsten Flieger. Ihr haltet mich auf dem Laufenden und wenn was ist, meldet ihr euch, okay?"

„Du meinst, wir könnten Cerberus das Handwerk legen?", fragte Henry.

„Wir werden sehen; ich muss sehen, was wir haben, und wir werden weitergraben. Dann wird es den Artikel geben. Dies ist eine Karte für ein Konto, das ich für die Expedition eingerichtet habe, damit solltet ihr erst einmal auskommen."

Er nahm die Scheckkarte entgegen und stand auf, er schaute Charline für einen Moment an und küsste sie. Frank räusperte sich nach einem Moment und sie lösten sich voneinander.

Sie lächelte ihn an. „Wofür war das denn? Ich komme wieder."

„Danke für alles", hauchte er ihr entgegen.

Sie lächelte noch immer, streichelte ihm über die Wange und verließ mit ihrem Koffer die Wohnung. Isaac grinste ihn an, Henry schenkte ihm nur einen flüchtigen Blick.

„Cerberus? Meinte sie das Multimillionendollar-Unternehmen der Landa-Familie?"

Henry nickte Frank zu.

„Was verschweigst du mir noch?"

Er setzte sich und schaute seinem alten Freund in die Augen. „Nickolas arbeitet mit Norman Landa zusammen und ist uns auf den Fersen."

„Nickolas macht mit dem gemeinsame Sache? Handelt Landa nicht auch mit Waffen und ist in dubiose Machenschaften verstrickt?"

„Leider ja, du kennst Nickolas, auf der Uni war er schon immer der Meinung, er müsse uns um jeden Preis übertrumpfen. Jetzt bedient er sich der finanziellen Mittel von Landa, um mir zuvorzukommen."

„Charline ist dabei, einen Artikel über Landas Firma zu schreiben?"

„Sollten wir nicht besser herausfinden, wohin wir als Nächstes müssen?", unterbrach Isaacs Frage die beiden.

„Der Junge hat Recht, lassen wir Charline ihre Arbeit machen und wir machen unsere. Nur, wo setzen wir an?"

„Hat dein Großvater nichts in dem Buch dazu notiert?",

fragte Frank und hob das Buch auf.

„Ich bin mir nicht sicher, ich habe nur ver... Was ist das denn?", unterbrach sich Henry selbst, als sein Blick auf das zusammengefaltete Blatt Papier fiel, das aus dem Buch gesegelt war.

Cerberus

Die Maschine landete planmäßig am nächsten Tag auf dem Hamburger Flughafen. Sie hatte sich mit John Kuhlmann in einem kleinen Café im Stadtteil Altona verabredet.

„Hallo, Charline, gut siehst du aus", begrüßte sie ein mittelgroßer schlanker Mann im blauen Rollkrangenpulli.

„Hallo, John, tut gut, dich zu sehen", grüßte sie und umarmte ihn.

Sie setzten sich an den Tisch, von dem John zuvor aufgestanden war. „Warst du im Urlaub?", fragte er.

Sie lächelte. „Wie kommst du darauf?"

„Na, so braun, wie du bist, tippe ich auf eine nette Südseeinsel", sagte er lächelnd und schob sich seine Designerbrille auf der Nase zurecht.

„Schön wäre es, das ist eine lange Geschichte. Sag mal, ist dein Vater immer noch Chefredakteur beim Spiegel?"

„Ja, wieso?"

„Das ist sehr gut. Du sagtest, du hast interessante Fakten herausgefunden?"

„Die gute alte Charline, ohne Umschweife direkt zur Arbeit. Deine Zielstrebigkeit habe ich immer an dir bewundert. Es sind die Hintergrundinfos, die du wolltest, die sind allerdings schon sehr interessant ..."

„Warum sitzen wir denn dann noch hier?"

„Ich dachte, du wolltest nach dem langen Flug erst einmal etwas runterfahren, aber wenn du willst, können wir auch direkt ins Hotel um die Ecke gehen. Dort habe ich ein Zimmer, in dem ich schon etwas vorbereitet habe."

Sie wich zurück und schaute ihn skeptisch an.

Er musste lachen. „Wo denkst du hin, ich meinte das natürlich professionell."

Jetzt musste auch sie lachen. „Okay, das macht es auch nicht besser, lass uns einfach gehen."

Er zahlte und sie verließen das Café.

Sie folgte John den langen Flur entlang, bis er vor einer Tür stehen blieb. „Bevor wir reingehen, muss ich dir noch etwas beichten."

Sie schaute ihn argwöhnisch an.

„Ich habe McKay und Sheppard in den Fall eingeweiht. Das ist eine Riesen-Story und wir brauchen die Kapazitäten." Er machte eine Pause und musterte sie aufmerksam.

Charline stand wortlos vor ihm. Ihr Blick verriet John nicht viel, die Augenblicke verstrichen. „Sind das Scott McKay und Aline Sheppard?"

John nickte.

„Okay, mach die Tür auf."

Er zögerte einen Moment und steckte schließlich die Schlüsselkarte ins Schloss.

Kaum sprang die Tür einen Spalt auf, stürmte sie an ihm vorbei ins Zimmer. „Scott, Aline", rief sie.

Ein Mann und eine Frau, die an einem runden Tisch am Fenster saßen, schreckten von ihren Laptops hoch und blickten sie überrascht an. Dann sprangen sie von ihren Stühlen auf.

„Wie lange ist das denn schon her. Ist das schön, euch zu sehen", sagte Charline und nahm beide in den Arm.

Sie erwiderten freudig die Begrüßung. John schloss die Tür hinter sich.

Sie legte ihre Sachen ab und betrachtete die beiden Moderationstafeln. An ihnen hingen einige Fotos und kleine Texte, rote Fäden verbanden Fotos und Texte. Sie ließ ihren Blick von Foto zu Foto wandern, an manchen Textstellen blieb er haften, dann drehte sie sich um.

„Ich hätte mir kein besseres Team vorstellen können. Na los, weiht mich ein, was habt ihr schon herausgefunden?"

Scott und Aline schauten zu John, er grinste nur.

„Was ist, spreche ich eine andere Sprache?", fragte Charline und grinste ebenfalls.

„Es ist wie früher. Die alte Charline ist wieder da", sagte Aline und stellte sich neben sie.

Scott setzte sich wieder an den Tisch, rückte sein Laptop zurecht. „Also, wir haben zuerst den Mutterkonzern unter die Lupe genommen." Er zeigte auf die linke Tafel.

Charline und Aline setzten sich auf das Sofa an der Wand.

„Ganz oben steht die Landa Consolidated Mines Limited. Die Diamanten-Produktion ist immer noch die Haupteinnahmequelle der Cerberus-Firmengruppe. Norman Landa, geboren in Russland und Firmenoberhaupt, hat in den letzten fünfzehn Jahren stark an seinem Firmenimperium gearbeitet. Seine Familie gründete vor über hundert Jahren die Diamanten-Firma in Antwerpen. Sein Vater war Niederländer, der eine Russin geheiratet hatte."

„Das dürfte ja schon jedem bekannt sein, erzähl mir was Neues. Scott, komm schon, mach es nicht so spannend." Charline stand auf und stellte sich neben John. „Was ist mit den einzelne Firmennamen auf der rechten Tafel?"

John kaute auf seinem Brillenbügel und beobachtete die Dynamik zwischen seinen drei Kollegen.

„Die Firmen, die du dort siehst, sind alle mit der Cerberus-Gruppe verbunden", erklärte ihr Aline, die ebenfalls aufgestanden war. „Zum Teil sind sie Tochterunternehmen von aufgekauften Firmen oder die Cerberus-Gruppe hält den Großteil der Aktien. Leider konnten wir über sie noch nicht allzu viel herausfinden."

Charline stutzte, als sie zwei Firmennamen auf der Tafel las. „Diese beiden hier, Adnal Chemicals Limited und Krauss-Meyer Springmann. Was will Landa mit einem Chemiefabrikanten aus Indien und einem deutschen Panzerhersteller?"

„Ja, die bauen Panzer, aber inwieweit Landas Interesse an der Firma hat, wissen wir noch nicht. Wir wollten auf dich warten, bevor wir in die Tiefenrecherche gehen." John schaute sie von der Seite an. „Das ist deine Story, du sagst, wo es langgeht."

Sie nickt John dankbar zu. Sie trat nach vorne, sodass alle Augen auf sie gerichtet waren. „Wir müssen mehr herausfinden, inwieweit Landa in Rüstungsdeals involviert ist und wie viel Einfluss er in der Firma hat. Finde jedes schmutzige Geheimnis heraus, auch wenn es noch so klein ist. Aline, du durchleuchtest alle Verbindungen, die Landa möglicherweise zu anderen Waffenproduzenten weltweit hat. Scott, du hilfst ihr dabei. John, ich möchte, dass du dir diese Firma schnappst."

Sie machte eine Pause und schrieb einen weiteren Firmenname an die rechte Tafel. „Finde alles über sie heraus. Wenn ich richtig liege, wirst du dort sehr brisante Dinge herausfinden. Konzentriere dich besonders auf das Import/Export-Geschäft der Firma. Ich werde mir den Chemiefabrikanten vornehmen. Wenn es irgendwo faule Firmennetzwerke gibt, dann in der Cerberus-Firmengruppe, und ich will alle ihre Geheimnisse aufdecken!"

Kaum hatte Charline ausgesprochen, schnappten sich Scott und Aline ihre Laptops samt Umhängetaschen und verließen das Zimmer.

„Tut gut, dich wieder bei uns zu haben, auch wenn es nur

ein kurzes Vergnügen sein wird."

„Kurz, aber intensiv, wenn wir das hier richtig anpacken, wird das die Story des Jahres. Und ich kann einem alten Freund helfen." Sie wandte ihren Blick von ihm ab und ließ ihn zu ihrer Umhängetasche schweifen, die sie sich zusammen mit Henry damals gekauft hatte.

„Hey, was ist? Was verschweigst du mir? Geht es hier wirklich nur um einen Gefallen für einen alten Freund?" Er nahm ihre Hand, doch sie zog diese ruckartig zurück.

Sie schüttelte den Kopf und machte ein Schritt zurück. „Nein, es ist nichts, was ich dir erzählen kann, jedenfalls noch nicht. Los, komm, wir haben eine Menge Arbeit vor uns." Mit ihrem letzten Satz nahm sie ihre Tasche auf und ging zur Tür.

Er schaute sie an, als sie an der Tür auf ihn wartete. „Jeder soll seine kleinen Geheimnisse haben, ich bin gespannt, was uns die Zukunft bringt. Wir sollten das hier professionell angehen, da stimme ich dir zu", sagte er, ließ ein kurzes Lächeln aufblitzen und griff sich seine Tasche.

Fluchend kam der Fahrer des Kleinwagens gerade noch zum Stehen. Sie war in der Eile ohne zu gucken auf die Straße gelaufen und musste ihren Blick von der herannahenden Bahn abwenden. Sie entschuldigte sich flüchtig und rannte weiter, die Haltestelle als Ziel fest im Blick.

In ihrem Studium hatte sie den sehr begehrten Praktikumsplatz beim Spiegel ergattern können. Dies war eine Chance, die Normalsterblichen normalerweise ohne Vitamin B versagt bleibt.

Doch Charline hatte Glück, durch einen Zufall lernte sie den besten Freund des Chefredakteurs auf einem Literaturball kennen. Sie hatte einige Artikel für die

Spendengala erarbeitet über die begünstigte Organisation. Stefan Nitzsche war von dem Können der jungen Studentin so angetan, dass er seinem Freund von ihr und ihren Artikeln berichtete. Das war damals nur der erste Schritt, sie musste eine Mappe und mehrere Artikel anfertigen, bevor sie die mehrwöchige Praktikumsstelle erhielt.

Wolfgang Kuhlmann, Vater von John Kuhlmann, war sehr begeistert von ihr, er bot ihr an, nachdem sie etwas Erfahrung nach ihrem Studium gesammelt haben würde, sich noch einmal bei ihm vorzustellen. Dass John Kuhlmann sein Sohn war, wusste sie zu diesem Zeitpunkt noch nicht.

Ihn lernte sie erst während ihres Auslandssemesters in den Staaten kennen. John hatte nie erfahren, dass Charline und ihr Vater sich kannten, es kam einfach nie zur Sprache und Charline befand es auch nicht für wichtig, denn sie wollte keinesfalls, dass John für sie ein gutes Wort bei seinem Vater einlegte. Sie wollte sich ihre Karriere selbst aufbauen.

Jetzt war sie auf dem Weg zur Spiegel-Zentrale und wollte sich bei ihrem alten Mentor vorstellen. Sie wollte jedoch kein Bewerbungsgespräch, nein, sie wollte in die alten und verschlossenen Archive des Verlages. Sie hoffte, in den Archiven Zeitungsberichte oder andere alte Dokumente über die Chemieparks in Indien zu finden, denn nicht nur einmal kam es dort zu schweren Chemieunfällen in der Vergangenheit. Die Spiegel-Journalisten hatten meist als Erste die besten Informationen herausgefunden, die anderen vielleicht verborgen blieben. Es gab dort auch eine Abteilung, wo unfertige Artikel gesammelt wurden. Auf dieser Abteilung lag ihr Hauptaugenmerk.

Sie stellte sich bei der Sekretärin vor, die hinter einer hohen Empfangstheke versteckt saß. Nach einem kurzen Telefonat bat die Dame sie, Platz zu nehmen, und zeigte auf eine Sitzecke.

Kaum hatte sie sich hingesetzt, wurde die schwere Holztür zu ihrer Rechten auch schon geöffnet und ein großer kräftiger Mann in grauer Anzugshose, weißem Hemd und Hosenträgern trat auf sie zu. Sein Gesicht war faltig vor Freude, als er sie sah, und er schüttelte ihr die Hand.

Sie folgte ihm in sein Büro. Als sie die Tür hinter sich schloss und auf einen der beiden schwarzen Lederstühle vor dem breiten Schreibtisch zu ging, sah sie gerade noch, wie einer der beiden braunen hochglanzpolierten Lederschuhe dahinter verschwand. ‚Gut sieht er ja immer noch aus‘, dachte sie und setzte sich. Sie hatte das Gefühl, als er sie aus seinem hohen Lederstuhl heraus begutachtete, in die Zeit ihres Studium zurückversetzte zu sein. Sie fühlte sich plötzlich wieder ganz klein und unbedeutend.

Er beugte sich nach vorne und stützte seine Ellbogen auf dem Pult ab. Er schaute sie aufmunternd und gespannt an. „Da sind wir nun, Frau Krüger, ich freue mich sehr, dass Sie uns nicht vergessen haben. Dann erzählen Sie mal, was ich für Sie tun kann. Haben Sie denn Ihre Referenzen dabei?"

Sie schaute verlegen zu Boden, sie wusste nicht, wie sie anfangen sollte. Sie suchte nach Worten, doch ihre Gedanken kreisten plötzlich nur noch wirr durcheinander. Kuhlmann schaute sie noch immer an, sie spürte seinen wartenden Blick auf ihr. Ihr wurde warm und Panik stieg in ihr auf.

Dann spürte sie, wie etwas aus ihrem Schoß zu Boden glitt. Ihre Umhängetasche fiel kopfüber zu Boden. Schnell bückte sie sich und sie haspelte: „Das tut mir leid, ich weiß auch nicht, ich bin so nervös. Wie ungeschickt von mir."

Er kam zu ihr herüber und half ihr. „Ganz ruhig, Frau Krüger, setzen Sie sich. Möchten Sie ein Glas Wasser oder vielleicht einen Scotch?"

„Nein, danke, für mich nichts." Sie schaute auf die Tasche, die wieder auf ihrem Schoß lag, und ihre Gedanken schweiften ab. ‚Mensch, Charline, du blöde Kuh, jetzt reiß dich zusammen. Sag ihm einfach, was du von ihm willst, mehr als Nein kann er nicht sagen. Denk an Henry und an das, was auf dem Spiel steht.'

„Frau Krüger?"

Sie erschrak und ihr Blick irrte herum und fand Kuhlmanns Blick.

„Geht es Ihnen wirklich gut? Vielleicht kommen Sie ein anderes Mal wieder, wenn es Ihnen besser geht. Ich habe leider noch einen Haufen Arbeit zu erledigen und muss gleich zu einem Meeting."

„Nein, bitte noch einen Moment", sagte sie lauter und aufgeregter, als ihr lieb war.

Kuhlmann schaute sie verwundert an.

Dann sprang sie über ihren Schatten und erzählte ihm von dem Artikel über Cerberus, den Verdacht, den sie gegen Landa hegte, und dass sie in das Archiv müsse. Umso länger sie sprach, umso sicherer fühlte sie sich, ihre Professionalität kam zurück und sie sprach zunehmend mit festerer Stimme.

Kuhlmann hört ihr ohne Unterbrechung zu und wirkte sehr überrascht von ihrem Anliegen. Als sie alles vorgetragen hatte, ließ er einige Augenblicke der Stille verstreichen, bevor er sich in seinem Stuhl aufrichtete, aufstand und aus dem Fenster hinter sich schaute. Sie befanden sich im 25. Stock unter dem Dach, sein Büro war der Elbe zugewandt.

Das Panorama zeigte den Elbhafen samt Kränen und Giganten der See. In der Ferne erstreckte sich der angrenzende Wald bis zum nächstgelegenen Stadtviertel.

„Wer ist in Ihrem Team?"

„Was meinen Sie?"

Er schaute immer noch auf den Containergiganten, der sich die Elbe hinabschob und von mehreren Schlepperschiffen begleitet wurde. „Solch eine Story werden Sie nicht alleine auf die Beine stellen. Dafür benötigen Sie ein paar investigative Reporter. Also, wer gehört zu dem Spotlight-Team?"

„Scott McKay und Aline Sheppard."

„Zwei sehr talentierte Journalisten, die Story über den Dieselskandal war hervorragend."

„Ja, das sind sie."

„An der Story arbeiten sie nur zu dritt?"

Sie zögerte. „Nicht direkt."

Er drehte sich zu ihr herum.

„Es ist noch ein Journalist in unserem Team."

Er zog die Augenbrauen hoch.

„John Kuhlmann ist der Vierte."

Ihre Blicke verharrten aufeinander. Er hielt einen Moment inne, dann griff er nach dem Telefonhörer und drückte eine Taste. „Ja, bitte gewähren Sie Frau Krüger Zugang zu unseren Archiven. Sie darf sich dort frei umschauen, so lange sie möchte." Dann legte er auf.

Sie seufzte, jetzt hatte sie doch nur ihr Ziel erreicht mit Hilfe von John. Er trat auf sie zu und streckte ihr die Hand entgegen. Sie griff nach ihr.

„Seien Sie unbesorgt, ich wusste, dass John der Vierte im Bunde ist. Er hatte mich bereits gestern angerufen, dass er an etwas Großem dran ist. Er hat mir auch verraten, dass Sie involviert sind und es Ihre Story ist. Ich hatte gehofft, dass Sie hier vorbeischauen. Ihre Codekarte liegt bei meiner Sekretärin schon bereit. Auch wenn Sie und John sich nicht kennen würden, hätte ich Ihnen den Zutritt gewährt. Ich habe mich der Wahrheitsfindung verschrieben und fördere jeden klugen Kopf, der bereit ist, etwas zu riskieren, um diese aufzudecken. Das ist Journalismus und Sie haben noch eine große Karriere vor sich. Ich würde mir wünschen, dass wir uns nach Ihren Recherchen hier noch einmal einfinden würden. Ich würde es begrüßen, den Artikel im Spiegel zu veröffentlichen als Exklusive-Story." Er grinste und ließ ihre Hand los.

Sie wusste nicht genau, was sie denken sollte, sie erwiderte noch ein schnelles „Ich werde es mir durch den Kopf gehen lassen" und ging zur Tür. Als sie diese gerade schließen wollte, schaute sie noch einmal in das Büro.

Kuhlmann stand mit dem Rücken zu ihr vor dem Fenster und sagte so, dass sie es hören konnte: „Das werden Sie, Frau Krüger", dann schloss sie die Tür.

Die Sekretärin gab ihr die Codekarte und beschrieb ihr den Weg zum Archiv. Sie fuhr mit dem Aufzug ins Kellergeschoss.

Sie ließ die letzten Minuten noch einmal Revue passieren und kam wieder zu demselben Schluss. Sie hatte jetzt einen unausgesprochenen Deal mit dem Chefredakteur des Spiegels, für die Nutzung des Archivs wollte er die Exklusiv-Story haben. Sie wusste noch immer nicht, was sie davon halten sollte, selbstverständlich war das kein schlechter Deal und so würde ihre Story auch das nötige Aufsehen erhalten. Sie konnte auch nicht so einfach dem Spiegel, nachdem sie sich frei im Archiv umschauen konnte, absagen.

Dann kam ihr ein weiterer Gedanke. ,Hatte er es vielleicht seit Johns Anruf bereits genau so geplant?' Ohne die Antwort auf ihren Gedanken zu finden, wurde sie von einem Gong aus ihrer Gedankenwelt gerissen. Die Fahrstuhltür öffnete sich.

Sie trat in einen langen, diffus erleuchteten Gang. Die Luft roch muffig, was gar nicht gut war; wenn hier unten Tausende alte Zeitungsberichte und andere Dokumente gelagert werden, sollte es nicht feucht sein. Es gab nur zwei unscheinbare graue Türen an den Enden des kurzen Korridors. Rohrleitungen führten in die dahinterliegenden Räume. Auf einem kleinem Schild standen auf der rechten Tür ,Technik' und auf der linken ,Archive'.

Sie trat an das Scann-Gerät neben der linken Tür und zog ihre Codekarte durch den schmalen Schlitz. Ein Summen ertönte und sie zog am Türknauf. Der Anblick jenseits der Tür verschlug ihr den Atem.

Das hatte sie nicht erwartet, der Raum entsprach überhaupt nicht ihrer Vorstellung. Die langen Regalreihen, in denen Dutzende Kisten vollgestopft mit Blättern, Artikeln und Notizen verstaut waren, gab es nicht. Die alten diffusen Metalllampen aus der Kriegszeit existierten nur in ihrer Vorstellung.

Die erwartete ältere verstaubte Dame des Archivs war schätzungsweise eine Mitte-Dreißigerin, blond, schlank, die ihr Haar offen trug und hinter einem der zehn Computerterminals zu ihr aufschaute. „Hallo, kann ich Ihnen helfen?"

Charline musste zunächst nach Worten suchen, sie war noch immer von dem Raum beeindruckt, so modern und hochtechnologisiert. Von der Decke strahlten tageslichtwarme Deckenfluter, der Boden war ebenfalls aus hell erleuchteten Milchglasplatten gebaut. Die Computer und Serverterminals sahen sehr neu und kostspielig aus, soweit sie das erkennen konnte.

„Miss, suchen sie etwas?", fragte die Dame erneut.

„Ja. Verzeihung, ich bin Charline Krüger", stellte sie sich vor, während sie mit ausgestreckter Hand auf die Frau zu ging.

Diese stand auf und erwiderte freundlich den Händedruck.

„Ich weiß, man könnte meinen, wir wären bei Google", scherzte sie und ging zu ihrem Computer zurück.

Die Frau machte einen sehr sympathischen Eindruck, dachte Charline und ging etwas näher auf sie zu.

„Frau Morgen hat mich bereits über alles informiert und Sie können sich hier einen der Computer aussuchen."

„Ist dort das gesamte Archiv enthalten?"

„Bis auf den letzten Artikel, ganze siebzehn Jahre hat es gedauert, alles einzuscannen und zu katalogisieren. Es wäre bestimmt auch schneller gegangen, aber ich sag ihnen, Spaß sieht anders aus", sprudelte es aus ihr heraus.

„Auch das nicht veröffentliche Material?"

Die Dame kniff die Augen zusammen und fixierte sie.

„Verzeihung, habe ich etwas Falsches gesagt?", schob Charline schnell hinterher.

Die Frau lachte. „Nein, ich mache nur Spaß."

‚Ich glaube, die Gute hat heute schon eine ganze Kanne Kaffee verdrückt', dachte sie amüsiert.

„Suchen Sie etwas Bestimmtes? Kommen Sie mit. Hier, ich schalte Ihnen dieses Terminal frei." Die Frau ging zum nächsten Terminal und fuhr ihn hoch.

„Ich brauche alles, was ihr über Norman Landa und die Adnal Chemicals Limited habt. Jegliche Verbindung zwischen ihnen und anderen Firmen."

„Norman Landa, den Diamanten-Baron?", fragte die Frau,

während sie die Tastatur betätigte.

„Genau den meine ich, Frau ..."

Die Dame schaute zu ihr auf. „Oh Verzeihung, wie unhöflich von mir, hab mich gar nicht vorgestellt. Ich bin Monika Blum, alle nennen mich aber nur Moni." Ihre Worte überschlugen sich.

Charline schüttelte kurz ihre Hand. „Okay, freut mich, Frau Blum." Dann schaute Charline schnell zum Monitor. „Wie sieht es aus, kann ich mit meiner Recherche starten?"

Aus Monikas Gesicht verschwand die Freundlichkeit und sie erwiderte kurz: „Verstanden, Sie können starten. Sie haben nun von hier aus Zugriff auf das gesamte Archiv. Ich bin dann mal weg, ich habe noch einen Termin, den ich vergessen habe." Dann stand sie auf und ging zur Tür; als sie diese geöffnet hatte, rief sie: „Ihre Codekarte geben Sie am Empfang später ab." Die Tür fiel hinter ihr ins Schloss.

Charline atmete einmal tief durch und genoss die Stille. ‚Mann, was eine Quasselstrippe. War ich jetzt zu hart zu ihr?', fragte sie sich in Gedanken und beschloss schnell, keinen weiteren Gedanken an sie zu verschwenden, und machte sich an die Arbeit.

Es kam ihr vor, als hätte sie schon Stunden in dem Raum verbracht. Ihr Nacken war steif geworden und sie massierte ihn. Sie ließ ihren Blick an der Decke entlangwandern und bemerkte erst jetzt die beiden Kameras, die in den Ecken montiert waren. Sie musste innerlich lachen, als ihr die Szene im Hochsicherheitsarchiv der CIA des ersten Mission Impossible durch den Kopf ging. „Irgendwie hatte es etwas von einer Mission-Impossible-Aktion."

Sie schaute auf die Uhr, fast zwei Stunden waren bereits vergangen und sie hatte bis jetzt noch nichts Brauchbares herausgefunden. Sie ging in sich und überlegte fieberhaft nach einem Ausgangspunkt.

Dann kam ihr eine Idee, sie suchte nach Stoffen, die als bedenklich eingestuft wurden und in Indien produziert wurden. Sie fand einen Bericht mit dem Titel *Clothianidin der lautlose Bienenkiller*, sie las den kurzen Artikel aufmerksam durch.

Sie fand heraus, dass Clothianidin ein Insektizid war, das für ein massives Bienensterben in Deutschland verantwortlich war. Sie fand auch einen Firmennamen, der dieses umstrittene und mittlerweile in Deutschland nur noch eingeschränkt nutzbare Mittel herstellte. Die indische Chemiefirma Daheli Chem mit Sitz in Maharashtra war der Produzent dieses Mittels. Sie war eine hundertprozentige Tochterfirma der Adnal Chemicals Limited (ACL).

Charline suchte nach weiteren Artikeln, in denen die Daheli Chem erwähnt wurde, und fand ein paar unfertige Artikel. In zwei namenlosen Berichten ging es um die Übernahme der Daheli Chem durch die ACL, um so zum größten Chemieproduzenten am Standort Maharashtra aufzusteigen.

Nach der Übernahme baute die Firma eine neue Fabrik, in der sie Methylisocyanat (kurz MIC) produzieren wollte. In dem Bericht fand sie Hinweise auf Korruption von Politikern, damit der Bau unter besonders einfachen Bedienungen schnell vollzogen werden konnte. Die Sicherheitsbestimmungen wurden reduziert und die laufenden Kosten konnten gesenkt werden.

Erst jetzt spürte sie, wie sich ihr Pulsschlag erhöht hatte, sie wusste, dass sie endlich etwas Brauchbares gefunden hatte. Sie blätterte zu dem zweiten Bericht. Sie traute ihren Augen nicht, was sie dort las.

‚Der Milliardär und Firmeninhaber der Landa Consolidated Mines Limited möchte seine Dollar in den indischen Chemiekonzern Adnal Chemicals Limited investieren. Dieser war der größte Produzent der hochgiftigen chemischen Verbindung Methylisocyanat. Diese Verbindung wird vor allem für die Herstellung von Insektiziden benötigt.'

Eine handschriftliche Notiz wurde daruntergeschrieben. *Chemieunfall nach Übernahme und Korruptionsverdacht. Norman Landa vertuschte Unfall, Tausende Tote. Produktion MIC gestoppt.*

Sie klatschte in die Hände. „Jetzt hab ich dich, du mieser Wurm", zischte sie den Monitor an. Sie holte aus ihrer Tasche einen USB-Stick und suchte einen USB-Port. Zu ihrer Ernüchterung gab es an dem Terminal keine Möglichkeit, ein Gerät anzuschließen. Etwas genervt holte sie einen Stift und einen Block aus der Tasche. „Dann eben auf die altmodische Weise", sagte sie trotzig und schlug ein leeres Blatt auf.

Sie machte sich Notizen und suchte nach weiteren Hinweisen zu dem Unfall und Verstrickungen mit Landa. Sicherheitshalber fotografierte sie sich die Berichte alle ab. Dann packte sie ihre Sachen zusammen und fuhr den Computer herunter. Sie verließ das Archiv und fuhr mit dem Aufzug ins Erdgeschoss, wo sie dem Mann am Empfang ihre Codekarte aushändigte.

Es war bereits spät geworden und ihr Magen meldete sich. Sie kramte nach ihrem Handy, als sie auf der Straße vor dem Eingang der Spiegel-Zentrale stand. Ein frischer nordischer Wind zerzauste ihr die Frisur. Von John hatte sie erfahren, dass der Rest des Teams die Recherche für heute eingestellt hatte und bereits in ihrem Hotel waren.

Sie hatte sich nach dem Telefonat ein Taxi herbeigewunken und war in ein kleines Hotel nahe des Hafens gefahren. Sie ging nach dem Abendessen und zwei Gläsern Wein direkt auf ihr Zimmer.

Die Teambesprechung am nächsten Tag war sehr intensiv an Informationen und sie rekonstruierten die neuen Verbindungen zwischen den Firmen. Scott und Aline hatten den Waffenproduzenten Krauss-Meyer Springmann unter die Lupe genommen. Sie konnten bereits eine Verbindung zu einem anderen Unternehmen der Cerberusgruppe rekonstruieren. Der Waffenproduzent stand mit einer Ölfirma in Kontakt, an der die Landa Consolidated Mines Limited Anteile erworben hatte.

John hatte eine härtere Nuss zu knacken, er konnte bis jetzt noch nichts Brauchbares herausfinden. Charline bat ihn sich die Verbindungen und Kontakte der Transportfirma Norman Bates Superfreight Ltd anzuschauen. Dieses Transportunternehmen war auf den Transport von Antiquitäten spezialisiert und eine Tochterfirma der Morris and Bloom Antiques.

Sie selbst hatte sich zwei Termine mit Chemikern besorgt, sie wollte mehr über die Stoffe herausfinden, die in den Berichten erwähnt wurden. Sie aktualisierten die roten Verbindungsfäden zwischen den Firmen an den Tafeln in Johns Hotelzimmer und hingen einige Notizzettel daneben.

Sie verabredeten sich in zwei Tagen wieder in diesem Hotelzimmer zur Lagebesprechung. Bis dahin brauchte Charline nennenswerte Ergebnisse, denn sie wollte den Landa-Konzern nicht nur kitzeln, sie wollte ihm richtig wehtun und Landa einen ordentlichen Deckzettel verpassen. Es war ein berauschendes Gefühl, das sie in diesen Tagen verspürte. Sie tat zwar nichts Illegales, dennoch hielt sie ihre Kollegen zur äußersten Vorsicht an. Niemand hatte in den Tagen Kontakt zu Freunden oder der Familie. Zu groß war die Gefahr, dass irgendetwas nach draußen sickern konnte und dass die Männer von Cerberus spitzbekamen, was sie vorhatten.

Am frühen Nachmittag des Tages schwärmten die vier wieder aus und machten sich an ihre Recherchen.

Charline fuhr in eine kleine verruchte Bar, die in einer Seitenstraße der Reeperbahn versteckt lag. Sie kam gerne hier in diese kleine Bar des Rotlichtviertels, das Kiez genannt wurde, zum Nachdenken und um Informationen zu sortieren. Sie hatte die lockere, intime und menschliche Atmosphäre immer sehr genossen. Sie setzte sich in eine Ecke und bestellte ein kieztypisches Astra-Rotlicht-Bier.

Ihr Handywecker riss sie etwas unsanft aus dem Schlaf. Genervt schaltete sie den Wecker aus und drehte sich noch einmal um. Die Sonne schien durch das Fenster und flutete das Zimmer mit einem gleißenden warmen Licht. Sie blinzelte und schnaufte missmutig.

Sie musste aufstehen, es half nichts, in zwei Stunden hatte sie einen Termin mit Doktor Schmitz vom Eurofine-Labor. Dieses Labor hatte sich auf die Analyse von Pestizidrückständen in Gemüse, Obst und Tabakwaren spezialisiert. Dieses Labor zählte weltweit zu den erfahrensten Laboren in diesem Bereich.

Sie quälte sich aus dem Bett und fluchte über das letzte Bier gestern Abend und ging ins Bad.

Die Dame am Empfang meldete sie an und bat sie kurz im

Wartebereich Platz zu nehmen. Der Doktor ließ nicht lange auf sich warten und führte sie zunächst in sein Büro. Sie erklärte ihm ihr Interesse an der chemischen Verbindung Methylisocyanat.

Der Doktor versuchte ihr diese Verbindung zu erklären, wie sie wirkte und was sie mit der Umwelt machte. Die Gefahr für den Mensch bei einer unkontrollierten Freisetzung und den Einfluss verschiedener Faktoren erklärte er ihr anhand von Studien. Er zeigte ihr einige Simulationen und gab ihr ein paar Infoblätter und Datenblätter mit.

Kurz bevor sie sich verabschieden wollte, riet er ihr, die indischen Firmen mal unter die Lupe zu nehmen. Er machte Andeutungen zu einem Chemieunfall, wo diese Verbindung freigesetzt wurde. Diese Ereignisse seien nie in den Medien erschienen, er selbst hatte diese Informationen nur von einem Kollegen erhalten, der in einer dieser Firmen gearbeitet hatte.

Mehr Informationen konnte oder wollte er ihr dazu nicht geben. Sie verabschiedete sich und fuhr zurück aus dem Industriegebiet am Rande Hamburgs in die Innenstadt.

Am darauffolgenden Tag fuhr sie zu den GALAB Laboratories im Hamburger Süden. Dieses Labor forschte in vielen Bereichen der Ernährungswissenschaften und Analysen von chemischen Verbindungen. Sie wollte hier alles über Clothianidin und Glyphosat herausfinden, einem anderem umstrittenen Insektizid. Beide Verbindungen wurden ebenfalls von der indischen Firma hergestellt. Sie wollte genau wissen, wie diese Verbindung sich auf den Menschen und die Umwelt auswirkte.

Als sie alle brauchbaren Informationen zusammen hatte, verließ sie den Glaskomplex und brauchte erst einmal eine kleine Pause, mehrere Stunden hatte man sie mit

Informationen und Studien bombardiert.

In den folgenden Tagen recherchierten die vier fast rund um die Uhr und nahmen nur kleine Auszeiten für ein wenig Schlaf. Sie reizten alle Kontakte im In- und Ausland aus, die sie hatten. Viele alte Gefallen wurden eingefordert und seitenweise Notizen und Fakten trugen die vier zusammen.
Es war Donnerstag der zweiten Woche in Hamburg und Charline gönnte sich eine kleine Auszeit, sie saß in einem Café, das an der Elbe lag. Die Sonne schien und am Himmel sah man seit langem mal keine Wolke. Sie saß dort einige Minuten mit geschlossenen Augen und das Gesicht der Sonne zugewandt, bis ihr Handy klingelte.
Es war John, er hörte sich aufgeregt an. Sie verabredeten sich für den nächsten Tag in aller Früh in Johns Hotelzimmer.

Aline und Scott waren schon da und hatten die Tafel bereits mit ihren Informationen aktualisiert.
„Hi, Charline", begrüßte John sie und schloss hinter ihr die Tür.
„Wenn ich mir die beiden Tafeln anschaute, sieht es so aus, als wärt ihr alle erfolgreich gewesen."
„Guten Morgen erst einmal, das waren wir", grüßte sie Aline, stand von ihrem Stuhl auf und ging zur Tafel hinüber.
„Die Informationen, die wir gefunden haben, reichen, um ein ganzes Buch zu füllen. Praktisch alles bis auf die Diamanten-Produktion ist irgendwie faul. Sieh hier", sie zeigte auf die rechte Tafel neben sich. Ihr Finger wanderte die rote Schnur von der Waffenproduktionsfirma zu einem Foto entlang.
„Wer ist das?", fragte Charline.

„Dies ist der Inhaber von LeaOil, einer der größten Mineralölkonzerne Russlands. Dieser Konzern pflegt enge Kontakte mit dem Nahen Osten. Landa und Wladimir Melnitschenko haben sich vor ein paar Tagen in Russland getroffen. Worum es ging, weiß keiner, man vermutet allerdings, dass es um eine Schwarzmarktlieferung von Waffen nach Syrien geht. Melnitschenko hat in Syrien viele bekannte Kontakte.

Ich habe mit einem Kollegen in Russland telefoniert, von dem ich die Info habe. Er ist schon länger an Melnitschenko dran, er wird mir in den nächsten Stunden noch Fotos vom Treffen und Dokumente zukommen lassen, die illegale Waffendeals bekräftigen. Die beiden halten übrigens auch die größten Aktienanteile an der Technic World, dem drittgrößten Telekommunikations-Unternehmen der Welt."

„Wie lange braucht ihr für den Bericht?"

„Wenn ich das Material heute zeitnah bekomme, könnten Scott und ich ihn morgen Abend fertig haben."

„Perfekt, ich werde meinen Bericht ebenfalls versuchen morgen Abend fertig zu haben. John, wie sieht es bei dir aus?"

„Du hattest Recht", sagte John und wandte sich ihr zu. „Morris and Bloom Antiques hat in den letzten Jahren sehr viele Transporte von Artefakten aus Ägypten, Syrien und Israel durchgeführt. Die meisten Kisten wurden zu Museen und anderen Instituten gebracht, ein paar jedoch wurden in verschiedene Lagerhäuser in Europa gebracht. Meine Recherchen zeigen, dass alle Lagerhallen der Lex OHG gehören, einer hundertprozentigen Tochterfirma der Cerberus-Firmengruppe. Die Exponate werden dort meist jahrelang gelagert. Was mit den Kisten dort passiert oder wofür sie dorthin gebracht werden, ist unbestimmt. Ich habe mir eines der Lagerhäuser hier nachts angeschaut, drei von zehn Kisten waren leer."

Charline schaute ihn überrascht an. „John, du brichst nachts in eine Lagerhalle ein?"

Er grinste verlegen. „Na ja, ich musste nachsehen, was in den Kisten ist, und habe die Dokumente dazu, sagen wir mal, ausgeliehen."

„Gefällt mir", sagte Charline und grinste.

„Ich habe bereits einen Großteil meines Artikels fertig", fügte John hinzu.

Charline schaute in die Runde und klatsche in die Hände. „Viele Dank euch dreien, ich hätte nicht erwartet, dass wir so viel in so kurzer Zeit herausfinden. Das zeigt nur, was ihr für geniale Journalisten seid.

Ich habe mir überlegt: Wir werden aus dem Material vier Berichte machen, die wir in verschiedene Zeitungen im Ausland veröffentlichen, um den Druck auf die Firmengruppe stetig zu erhöhen. Zuvor werde ich alle Berichte zusammenfassen und an deinen Vater, John, geben."

John zog die Augenbrauen überrascht hoch.

„Er wollte die Exklusivstory, die kann er auch haben, allerdings nur unter der Bedingung, dass alle Einzel-Berichte bereits einen Tag später erscheinen. Dann schreibt, was die Tastaturen hergeben. Schickt mir eure Berichte so schnell wie möglich zu, ich werde mich um den Spiegel und die Veröffentlichung kümmern. Selbstverständlich werden auch eure Namen unter dem Bericht stehen."

„Wir haben nichts anderes von dir erwartet", sagte Aline anerkennend.

„Danke", sagte Charline, ein Lächeln stahl sich in ihr Gesicht. „Ich werde jetzt ins Hotel fahren und meinen

Bericht schreiben, denn auch ich habe einige höchstinteressante Dinge über die Chemiefabrikanten der Firmengruppe herausgefunden." Charline umarmte Aline und Scott, dann umarmte sie John. „Frag nicht, das mit deinem Vater erzähle ich dir ein anderes Mal."

„Ich weiß, du tust das Richtige", sagte John und löste sich aus der Umarmung. Sie verließ das Hotelzimmer.

Sie schrieb die ganze Nacht und feilte am nächsten Tag an ihrem Bericht. Sie bereitete alles für die Veröffentlichung vor. Als alles fertig und vorbereitet war, ließ sie sich auf das Bett fallen. Jetzt musste sie nur noch auf den nächsten Morgen warten, dann würde der Artikel online gehen. Sie schloss die Augen und musste sie kurz darauf wieder öffnen.

Ihr Handy hatte gepiepst, eine SMS von Henry war eingegangen. Schnell las sie die Nachricht: ‚Wenn du beim Finale dabei sein willst, dann sei in zwei Tagen in Eirunepé, Brasilien. Dort wird eine Nachricht mit unserem Treffpunkt für dich bereitliegen.'

Sie legte sich erschöpft für ein paar Stunden aufs Ohr und nahm den ersten Flieger direkt um sechs Uhr in der Früh des kommenden Morgens nach Manaus in Brasilien. Von dort aus charterte sie eine kleine Maschine, die sie nach Eirunepé brachte. Dort kam sie rechtzeitig zwei Tage nach dem Erhalt der SMS am Vormittag an.

Als sie die kleine Flughafenhalle verlassen wollte, sprach sie ein junger einheimischer Mann an. Er zeigte ihr ein Foto von ihr und eine handgeschriebene Notiz von Henry mit seiner Unterschrift auf der Rückseite. Ihre anfängliche Skepsis lichtete sich ein wenig, als sie die Notiz von Henry las und dem Mann folgte. Er brachte sie zu dem kleinen

Hafen der Stadt und zusammen fuhren sie den Rio Juruá
hinauf.

Die Santiago

Henry hob das Blatt Papier vom Tisch auf.

„Was ist das?" Isaac schaute interessiert zu Henry.

Der entfaltete das Stück Papier und las es zuerst im Stillen, dann sagte er langsam: „Das ist ein Brief von meinem Großvater, den muss er damals mit dem Tagebuch an meine Großmutter geschickt haben."

„Du hast die ganze Zeit einen Brief von deinem Opa, der beim Tagebuch dabei war, und sagst nichts?", sagte Isaac entsetzt und schlug die Hände über dem Kopf zusammen.

Henry schüttelte den Kopf. „Nein, ich wusste nichts von dem Brief."

„Was steht denn drin?", fragte Frank nüchtern und lehnte sich in seinem Sessel nach vorn.

„Jetzt mach es doch nicht so spannend", hielt ihn Isaac zur Eile an.

Henry schaute zu ihm auf. „Eine der größten Tugenden eines erfolgreichen Archäologen ist Geduld. Das solltest du dir merken." Dann las er den Brief vor:

„Meine Liebste,

wir haben sie gefunden, die geheimnisvolle erste Stadt. Eckbert ist schon auf dem Weg nach Deutschland. Den letzten Hinweis zur Lage der Stadt nehme ich mit an Bord. Ich gehe heute in Caracas an Bord des **portugiesischen Frachters Santiago**. Im Tausch von zwei Goldmünzen nehmen sie mich mit nach Portugal. Wir werden Kurs auf die Inselgruppe Los Hermanos im Karibischen Meer nehmen, dann an Grenada vorbei und danach den Atlantik überqueren. Unser Kapitän hat uns zur Eile aufgerufen, da sich ein Sturm über dem Meer ankündigt und er vorher auf dem Atlantik sein will.

Ich komme endlich nach Hause zu Dir.

In Liebe dein Wilhelm"

„Das heißt, wir müssen die Santiago suchen?"

Frank schaute Isaac an. „Das wird sehr schwierig, sie könnte praktisch überall sein. Ist sie denn in Portugal eingetroffen?", fragte er Henry zugewandt.

„Das werden wir gleich herausfinden." Er stand auf und ging auf den kleinen Balkon. Ein Schwall warmer Luft drang in die Wohnung, als er die Schiebetür öffnete und hinter sich wieder schloss. Er rief im portugiesischen National-Museum an. Die Dame versprach ihm, sich in ein paar Minuten wieder zu melden.

Er ließ seinen Blick über die umliegenden Gebäude schweifen. Am Himmel flogen zwei Vögel vorbei, die Sonne schien und die Luft war klar. Das Klingeln seines Handys holte ihn aus dem Augenblick der Friedlichkeit zurück.

Die Dame am anderen Ende der Leitung teilte ihm mit, dass die Santiago ihren Heimathafen im Jahre 1940 nie erreichte. Laut ihren Informationen sei sie in einem tropischen Sturm im Karibischen Meer vor Venezuela gesunken. Alle Besatzungsmitglieder waren dabei ums Leben gekommen. Er bedankte sich und ging ins Wohnzimmer zurück.

„Die Santiago hat ihren Heimathafen tatsächlich nicht erreicht." Henry schaute etwas niedergeschlagen zum Tagebuch, das auf dem Tisch vor ihm lag.

„Dann lasst uns doch das Wrack suchen, laut diesem Brief befindet sich dort der Hinweis, den wir brauchen, um die Stadt zu finden", sagte Isaac und stand enthusiastisch auf.

„Alles in Ordnung?", fragte Frank.

Henry schaute zu ihm auf und zuckte mit den Schultern. „Ich weiß es nicht, ich weiß jetzt zwar, was mit meinem Großvater passiert ist; ich dachte, ich würde mich dann besser fühlen." Er seufzte. „Aber irgendwie ist es genau das Gegenteil, es schmerzt eher zu wissen, dass er nun wirklich tot ist", sagte er.

Isaac setzte sich neben ihn. „Du weißt doch nicht, ob er tot ist, vielleicht wurden sie ja doch gerettet. Wir sollten uns das Wrack ansehen und diese Stadt finden. Wir sollten das Geheimnis für deinen Großvater lösen."

„Isaac hat Recht, wenn du wirklich wissen willst, was hier los ist und was sich hinter dem Geheimnis Salomons versteckt, sollten wir das Wrack suchen."

Er spürte, dass die beiden Recht hatten, und stimmte ihnen mit einem Kopfnicken zu. „Dann lasst uns die Santiago suchen und endlich dieses Geheimnis lüften."

Sie flogen von Newark nach Caracas und stiegen in eine kleine Maschine um, die sie auf die nur 40 Flugminuten entfernte Insel Isla de Margarita brachte.

Als sie die Schiebetür der Flughafenhalle passierten, liefen sie gegen eine Wand aus warmer Luft. Die Luftfeuchtigkeit war zu dieser Jahreszeit hoch, doch der stetige kühle Wind, der vom Meer aus über die Insel blies, machte es sehr angenehm.

„Was machen wir nun, etwas Urlaub?", fragte Isaac und setzte sich seine Sonnenbrille auf.

„Ich schlage vor, dass wir uns zunächst einmal ein Zimmer für die Nacht besorgen und uns hier auf der Insel nach einem Boot samt Taucherausrüstung umschauen. Isaac, du hast keinen Taucherschein?"

Isaac schaute Henry an und schüttelte mit dem Kopf.

„Okay, dann wirst du auf dem Boot bleiben, während Frank und ich tauchen."

„Ist bei mir zwar schon ein paar Jahre her, aber das Wasser

ist hier zum Glück nicht allzu tief und sehr klar. Geht ihr doch schon mal ein Hotel suchen, ich werde uns Informationen über das Gebiet rund um die Insel besorgen. Wir treffen uns in drei Stunden am Hafen am Playa El Morro?", sagte Frank und schaute prüfend auf seine Armbanduhr.

Henry nickte und griff sich seine Reisetasche.

„Ich werde euch finden, ihr könnt auch im Oxygen auf mich warten", rief Frank ihnen noch zu und stieg in ein Taxi. Isaac und Henry stiegen in das nächste Taxi ein.

Knapp eine halbe Stunde brauchte das Taxi vom Flughafen bis zu dem kleinen Jachthafen im Südosten der Insel. Zu Henrys Glück nahm der Taxifahrer auch US-Dollar entgegen.

„Hier könnte ich für immer bleiben", merkte Isaac an, als er sich am Strand umschaute. Möwen flogen über ihre Köpfe hinweg, die stetige Brise, die vom Meer kam, ließ die unaufhaltsame strahlende Sonne sehr erträglich scheinen. Am Horizont schwebten kleine Zuckerwattewolken vorbei. Die Luft schmeckte nach Salz und war von dem gleichmäßigen Rauschen der brechenden Wellen erfüllt.

Isaac zog sich seine Schuhe aus und vergrub die Zehen im warmen Sand. Henry überlegte einen Moment, ob er es ihm gleichtun sollte, doch ein ungutes Gefühl beschlich ihn. Er vertraute dem Vorsprung nicht, den sie sich in Ägypten vor Cerberus und Nickolas erkämpft hatten.

„Komm schon, sei doch einmal locker. Du musst unbedingt deine Füße ins Meer halten, es ist ziemlich erfrischend und entspannt dich", rief ihm Isaac vom Strand hinauf. Er stand bis zu den Waden im Wasser und winkte ihm zu.

Henry winkte Isaac zu sich. „Vielleicht hast du Recht, aber wir haben dafür jetzt keine Zeit. Wir sind nicht zum

Urlaubmachen hier. Dort oben habe ich ein kleines Appartementhotel gesehen." Er zeigte auf ein kleines Gebäude halb links von ihnen an der Promenade. Hinter zwei Palmen versteckt konnte man gerade noch das H und L erkennen.

„Drei Zimmer bräuchte ich." Die junge Frau prüfte seine Anfrage und händigte ihm kurz darauf drei Schlüssel aus, bezahlt wurde hier im Voraus. Ihm war das sehr recht, so konnte er morgen in aller Früh alles vorbereiten.

Nachdem sie ihr Gepäck auf ihre Zimmer gebracht hatten, schauten sie sich in dem kleinen Hafen um und fanden einen Bootsverleih. Zur Mittagszeit war dieser allerdings geschlossen und wurde erst in zwei Stunden wieder geöffnet.

Isaacs Bauch knurrte und sie beschlossen Franks Rat zu folgen und suchten das Oxygen, das sich keine zwei Minuten zu Fuß entfernt befand. Frank ließ nicht lange auf sich warten und die drei bestellten sich etwas zu essen und zu trinken.

„Was hast du denn da mitgebracht?", fragte Henry Frank

„Das ist eine Seekarte von unserem Suchgebiet um die Inseln herum, die dein Großvater erwähnt hatte. Um diese kleinen Inseln sind viele Felsen und Strömungen. Ich habe mit ein paar Fischern gesprochen, die dort ihre Netze auswerfen. Sie meinten, hier zwischen den beiden Insel können die Strömung und die Felsen in einem Sturm sehr gefährlich werden." Er zeigte auf die Meerenge zwischen den beiden größeren südlichen Inseln. „Vor der unteren der beiden Inseln, mit dem Namen *Isla Fondeadero*, gibt es besonders viele spitze Felsen unterhalb der Wasseroberfläche. Bei stürmischer See läuft man sehr schnell Gefahr, sich den Rumpf an einer der Felskanten aufzuschlitzen oder gegen die steilen Felswände der Nachbarinsel Isla Pico gespült zu werden."

„Was ist mit den beiden nördlichen Inseln?" Henry tippte auf die beiden kleinen Landflecken auf der Karte.

„Dort soll die Strömung nicht so viel Einfluss haben und die sind auch für uns von der Route her uninteressant. Wenn du als Kapitän vorhast, von Caracas an der Inselgruppe Los Hermanos vorbeizufahren, um auf den Atlantik zu gelangen, würdest du diese Route hier nehmen." Frank fuhr mit dem Finger über die Karte, er startete in Caracas, vorbei an der Insel Isla la Tortuga, dann passierte Frank die südlichste Insel *Isla Fondeadero* und fuhr mit dem Finger an Grenada vorbei und ließ ihn ihm Atlantik auslaufen.

Der Kellner unterbrach ihr Gespräch, als er ihnen die Getränke brachte. Als er wieder verschwunden war, zog Henry die Karte etwas näher zu sich heran.

„Das ist ein Anfang, das heißt, die Santiago kann in diesem Gebiet hier gesunken sein." Henry umkreiste ein Gebiet zwischen den Küsten der beiden südlichen Inseln.

„Was ist, wenn der Kapitän einfach eine andere Route im Sinn hatte. Einfach weil ihm danach war?", warf Isaac dazwischen.

„Das wäre sehr unwahrscheinlich, praktisch jeder Seemann, mit dem ich gesprochen habe, hat mir diese Route bestätigt. Wenn der Kapitän eine andere gewählt hätte, wäre das sehr schlecht für uns."

„Frank hat Recht, das war die geplante Route der Santiago. Vergesst nicht den Brief meines Großvaters, in dem er uns diese Route bestätigt."

„Dann habe wir also unser Suchgebiet, dann müssen wir ja nur noch unser Wrack finden." Isaac schaute auf die Karte, tippte auf die auserkorene Stelle.

Der Kellner tauchte wieder auf und brachte ihnen das heißersehnte Essen.

„Ich bin satt, kein Bissen bekomme ich mehr runter", stöhnte Isaac und schlug sich auf den Bauch.

Henry schaute aus dem Fenster, wo er den Bootsanleger und das kleine Häuschen des Bootsverleihs bestens im Auge hatte. Ein Mann mit kurzer Hose und einem knallbunten Hemd mit Blumenmuster macht sich an der Tür des hölzernen Häuschens zu schaffen.

„Trinkt aus, hier, Isaac, bezahl unser Essen. Frank, du kommst mit mir." Er stand auf, legte Isaac Geld hin und ging zur Tür.

Isaac schaute ihm überrascht hinterher. „Hey, wo willst du denn hin?"

Frank schaute Isaac an und zuckte mit den Schultern, dann folgte er ihm. Henry behielt den Mann fest im Blick, Frank holte zu ihm auf und war nun auf gleicher Höhe, als sie den breiten hölzernen Anleger betraten.

„Hallo, Sie da?", rief Henry.

Der Mann erschrak und blieb in der offenen Tür stehen. „Ja, bitte?", fragte der Mann auf Englisch mit spanischem Akzent, sichtlich erschrocken über den akustischen Überfall.

„Wir brauchen ein Boot möglichst heute noch. Eins, in dem drei Personen auch schlafen können und das über ein Seitensichtsonar verfügt. Haben Sie so etwas?"

Der Mann trat aus der Bretterbude heraus und kam zu den beiden auf den Steg. Er musterte Frank und Henry. „Was habt ihr denn damit vor?"

„Das ist unsere Sache", erwiderte er bestimmt. „Also können

wir so ein Boot mieten?"

Der Mann nahm seine Sonnenbrille ab und rieb sich das Kinn. „Ich glaube, heute ist euer Glückstag. Das Boot dort vorne." Er zeigte auf ein etwas größeres Motorboot mit einem Kajütenaufbau, es war circa zehn Meter lang, soweit Henry das erkennen konnte.

„Die Santa Maria ist heute morgen wieder eingetroffen und bereits aufgetankt. Sie ist das einzige Mietboot für die Hochsee. Das Seitensichtsonar habe ich erst im Winter für die Saison eingebaut, um damit Fische und andere Tiere aufzuspüren, natürlich für die Touristen", erklärte der Mann und schaute noch einmal Frank von oben bis unten an, dann wanderte sein Blick wieder zu Henry. „Ihr seht nicht wie Touristen aus, die einen Ausflug aufs Meer machen wollen, um Delfine zu sehen. Was seid ihr, Umweltschützer?" Er schüttelte mit dem Kopf. „Nein, ihr seht eher so aus, als würdet ihr etwas suchen. Seid ihr Schatzsucher? Wenn ja, will ich was davon abhaben."

Henry machte einen Schritt auf den Mann zu und kam ihm bedrohlich nah. Ihre Nasenspitzen berührten sich fast. „Wer wir sind und was wir mit dem Boot vorhaben, ist unsere Sache." Dann legte er dem Mann seine Hand in den Nacken. „Also was ist nun mit dem Boot", knurrte Henry den Mann an.

„Hey, wolltet ihr etwa ohne mich fahren?", rief Isaac, der gerade vom Restaurant winkend herübergeeilt kam.

Der Mann löste sich aus Henrys Griff und hob resignierend seine Hände. „Okay, okay, nicht gleich handgreiflich werden. Ich mach doch nur Spaß." Er zog sich seine Sonnenbrille an und verschwand in dem Häuschen.

Nach zehn Sekunden, in denen nichts passierte, klopfte Henry gegen die Tür. „Ich meine es ernst. Wir brauchen dieses Boot."

Frank legte seine Hand auf Henrys Schulter. „Beruhig dich, Henry, ich glaube, er hat es verstanden."

„Was ist denn hier los?", fragte Isaac, der hinter Frank stand.

Dann öffnete sich die vordere Wand des Bootsverleihs und der Mann schaute über eine kleine Bedientheke zu ihnen heraus. „Ja, hören Sie besser auf Ihren Freund. Ich habe nichts an den Ohren." Der Mann nahm einen Schlüssel vom Brett neben sich. „Wie lange braucht ihr es?"

„Ich weiß es nicht, eine Woche, vielleicht zehn Tage."

Der Mann hängte den Schlüssel wieder an die Wand. „Das wird nicht billig, erst Bares, dann bekommt ihr den Schlüssel. Zehn Tage kosten euch." Er schrieb eine Zahl auf einen Zettel und schob ihn Henry zu.

Frank sah die Zahl. „Das ist eine Frechheit, das ist viel zu viel. Dafür können wir uns fast ein neues kaufen", rief Frank empört und schlug mit der Faust auf die Ablage.

Henry wandte sich an Frank. „Wir haben nur dieses Boot und wir brauchen es."

„Ja, das ist der Preis für das Boot. Bitte sucht euch ein anderes." Der Mann war dabei, die Holzlatte zu lösen, die das Dach des Standes hielt.

Henry winkte ab. „Okay, hier, das ist die Hälfte, die andere gibt es, wenn wir es wieder bringen und zusätzlich einen kleinen Bonus dafür, dass wir nie hier waren."

Der Mann nahm seine Sonnenbrille wieder ab und fixierte Henrys Augen. „Zwei Drittel jetzt und den Bonus bekomme ich auch. Dann seid ihr eine reiche Familie aus den Staaten."

Henry zögerte einen Moment, dann legte er ihm das Geld auf die Auslage. „Ein weiteres Mal Auftanken ist im Preis mit drin."

Der Mann nickte und nahm es grinsend entgegen. „Das war

die richtige Entscheidung, Gringo. Hier, bitte." Der Mann gab ihm den Bootsschlüssel und verrammelte seinen Stand, dann ging er auf das Boot zu und erklärte ihnen, wie die Geräte funktionierten.

Frank war der Erfahrenste der drei im Umgang mit den nautischen Geräten und kannte sich gut mit Booten dieser Größe aus. Der Mann verschwand wieder und die drei beschlossen Vorräte für mehrere Tage zu besorgen.

Das Boot verfügte über vier abgetrennte Kojen, ein kleines Bad für das Nötigste, eine kleine Küche und alle Geräten, die sie für die Suche nach dem Wrack benötigten. Henry wollte morgen so früh wie möglich aufbrechen, sie mussten sich auch noch um Taucherausrüstungen und Sauerstoffflaschen kümmern. Es war zwar erst Mittag, aber die Zeit brauchten sie auch, um alles zu besorgen. Erst spät am Abend fiel Henry erschöpft ins Bett und schlief sofort ein.

„Wie lange brauchen wir bis zu unserem Zielgebiet?", wollte Isaac wissen. Er saß auf einer gepolsterten Bank hinter Henry am Heck des Bootes und schaute über das Meer.

Henry stand neben Frank, der das Steuerrad in den Händen hielt. Er drehte sich zu Isaac um. „Wir brauchen noch ungefähr eine Stunde bis zu den Inseln, genieß die Sonne."

Der Motor arbeitete auf Hochtouren und ließ das Boot nur so durch das Wasser pflügen. Gischt spritzte vom Bug auf und vereinzelte Tropfen trafen Isaacs Arm, der entspannt auf der Reling lag.

Die Inselgruppe Los Hermanos lag circa 75 Kilometer von der Küste der Isla de Margarita entfernt. Sie brauchten fast anderthalb Stunden, um die Südspitze der südlichsten Insel Fondeadero zu erreichen.

Zuerst erschien am Horizont nur ein kleiner dünner Streifen, der sehr schnell zu einer massiven Felsformation anwuchs. Die zerklüfteten Klippen und scharfen Felsen ragten teilweise mehrere Meter aus dem Wasser. Einige der einzelnen Spitzen und scharfen Felsen der Südspitze lugten gerade so über die Meeresoberfläche. Die leichten Wellen brachen sich an den Erhebungen und schäumten das umliegende Wasser auf. In der Ferne konnten sie bereits die Nachbarinsel Isla Pico erkennen. Die beiden Inseln waren nicht besonders hoch, es gab keine Berge oder ähnliches.

„Ich schlage vor, dass wir uns von Süden aus im Uhrzeigersinn um die Insel arbeiten. Ich denke, dass dies die wahrscheinlichste Route der Santiago war."

„Ich denke, das ist eine gute Idee", stimmte Frank Henry zu. „Wenn sie hier langgekommen sind, haben sie die Inseln hier im Süden passiert und je nach Strömung könnte das Wrack auch etwas östlich liegen. Dann lasst uns mal alles vorbereiten", ergänzte Frank.

Henry schaltete das Seitensichtsonar ein und betrachtete das Display. „Dann wollen wir mal schauen."

Frank stellte den Gashebel auf Minimalschub und sie schwebten langsam die Küste von Südwesten bis zum anderen Ende der Insel im Südosten entlang. Sie fuhren diese Strecke immer wieder parallel zur Hinfahrt versetzt ab. Die Küste der Insel fiel fast senkrecht 50 Meter in die Tiefe ab. Sie entdeckten mehrere kleinere Fischschwärme, eine Schule von Delfinen und einen verlorengegangenen Anker.

Als die Dämmerung einsetzte, hatten sie das gesamte Gebiet bis zur fünf Kilometer entfernten Isla Chiquito abgesucht, die ebenfalls zu dieser Inselgruppe gehörte und nicht mehr als ein kleiner Felsen war, der gerade mal einen

Durchmesser von 100 Metern hatte. Sie beschlossen zur Isla Fondeadero zurückzufahren und dort im Süden der Insel in einer kleinen Bucht zu ankern.

Die nächsten beiden Tage verliefen ähnlich, sie untersuchten die Ostküste und die Meeresenge zwischen den beiden Inseln, Isla Fondeandero und der nördlicher gelegenen Isla Pico.

Am Morgen des vierten Tages, direkt nach dem Frühstück, setzten sie ihre Suche fort und wollten gerade in den letzten Gebietsabschnitt im Westen vordringen, da rief Henry aufgeregt laut auf und zeigte hektisch auf den kleinen Bildschirm des Seitensichtsonars.

Isaac kam aus der Kajüte nach draußen geklettert und versuchte einen Blick von dem Bild zu erhaschen. Frank stand nach vorne gebeugt neben Henry, der auf dem Stuhl am Gerät saß und den Ausschnitt gerade vergrößerte. Der Motor des Bootes war verstummt und der leichte Seegang ließ das Boot sanft auf und ab schaukeln.

„Jetzt lasst mich doch auch mal gucken, haben wir etwas gefunden?"

Keiner der beiden antwortete ihm, stattdessen unterhielten sich die beiden konzentriert auf den Bildschirm starrend.

Frank zeigt auf eine Stelle des Bildes. „Sie könnte es sein, siehst du den hinteren Aufbau hier? Sieht nach einem kleineren Frachter aus, Genaueres können wir aber nur sagen, wenn wir dort runtertauchen."

„Du hast Recht, wir tauchen. Das Wetter soll laut Wetterbericht sonnig bleiben und ein Sturm ist in den kommenden Stunden nicht zu erwarten." Henry hatte sich die Wetterdaten aufgerufen, die er über einen kleinen Bildschirm an der Seite ablas. „Das Meer ist hier auch nur 25 Meter tief und die Sicht klar."

„Ihr meint, wir haben die Santiago gefunden?"

Henry drehte sich zu Isaac um. „Das werden wir jetzt herausfinden. Komm, hilf mir die Taucherausrüstungen klarzumachen." Er stand auf und nahm sich ein Atemgerät und überprüfte das Sauerstoffgemisch und den Druck der Flasche.

Isaac überprüfte die andere Kombination und die Dichtigkeit der Schläuche. Frank quetschte sich bereits in seinen Neoprenanzug. Dann zog auch Henry seinen Anzug an und schulterte mit Isaacs Hilfe das Atemgerät. Als er sich seine Flossen anzog, half Isaac das schwere Atemgerät auf Franks Schultern zu verfrachten. Sie zogen sich ihre Taucherbrillen über und setzten sich auf die Brüstung an Backbord. Isaac reichte ihnen jeweils eine Lampe und streckte den Daumen in die Höhe, sie konnten aufbrechen.

Frank ließ sich hintenüber ins Wasser fallen. Henry zögerte einen Moment und ließ noch einmal prüfend den Blick am Horizont entlangschweifen. Ihn beschlich noch immer das ungute Gefühl, dass sie verfolgt wurden. Als er sein Gewicht nach hinten verlagerte, merkte er, wie ihn die Schwerkraft nach hinten über die Brüstung zog, da sah er noch im letzten Moment einen kleinen schwarzen flimmernden Punkt am Horizont. Im nächsten Moment tauchten Dutzende Luftblasen in seinem Sichtfeld auf.

Als sie wieder verschwunden waren, sah er Frank knapp zwei Meter schräg unter ihm schwebend und einen Kreis mit seiner freien Hand formend. Er tat es ihm gleich und signalisierte ihm, dass alles OK war. Dann begannen sie mit dem Abstieg.

Direkt unter ihnen musste sich das Wrack befinden. Sie konnten bereits nach nur fünf Metern die verschwommenen Umrisse des Wracks erkennen. Frank schwamm voraus. Es dauerte nicht lange, dann hatten sie das verrostete, auf der Seite liegende Wrack erreicht. Ein großes Loch säumte die Backbordseite und gewährte tiefe Einblick in das Innere des Frachters. Überall verstreut um das Wrack lagen Ladungskisten aus Eisen, Schiffsteile, die sich beim Sinken gelöst hatten, und andere Gegenstände.

Frank leuchtete in das Loch hinein und verscheuchte mit seinem Lichtkegel einen scheuen schlangenartigen Meeresbewohner. Muscheln und Korallen hatten sich an der Außenwand des Frachters angesiedelt. Henry schwamm langsam an der Außenwand entlang in Richtung des Bugs und suchte den Namen des Schiffes. Er musste erst die Schalentiere und Korallen entfernen, bevor er die verblassten Buchstaben des Namens sehen konnte. Er ließ seinen Lichtkegel über sie gleiten. Buchstabe für Buchstabe las er in Gedanken S A N T A C R U Z. Es war die Santa Cruz, sie hatten das falsche Wrack gefunden.

Er schwamm zur Öffnung im Rumpf und suchte Frank. Dieser war ins Innere getaucht und schaute sich im Laderaum um. Als er Henrys Lichtstrahl sah, kam er zu ihm geschwommen. Henry signalisierte ihm, dass er ihm folgen sollte. Er zeigte ihm den Namen, dann tauchten sie wieder auf. Als sie an der Oberfläche eintrafen, zog Henry sich die Taucherbrille enttäuscht aus und warf sie fluchend ins Boot.

„Das ging aber schnell, was ist passiert?", fragte Isaac in dem Moment, als Frank die Oberfläche durchbrach.

„Wir haben das falsche Schiff, so eine Scheiße", fluchte er.

„Das falsche Schiff? Was soll das heißen?", fragte Isaac nach und nahm Franks Taucherbrille entgegen.

Die beiden schwammen zu der kleinen Plattform am Heck.

„Ganz einfach, das Wrack dort unten ist die Santa Cruz. Ein

anderer Frachter", erklärte Frank und zog sich mit Isaacs Hilfe auf die Plattform.

Dann half Isaac auch Henry an Bord. Schwerfällig entledigten sie sich ihrer Atemgeräte. Henry zog sich die Flossen aus und bemerkte, dass der kleine schwarze Punkt von vorhin nun zu einem kleinen Boot herangewachsen war und auf sie zukam.

„Wir sollten weitersuchen, wir haben noch ein Suchgebiet vor uns." Er ging zu dem Sonar und setzte sich auf den Stuhl. „Na schön, dann mal weiter im Text."

Frank hörte sich etwas außer Atem an, als er zum Steuerrad neben Henry kam und den Motor startete. „Isaac, wärst du so freundlich, mir ein Sandwich zu holen und eine kalte Coke?"

„Du auch was, Henry?", fragte Isaac, der ihn von der kleinen Treppe, die ins Innere des Bootes führte, aus hinauf anschaute.

„Gerne das Gleiche, danke", erwiderte er, dabei den Bildschirm des Sonars fest im Blick.

Isaac reichte den beiden Sandwich und Coke und setzte sich hinter sie auf die gepolsterte Bank in die Sonne. Mit einem zischenden Klacken öffnete Henry seine Dose und nahm einen Schluck, dabei fiel ihm wieder das Boot ins Auge, das noch immer Kurs auf sie nahm.

Die Sonne hatte ihren Zenit bereits etwas länger überschritten und hatte sich im Westen im Rücken des Bootes gesenkt. Die Sonne spiegelte sich auf der Meeresoberfläche und er konnte nicht erkennen, wer oder wie viele Personen sich an Bord befanden. Er stellte seine Dose ab und stopfte sich den letzten Bissen des Sandwichs in den Mund. „Los, Isaac, in die Kajüte mit dir."

Isaac schaute ihn verwundert an. „Was, wieso?"

„Frag nicht, tu es."

Mürrisch erhob Isaac sich und verschwand in der Kajüte.

Frank hatte das Boot bereits ebenfalls gesehen. Henry folgte Isaac und behielt das Boot durch das schmale Fenster auf Steuerbord im Blick.

„Was ist denn?", wollte Isaac wissen, der sich an den Holztisch gesetzt hatte und immer noch nichts ahnend Henry beobachtete. Er musste auf Isaac wirken, als würde er unter Verfolgungswahn leiden.

„Da, das Boot." Henry zeigte darauf.

Isaac kam zu ihm und ließ seinen Blick auf die Stelle wandern. „Was ist denn mit dem Boot? Das sind doch nur irgendwelche reichen Touris." Isaac schüttelte den Kopf und dachte sich nichts weiter dabei.

Henry schaute zu ihm. „Denk nach, wir sind gut 75 km von der nächsten bewohnten Insel entfernt und hier draußen gibt es nichts für Touristen zu sehen. Also was sollten die denn dann hier?" Dann schaute er wieder aus dem Fenster.

Das Boot war bereits fast an der Küste der Insel angekommen und nur noch gut fünf Kilometer von ihnen entfernt. Frank hatte den Motor gedrosselt und ließ die Santa Maria langsam dahindümpeln.

„Wenn ich darüber nachdenke, ist es schon etwas merkwürdig. Meinst du, das sind Nickolas und Landa?"

Henry zuckte mit den Schultern. „Wir werde es gleich erfahren." Er ging zum Treppenaufgang und schaute zu Frank hinauf. Er hatte sich ein Capi angezogen und wirkte wie ein Bootsführer, der einen schönen Ausflug machte. „Was siehst du?", fragte er Frank.

Das Boot fuhr etwa 25 Meter entfernt an ihnen mit hoher Geschwindigkeit vorbei. Laute fröhliche Stimmen wehten zu ihnen herüber.

Frank schmunzelte. „Wenn mich meine Augen nicht täuschen, stehen dort zwei junge Frauen mit nur einem Höschen bekleidet auf dem vorderen Sonnendeck und winken mir zu." Frank winkte zurück.

„Was?", sagte Henry irritiert. „Das ergibt überhaupt keinen Sinn", versuchte er die Situation zu verstehen.

Frank schaute zu ihm herunter. „Vielleicht siehst du zu viele Gespenster. Da ist irgendein reicher Playboy mit seinen zwei Damen unterwegs und verprasst sein Geld. Halb so wild, lasst uns weitersuchen."

Als Henry wieder an Deck kam, war das Boot bereits hinter der Küste der Insel verschwunden. „Vielleicht hast du Recht", bestätigte er Frank in seiner Theorie, doch er vertraute im Stillen seinen Instinkten. Irgendetwas war hier an dieser Situation faul. Sie fuhren zur westlichen Seite der Isla Fondeadero und starteten ihre Suche.

Eine Stunde später hatte die Sonne sich bereits stark zum Horizont geneigt und läutete bereits die frühen Abendstunden ein. Meter für Meter suchten sie den Meeresboden ab, bis Henry stutzte. Gerade waren auf dem Bildschirm zwei bräunliche Schatten aufgetaucht, die gut 50 Meter auseinanderlagen. „Das werdet ihr mir nicht glauben."

Frank schaute interessiert zu ihm herüber.

„Haben wir was gefunden?", wollte Isaac wissen, der die Wasseroberfläche nach möglichen Felsen nahe der Oberfläche im Auge behielt. Sie waren in dem Gebiet, wo die Landzunge der Insel nur noch unterhalb der Wasseroberfläche verlief. Vereinzelte Felssäulen ragten bedrohlich aus dem Wasser heraus.

„Ja, und zwar haben wir nicht ein Wrack, sondern gleich zwei gesunkene Schiffe gefunden."

„Die spitzen Felsen hier scheinen sehr gefährlich zu sein, besonders bei stürmischer See. Man kann sich dort offenbar schnell mal den Rumpf aufschlitzen. Ich würde eine Niere verwetten, dass die Santa Cruz sich an den Felsen hier ebenfalls ihr Loch im Rumpf geholt hat."

Henry nickte Frank zu. „Wir sollten nahe dem Festland ankern und morgen tauchen. Die Nacht bricht bald an."

Henry stand mit den ersten Sonnenstrahlen am nächsten Tag auf. Er machte Kaffee und schaute sich die Wetterdaten an. Frank kam zu ihm an Deck.

„Morgen", grüßte er Frank.

„Wie sieht es aus?", wollte Frank wissen.

„Leider nicht mehr so gut. Über dem Atlantik vor der Küste Trinidads bildet sich eine große Gewitterzelle, die in den nächsten Stunden hier eintrifft. Wir sollten uns so bald wie möglich bereit zum Tauchen machen."

„Wann wird uns der Sturm erreichen?"

Henry schaute wieder auf den Bildschirm. „Schwer zu sagen, vielleicht heute Mittag, mit Glück erst heute Nachmittag."

Frank schaute auf seine Armbanduhr. „In einer Stunde ist es hell genug, wir sollten was essen und dann zu der Stelle aufbrechen", schlug Frank vor.

Isaac war ebenfalls aufgestanden und schenkte sich gerade eine Tasse Kaffee ein. Sie frühstückten zusammen und machten sich dann zu der Stelle auf, wo sie gestern die beiden versunkenen Schiffe geortet hatten.

Sie zogen sich ihre Taucheranzüge an und überprüften die Anzeigen der Sauerstoffflaschen. Die See war unruhiger, die Schaumkronen der sich brechenden Wellen an den Felssäulen ließen das umliegende Meer rau und wild wirken.

Bevor sie den Tauchgang begannen, prüfte Frank noch einmal die aktuellen Wetterdaten. Der Himmel war bereits von grauen Wolken erfüllt, die die Sonne verdeckten. „Die Windgeschwindigkeit hat sich enorm erhöht. Es wurde sogar bereits eine Hurrikan-Warnung ausgesprochen für Trinidad. Wenn die Windgeschwindigkeit weiter so zunimmt, erreichen uns die ersten Ausläufer bereits in zwei Stunden."

„Dann müssen wir uns beeilen, sonst schaffen wir nicht beide Schiffe."

Frank packte Henry am Arm. „Wir schaffen höchstens ein Wrack. Ich möchte auf gar kein Fall riskieren, hier zu sein, wenn der Sturm über uns ist. Die Gewässer sind hier zu gefährlich, um bei einem Sturm zu tauchen. Das Boot könnte mit Leichtigkeit gegen eine der Felskanten gespült werden. Dann war es das mit uns."

Henry wusste, dass sein Freund Recht hatte. Er schloss hektisch seinen Reißverschluss und schaute zu Frank. „Du verlangst von mir, mich zwischen dem Schicksal meines Großvaters und einem verrosteten Stahlskelett zu entscheiden."

Frank schüttelte den Kopf und zeigte zum Himmel. „Das Wetter zwingt dich und die Tankanzeige zeigt auch nur noch ein Viertel an."

„Kommt, lasst uns keine Zeit verlieren", drängte er zur Eile. Henry ging zum Bildschirm und schaute sich die Umrisse der beiden Schiffsleichen an.

Er schloss die Augen und ging die Fakten durch, dann öffnete er sie wieder und entschloss sich, das rechte von den beiden zu nehmen. Es lag näher an den Felsklippen. Sein Puls erhöhte sich, als er Isaac und Frank seine Entscheidung mitteilte. Eines der beiden gesunkenen Schiffe unter ihnen war die Santiago und hielt den Hinweis versteckt, den sie brauchten.

Isaac setzte sich ans Steuer und versuchte die Santa Maria auf Position zu halten. Die Wellen türmten sich bereits einen halben Meter hoch. Frank und Henry ließen sich rücklings ins Wasser fallen und begannen den Abstieg. Der Himmel zog sich immer mehr mit dunklen Wolken zu und der Wind blies zunehmend kräftiger. Eine halbe Stunde waren die beiden bereits unter Wasser.

Isaac wurde unruhig, er behielt durch das Fester des kleinen Steuerhäuschens den immer dunkler werdenden Himmel im Auge. Die ersten Regentropfen fielen auf die Glasscheibe vor ihm. Er spürte, dass sie nicht mehr viel Zeit hatten, bevor der Sturm sie erreichte. Er ließ den Motor laufen und lenkte das Boot etwas weiter von den immer näher kommenden Klippen weg. Er schätzte die Wellen auf einen Meter, die sich mit zunehmender Kraft gegen die Steinsäulen warfen.

Dann endlich sah er gut fünf Meter vor dem Bug zwei Köpfe, die aus dem Meer auftauchten. Er lenkte das Boot um sie herum, sodass ihnen das Heck zugewandt war. Er schaltete die Bootschraube ab und ging zum Heck. Er musste schreien, damit Henry und Frank ihn durch das Getöse der Wellen und den laut heulenden Wind verstehen konnten. „Hab ihr die Santiago gefunden?"

Sie antworteten Isaac nicht, sie versuchten das im Wellengang auf- und abschaukelnde Heck zu erklimmen. Als der Bug sich hob, packte Isaac Henry am Atemgerät und zog ihn auf die Holzplanken. Frank nutzte ebenfalls die Gelegenheit und schaffte es ohne Hilfe an Bord.

„Los, starte den Motor, gleich treffen wir auf die Klippen", rief Henry Isaac zu und half Frank sein Atemgerät abzulegen. Der Regen war stärker geworden und in der Ferne dröhnte bereits tiefes Donnergrollen durch den Himmel.

Isaac startete den Motor und lenkte das Boot in einem großen Bogen um die gefährliche Landzunge herum aufs offene Meer. Frank übernahm das Steuer und gab vollen Schub. Sie mussten sich gut festhalten, durch die hohen Wellen und ihre Geschwindigkeit war der Aufprall aufs Wasser nach dem Passieren des Wellenkamms sehr hart.

Die Wellen hatten bereits eine Höhe von gut anderthalb Metern erreicht. Henry hielt sich an der Reling auf der Backbordseite fest und beobachtete die tiefschwarze Wand, die sich über das aufgewühlte Meer schob. Blitze zuckten durch die Wolkenwand, auf die kurze Zeit später ein ohrenbetäubender Donnerschlag folgte. Der Wind pfiff ihnen um die Ohren.

Er schaute zu Isaac rüber, der sich auf der anderen Seite mit der Leine des Rettungsrings an der Reling festgebunden hatte und sich krampfhaft an ihr festhielt. Henry sah die Angst in seinem Gesicht. „Wir schaffen es, dir wird nichts passieren. Halt dich einfach gut fest", rief er ihm zu.

Isaac schaute nur kurz zu ihm, dann richtete er seinen Blick wieder nach vorn auf den dünnen erleuchteten Streifen in der Ferne. Es trennten sie noch rund 50 Kilometer unbarmherzige Naturgewalt vom rettenden Ufer.

„War es die Santiago?", fragte Isaac ihn und griff nach seinem Glas Cola. Henry schüttelte mit dem Kopf.

Frank kam zu ihnen an den Tisch. „Habt ihr schon etwas zu essen bestellt?"

„Nein", antwortete Isaac.

„Sehr gut", sagte Frank und griff nach der Speisekarte. „Worüber redet ihr?", fragte er und schaute sie abwechselnd an.

„Also wart ihr beim falschen Wrack?", fragte Isaac und schaute Henry an. Frank nickte und schaute in die Karte.

„Wir konnten keinen Namen finden. Die Sicht war dort unten durch den aufgewühlten Boden sehr schlecht. Frank hat am Heck allerdings eine aufgemalte amerikanische Flagge gefunden."

„Was ist der weitere Plan?", fragte Isaac in die Runde.

„Wir warten ab, bis der Sturm vorbeigezogen ist, und untersuchen dann das andere Wrack."

Henry nickte Frank zustimmend zu. Dann ließ er seinen Blick durch das Fenster wandern. Regentropfen tanzten zusammen und bildeten kleine Bäche, es war düster wie die Nacht. Der Wind peitschte den Regen über die Promenade und die Wellen brachen sich meterhoch an der Kaimauer dahinter. Die Palmen machten den Anschein, als würden sie jeden Moment abbrechen. Draußen herrschte Weltuntergangsstimmung.

Er schaute an seinen Freunden vorbei zum Kellner, der gerade eine Getränkebestellung an der Theke abholte. Ein paar Gäste saßen an den Tischen und unterhielten sich. Leise Jazz-Musik spielte im Hintergrund. ‚Hier drin ist heile Welt. Die Menschen hier müssen an solche Szenarien gewöhnt sein und wissen, wann es wirklich ernst wird', dachte er.

„Wie lange der Sturm da draußen wohl noch wütet?", fragte Isaac ihn.

Bevor er antworten konnte, kam der Kellner und nahm die Essensbestellung auf, dann entfernte er sich wieder. „Wenn ich mir das dort draußen anschaue, wird es wohl noch etwas dauern. Vielleicht haben wir morgen Glück und der Sturm ist vorbei."

Frank schaute ihn an. „Es war eine 50-50-Chance."

Henry ließ seinen Blick abschweifen und starrte gedankenverloren in das Chaos. Er war nicht niedergeschlagen, ihn beschäftigte das plötzlich aufgetauchte Sportboot. Es machte für ihn keinen Sinn, dass es nur eine zufällige Begegnung gewesen sein sollte. Erst der Kellner, der das Essen brachte, holte ihn zurück an den Tisch.

„Das ging aber schnell", sagte Isaac und nahm dem Kellner den Teller ab.

„Und diese Meeresfrüchte sehen klasse aus", sagte Frank und griff nach seiner Gabel.

Henry richtete sich in seinem Stuhl auf. „Sobald der Sturm vorüber ist, werden wir aufbrechen. Frank, du kümmerst dich darum, dass das Boot aufgetankt ist, und Isaac, du schaust nach unseren Vorräten. Ich werde mich um unseren Sauerstoffvorrat kümmern", sagte er, während er die Gabel in seinen Nudeln drehte.

Sie zahlten ihr Essen und saßen noch einige Minuten zusammen und tranken aus. Es war Nachmittag geworden und draußen hatte der Tropensturm nun seine volle Kraft entfaltet. Es war noch kein Hurrikan, jedoch konnte sich das noch ändern. Der Rückschlag, den sie einige Stunden zuvor erlitten hatten, verschwand zusehends aus ihren Gedanken und sie fassten neuen Mut für den nächsten Tag. Gut gelaunt machten sie sich auf zu ihren Zimmern, um etwas zu entspannen. Als die drei die offenen Türen sahen, verstummte ihr Lachen.

Fassungslos stand Henry in der Tür zu seinem Zimmer. Sein Blick wanderte von dem aufgebrochenen Türschloss durch den Raum. Die Schubladen des Schreibtisches waren herausgerissen worden, die Schranktüren standen offen, seine Anziehsachen lagen überall herum. Die beiden Sessel vor dem Fenster waren umgeworfen und von unten aufgeschlitzt. Die Matratze lag nur noch halb auf dem Bettgestell. Sie wurde einmal diagonal aufgeschlitzt. Der Inhalt seines Papierkorbes lag neben dem umgeworfenen Müllbehälter.

Panik stieg in ihm auf, laute erregte Stimmen drangen aus den Nachbarzimmern zu ihm herüber. Er stürmte zu dem Schreibtisch und griff in die oberste leere Schubladenöffnung. Seine Finger ertasteten ein Stück Klebeband, das locker an der Unterseite der Tischplatte klebte. Er hatte das Gefühl, der Boden sackte ihm unter den Füßen weg. Eine Leere erfüllte ihn.

Isaac kam zu ihm ins Zimmer gelaufen. „Hier sieht es ja genauso aus. Henry was ist?", fragte er, als er ihn mit leerem Blick auf dem Boden sitzend sah. Frank stand im Türrahmen.

„Es ist weg", murmelte Henry. Sein Gesicht zeigte keinerlei Mimik oder Regung, nur sein Mund bewegte sich. Er schaute Isaac in die Augen, aber seine Gedanken waren weit weg.

„Was ist weg?", fragte Frank nach. Er schob sich an Isaac

vorbei.

„Das Buch, das Tagebuch meines Großvaters samt meinen Notizen, alles weg."

„Los, kommt, vielleicht sind die noch hier", sagte Isaac.

Frank half Henry auf. „Die sind längst über alle Berge", sagte Frank.

Henry bemerkte die Visitenkarte ebenfalls, die Frank vom Boden aufhob. Nur das Wort ‚Dank' stand darauf. Er nahm Frank die Karte aus der Hand. Er kannte die Handschrift. „Nickolas", sagte er und warf die Karte auf den Boden.

„Du meinst, Nickolas war das hier?" Isaac schaute ihn an.

„Das Motorboot draußen, jetzt bin ich mir ganz sicher. Landa und Nickolas haben uns beobachtet", fuhr Henry fort.

„Als wir wiederkamen, war doch noch alles okay", unterbrach ihn Isaac.

„Sie haben die erstbeste Gelegenheit genutzt, um sich das Buch zu holen", antwortete Frank Isaac.

„Das wird er mir büßen, dieser Mistkerl", schimpfte Henry, als er seine Kleidung vom Boden aufsammelte.

„Komm, wir sollten auch bei uns aufräumen", sagte Frank. Sie verließen sein Zimmer.

Henry schob gerade die letzte Schublade an ihren Platz, als eine Sirene anfing zu heulen. Er eilte auf den Flur und sah, dass auch andere Gäste ihre Zimmer verlassen hatten. Er entdeckte Frank, der aus seinem Zimmer kam. „Was ist los?", rief er ihm zu.

„Das müssen die Hurrikan-Warnsirenen sein. Wir sollten einen Hotelangestellten aufsuchen." Frank zeigte zum Ende des Flures.

Als sie an Isaacs Zimmer vorbeikamen, rief Henry ihm zu: „Du bleibst hier und passt auf. Wir gehen jemanden suchen,

der uns sagt, was wir tun sollen, und den Einbruch melden."
Isaac nickte, dann liefen die beiden in die Lobby.

Ein Mann in weißem Hemd und roter Weste sammelte die teilweise verängstigten Gäste ein und wies sie an die Schutzräume aufzusuchen. Diese befanden sich im Erdgeschoss direkt hinter der Lobby. Der Hotelangestellte wies einen Kollegen an, sich den Schaden an den drei Türen anzuschauen.

Dann führte er sie samt ihren Habseligkeiten in einen fensterlosen betonierten Raum. In dem Raum befanden sich bereits ein paar Schutzsuchende. Einige saßen auf Feldbetten, andere sortierten ihre Sachen, ob sie alles für sie Wichtige dabei hatten. An der Wand hingen ein Röhrenfernseher und eine Wanduhr.

Es war bereits nach acht Uhr. Durch das Lüftungsgitter konnte er den Wind pfeifen hören. Es dauerte nicht lange, dann wurde das stetige Pfeifen von lauten knackenden und metallischen Geräuschen unterbrochen. Der Sturm musste nun mit voller Kraft die Insel erreicht haben.

Er legte sich auf das Bett und deckte sich mit seiner Lederjacke das Gesicht ab und schloss die Augen. Er ließ seine Gedanken kreisen und überlegte, was er als Nächstes unternehmen konnte, um sich wieder einen Vorteil zu verschaffen. Nickolas wusste nun anhand seiner Notizen und des Briefs, was er wusste, oder wusste Nickolas vielleicht bereits mehr als er? Für den Moment war die Santiago vor Cerberus sicher, allerdings nur solange der Sturm draußen wütete, danach hieß es: Wer zuerst die Santiago erreicht, lüftet ihr Geheimnis.

„Guten Morgen", grüßte ihn Isaac, als er ihn in der Lobby traf. Er las gerade in einer Fernsehprogrammzeitschrift.

„Morgen, wie sieht es aus?"

„Sehr gut, gleich kommt eine interessante Dokumentation über indigene Völker und ..."

„Isaac, das meine ich nicht", unterbrach ihn Henry ungeduldig.

„Natürlich, Frank besorgt uns gerade unsere neuen Zimmerschlüssel."

Er schaute durch die großen Fensterscheiben der Eingangshalle. „Es regnet ja immer noch wie aus Eimern."

„Das Schlimmste haben wir erst einmal hinter uns. Zum Glück hat uns der Sturm, der heute Nacht zu einem Hurrikan angewachsen war, nur um Haaresbreite verfehlt. In den Nachrichten sprachen sie nur von Sachschäden, der Sturm ist weiter nach Norden gezogen."

„Dann können wir also gleich starten?"

„Nein, es herrscht noch Alarmbereitschaft und kein Schiff darf auslaufen, da der Sturm seine Richtung wieder ändern kann. Gerade ist er in der Nähe des Gebietes, in dem die Santiago gesunken ist."

„Also müssen wir weiter warten."

Er beobachtete enttäuscht den Regen, dann schaute er zu Isaac. „Pack deine Sachen, wir treffen uns in einer halben Stunde an der Santa Maria."

Isaac schaute ihn schockiert an. „Du willst doch nicht ..."

„Doch, das will ich, ich kann nicht hier sitzen und darauf warten, dass sich Nickolas den Hinweis zur Stadt unter den Nagel reißt. Vergiss nicht, ohne diesen Hinweis sind wir erledigt."

Isaac wich seinem Blick aus. „Frank wird das nicht gefallen", sagte er, dann verschwand er aus seinem Sichtfeld.

Es herrschte reges Gewusel in dem Eingangsbereich, Hotelangestellte versuchten einige aufgebrachte Gäste zu beruhigen, die nicht verstehen wollten, dass sie nicht abreisen konnten. Mit ruhiger ernsthafter Stimme erklärte der Portier einem dicklichen Mann im bunten Hawaiihemd, dass kein Flugzeug oder Schiff die Insel verlassen konnte.

Henry wandte sich von dem Geschehen ab und zog sich die Jacke über den Kopf, dann verließ er das schützende Hotel. Die dicken Regentropfen trommelten auf seine Jacke und ein kühler strammer Wind blies. Er lief das kurze Stück über die Promenade zum Pier entlang und sah, dass der Mann vom Bootsverleih gerade in seiner Bude verschwand. Er klopfte an die Tür.

Der Mann schaute ihn irritiert an. Dann versuchte er ihn abzuwimmeln und ihm klarzumachen, dass er nicht auslaufen dürfe und daher auch kein Benzin haben könne.

Henry versuchte ihm seine Situation zu erklären. Nur mit Hilfe eines Geldscheins ließ der Mann sich überreden. Der Mann fluchte unablässig über das miese Wetter und dass er sich endlich einen anderen Job suchen müsse. Henry hörte nicht wirklich zu, er hatte, was er brauchte.

Als die Tanknadel Full anzeigte, trat der Mann auf den Bootssteg und gab ihm noch ein paar letzte Worte mit: „Wenn ihr da draußen untergeht, wird euch so schnell keiner zur Hilfe kommen. Ich habe euch nicht gesehen!" Dann verschwand er sehr schnell hinter dichten Regenvorhängen.

Henry ging unter Deck und prüfte die Vorräte. Er musste sich festhalten, die Wellen schaukelten das Boot hin und her. Als er gerade den Schrank über der kleinen Spüle öffnete, hörte er Schritte über sich an Deck. Leise schloss er den Schrank und ging zur Treppe nach oben, gerade als er den Fuß auf die erste Stufe setzte, erschien Isaacs nasses Gesicht über der Öffnung.

„Du bist es, sehr gut, wo ist Frank?"

„Frank ist in seinem Zimmer."

„Warum, was ist? Wir müssen los. Das Boot ist auch schon aufgetankt."

Isaac schien nervös zu sein, Wasser rann an seinen schwarzen Haaren entlang und tropfte auf die Treppenstufen vor Henry.

„Was ist los?"

„Wir müssen dir etwas zeigen, komm mit, es wird dich umhauen. Frank wartet in Zimmer 026 auf uns." Dann verschwand Isaacs Gesicht.

Henry kletterte nach draußen und schaute Isaac nach, der den Steg bereits Richtung Hotel entlanglief. Er zögerte kurz und schaute Richtung Hafenausfahrt.

Das Quietschen der Fender der umliegenden Schiffe drang durch das stetige Rauschen des Regens. Der Wind ließ den starken Regen fast waagerecht auf die Windschutzscheibe klatschen. Kein Schiff war auf dem Meer zu sehen. Tiefschwarze Wolken hingen über dem Meer. Donnergrollen aus weiter Ferne grummelte durch den Himmel.

Er schaute wieder zum Hotel und sah, wie Isaac gerade die Schiebetür des Hotels passierte.

„Okay, was müsst ihr mir zeigen?", fragte er und entledigte sich seiner pitschnassen Jacke. Wasser lief ihm durchs Gesicht und er griff sich ein Handtuch aus dem Badezimmer und rubbelte sich die Haare trocken.

„Hier, schau dir diesen Bericht an." Frank zeigte auf den Fernseher. „Das ist der Bericht, von dem ich Dir vorhin erzählt hatte", ergänzte Isaac.

Es war ein Wald zu sehen, offenbar ein Urwaldgebiet, über dem ein Flugzeug flog und Aufnahmen machte.

„Deswegen sind wir noch hier? Weil ihr mir Dschungel zeigen wollt?", sagte er.

„Warte doch mal ab. Diese Aufnahmen sind vor zwei Wochen aufgenommen worden und gerade erst mit Absprache der Regierung veröffentlicht worden", erklärte Frank.

Er schaute wieder zum Bildschirm und sah nun eine kleine Lichtung, auf dem aus einfachen Materialien Hütten gebaut waren. Ein paar Menschen standen davor und zielten mit Speeren und Bögen auf das Flugzeug. Die Menschen waren mit roter Farbe angemalt, bis auf ein Mann in der Mitte der Gruppe. Seine Haut war pechschwarz und weiße Linien zierten seinen Körper.

Henry stutzte und machte einen Schritt näher auf den Fernseher zu. Eine Stimme gab Informationen zu den Bildern preis:

„Dies ist eines von mehreren noch von der modernen Welt unberührten Indiovölkern im brasilianischen Urwald. Nicht nur die Tiere in diesem Gebiet, circa 50 km westlich von Eirunepé sind bedroht, sondern auch die Menschen. Sie leben noch wie vor Hunderten Jahren und greifen hier das für sie unbekannte Flugobjekt an. Der Mann in ihrer Mitte scheint ihr Oberhaupt zu sein. Diese Aufnahmen wurden zufällig gemacht, als die Maschine von Umweltforschern einen Überflug machten, um die illegale Rodung des Urwaldes aufzunehmen.

Knapp 100 km entfernt gibt es eine kleine Stadt mit dem Namen Eirunepé, den Einwohnern ist ein Volk bekannt, das im Nordwesten leben soll und ihnen als kannibalisches

Blutvolk bekannt ist. Einige Kilometer von diesem Gebiet entfernt gibt es sonst nur noch ein kleines Fischerdorf mit dem Namen Fogoso am Rio Juruá. Gesehen hat noch nie jemand ein Mitglied aus diesem Volk, das bis jetzt nur aus einheimischen Legenden bekannt war. Sind das die ersten Aufnahmen des geheimnisvollen Blutvolkes?"

Henry musste sich setzen, es dauerte einen Augenblick, bis er das verarbeiten konnte, was er gerade gehört und gesehen hatte. „Natürlich, er ist es?", murmelte er.

„Was?", fragte Isaac und hielt ihm sein Ohr entgegen.

Er stand auf, ging zum Fenster. „Nicht der Puma ist mit dem schwarzen König des Dschungels gemeint, sondern dieser Anführer dort. Es muss der König ihres Volkes sein. Es passt alles zusammen. Eirunepé liegt nicht weit von der kolumbianischen Grenze entfernt und könnte das Volk sein, das die Maya bereits erwähnt haben."

Frank schaltete den Fernseher aus und schaute zu ihm.

Henry schaute sie jetzt euphorisch an. „Wir müssen nach Fogoso, das ist unsere Chance, uns einen Vorsprung vor Landa und Nickolas zu erkaufen. Es passt einfach alles zusammen."

„Woher willst du wissen, dass wir dort nicht einfach nur ein scheues, versteckt lebendes Volk finden, das überhaupt nichts mit unserer Sache zu tun hat?", fragte Frank.

„Ja, am Ende verlieren wir alles, wenn wir nicht die Santiago untersuchen", ergänzte Isaac.

Er schüttelte mit dem Kopf. „Ich bin mir sicher, dass wir das Volk aus den Maya-Legenden gefunden haben. Es passt alles zusammen, auch die Position der Stadt ist perfekt. Mitten im Urwald, aber nicht zu weit weg von den anderen Hochkulturen, die sich um dieses Gebiet entwickelt haben. Die rote Farbe der Stammesmitglieder passt zum Blutvolk-

Mythos und ihr Anführer hat schwarze Farbe und wir suchen den schwarzen König."

Frank stand auf. „Wenn du dir so sicher bist, sollten wir es wagen. Es ist deine Schatzsuche und ich vertraue dir."

Isaac stand ebenfalls auf und legte Henry seine Hand auf die Schulter. „Ich vertraue dir auch, lasst uns nach Brasilien aufbrechen", sagte Isaac und grinste ihm zu.

„Viel ist nicht mehr übrig von unserem Budget." Er hielt den beiden ihre Flugtickets entgegen.

„Dann müssen wir erfolgreich sein, oder wir überfallen eine Bank."

Frank warf Isaac einen ernsten Blick zu. „Ich glaube, wir sollten uns dann eher auf Henrys Spürnase verlassen."

„Ich bin sehr froh, dass du uns begleiten kannst. Einen Maya-Experten dabei zu haben, ist einfach Gold wert", sagte Henry und hob seine Umhängetasche vom Boden auf.

„Zum Glück konnte ich den Termin mit dem Museum noch etwas verschieben, sonst hätte ich wieder zurück gemusst. Ich bin allerdings heilfroh, endlich von dieser Insel runter zu sein", sagte Frank.

„Ich auch, vier Tage im Sturm und Regenchaos reichen auch. Ich wäre besser mal mit Charline nach Deutschland geflogen, die trinkt bestimmt den ganzen Tag Kaffee und lässt es sich gut gehen."

Henry legte seine Hand auf Isaacs Schulter und schaute ihn mit einem durchdringenden Blick an. „Eins kann ich dir mit Bestimmtheit sagen, wenn Charline eine große Story wittert und wenn es dann dabei auch noch um einen Weltkonzern geht, wird sie keine ruhige Minute finden, bevor die Story nicht fertig ist. Glaub mir, du hattest bei uns mehr Entspannung als bei ihr." Er ließ ihn wieder los und ging

Richtung Sicherheitskontrolle. Er hörte hinter sich Franks Lachen, das ihm folgte.

Sie flogen vom Flughafen Simón Bolívar de Maiquetia nahe Caracas nach Manaus in Brasilien. Es war die nächste Großstadt mit einem internationalen Flughafen, den sie ansteuern konnten. Dort stiegen sie ein paar Stunden später in eine zweimotorige Maschine um, die auf der kleinen holprigen Landbahn im knapp 1000 km entfernten Eirunepé landen konnte.

Als sie das kleine Flughafenterminal betraten, das einem großen hölzerner Bungalow glich, trennte Henry sich von den beiden und ging ein paar Schritte auf die Seite. Er schaute sich um, ob ihnen niemand gefolgt war oder bereits hier auf sie wartete. Als er niemanden sah, der sich auffällig benahm, guckte er zu den beiden hinüber, sie saßen auf einer Bank und betrachteten das Geschehen auf einem kleinen Fernseher, der an der Decke in einer Ecke der Empfangshalle montiert war. Isaac winkte ihn zu sich heran. Neben den beiden sah er den Oberkörper eines Mannes, der hinter dem Empfangsschalter stand und gelangweilt auf den Fernseher starrte.

Henry ging zu der Bank und lehnte sich zwischen dem Flughafenmitarbeiter und der Bank an den Tresen. Eine Reporterin war auf dem Bildschirm zu erkennen, die vor einem verglasten Bürogebäude stand. Ihr Haar wurde vom Wind und Regen zerzaust. Am unterem Bildrand stand ein portugiesisch fettgedruckter Schriftzug. Der Fall der Cerberus-Firmengruppe.

„Könnten Sie bitte das mal lauter machen?", fragte er leicht zu dem Mann hinter sich gedreht. Es war sonst niemand in der Empfangshalle des kleinen Flughafens zu sehen.

„Seit Jahrzehnten gehört die Landa Consolidated Mines

Limited zu den größten Diamantenproduzenten der Welt. Ich stehe hier vor der Firmenzentrale der Cerberus-Gruppe in Moskau. Norman Landa, Firmeninhaber der LCML und Aufsichtsratsvorsitzender der Cerberus, hat seine Firma über die Jahre zu einem weltumspannenden Firmenimperium in vielen Branchen ausgebreitet. Nun hat der Spiegel einen Bericht veröffentlicht, in dem ein Team von Journalisten dem Firmenimperium vorwirft, in illegalen Machenschaften verstrickt zu sein. Die Beweise seien so stichhaltig anhand einiger Dokumente und Fotos, die die Anschuldigungen stützen, so heißt es in einem Statement des Spiegel-Chefredakteurs Wolfgang Kuhlmann.

Daraufhin haben die Behörden weltweit an mehreren Standorten der einzelnen Firmen Razzien durchgeführt, um Dokumente zu sichern. Norman Landa ist seit einer Woche nicht mehr gesehen worden, es heißt, er sei untergetaucht und berate sich mit seinen Anwälten in Togo.

Es heißt weiter in dem Spiegel-Artikel, dass ein Chemieproduzent, der zu der Firmengruppe gehört, in Indien hochgiftige Verbindungen für Insektizide produziert. Die Herstellungsstätten sollen dabei durch Bestechungsgelder mit geringen Sicherheitsmaßnahmen erbaut worden sein. Eine Chemiekatastrophe soll es bereits vor Jahren gegeben haben, sie sei von der Firma und der Regierung möglichst klein gehalten worden."

Es befriedigte Henry ungemein, was er da gerade hörte. Charline und ihr Team hatten ganze Arbeit geleistet.

„Das sollte diesen Mistkerl für eine Weile aus dem Verkehr ziehen und uns etwas Luft verschaffen", sagte Isaac und klatschte in die Hände.

„Ich will deine Euphorie nicht zunichte machen, aber ich bin mir bei Landa da nicht so sicher", meinte Henry nachdenklich und ging ein paar Schritte.

„Jedenfalls hat der Artikel nicht seine Wirkung verfehlt", hörte er Frank sagen.

„Zudem gibt es Hinweise", berichtete die Reporterin im Fernsehen weiter, „dass einige sehr wertvolle Artefakte, die eine Transportfirma der Firmengruppe aus verschiedenen Ländern in Lagerhäuser gebracht hatte, verschwunden sind. Auch in dubiose Waffendeals soll die Firma Krauss-Meyer Springmann, an der die Firmengruppe den größten Teil der Aktien hält, verstrickt sein.

Den gesamten Artikel von Charline Krüger und ihrem Team gibt es auch online zum Nachlesen und in den nächsten Stunden hier bei uns. Das war NewsToday für den Augenblick, ich bin Maria Perreira."

Henry ging zur Glastür und verließ das Terminal, dann ging er zu einem jungen Mann, der nicht älter als Isaac war und vor einem Toilettenhäuschen saß. Er fragte ihn, ob man hier irgendwo ein kleines Boot mieten konnte. Der Mann erzählte ihm, dass sein Vater Fischer war und ein kleines Motorboot besaß. Henry fragte, ob sein Vater sie nach Fogoso bringen würde. Der Mann beschrieb ihm seinen Vater und meinte, dass er ihn selbst fragen sollte, dann zeigte Henry ihm ein Foto, auf dessen Rückseite er schnell etwas schrieb, und gab ihm ein paar Dollarscheine. Er versprach ihm, wenn er seinen Job gut mache, bekomme er noch einmal so viel.

Als der Mann einwilligte, ging Henry zu den beiden zurück und sie fuhren mit dem Bus in den nicht weit entfernten Ortskern, dort suchten sie den Vater des jungen Mannes. Er sollte sich gerade am Hafen aufhalten und seinen täglichen Fang den Einheimischen anbieten.

Sie fanden den kleinen Holzverschlag mit der Aufschrift

‚Marcos peixe fresco'. Einer der großen Vorteile, die ihm die Archäologie in seinem Leben mitgebracht hatte, war das Lernen der wichtigen Fremdsprachen, unter anderem Portugiesisch. Nach kurzen Verhandlungen willigte der ältere hagere Mann ein, sie in das kleine Fischerdorf westlich zu bringen. Das Boot war ein selbst geschnitztes Kanu mit einem Außenborder.

Der spitze Rumpf des Kanus pflügte geschmeidig durch den breiten braunen Fluss. Eirunepé war in dieser Gegend die größte moderne Siedlung von Menschen im Umkreis von 200 km, sonst gab es nur noch vereinzelte kleine Fischerdörfer und unberührte Natur.

Über die Ufer des Rio Juruá hingen tiefgrüne Äste der Urwaldriesen. Dutzende Vögel zwitscherten um die Wette, auch einige Brüllaffen waren zu hören, die brüllend durch die Baumwipfel jagten. Der Fluss floss in Dutzenden Kurven durch den Dschungel, Millionen von Moskitos schwärmten knapp über der Oberfläche nahe der Flussgrenze.

Henry saß vor dem Fischer, der den Motor lenkte. Die extrem feuchte Luft trieb ihm die Schweißperlen auf die Stirn, er hatte das Gefühl, gerade aus der Duschen gestiegen zu sein.

Frank saß vor ihm und hatte sich zu ihm umgedreht. „Ich habe nachgedacht, vielleicht hast du wirklich Recht. Dieser Ort hier ist einfach perfekt für eine versunkene Stadt."

Bevor er antworten konnte, hörte er Issac rufen: „Habt ihr das gesehen?" Isaac zeigte auf eine Stelle im vorbeifliegenden Grün.

Frank und er schauten in die Richtung. Vom Flussufer breiteten sich einige Wellenbögen aus. „Das war ein Krokodil, also schwimmen hat sich damit erledigt", scherzte

Isaac.

„Ich würde dir nicht raten, ins Wasser zu gehen", sagte Frank, „die Mohrenkaimane können gute sechs Meter lang werden, die würden dich mit Haut und Haaren auffressen. Die können sogar größer werden als das Leistenkrokodil am Nil."

„Vergesst mal nicht die Anacondas und die Piranhas, die sich ziemlich über ein bisschen Frischfleisch freuen würden", fügte Henry noch lachend hinzu.

Isaac verzog das Gesicht und schaute ängstlich auf das braune Wasser, dann rutschte er in die Mitte des Kanus, möglichst weit weg vom Wasser. Er und Frank mussten über Isaacs Reaktion lachen.

Dann tauchte ein rosafarbener, knapp zweieinhalb Meter großer Umriss dicht unterhalb der Oberfläche auf. Er bewegte sich sehr schnell und schwamm vor dem Bug des Kanus hin und her. Henry verfolgte ihn und sah, wie die Rückenflosse langsam durch die Oberfläche brach. Dann tauchte das Tier vollends auf und sprang elegant aus dem Wasser und ließ sich mit einem Bauchklatscher zurück ins Wasser fallen.

„Wow", staunte Isaac.

„Boto, Boto", rief der Mann hinter Henry aufgeregt und zeigte auf das Tier.

Er verstand und rief Isaac zu: „Das ist ein Rosa Flussdelfin."

„Ich habe noch nie einen in echt gesehen", sagte Frank.

„Ich dachte, Delfine leben nur im Meer", rief Isaac, den Delfin fest im Blick.

„Hier im Amazonasgebiet samt seinen Nebenflüssen gibt es sogar drei verschiedene bekannte Arten von Süßwasserdelfinen", rief Henry.

Sie folgten dem Fluss um mehrere längere Kurven, bis sie

einige Zeit später einen alten einfachen Holzsteg erreichten. Dort verließ sie der Delfin und verschwand im mächtigen Rio Juruá.

Ein einfacher Weg führte von dem Bootsanleger in ein kleines Dorf. Die Gebäude waren zum Schutz vor Hochwasser auf Holzpflöcken errichtet. In der Mitte befand sich eine Wiese, auf der einige Lagerfeuer glimmten, über denen Fische zum Räuchern aufgehängt worden waren. Ihr Bootsführer hatte sie nach dem Absetzen in dem Dorf wieder verlassen.

Als sie den kleinen Dorfplatz betraten, richteten sich alle Augen der Einheimischen auf sie, selbst die eben noch lautstark spielenden Kinder blieben stehen und betrachten sie.

„Buenos Dias", sagte Isaac laut.

„Spanisch?", fragte Henry. „Olá", grüßte er die neugierigen Menschen, die sie nichts sagend musterten. „Gibt es jemanden, den ich etwas zu einem Volk fragen kann, das hier in der Nähe leben soll?", fragte Henry.

Niemand antwortet ihm, dann stupste ihn Frank an und machte ihn auf eine Haus aufmerksam, das links am Waldrand stand. Ein paar Männer kamen die Treppe herunter und winkten sie zu sich herbei. Der mittlere von ihnen fragte sie, was sie hier wollten.

Henry erklärte dem Mann kurz, wonach sie suchten. Bevor er ihm mehr erklären konnte, bat der Mann sie ins Haus. Nur er folgte ihnen ins Haus. Er war ein durchtrainierter junger Mann und sah aus, als könnte er es mit ihnen alleine aufnehmen.

Ein alter Mann saß in der Mitte auf dem Boden des sonst sehr spärlich eingerichteten Raumes. Einen Tisch oder Stühle gab es nicht, an den Wänden hingen Bilder. Ein

Schrank und eine Art Altar standen an der linken Wand. Henry fiel ein Bild auf, das hinter dem alten Mann an der Wand hing. Es war mit Farbe auf eine Art Leinwand aufgetragen worden, vermutete er, soweit er das erkennen konnte.

Zu sehen war ein Tal im Urwald aus der Sicht einer Anhöhe am Rand des Tals. Die Sonne stand hoch über einer Pyramide, die von den Maya sein konnte. An der obersten Stufe sah er eine Gestalt stehen, die etwas der Sonne entgegenstreckte.

Henry kniff die Augen zusammen und beugte sich etwas nach vorne. Dabei schob sich der goldene Anhänger ein Stück zwischen zwei Knöpfen seines Leinenhemdes hindurch. Er bemerkte es und lehnte sich wieder zurück, dabei fiel ihm auf, dass die Augen des alten Mannes von seiner Brust wieder nach oben wanderten.

„Du hast ihn gefunden. Wir haben auf dich gewartet", sagte er und neigte den Kopf.

„Sie sprechen unsere Sprache?", fragte Isaac vorsichtig nach.

Der Mann grinste ihn an. „Ich spreche als Dorfältester viele Sprachen."

Henry versuchte zu verstehen, was hier gerade geschah. ,Was wollte er damit sagen, sie haben auf mich gewartet?'

„Sie kennen Henry?", fragte Frank den Mann.

Der junge Mann kam wieder und brachte ihnen vier Becher. Henry nahm den Becher entgegen und roch daran. Es war eine farb- und geruchslose Flüssigkeit.

„Ich kenne nicht seinen Namen, aber ich kenne seine Bestimmung."

Verwundert schaute Henry zu ihm auf. „Meine Bestimmung? Was meinen Sie damit?"

„Mein Volk lebt mit dem Volk im Wald in einer Art

Koexistenz."

„Das Volk, das die Maya damals beschrieben hatten, lebt hier also wirklich?", fragte er begeistert nach.

„Von den Maya weiß ich nichts", sagte der Mann und wedelte mit der Hand. „Früher sind hier viele Menschen hergekommen, weil sie Schätze im Boden vermutet hatten, dann sind sie in das Gebiet der Wächter aufgebrochen und kamen nicht mehr wieder. Dann kamen Männer mit Waffen und Wissenschaftlern, um das Volk zu suchen; es gelang den Wächtern, ihr Geheimnis zu wahren und sie zu vertreiben. Seitdem haben wir mit dem Volk ein Bündnis, dass wir niemanden in das Gebiet lassen und sie uns dafür hier friedlich leben lassen."

„Was hat das Ganze mit meiner Bestimmung zu tun?", fragte er erneut nach.

„Das wirst du bald selbst herausfinden. Nun lasst uns anstoßen, auf dass die Zukunft uns Licht bringt", sagte der langhaarige ergraute Mann und hielt seinen Becher vor sich.

„Was ist das für eine Flüssigkeit?", fragte Frank.

„Es wird euch Schutz gewähren."

„Schutz wovor?", fragte Isaac.

„Im Dschungel gibt es vieles, was dich töten will", sagte der Mann und zwinkerte ihm zu.

Henry hob seinen Becher. „Auf dass uns die Zukunft Licht bringt", sagte er entschlossen und stieß mit dem Mann an. Isaac und Frank taten es ihm gleich und sie tranken den Inhalt mit einem Schluck aus.

Als sie die Becher wieder absetzten, grinste der Mann zufrieden. „Jetzt geht wieder nach draußen, eure Gefährtin ist eingetroffen", sagte er und wies den jungen Einheimischen an, die Tür zu öffnen.

Von draußen drang lautes Kindergeschrei zu ihnen herein.

Sie sahen Charline inmitten einer kleinen Traube aus Kindern stehen, die sie freudig begrüßten.

Sie eilten nach draußen und er umarmten sie zur Begrüßung. „Tut gut, dich wiederzuhaben", flüsterte er und ließ sie los.

Der Stammesführer war mit einigen zum Aufbruch bereiten Männern zu ihnen gekommen. „Dies sind meine besten Fährtenleser und sie kennen sich bestens in dem Gebiet nördlich von hier aus. Sie werden euch bis zur Grenze bringen. Sie liegt ungefähr zwei Tagesmärschen von hier entfernt", sagte er und zeigte auf die vier halbnackten gutgebauten Männer hinter sich. „Nimm das, weiße Frau, und trink es", sagte er und reichte Charline einen kleinen Holzbehälter mit einem Schraubverschluss.

Sie nahm ihm die Kanne dankbar aus der Hand und schaute zu Henry, er verstand und nickte ihr zu.

„Gibt es denn nichts zu essen, was wir mitnehmen müssen?", fragte Isaac.

„Ich denke, unser Essen werden wir uns selbst besorgen müssen", antwortete Frank und wies auf die Speere in den Händen der Männer hin.

Isaac stand sein Ekel regelrecht ins Gesicht geschrieben. Der alte Mann lachte und zeigte auf einen schmalen Pfad, der aus dem Dorf in Richtung Dschungel führte.

„Hey, was ist mit meinem Geld?", rief eine männliche Stimme hinter ihnen. Sie drehten sich um und Henry erkannte den Jungen vom Flughafen.

„Wartet kurz", sagte er zu den anderen und ging zu dem Jungen hinüber. Er gab ihm ein paar Geldscheine und verabschiedete sich mit einem Handschlag von ihm. Der Junge verschwand Richtung Fluss.

„Das war unser letztes Geld", sagte Henry, als er zu den

anderen zurückkam.

„Dann lasst uns nun erfolgreich sein", sagte Charline entschlossen.

Auf ihrem Weg hatten sie die Gelegenheit, zwei der sehr seltenen und vom Aussterben bedrohten Spinnenaffen zu sehen. Sie hangelten sich mit ihren unverwechselbaren überlangen Armen über ihren Köpfen von Ast zu Ast.

Die Luft war von den verschiedenstes Tierlauten erfüllt, es glich einer Sinfonie der Tiere des Dschungels. Libellen, die so groß waren wie eine Faust, schwirrten umher. Vereinzelte Lichtkegel brachen durch das dichte Blätterdach und wiesen darauf hin, dass über ihnen die Sonne schien.

Sie hatten schon seit längerer Zeit den Pfad verlassen und gingen querfeldein durch das Unterholz. Sie mussten bereits mehrere Stunden unterwegs sein, jedenfalls hatte er das Gefühl. Er spürte sein Knie, das langsam anfing zu schmerzen an der Stelle, wo er vor ein paar Jahren mit dem Fahrrad von einem Auto erfasst worden war. Frank und Isaac ließen ihre Köpfe immer wieder von rechts nach links wandern und bekamen nichts davon mit.

Als er kurz anhielt und sein Knie rieb, legte Charline, die hinter ihm ging, die Hand auf seinen Rücken und beugte sich zu ihm herunter. „Was ist los?"

„Ach, mein blödes Knie schmerzt."

„Sollen wir eine Pause machen?"

Er richtete sich auf und schüttelte sein Bein. „Es geht schon, komm weiter, bevor wir die anderen verlieren."

Das Licht von oben wurde schwächer, auch die Geräusche des Urwaldes nahmen ab. Es wurde zunehmend später und die Nacht stand bevor. Im Schatten eines riesigen Baumstammes, der gigantische Ausmaße hatte, schlugen sie ihr Nachtlager auf.

Frank und Isaac suchten zusammen mit zwei der Einheimischen Holz für ein Lagerfeuer. Charline und Henry suchten derweil ein paar Steine für die Feuerstelle zusammen. Als sie zur kleinen Lichtung am Fuße des Urwaldriesen zurückkehrten, hatten die anderen beiden Männer aus dem Dorf mit Ästen und großen Blättern einen Unterschlupf gebaut.

„Das nenne ich mal Campen", sagte Charline, als sie das Lager betrachtete.

„Ich würde es hier draußen eher *Überleben* nennen", erwiderte er und ließ ein paar Steine aus seinen Armen auf den Boden fallen. Mittlerweile war das Sonnenlicht sehr schwach geworden, die Lichtung wurde nur noch von Dämmerlicht erfüllt.

„Ich hoffe, dass die Jungs bald wiederkommen, sonst wird es gleich richtig dunkel. Wenn ich mich richtig erinnere, sind sehr viele gefährliche Tiere nachts auf der Jagd." Sie ließ prüfend ihren Blick durch die Umgebung schweifen.

Henry stand auf und schaute sie an. „Hab keine Angst, die Jungs dort drüben werden für den nötigen Schutz sorgen." Er zeigte auf die kräftigen Männer, die im nahen Grün umherstreiften und akribisch ein paar Äste positionierten.

Wie aus dem Nichts tauchte eine Gestalt zwischen zwei Büschen auf. Er zuckte zusammen, als er sie wahrnahm. Charline bemerkte es und wirbelte herum. Es war einer der beiden Begleiter, die mit Frank und Isaac Holz sammeln waren.

„So lautlos und grazil, wie die sich bewegen, dürften es perfekte Jäger sein", sagte er.

„Gut für uns, es beruhigt mich sehr, dass wir die vier bei uns haben."

„Hey, schaut mal, was wir gefunden haben", rief ihnen Isaac winkend zu. In der anderen Hand hielt er zwei hamsterartige Tiere an den Hinterläufen. Die Körper waren rund 40 Zentimeter groß, ihre Hinterläufe waren fast doppelt so lang wie ihre Vorderläufe.

„Was hat er denn da in der Hand?", fragte sie.

„Sieht aus wie zwei **Agutis**, kleine Nagetiere."

„Du meinst, sie haben die zwei umgebracht?"

„Sofern sie nicht vor Schreck umgefallen sind, werden sie diese wohl erlegt haben. Schmecken super zart, bisschen wie Hühnchen." Er ging ihnen etwas entgegen und ließ Charline stehen. An den ersten kniehohen Büschen blieb er stehen und drehte sich um, er sah, wie sie ihr Gesicht verzog. „Hier draußen gibt es nur eine Regel, sie oder wir." Er ging mit den anderen beiden Männern den Ankömmlingen entgegen und half ihnen alles ins Lager zu bringen. Frank hatte noch zwei der Nagetiere in der Hand.

Bald war das Feuer entzündet und die Tiere hingen über dem Feuer. Nach dem Essen verschwand Isaac hinter einem Baum und erleichterte sich. Ein panischer Schrei ließ die Gruppe am Feuer aufschrecken. Die vier Dorfbewohner sprangen auf und rannten zu Isaac, auch Henry, Frank und Charline folgten ihnen. Isaac lag auf dem Boden und hielt sich schmerzverzerrt die rechte Wade. Die Männer suchten offenbar etwas im Unterholz.

„Was ist passiert", wollte Henry wissen, als er sich zu ihm hinunterbückte.

Charline griff nach Isaacs Bein und wollte seine Wade untersuchen. Frank stand hinter ihnen. Dann ließ einer der Männer einen Kampfschrei von sich hören und rammte seinen Speer in den Boden. Als er ihn wieder anhob, hing ein langer schlaffer Körper an der Spitze des Speeres. Dann lachten die Männer.

„Es ist eine Schlange, sie muss Isaac ins Bein gebissen haben", sagte Frank. „Ja, ich wollte gerade pinkeln, dann spürte ich schon einen stechenden Schmerz in meiner Wade", wimmerte Isaac. Henry schaute wieder zu Isaac. „Ich will hier draußen nicht elendig sterben", sagte Isaac vor Schmerz stöhnend.

Der Mann mit der Schlange an seinem Speer kam zu ihnen herüber. Er sagte etwas auf Portugiesisch.

„Was hat er gesagt?", wollte Isaac wissen.

„Komm, steh auf, du wirst hier nicht sterben. Er sagte, wir haben ein Elixier getrunken, das uns vor Gift schützt. Der Schmerz geht vorbei", sagte Henry und richtete ihn mit Franks Hilfe auf und geleitete ihn zu ihrem Lager hinüber.

Die Nacht verging schnell, keiner der vier schlief fest, zu exotisch waren die Geräusche der Nacht. Als er die ersten Sonnenstrahlen auf seiner Haut spürte, öffnete Henry die Augen. Das Lagerfeuer war nur noch eine kleine Rauchfahne. Ihre vier Begleiter waren schon munter und hatten ein paar Beeren gesammelt. Sie verwischten ihre Spuren und brachen dann auf, sie hatten noch einiges an Entfernung vor sich.

Als die vereinzelten Sonnenstrahlen fast senkrecht durch das Blätterdach fielen, machten sie eine Pause an einem kleinen Bach. Henry benetzte sein Gesicht mit dem kühlen Wasser und setzte sich ein paar Minuten auf einen umgefallenen Baumstamm.

„Keiner bewegt sich", sagte einer ihrer Führer und richtete seinen Speer in Henrys Richtung, auch die anderen drei zückten ihre hölzernen Waffen.

Henry blieb wie zur Eissäule erstarrt auf dem Baumstamm sitzen. Er traute sich nicht einmal zu atmen. Er spürte die

Anwesenheit von Gefahr hinter sich. Frank, Charline und Isaac hatten sich hinter die bewaffneten Männer gestellt.

„Was ist hinter mir?", flüsterte er.

„Bleib ganz ruhig, wir werden ihn verjagen, doch du darfst keine hektischen Bewegungen machen", flüsterte der Linke der Männer.

„Steh langsam auf und komm auf uns zu, aber ganz langsam. Mach nichts Unüberlegtes", wies ihn der Mittlere der Männer an.

Henry nahm seinen ganzen Mut zusammen und erhob sich langsam. Schritt für Schritt ging er auf die Männer zu. Er verspürte panische Angst, er war bei Weitem kein Feigling, aber diese Situation war anderes. Es machte ihm höllische Angst, nicht zu wissen, was ihn bedrohte, und notfalls zu reagieren, er konnte sich nur auf die vier Männer vor ihm verlassen, dass sie wussten, was sie taten. Kurz bevor er die Männer erreichte, knackte es hinter ihm und er machte instinktive einen Satz nach vorne.

In diesem Moment sprangen die Männer an ihm mit lautem Gebrüll und ausgebreiteten Armen vorbei. Er fiel zu Boden und drehte sich abrupt um. Er sah noch, wie sich das schwarze Hinterteil einer großen Katze begleitet von einem lauten Fauchen ins Unterholz zurückzog.

Erleichtert ließ er seinen Kopf aufs Laub fallen und prustete durch. „Der König des Dschungels, ein Puma, ich dachte, jetzt ist es aus mit mir", keuchte er. Frank half ihm auf.

Henry klopfte sich Erde und Dreck von der Hose. „Ich werde zu alt für so etwas."

„Sag so etwas nicht. Du hast noch mehr als dein halbes Leben vor dir", sagte Frank und klopfte ihm freundschaftlich auf den Rücken.

Sie setzten ihren Marsch fort, bis sie an eine steinerne Säule kamen, hinter der ein seichter Bach den Pfad kreuzte. Auf der anderen Seite führte eine flach ansteigende, aus Steinplatten erbaute Treppe eine Anhöhe hinauf. Das leise Klacken der aneinanderschlagenden Knochen und Schädel, die an einem Baum bedrohlich aufgehängt waren, erfüllte die Luft. Die vier Männer wichen ein paar Schritte zurück, übergaben ihnen noch etwas Proviant und verschwanden hastig im Dschungel.

„Das muss die Grenze zu ihrem Reich sein", sagte Henry und ließ seine Hand über die eingeschnitzten Steinsymbole laufen.

„Ich weiß nicht, ob ich mich so darüber freue wie du", sagte Isaac.

„Sei nicht so ein Hasenfuß, los kommt, ich will meine Story." Charline rückte ihren Rucksack zurecht und watete durch das seichte Wasser. Frank klopfte Isaac aufmunternd auf die Schulter und folgte ihr.

„Na ja, ich denke, die Leute aus dem Dorf betreten dieses Gebiet nicht umsonst unter keinen Umständen", hörte Henry die sich entfernende Stimme Isaacs. „Falls es euch nicht aufgefallen ist, da hängen menschliche Knochen in dem Baum."

„Das weißt du nicht, es könnten auch Affenknochen sein", hörte er die leise Stimme von Frank. Isaac sagte noch etwas, was er nicht mehr verstand.

Ein Symbol hatte seine Aufmerksamkeit auf sich gezogen. Es war das Zeichen des Schlüssels, das sie bis hierher geführt hatte. Zeitgleich tastete er nach dem Anhänger unter seinem Hemd. Alles um ihn herum wurde still, er spürte, wie eine Stimme ihn rief und zu sich zog, er schloss die Augen. Er lauschte der Stimme, die lauter wurde. Als der Klang nur noch einem dumpfen Dröhnen glich, öffnete er sie wieder und erschrak.

Charline stand vor ihm, ihre Hand lag auf seiner Schulter.

„Geht es dir gut?"

„Ja, alles bestens. Komm, lass uns gehen, unsere versunkene Stadt finden."

Das Wasser des kleinen Baches schmiegte sich um seine Schuhe und verschwand auf der anderen Seite im Unterholz. Henry blieb einen Moment im Bach stehen und schloss die Augen. Er lauschte dem stetigen Plätschern des Wassers. Er fühlte sich plötzlich so befreit und ausgeglichen, all die Strapazen der letzten Monate waren wie weggespült und er fühlte sich gut.

Dann verschwand das Rauschen des Baches und Stille umgab ihn. Die Stimme war wieder da, erst kaum wahrnehmbar, dann immer klarer rief sie ihn zu sich. Er lauschte ihr, sie kam ihm irgendwie bekannt und doch sehr fremd vor. „Folge deiner Bestimmung, komm zu mir. Folge dem Pfad des Lichtes."

Wie von einem plötzlichen Schlag getroffen zuckte er zusammen und riss die Augen auf. Das Rauschen des Baches erfüllte wieder die Luft. Er spürte den kalten Schweiß, der seinen Rücken hinunterlief. Er schaute sich hektisch um, er stand alleine dort am Fuße der Treppe.

Frank, Isaac und Charline folgten einige Meter voraus der Treppe den Hang hinauf. Charline blieb stehen und drehte sich zu ihm um.

Er hörte ihren Ruf und folgte ihm. Als das Plätschern des Baches hinter ihm lag und nur noch leise in der Ferne zu vernehmen war, stutzte er. Es umgab ihn sonst nur gespenstische Stille. Er ließ seinen Blick durch die Umgebung schweifen, kein Tier oder Insekt war zu sehen. Selbst der Wind hatte sie verlassen.

„Spürt ihr das?", fragte Isaac, zwischen Frank und Charline dem Treppenpfad folgend.

„Meinst du dieses unangenehme Gefühl, als würde uns

jemand die ganze Zeit beobachten?", fragte Charline und schaute den Abhang in den tiefer liegenden Dschungel hinab. Nebelbänke schoben sich vereinzelt durch das Grün des Urwaldes und verliehen der Szenerie einen geisterhaften Ausdruck.

Ein lauter Knall hallte im Dschungel nach. Sie blieben stehen und versuchten in dem dichten Grün etwas zu erkennen.

„Scheiße, war das ein Schuss?", fragte Frank. Dann folgten weitere schnell aufeinanderfolgende Donnerschläge aus weiter Ferne, die nach Gewehrsalven klangen.

„Was ist das?", fragte Isaac ängstlich.

„Charline hat Recht, wir werden verfolgt. Ich würde wetten, dass Cerberus gerade auf das Blutvolk getroffen ist."

Frank schaute an Isaac und Charline vorbei Henry irritiert an. „Wie kommst du darauf, dass es die Männer von Cerberus sind?"

„Weil sonst niemand sich hier in die Nähe des Gebietes wagen würde", antwortete er ihm.

„Wieso hat uns noch niemand von dem geheimnisvollen Volk angriffen?", wollte Isaac wissen.

„Das weiß ich noch nicht. Ich denke, wir werden es bald herausfinden. Los weiter, dort vorne ist die Treppe zu Ende", sagte Henry und zeigt an ihnen vorbei auf das Ende der Steinstufen.

Der Treppenpfad mündete in einem von Laub bedeckten schmalen Pfad, der sie zum Rand einer Senke führte. Sie harrten einen Moment aus und ließen die Aussicht auf sich wirken.

Henry schob sich an ihnen vorbei und erblickte in dem weitläufigen Tal zwischen Bäumen und Sträuchern einige dunkle Umrisse. Nicht weit von ihm erblickte er einen Berg, der sich aus dem Wald erhob. Seine Hänge waren von Kapokbäumen und mächtigen Schlingpflanzen bewuchert, sodass er nicht erkennen konnte, was darunter lag.

Der Gipfel des Berges schien flach und eben zu sein. Henry kniff die Augen zusammen und schaute einen Moment in das Licht der sich auf dem Gipfel spiegelnden Sonne. Er war frei von Pflanzen und anscheinend spiegelglatt. Dann ließ er seinen Blick etwas unterhalb des Gipfels wandern und meinte zwei längliche untereinander aufbauende Vorsprünge, die Treppenstufen ähnelten, zu erkennen. Er ließ erneut seinen Blick über das Tal schweifen.

„Sieht nicht nach einer Stadt aus", sagte Isaac, der neben ihm stand.

„Schau genau hin", sagte Frank und zeigte auf einen schwarzen zerklüfteten Umriss, der sich auf einer kleinen Lichtung nahe des Berges erhob. Die Sonne tauchte die ihr zugewandte Seite in ein gleißendes Licht.

Henry drehte sich zu Isaac. „Das ist sie, die erste Stadt."

„Du meinst, hier finden wir Salomons Geheimnis? Aber wo?", fragte Charline, die sich an ihm vorbeischob.

„Schau dir den Berg an, wenn du ihn dir genauer anschaust, kannst du unter dem Grün längliche Vorsprünge erkennen, am besten siehst du sie an der Spitze."

Sie machte einen Schritt nach vorn, dann drehte sie sich zu ihm um. „Sind das Treppenstufen?"

„Darauf würde ich wetten. Ich glaube, es ist eine Stufenpyramide, in der wir unseren Schatz finden werden."

„Wenn du Recht hast, frage ich mich nur, warum hier niemand ist", sagte Frank und beobachtete die Umgebung.

Henry musste zugeben, dass es in der Tat merkwürdig ruhig war. Auch die Gewehrsalven hatten sie schon einige Zeit nicht mehr gehört. ‚Haben unsere Verfolger die

Einheimischen abgeschlachtet oder sogar anderesherum und lagen jetzt auf der Lauer, um uns ebenfalls zu massakrieren? Doch worauf warten sie dann?'

Henry schob seine Gedanken schnell auf die Seite und ging voran. „Los, lasst uns schnell weiter, ich muss wissen, was hier ist, und möchte dort sein, bevor wir es nicht mehr können", sagte er und folgte dem Pfad hinunter ins Tal.

Der Pfad führte durch einen Tunnel von bewachsenen Ästen hindurch. Lianen und Schlingpflanzen hingen wie Schlangen von ihnen herab.

„Das wird ja immer düsterer hier", flüsterte Isaac hinter ihm.

„Haltet Ausschau nach allem, was sich bewegt, ich traue der Totenstille nicht", flüsterte Henry und schob eine Liane zur Seite. Ein merkwürdiges Gefühl von tiefer Beklommenheit durchflutete seinen Körper. Sein Puls beschleunigte sich und seine Handflächen wurden feucht. Das Ende des Pfades schien immer weiter weg zu rücken, egal wie viele Schritte er auch voranging.

Dann hörte er sie wieder, die Stimme, die ihn zu sich rief. Dieses Mal klang sie sehr nah, als ob jemand zwischen den Büschen hocken würde und nach ihm riefe. Panisch schaute er sich suchend um. Er spürte einen festen Griff an seinen Armen.

Charline stand vor ihm und hatte seine Arme gepackt. Sie schaute ihm tief in die Augen, Isaac und Frank standen hinter ihr. „Was hast du? Dir geht es nicht gut, das sehe ich", sagte sie zu ihm.

„Dieser Ort kann einen verrückt werden lassen. Ich habe auch schon das Gefühl, dass ich Dinge sehe, die gar nicht da sind", gab Isaac zu.

„Ja, irgendetwas ist hier ganz und gar nicht in Ordnung.

Vielleicht sollten wir umkehren, bevor es zu spät ist. Wer weiß, was hier auf uns wartet", fügte Frank hinzu.

Henry löste sich aus ihrem Griff und schob sich an ihnen vorbei. „Nein, wir müssen weiter. Wir sind ganz nah an unserem Ziel, ich spüre es. Wir dürfen jetzt nicht umkehren, das wollen sie doch damit nur bezwecken. Los, kommt", sagte er und folgte dem Pfad weiter.

Ein Paar Minuten später kamen sie an eine Stelle, an der sich die Sträucher auf der linken Seite zu einem Durchgang öffneten. Er blieb an der Stelle stehen, wo nun eine Abzweigung in einen weiteren Tunnel aus Sträuchern und Ästen führte.

„War der gerade auch schon da?", fragte Isaac und ging ein paar Schritte auf die Öffnung zu.

„Kommt, dort entlang", sagte Henry und folgte dem neuen Gang, der sie zum Fuß des Berges führte. Er folgte mit den Augen den Stufen hinauf, bis die oberen hinter dem Blätterdach verschwanden. „Es ist wirklich eine Stufenpyramide. Aber die Baustruktur ist mir völlig fremd", stellte er fest und betrat die ersten Stufen.

„Weißt du denn, wo der Eingang ist?", rief Charline.

Er hörte, wie Frank ihr antwortet: „Bei solchen Pyramiden sind die Eingänge meist unterhalb der Spitze."

Er stieg immer höher und musste über Brettwurzeln und ihre Ausläufer klettern, die sich in den Stein gebohrt hatten, und immer wieder große feuchte Blätter beiseiteschieben, bis er schließlich das dichte Blätterdach durchbrach. Hinter ihm hörte er die Stimmen seiner sich unterhaltenden Gefährten.

Vor ihm lagen noch ein paar Stufen, die etwas spärlicher bewachsen waren, er drehte sich zum Tal um und ließ seinen Blick über die nahen Baumkronen wandern, dann schaute er in Richtung Spitze, die er von hier aus noch nicht sehen konnte. Bäume und deren Äste versperrten ihm noch immer die Sicht, doch das Blätterdach lichtete sich und er konnte vereinzelte Himmelsfetzen nahe der Spitze bereits erkennen.

Jetzt kletterte er schneller. Die nahen Stimmen seiner Begleiter wurden leiser, bis er nur noch von Stille umgeben war. Ein plötzlicher Windzug packte ihn für einen Augenblick und ließ ihn stolpern. Er konnte sich gerade noch abfangen und richtete seinen Blick auf die nächsten Stufen. Er musste sich knapp unterhalb der obersten Stufe befinden, nur noch einzelne Blätter waren über ihm.

Dann packte ihn erneut ein Windzug für einen Bruchteil einer Sekunde, er meinte, in ihm eine Stimme zu vernehmen, die ihn zu sich rief: „Komm zu mir, Henry."

Er rappelte sich auf und stolperte die letzten Stufen regelrecht vor Eile hinauf. Als er auf der obersten ankam, fiel sein Blick auf eine rechteckige tiefschwarze Öffnung in der sonst massiven Steinmauer. Die Öffnung war so groß, dass bequem zwei erwachsene Männer nebeneinander hindurchpassten. Es führte ein unbewachsener Rundgang um die Spitze herum, die ein gut zwei Meter hoher viereckiger Block war. In diesem Block befand sich der Eingang zur Pyramide.

Er schaute sich um, von hier hatte er einen fantastischen Ausblick über das gesamte Tal. Die Sonne schien in seinem Rücken und ließ die feuchten Blätter in ihren Strahlen glitzern. Dann fiel sein Blick auf eine kleine freie Fläche am anderen Rand der Senke.

Es war ein kleiner mit Steinen ausgelegter Platz, der ihm erst von hier aus auffiel. Ein steinerner Pfad führte von ihm weg ins Tal. Er betrachtete den Platz für einen Moment, dann drang entferntes Gebrüll an sein Ohr, kurz darauf knallte es in der Ferne wieder. Die Geräusche kamen aus Richtung des kleinen Platzes.

Gut ein Dutzend Gestalten stürmten aus dem dahinterliegenden Grün auf den Platz. Immer wieder blitzten kleine schnelle Flammen von ihnen ausgehend auf. Kurz darauf knallte es. Offenbar feuerten die Gestalten hinter sich wild ins Unterholz.

Dann liefen die Gestalten den Pfad ein Stück herunter, blieben wieder stehen und feuerten hinter sich. Dann bemerkte er, dass sich einige Äste in der Umgebung um sie herum bewegten und kurz darauf zwei der Gestalten zu Boden sackten. Aus ihren am Boden liegenden Körpern ragten dünne längliche Objekte gen Himmel.

„Was ist da los?"

Er wandte sich vom Geschehen ab und bemerkte, dass Frank neben ihm stand und in die Richtung des Tumultes blickte. Auch Charline stand auf der Stufe unter ihnen und schaut in die Richtung.

Isaac hatte sich neben sie auf die Stufe gesetzt und rieb sich sein schmerzendes Bein. „Dieser Zaubertrank von dem Alten aus dem Dorf war echt genial bis jetzt, aber ich fürchte, ich brauche eine Pause. Der Aufstieg hier hoch lässt mein Bein schmerzen."

Henry schaute von ihm zum Pfad in der Ferne auf. „Offenbar treiben die Wächter des Tales die Männer vor sich her. Wenn mich meine Augen nicht getäuscht haben, habe ich Landas sich im Sonnenlicht spiegelnde Glatze eben gesehen. Er ist den Pfad mit einer ihm folgenden Gestalt hinuntergelaufen."

„Nickolas", sagte Isaac, Henry schaute in seine Richtung und bemerkte seine Hand, die fest zu einer Faust verschlossen war.

„Wie haben sie uns gefunden?", fragte Charline, die sich ihm zuwandte.

„Sie haben meine Notizen, das Tagebuch, Landas Geld und seine Kontakte. Vielleicht hat er uns auch einfach ganz altmodisch beschatten lassen. Ich weiß es nicht. Isaac, deine Pause ist vorbei, wir sollten uns beeilen", sagte Henry und ging zum Eingang.

„Ich habe auch keine Lust, auf die schießwütigen Kerle dort unten zu warten", sagte Isaac und erhob sich mit einem leisen Stöhnen. „Meinem Bein geht es wieder besser, der Schmerz lässt nach."

„Ich verstehe das nicht, wie konnte Landa nur ins Land gelangen? Er dürfte auf der No-Flight-Liste stehen, schließlich wird er auf Grund der laufenden Ermittlung gegen seine Firmengruppe in mehreren Ländern gesucht", sagte Charline, während sie die schmale Treppe im Inneren der Pyramide hinunter folgten.

„Vielleicht war er schon im Land oder hat ein bisschen Geld an die richtigen Personen fließen lassen."

„Ich denke, Isaac hat Recht", sagte Frank, „hier sind viele Beamte überarbeitet und bekommen sehr wenig Lohn für ihre Arbeit. Da verdient sich der ein oder andere Flughafen- oder Polizeibeamte mal was für seine Familie dazu."

Die Treppe führte in einen Raum, in dem eine Art Altar aufgebaut war, vor dem einige Steinbänke standen.

„Sieht wie ein Versammlungsraum aus." Henry leuchtete durch den Raum.

„Seht ihr die Symbole hier an der Wand?" Isaac ließ seinen Lichtkegel über eine Symbolreihe gleiten.

„Ja, das sind die Symbole, die wir auch schon in den anderen Räumen in Jericho und Ägypten gesehen haben", sagte

Henry, dann stutzte er. „Hier sind noch einige Symbole mehr, von Hochkulturen, die in den anderen Räumen nicht zu finden waren. Ich glaube, wir sehen hier Schriftzeichen aus allen Epochen der Geschichte. Frank, was meinst du?"

Frank ging die Wände des Raumes ab und nickte immer wieder. Henry folgte ihm mit dem Schein seiner Lampe. „Ich glaube, du hast Recht, hier sind alle bekannten Schriften vertreten. Von der Keilschrift bis hin zu den modernen Schriften. Wenn ich mich hier so umschaue, wurde der Raum für spirituelle Rituale und dergleichen benutzt. Er sieht einem typischen Altarraum der anderen Kulturen sehr ähnlich."

„Das ist der Beweis, dies muss die erste Stadt gewesen sein und alles nahm hier seinen Ursprung", flüsterte Henry ehrfürchtig.

„Hier ist eine weitere Treppe, die nach unten führt", sagte Charline und leuchtete den Treppenabsatz hinunter.

„Psst, seid leise. Ich glaube, wir haben gleich das Ende der Treppe erreicht", flüsterte Henry ihnen zu und schaute zur letzten Stufe. Helles Licht drang zu ihnen aus dem angrenzenden Raum herein. Er blieb einen Augenblick stehen und bemerkte, dass sich die Lichtintensität veränderte, ähnlich wie sich auf der Wasseroberfläche spiegelndes Sonnenlicht.

„Wo kommt das Licht her?", flüsterte ihm Charline von hinten zu.

„Das weiß ich nicht", antwortete er und stieg weiter die Treppe hinab.

Es war ein rechteckiger hoher Raum, von dem mehrere Gänge wegführten. In der Mitte der Decke war eine Öffnung eingelassen, unter der ein Steinsockel stand. Er erkannte diesen Sockel wieder, es war der gleiche wie der in Salomons Grab und der Djoser-Pyramide.

Er starrte regelrecht auf das Objekt, das von den langen dünnen spinnenbeinartigen Halterungen getragen wurde. Es war die Quelle des Lichtes und veränderte immer wieder seine Oberfläche. Es war eine Kugel, die fast bis unter die Decke reichte und deren Oberfläche oder Inneres – das konnte er so nicht beurteilen – verschiedene Bilder zeigte.

„Was ist das denn?", hörte er Isaac.

„Faszinierend", sagte Frank, der um die Sphäre herumging und sich anschließend neben Henry stellte.

„War das gerade ein Drache?", fragte Charline.

Henry brauchte eine Weile, um zu realisieren, was er sah, die Bilder in der Kugel vor ihm veränderten sich laufend. Sterne, Planeten, Galaxien, fremdartige Tiere und menschenähnliche Wesen sah er. Landschaften, die er noch nie gesehen hatte, kleine Objekte, die aussahen wie Bakterien, und Gebilde, die einem DNA-Strang glichen, tauchten auf.

„Ich weiß nicht, was es ist, aber ich bin mir sicher, dass dies Salomons Geheimnis ist", sagte er und ging langsam um die Sphäre herum.

„Sind das Bilder von anderen Welten und Galaxien?", hörte er Charlines staunende Stimme.

„Sieht so aus", antwortete ihr Frank.

„Wenn ich mir diese Kugel anschaue", grübelte Henry laut, „haben es damals die Konstrukteure irgendwie geschafft, in diesem Gebilde Informationen zu speichern."

„Du meinst wie eine riesige Festplatte?", fragte Isaac.

„Vielleicht, ich weiß es nicht. Jedenfalls scheint es ein Wissensspeicher zu sein und irgendwie kann man an dieses Wissen gelangen", fügte Henry seiner Überlegung hinzu.

„Dann ist das hier also so etwas wie eine Datenbank, in der das Wissens aus verschiedenen Galaxien gespeichert ist?", fragte Charline in die Runde.

Henry sah, wie sie die Hand nach der Sphärenoberfläche ausstreckte, ihre Augen leuchteten vor Begeisterung. „Nein, nicht anfassen!", rief Henry und zog ruckartig ihre Hand zurück, sie schaute ihn verwundert an. „Wir wissen nicht, woraus die Kugel besteht und ob sie vielleicht Energie absondert. Dich könnte ein Schlag wie von einem Hochspannungszaun treffen", mahnte er sie und schenkte der Oberfläche einen prüfenden Blick.

„Er hat Recht, wir sollten hier erst mal nichts unüberlegt anfassen", hörte er Frank.

Die Bilder in der Mitte sahen aus jedem Winkel gleich aus, so als würden sie sich mit dem Betrachter mitdrehen. Dann fiel sein Blick auf den schwarzen Sockel unterhalb der Kugel.

„Was soll das denn für ein Geheimnis sein? Ein riesengroßer runder Fernseher", sagte Isaac.

Henry ignorierte seine Aussage, eine schmale Öffnung im Sockel war ihm ins Auge gefallen. Sie war gut einen Finger breit und gut zehn Zentimeter lang. Er fuhr mit dem Finger über die Öffnung; in dem Moment, als er die kalte Oberfläche des Sockels berührte, rief die Stimme: „Folge deiner Bestimmung."

Er griff nach dem Anhänger unter seinem Hemd und umschloss ihn mit seiner Hand. Er holte ihn hervor und betrachtete das Artefakt für einen Moment. Die silberne neblige Substanz hatte sich in dem ovalen Einschluss in der Mitte des Schlüssels verflüchtigt und war nur noch tiefschwarze Leere.

Er nahm den Schlüssel in eine Hand und ließ ihn zur

Öffnung sinken. Er hielt den Atem an, als die untere Seite des Schlüssels im Begriff war, in die Öffnung zu tauchen. Hier und jetzt würde seine lange Suche ein Ende finden und er würde endlich Salomons Geheimnis lüften. Sein ganzer Körper war angespannt und er spürte, wie ihn das Adrenalin durchflutete.

Ein lauter Knall ließ ihn so heftig zusammenzucken, dass er nach hinten taumelte und auf seinem Hosenboden landete. Charline, Frank und Isaac hatten sich in Richtung des Geräusches gedreht und standen mit dem Rücken zu ihm.

Er rappelte sich auf und sah Nickolas, zwei bewaffnete Männer und Landa vor ihnen stehen. Nickolas bückte sich gerade und hob etwas auf. Landa schien das zu amüsieren, ein breites Grinsen machte sich in seinem schweißbenetzten schwammigen Gesicht breit. Dann hielt Nickolas etwas auf Augenhöhe hoch.

„Vielen Dank, Doktor Voigt, dass Sie uns die ganze Arbeit abgenommen haben", sagte Landa und lachte süffisant.

Henry sah entsetzt auf den Gegenstand in Nickolas' Hand.

„Er hat den Schlüssel", rief Isaac und machte einen Schritt auf Nickolas zu. Sofort zuckten die beiden Männer mit ihren Waffen und drängten ihn zurück.

„Vielen Dank, mein junger Freund, dass du es uns bestätigt hast."

„Und wenn schon, der Schlüssel allein wird euch nicht weiterhelfen", rief Charline zornig.

Henry drängte sich an ihnen vorbei und blieb gut einen Meter vor Landa und Nickolas stehen. Nickolas schaute von dem Artefakt, das an der Kette von seiner Hand baumelte, auf. Henrys und sein Blick trafen sich.

„Also hast du tatsächlich Salomons Schlüssel gefunden." Henry reagierte nicht. Nickolas' Blick wanderte an Henry vorbei. „Was ist das für eine Kugel hinter dir? Hat sie etwas mit dem Geheimnis Salomons zu tun, von dem du in deinen Notizen sprichst?"

Henry würde nur zu gerne mit einem anderem Archäologen über seinen Fund sprechen. Über die Bedeutung und das Ausmaß dieser Entdeckung, doch auf keinen Fall mit Nickolas Jankuhn. Er musste irgendetwas tun, um zumindest an eine der Waffen zu kommen.

„Von uns werdet ihr nichts erfahren", raunte Frank ihnen entgegen.

„Das ist auch nicht so wichtig. Wir werden schon selbst dahinterkommen." Nickolas ging auf sie zu, sie ließen ihn widerwillig passieren, als der Mann neben Henry ihm seine Waffe an den Schädel hielt.

„Kluge Entscheidung", sagte Landa und stellte sich vor dem Steinsockel auf und betrachtete das Innere der Sphäre.

Der andere Mann hielt mit seiner Waffe Charline, Frank und Isaac in Schach. Nickolas untersuchte die Stelle, an der Henry zuvor gehockt hatte. Als er den Schlüssel zur Öffnung in den Sockel führen wollte, waren alle Augen auf ihn gerichtet. Henry spürte, dass dies seine Gelegenheit war. Ruckartig tauchte er aus der Schusslinie ab und stieß mit dem Arm die Waffe zur Seite. Ein Schuss löste sich dabei, Henry wand sich mit einer geschickten Bewegung um den Mann herum, klemmte dessen Hals zwischen Ober- und Unterarm ein und hielt mit der anderen Hand die Waffe fest. Der Mann hatte ebenfalls noch seinen Finger am Abzug und zielte nun mit Henrys Hilfe auf den entsetzten Landa. Der Mann rang nach Luft, während Henry die Gewalt über seinen Arm erlangte.

Landas kleine wässrige Augen starrten ihn für einen Moment panisch an. Dann sammelte er sich offenbar und sein Gesicht nahm wieder Farbe an. „Sie werde mich nicht erschießen, Sie sind Archäologe. Sie wühlen im Dreck und sind wahrlich ein Draufgänger, aber kein Mörder. Herr Jankuhn, fahren Sie bitte fort."

Niemand sagte etwas, nur das immer leiser werdende Röcheln des Mannes in Henrys festem Armgriff war zu hören.

„Seien Sie sich da nicht so sicher. Der Mann hier wird gleich keine Luft mehr haben und ich habe jeden Grund der Welt, Sie zu töten. Alleine schon dafür, dass sie versucht haben, meinen Freund in Jerusalem zu erschießen."

„Das glaube ich nicht. Ihr Freund war nur eine Bauernfigur in einem großen Schachspiel. Opfer müssen gebracht werden, wenn man Großes erreichen will."

Henry spürte, wie seine Wut in ihm immer weiter anschwoll und seine Hand sich langsam zu einer Faust schloss. Die Bilder des verletzten Ezra rasten durch seinen Kopf. Sein anfänglicher Zorn Landa gegenüber schlug nun in blanken Hass über. Er verstand, Nickolas war für ihn ebenfalls nur eine Schachfigur in seinem Spiel. Wenn er Landa aus dem Weg räumen würde, wäre der Spuk vorbei. Sein Finger spannte den Abzug in seinem Zorn immer mehr. Jeden Moment würde der grinsende selbstgefällige Mann ihm gegenüber regungslos zu Boden sacken. Sein Herz raste, er blinzelte nicht, starr fixierte er seinen Gegenüber.

Er schrie laut auf vor Zorn, dann löste er den Finger vom Abzug und ließ die Waffe sinken. Er hatte in seinem Zorn nicht bemerkt, dass der Mann in seinem Arm bereits bewusstlos geworden war, und als er den Griff löste, sackte er zu Boden. Henry musste tief einatmen, um sich zu beruhigen.

Er hörte das Lachen Landas. „Ich sage ja, ein Dreckwühler,

kein Mörder."

Wie aus dem Nichts rauschte etwas an Henrys Kopf vorbei und traf den zweiten bewaffneten Mann in die Brust, er fiel regungslos zu Boden. Im nächsten Moment sahen sie sich von mehren rot angemalten halbnackten Männern mit Speeren bewaffnet umzingelt.

Henry ließ vorsichtig seine Waffe zu Boden sinken und hob die Hände. „Keinen Widerstand, tut nichts Unüberlegtes", flüsterte er seinen Gefährten zu und wandte den Kopf zu ihnen.

Ihm stockte der Atem, als er Charline mit dem Rücken an der Wand auf dem Boden sitzen sah. Ihr Gesicht war schmerzverzerrt und aus ihrer rechten Schulter quoll Blut und färbte ihr Shirt rötlich. Jetzt hatten es auch Frank und Isaac bemerkt und schnellten zu ihr herunter, Charline stöhnte leise vor Schmerz.

„Sie muss zu einem Arzt", rief Frank.

Henry wollte zu ihnen hinübereilen, doch der Kreis der mit Speeren bewaffneten Männer zog sich etwas mehr zusammen. Dann öffneten sie einen Durchgang in ihrer Mitte und ein pechschwarzer Mann betrat die Mitte. Weiße feine verschnörkelte Linien waren in einem bestimmten Muster auf dem schwarzen Untergrund zu sehen.

„Der schwarze König", hauchte Henry. Leise vernahm er Charlines Wimmern.

Der Mann wandte sich von Henry ab und ging zu Nickolas hinüber, der sich aufgerichtet hatte und den Schlüssel in der Hand hielt. Ohne Widerstand legte er ihn in die ausgestreckte Hand des Mannes. Er kam zu Henry zurück und hielt ihm das Artefakt entgegen, dann zeigte er auf die Sphäre hinter sich.

„Nein, zuerst müssen wir Charline helfen", sagte Henry und

zeigte auf sie. Der Mann fixierte ihn nur, ließ den Anhänger an der Kette vor Henry hin und her baumeln.

„Nein, das dürft ihr nicht. Der Schatz gehört mir", rief Landa und machte zwei Schritte auf den schwarzen Mann zu. Henry konnte gar nicht so schnell verarbeiten, was er sah, er hörte ein lautes hölzernes Krachen und im nächsten Moment lag der kleine rundliche Landa bewusstlos auf dem Bauch. Der ihm am nächsten stehende Mann stellte seinen Speer senkrecht auf den Boden.

Der schwarze Mann griff unbeeindruckt davon nach Henrys Hand und legte den Anhänger auf sie. Er trat einen Schritt zur Seite und zeigte erneut auf die Sphäre. Nickolas hatte sich zu Isaac an die Wand geschoben und beobachtete das Geschehen.

Henry ließ seinen Blick zum Anhänger in seiner Hand wandern, dann suchte er Charlines Blick. Henry wusste, dass er nur eine Option hatte, die Männer des Blutvolkes würden ihn nicht einfach so gehen lassen.

Ein Auge musste sie vor Schmerzen zukneifen, das andere fand seinen Blick. „Tu, wofür du hier bist. Es ist deine Bestimmung", sagte sie mit schmerzverzerrter Stimme.

Frank nickte ihm ebenfalls zu und Isaac hielt ihre Hand.

Henry ließ den Blick wieder zu dem Artefakt in seiner Hand schweifen und atmete einmal tief durch. Er sah sein Spiegelbild in dem ovalen Einschluss des Schlüssels, es zwinkerte ihm zu, jedenfalls meinte er ein Zwinkern wahrgenommen zu haben.

Der schwarze Mann sagte etwas zu ihm in einer Sprache, die er nicht kannte. Als der Mann erneut auf die Sphäre zeigte, verstand er, was der Mann von ihm wollte.

Er ging entschlossen zu der Öffnung im Sockel und ließ den Schlüssel ins Schloss gleiten. Nichts geschah, er richtete sich auf und beobachtete die Kugel. Die Bilder im Inneren waren einem gleißend hellen Licht gewichen. Es erfüllte den gesamten Raum, er musste seine Augen nicht zusammenkneifen. Irgendwie tat das Licht gut und zog ihn zu sich.

„Du bist der Auserwählte." Die Stimme dröhnte in seinem Kopf und er wusste nicht, wie es geschah, aber er stand vor der Sphäre und legte seine Hand auf die Oberfläche.

Das Licht drang in seine Fingerspitzen, es war warm und wanderte durch seinen Arm in seinen Körper. Es durchflutete ihn, bis jede einzelne Zelle seines Körpers durchdrungen war. Er spürte tiefe Zufriedenheit und alles schien plötzlich so klar zu sein. Schmerz, Kummer, Zeit, Lust, egal was, nichts hatte für ihn gerade eine Bedeutung.

Er nahm seine Hand von der Oberfläche der Sphäre und betrachtete sie. Es schien, als könnte er seine Adern und Venen erkennen, als wäre seine Haut durchsichtig. Das Licht wurde stärker und seine Intensität schwoll weiter an, bis es sich in einem starken Impuls entlud und alles durchdrang.

Henry ging an dem Häuptling vorbei und folgte dem Weg zum Eingang der Pyramide. Er schritt auf das kleine Plateau und schaute über das Tal. Er spürte, dass ihm die anderen gefolgt waren und hinter ihm gerade aus dem Eingang traten. Es lief alles wie in einem Traum für ihn ab, er wusste, dass es sein Körper war, der dort am Rande des Plateaus stand, doch hatte er nicht das Gefühl, seinen Körper bewusst zu kontrollieren.

Er hob seine Hand und sah das Schlüssel-Artefakt in seiner Hand. Er umfasste es mit beiden Händen und streckte seine Arme zum Himmel. Die Worte, die aus seinem Mund drangen, ergaben für ihn keinen Sinn, es kam ihm vor, als würde er einen Text in einer fremden Sprache ablesen. Die Sonne hatte sich bereits zum Horizont geneigt und das Tal in ein goldenes warmes Licht getaucht.

Als er wusste, dass sein Text gesprochen war, verstummte er und schaute zur Sonne. Das Oval des Anhängers fing an zu leuchten und wurde von einem Sonnenstrahl getroffen, der sich auf der Oberfläche des Ovals brach, und das gespiegelte Licht der Sonne breitete sich über das gesamte Tal aus.

Kaum berührte das Licht die Bäume und die Steine der Ruinen, begannen die Pflanzen sich zurückzuziehen. Sie gaben den Blick auf riesige Ruinen frei, die sich Stein für Stein wieder zusammensetzten und kurz darauf in ihrer alten Schönheit erstrahlten. Er blickte über eine gewaltige Stadt, die sich durch das gesamte Tal erstreckte. Große und kleine Tempel, Häuser, Straßen, Hallen und Parks schienen regelrecht aus dem Boden zu wachsen.

Worte durchströmten ihn und er wandte sich den anderen zu. Der König des Blutvolkes kniete vor Henry nieder, dann taten es ihm seine Gefolgsleute gleich. Er ließ seinen Blick über sie schweifen, dann legte er dem Häuptling seine Hand auf den Kopf und sagte etwas zu ihm. Dann nahm er seine Hand zurück und schaute kurz zu Isaac, Frank und Charline, die im Eingang der Pyramide standen, dann drehte er sich um.

Er breitete seine Arme aus und spürte, wie eine eigenartige Energie ihn durchflutete. Bilder tauchten vor seinem inneren Auge auf. Menschen gingen durch die Straßen der Stadt, Vögel flogen am Himmel, zwei Gestalten kamen die lange Treppe hinauf.

Die eine war pechschwarz und glich den Umrissen des Königs hinter ihm. Die andere war größer, schmaler und wirkte fremdartig. Die Arme waren länger als die eines Menschen und der Schädel war kahl und merkwürdig geformt, ganz anderes als der eines Menschen. Neben ihm tauchten zwei weitere Gestalten auf.

Dann bemerkte er in der Ferne am Rand der breiten Straße, die vom Tempel wegführte, ein abstraktes Gebäude, es unterschied sich in Form und Struktur vollkommen vom Rest der Stadt. Er erkannte kleine Lichter auf der Außenhaut und vom hinteren Teil des Gebäudes schienen zwei große Lichtquellen auszugehen.

Dann tauchten wie Bilder plötzlich Visionen und bruchstückhafte Erinnerung von Erlebtem auf. Es waren nicht seine Erinnerungen, er kannte diese Bilder nicht, es schienen andere Landschaften zu sein, Berge und Wälder, die er noch nie gesehen hatte. Tiere, die bizzar aussahen, tauchten auf und die Sterne am Himmel waren seltsam fremd.

Er spürte, wie die Wärme in seinem Körper dem Schmerz in seinem Kopf wich, er schwoll so heftig an, dass Henry auf die Knie sackte. Die Bilder und die Stadt verschwanden, der Dschungel hatte sich wieder über die Ruinen der einstigen mächtigen Stadt ausgebreitet und sie verschluckt. Ihm wurde schummrig und er drohte das Bewusstsein zu verlieren.

Er nahm eine verschwommene Gestalt wahr, die die Treppe zu ihm hinaufkam. Sie blieb vor ihm stehen und er spürte eine Hand auf dem Kopf, dann wurde alles um ihn herum schwarz.

Er öffnete seine Augen und erkannte Charlines Gesicht über seinem. „Na, du Schlafmütze", sagte sie und lächelte.

„Wurde auch mal Zeit, dass du aufwachst", sagte Isaac, der

näher an ihn herantrat.

„Wo bin ich?", fragte er, seine Stimme hörte sich heiser an. Er räusperte sich.

„Wir sind noch in der Stadt Askara. So heißt die Stadt im Dschungel", erklärte Frank.

„Woher weißt du das?", fragte er, seine Augenlider fühlten sich schwer an.

„Der Häuptling hat uns einen Grenzstein gezeigt am Rande der Stadt", erklärte Frank.

Henry wandte seinen Kopf Charline zu. „Wie lange war ich weg?" Er richtete sich auf und schaute sich um, er lag auf einer Liege aus kleinen Ästen. Der Raum schien zu einer Hütte zu gehören.

„Die ganze Nacht, die Sonne geht mittlerweile schon wieder auf", sagte Charline und griff nach seiner Hand.

Sein Blick fiel auf etwas, das unter ihrem T-Shirt am Kragen herausragte. Es sah aus, als würde dort ein Pflaster oder ähnliches aus einem merkwürdigen Material kleben. Er ließ den Finger darüber gleiten, Charline schaute ihn dabei an und lächelte. „Deine Schulter, was ist passiert?"

„Nachdem du ohnmächtig geworden bist, hat uns das Indio-Volk hier in ein Dorf nahe der Senke gebracht. Sie haben uns versorgt, sie kennen offenbar einige bemerkenswerte Heilpflanzen, die hier wachsen, und gaben mir etwas zu trinken. Sie haben die Kugel entfernt und die Wunde versorgt."

Dann erinnerte er sich an das Geschehen in der Pyramide. Er rieb sich die Stirn, sein Schädel fühlte sich an, als ob er gleich explodieren würde. „Habt ihr auch gesehen, was ich gesehen habe?"

„Was meinst du?", fragte Frank.

„Die Stadt, wie sie mal war, und diese Wesen?"

Sie wechselten schnelle Blicke miteinander. „Nein, wir haben nur dich beobachtet, du standest am Rande des Plateaus und hast in einer eigenartigen Sprache geredet, hast dabei den Schlüssel in den Himmel gehalten, dann bist du zusammengesackt", schilderte ihm Isaac.

„Was ist mit Landa und Nickolas?", unterbrach ihn Henry.

„Keine Sorge, Landa ist gefesselt und und wird bewacht. Um Nickolas musst du dir keine Sorgen machen, er wartet draußen", versuchte sie ihn zu beruhigen. „Ich habe mich mit ihm unterhalten und habe so einiges mit ihm wieder ins rechte Licht rücken können."

„Ich kann dir nicht folgen."

„Du erinnerst dich doch an die Nacht, in der ihm seine Notizen damals in Griechenland geklaut wurden."

Henry nickte.

„Ich kam vor ihm dort an."

Er zog die Augenbrauen hoch.

„Du solltest wissen, dass ich mich in der Nacht mit ihm getroffen hatte und versucht hatte den Streit zwischen euch zu schlichten. Er kannte mich nicht, aber er wusste, dass ich zu dir gehörte. Es war ein kurzes Gespräch, Nickolas verschwand nach einem Anruf."

„Warum hast du mir nie etwas davon erzählt?"

„Weil ich es nicht als wichtig und hilfreich empfunden hatte."

Henry zog seine Hand unter ihrer weg.

„Ich habe Nickolas eben erzählt, was ich gesehen hatte, als ich das Gespräch bei ihm im Hotel fortführen wollte."

„Und?", raunte er.

„Als ich das Treppenhaus betrat, rempelte mich eine Frau an. Durch das Fenster sah ich ihr nach und sie stieg zu einem dicklichen glatzköpfigen Mann in einen schwarzen

Geländewagen ein."

„Landa", sagte Henry und schaute sie aus großen Augen an.

„Heute weiß ich das auch, damals habe ich mir nichts dabei gedacht. Als ich den Flur betrat, dem mir die Dame am Empfang beschrieben hatte, stand die Tür zu seinem Zimmer offen und es herrschte Chaos. Als ich ins Zimmer ging, fand ich einen Zettel, den ich aufhob. Auf ihm stand: *Danke für alles.* Daneben war ein Herz aufgemalt. Die Frau musste das gleiche Parfüm wie ich getragen haben oder den Zettel damit eingesprüht haben. Ich legte den Zettel zurück und verschwand aus dem Zimmer."

„Du hättest es mir erzählen müssen. All die Jahre, die ich mit ihm im Streit war, auf Grund eines Missverständnisses und falschen Beschuldigungen", sagte er zornig.

„Ich weiß, ich habe auf den richtigen Zeitpunkt gewartet, wir haben so gut zusammengearbeitet und ich wollte dich nicht ablenken. Irgendwann war ich an dem Punkt angekommen, da konnte ich es dir nicht mehr sagen, und unsere Wege trennten sich."

„Das ist keine Entschuldigung."

„Ich weiß und es tut mir schrecklich leid." Sie senkte ihren Blick, er sah, wie sich eine Träne ihren Weg über ihre Wange bahnte. „Bitte verzeih mir, es war falsch von mir. Ich hätte es dir gleich sagen sollen."

Er spürte den Zorn, der in ihm schwelte, doch er schluckte ihn runter und er verstand ihre Situation, in der sie damals gesteckt hatte. Er wischte ihr die Träne weg und nahm ihre Hand. „Ist schon in Ordnung, es ist geschehen, wie es geschehen ist. Heute sind wir hier und das ist wichtig."

Sie schaute ihn reumütig an und ihre Mundwinkel zuckten, dann beugte sie sich nach vorn und küsste ihn. Er wusste erst nicht wie ihm geschah, er ließ sie gewähren und legte ihr seine Hand in den Nacken und erwiderte ihren Kuss. Jemand räusperte sich und sie lösten sich.

„Wir sind auch noch da", sagte Isaac, der neben Frank stand.

„Wie geht es dir?", fragte Frank.

„Kopfschmerzen, müde und etwas schlapp, aber sonst geht es mir gut."

„Das ist gut, du solltest nach draußen gehen und etwas frische Luft schnappen", fügte Frank hinzu.

„War dort oben nicht ein Mann, der die Treppe hinaufkam und mich am Kopf berührte, bevor ich zusammengebrochen bin?"

„Eins nach dem anderen, geh erst einmal nach draußen", sagte Frank und schenkte ihm ein warmes Lächeln.

Er erhob sich etwas irritiert und ging hinaus.

Die Luft schmeckte feucht und modrig. Dicke Wassertropfen fielen überall von den Blättern der Bäume herunter. Nebelfelder schwebten über dem Boden, ein lautes Durcheinander der verschiedensten Tierlaute durchdrang das tiefe Grün des Dschungels. Er stand auf einem kleinen Platz, der von vier einfachen Holzhütten umgeben war. Zwischen den Sträuchern sah er weitere Hütten.

Er ging zur nahen Klippe am Rande des matschigen Platzes. Die Sonne stand noch tief am klaren Himmel, am Horizont sah er einige letzte Wolkenfetzen hinter den Bäumen auf der anderen Seite verschwinden, er schaute über das Tal. Die bewachsene Pyramide ragte nicht weit von ihm aus dem Dschungel. Alles wirkte so ruhig und friedlich, er genoss die Brise auf seinem Gesicht.

„Hey, Henry", sagte eine männliche Stimme, die ihm sehr vertraut vorkam.

Er wirbelte herum und sah Nickolas, der auf der anderen Seite des Platzes stand. „Ich habe mich schon gefragt, wo du bist." Er ging ein paar Schritte auf ihn zu und blieb gut einen halben Meter vor ihm stehen.

„Wie geht es dir?", fragte Nickolas.

„Es geht schon, nur tierische Kopfschmerzen."

„Hat Charline schon mit dir gesprochen?"

Er nickte Nickolas zu.

„Ich glaube, ich muss mich bei dir entschuldigen."

Henry schaute ihn abwartend an. Dann rammt er ihm seine Faust in die Magengrube. All den Schmerz, die Wut und die Intrigen legte er in diesen Schlag, all das fiel dabei von ihm ab.

Nickolas fiel rückwärts zu Boden und prustete, während er sich seinen Bauch hielt. Dann beugte Henry sich über ihn und reichte ihm seine Hand. Jetzt tat es ihm leid, dass er sich dazu hinreißen ließ, ihn zu schlagen.

„Okay, das habe ich verdient", schnaufte Nickolas und griff nach der Hand, er half ihm auf die Beine.

„Ja, das hast du. Deinem besten Freund, mehr noch, wir waren wie Brüder, so etwas anzuhängen."

Nickolas musste erst einmal durchschnaufen, bevor er ihm antwortete.

„Ja, ich war ein Idiot, es tut mir leid, wirklich. Ich würde mir wünschen, wenn wir beide noch einmal von vorne anfangen können."

„Ja, du warst ein Idiot, dass du dich auch noch mit Landa, diesem Halunken, eingelassen hast, statt zu mir zu kommen und mit mir zu reden."

Nickolas schaute reumütig zu Boden.

„Okay, ich habe auch Fehler gemacht, wir waren beide ganz schöne Hitzköpfe. Glaub aber ja nicht, dass in dieser Sache schon das letzte Wort gesprochen ist. So einfach mache ich es dir nicht", sagte er.

Nickolas schaute ihn an und nickte. „Das habe ich mir schon gedacht", sagte Nickolas und schaute zur nahen Klippe.

Sie gingen gemeinsam zum Rand der Anhöhe und schauten über das Tal.

„Wo sind eigentlich die Dorfbewohner?"

„Die Männer sind auf Patrouille und jagen, drei von ihnen bewachen Landa in der Hütte dort rechts." Nickolas zeigte auf eine Holzhütte. „Die Frauen und Kinder sind dort hinten in einem anderen Teil des Dorfes und gehen ihrer täglichen Arbeit nach." Nickolas zeigte auf eine Baumreihe, hinter der Henry erst bei genauerem Hinsehen einige sich bewegende Gestalten wahrnahm.

„Kann ich mein Tagebuch wieder haben?"

Nickolas schaute ihn an und zog lächelnd aus der Innentasche seiner Jacke das kleine Notizbuch heraus und gab es ihm.

„Danke", sagte er und ließ es in einer Tasche seiner Jacke verschwinden. „Eine Frage habe ich noch." Er schaute Nickolas an. „Wie habt ihr uns gefunden?"

Nickolas lachte. „Ganz einfach, zuerst haben wir euch einfach verfolgt bis zur Isla Magarita, als wir wussten, dass ihr wieder im Hotel in Porlamar wart, haben wir beim Durchsuchen eures Hotelzimmers in deinen Sachen einen Sender versteckt."

Henry schlug sich gegen den Kopf. „Mann, bin ich blind gewesen, ich hätte es mir denken müssen. Durch die ganze Aufregung durch den Sturm habe ich nicht weiter darüber nachgedacht."

„Vergiss es, das ist nun Geschichte."

Henry nickte ihm zustimmend zu.

„Hey, ihr beiden", rief Charline, die gerade aus der Hütte kam. Nickolas winkte ihr zu. „Wir werden, wenn du wieder da bist, mit zwei Kriegern des Volkes nach Eirunepé aufbrechen. Dann werden wir Landa den Behörden übergeben. Wir warten hier auf dich, lass dir Zeit."

„Tocco", sagte Henry.

„Was?", fragt Isaac, der ebenfalls zu ihnen nach draußen kam.

„So heißt das Volk hier, das die Stadt bewacht."

„Woher weißt du das?", fragte ihn Nickolas.

„Das kann ich ehrlich gesagt nicht beantworten. Es kam mir gerade einfach in den Sinn, als sie von dem Volk hier sprach."

„Ist wirklich alles mit dir okay?", fragte Charline und kam etwas näher. Henry nickte. „Gut, hast du ihm schon gesagt, was du mir gesagt hast?"

Henry schaute zu Nickolas. „Wovon spricht sie?"

„Finde es selbst heraus, auf dem Plateau der Pyramide wartet jemand auf dich", sagte Nickolas und zeigte auf den nahen Berg im Dschungel des Tales.

Henry folgte seinem Finger.

Vorsehung

Stufe um Stufe erklomm er die Pyramide voller Eile und Spannung, wer dort oben auf ihn wartete. ‚Wer soll diese Person sein? Alle, die ich kenne, sind in dem Dorf. Will der König der Tocco mich sehen? Aber wieso treffen wir uns dann auf der Pyramide?‘

Ihm stockte der Atem, als er die letzten Stufen erklomm und den Mann erkannte, der dort auf dem Boden in der Sonne saß und offenbar meditierte. „Großvater?", schoss es so überrascht aus ihm heraus, dass seine Stimme eine Oktave in die Höhe schnellte.

Der alte grauhaarige Mann regte sich nicht. Er hatte seine Beine zu einem Schneidersitz geformt und hatte seine Hände auf die Knie gelegt. Der lange graue Bart reichte ihm bis zum Schoß.

Henry blieb auf der obersten Stufe stehen und betrachtete wortlos den Mann. Sein Gesicht kam ihm bekannt vor, jedenfalls meinte er, es zu kennen. Als er zuletzt das Gesicht von Wilhelm Voigt gesehen hatte, war er um Jahrzehnte jünger und trug keinen Bart. Er wirkte frisch und lebendig, ganz anders, wie man sich einen Mann seines Alters vorstellen würde.

Ohne seine Augen zu öffnen, grüßte der Mann ihn. „Ich habe dich schon erwartet, setz dich zu mir." Seine Stimme klang ruhig und angenehm warm.

Henry zögerte einen Moment, dann setzte er sich dem Mann gegenüber. Einige Minuten wartete er respektvoll, bis sein Gegenüber die Augen öffnete und ihn anschaute.

„Danke, dass du mich meine Meditation zu Ende hast führen lassen."

Er nickte ihm zu.

„Ich habe schon lange auf diesen Tag gewartet."

„Bist du es?", fragte Henry.

Der Mann zog die Augenbrauen hoch. „Was bin ich?", erwiderte der Mann und winkte einen Augenblick später resignierend mit der Hand. „Tut mir leid, ich weiß, was du meinst", sagte er und kicherte. „Ja, mein guter Henry, ich bin es, dein Großvater."

Henry verwunderte es nicht nach allem, was er erlebt hatte, dass der Mann wusste, wer er war. „Wieso bist du hier?"

„Weil ich wie du meinem Schicksal gefolgt bin."

„Deinem Schicksal?" Er spürte, dass ihn diese Antwort zornig werden ließ. Sein Großvater nickte. „Du meinst dein Schicksal war es, hier draußen im Urwald bei einem fremden Volk zu leben und zu meditieren? Hast du eigentlich mal an deine Frau und deinen Sohn gedacht, als du damals verschwunden bist?", bellte Henry ihn an.

„Jeden Tag habe ich an sie gedacht, doch ich wusste, dass dies mein Platz in der Welt ist. Hier konnte ich etwas für die Menschheit bewirken und dafür sorgen, dass meine Familie eines Tages in einer besseren Welt leben würde. Ohne Krieg, Armut oder Hunger."

Er verstand gar nichts mehr, seine Freude darüber, seinen Großvater gefunden zu haben, war komplett verflogen. Zorn und Wut brodelte in ihm zunehmen auf. „Von was für einer besseren Welt sprichst du da?"

Wilhelm wandte sich seinem Enkel zu. „Ich kann verstehen, dass dich das Ganze wütend macht und du viele Fragen hast. Vielleicht sollte ich von vorne beginnen."

Henry nickte ihm zu.

„Als ich damals hier mit Eckbert ankam, wussten wir nicht, was uns erwartete. Wir dachten, wir suchen eine geheimnisvolle Stadt, in der es einen Schatz gibt, mit dem irgendwie alle Hochkulturen verbunden waren."

Henry ließ seinen Blick über das Tal schweifen.

„Die Männer, die damals vorgeschickt wurden, starben fast alle bei dem Versuch, dieses Gebiet zu sichern. Wir waren hier mit einem kleinem Soldatentrupp, der uns aber schnell wieder in Sicherheit brachte, als wir von den Tocco angegriffen wurden. So habe ich zuerst nur den Platz dort am Rande des Tals betreten." Wilhelm zeigte auf den kleinen gepflasterten Platz am anderen Ende des Tals.

„Dann seid ihr mit mehr Soldaten wiedergekommen?"

„Nein, in Deutschland brach der zweite Weltkrieg vollends aus und Eckbert sollte für die Nazis eine archäologische Abteilung leiten. Die niederländische Diamantenfirma, für die wir hier eigentlich die Ruinen auf ihre Wichtigkeit untersuchen sollten, musste sich um sich selbst kümmern, da die Nazis in den Niederlanden einfielen. Also machte ich mich nach Caracas auf. Dort fand ich einen Kapitän, der mich für wenig Geld nach Portugal bringen wollte, ich war so gut wie mittellos damals."

„Das hast du Elisabeth in deinem Brief geschrieben, wir dachten, du wärst mit der Santiago untergegangen."

„Das dachte ich auch, aber wie durch ein Wunder schaffte ich es zur Küste der nahen Insel, wo ich zwei Tage ausharrte, bis der Sturm abflaute und mich ein brasilianischer Frachter auflas. Sie fuhren zu ihrem Heimathafen in Macapá, der im Amazonas-Delta lag."

„So bist du also wieder nach Brasilien gekommen?" Wilhelm nickte. „Aber warum bist du dann nicht nach Hause gekommen? Du warst doch ganz alleine, Eckbert war in Deutschland und die Stadt Askara konntest du nicht betreten."

„Ich hatte auf der Schiffsfahrt sehr viel Zeit zum

Nachdenken. Ich hatte kein Geld mehr, meine letzten Scheine gingen an den Kapitän der Santiago. Also musste ich mir etwas überlegen, zunächst war ich in Macapá gestrandet und schlug mich die ersten Tage so durch."

„Du hast auf der Straße gelebt?"

„Nicht direkt, weißt du, wenn du viel unterwegs bist und oft tagelang auf Expedition unterwegs, ist es gut, wenn du weißt, wie du Tiere und Fische fängst. Ich bin ein sehr guter Fischer und lernte so schnell einen einheimischen Fischer kennen, der am Rand der Stadt mit seiner Familie lebte. Der Gedanke, der in mir auf der Fahrt nach Brasilien aufkeimte, ließ mich nicht mehr los, ich hatte das Gefühl, dass die Stadt Askara regelrecht nach mir rief."

„Was meinst du damit? Nach dir rief?" Henry schaute ihn an.

Die Sonne war mittlerweile hochgestiegen und stand halb links über ihnen. Vögel flogen krächzend und zwitschernd durch den azuren Himmel. In der Ferne hörte er den unverwechselbaren Ruf eines Brüllaffen.

„Wenn ich schlief oder für ein paar Minuten die Augen schloss, hörte ich, wie eine Stimme mich rief. Sie rief, dass ich zur ihr zurückkommen sollte. Zuerst dachte ich, ich wäre zu lange in der Sonne gewesen, aber dann rief sie meinen Namen und den Namen der Stadt. Es fühlte sich wie ein Sog an, der immer stärker wurde, umso länger ich versuchte es auszusitzen."

„Also bist du wieder nach Fogoso gegangen? Aber warum hast du keinen Brief geschickt, damit deine Familie wusste, dass du lebst, oder um dir Geld zu schicken?" Er spürte, wie seine Wut sich verstärkte, er stand auf und ging zum Rand des Plateaus. „Weißt du eigentlich, wie sehr dich Oma vermisst hat? Deinen Sohn hast du nie kennengelernt.

Dank dir ist er kein Archäologe geworden, sondern Soldat und ist dabei ...", rief er wütend und unterbrach sich, als seine Stimme anfing zu zittern.

„Was ist er?"

„Tot ist er! Er ist im Golfkrieg gefallen", rief er und drehte sich zu dem alten Mann um, der immer noch auf dem Boden saß. Wilhelm ließ seinen Kopf sinken. „Hast du eigentlich eine Ahnung, was in den letzten Jahrzehnten in der Welt passiert ist? Ich glaube nicht, du saßt hier nur herum und hast meditiert." Er spürte, wie seine Unterlippe vor Zorn bebte. Er drehte sich um und fixierte einen Baum, der über die Baumkronen hinausragte, eine Erinnerung aus seiner Kindheit drängte sich in sein Gedächtnis.

Die Küche ihres alten Hauses auf dem Land, in dem schon seine Großeltern gewohnt hatten, tauchte aus dem Nebel in seinem Kopf auf. Er erinnerte sich an einen sehr heißen Tag im Sommer, er saß am Küchentisch, auf dem die rot-weiß-karierte Tischdecke lag. Seine Mutter stand am Herd und machte ihm Apfelpfannkuchen zum Mittag. Er machte Hausaufgaben, es war Geschichte, sein Lieblingsfach. Seine Mutter beobachtete ihn immer mal wieder dabei und lächelte ihm zu. Er erinnerte sich, dass die Sonne durch das Fenster hinter ihr in die Küche fiel und sie mit einer Aura umgab.

Sie sagte etwas zu ihm, in seiner Erinnerung sah er nur, wie sich ihr Mund bewegte, dann kam sein Vater durch die Kuchentür aus dem Garten herein. Seine Mutter warf sich ihm um den Hals und küsste ihn. Er spürte auch jetzt noch, wie glücklich er in diesem Moment war. Sein Vater war lange weg gewesen, als Soldat wurde er oft im Ausland eingesetzt.

„Den Sand habe ich dir aus dem Orient mitgebracht", sagte

er zu ihm. Sein Vater kam zu ihm an den Tisch, streichelte ihm über den Kopf und gab ihm einen Kuss auf die Stirn. Es war das letzte Mal, dass er seinen Vater so gesehen hatte. Aus dem zwei Tage später ausbrechenden Golfkrieg kehrte sein Vater nie wieder zurück.

Wilhelms Hand, die an seiner Schulter zerrte, holte ihn wieder zurück. Er drehte sich um und schaute ihm in die Augen, eine Träne lief seinem Großvater über die Wange. Offenbar war ihm der Tod seines Sohnes, auch wenn er ihn nie kennengelernt hatte, doch nicht völlig egal.

„Lass es mich dir erklären." Wilhelm machte einen Schritt auf ihn zu, er wich zurück und schaute ihn an. „Ich kann deinen Zorn verstehen, aber ich hatte keine Wahl."

„Man hat immer eine Wahl, alter Mann", bellte er.

„Setz dich neben mich und beruhige dich." Wilhelm setzte sich auf die oberste Stufe und klopfte auf die freie Fläche neben sich. Er zögerte einen Moment, dann gab er sich einen Ruck und setzte sich mürrisch neben seinen Opa.

Dieser lächelte ihn zufrieden an. „Ich entschied mich damals hierher zurückzukommen, weil ich spürte, dass an diesem Ort etwas sein musste, was die Geschichte der Menschheit neu schreiben würde. Etwas so Wichtiges und Wertvolles, dass es die größte je gemachte Entdeckung sein würde."

„Du meinst die Kugel dort unten?", fragte er und zeigte hinter sich in Richtung Eingang.

Wilhelm nickte. „Damals wusste ich ja noch nicht, was es ist."

„Ich weiß auch nicht so recht, was wir hier gefunden haben. Vor allem nicht, was gestern passiert ist."

„Gedulde dich, ich werde es dir später erklären."

Er schnaufte und ließ den alten Mann seine Geschichte

beenden, dabei ließ er seinen Blick über das so friedlich erscheinende Tal schweifen.

„Ich brauchte damals mehrere Wochen, bis ich mit Dutzenden verschiedenen Fischerbooten den Amazonas und schließlich den Rio Juruá hinaufgefahren bin. Als ich in Fogoso wieder angekommen war, waren nur noch die Menschen in dem kleinen Dorf da. Die Soldaten, die ein kleines Camp nahe des Waldrands errichtet hatten, waren samt Camp verschwunden. Als ich das Dorf betrat, schien es, als hätte man mich erwartet."

Henry erinnerte sich an seine Ankunft, es schien ebenfalls, als hätten die Dorfbewohner ganz genau gewusst, dass sie kommen würden. „Bei mir war es auch so", unterbrach er seinen Großvater.

„Ja, ich weiß nicht, wie, aber der alte Mann scheint mehr zu sein, als er uns wissen lässt."

Er nickte ihm zustimmend zu.

„Zwei ihrer Krieger brachten mich in die Nähe des Tals. Ich folgte dem Pfad ins Tal zur Pyramide und fand die Sphäre. Dort fanden mich die Tocco, die schon seit Jahrtausenden das Tal und die Ruinenstadt bewachen."

„Warum bewachen sie das Tal? Hat irgendjemand ihnen gesagt, sie sollen darauf aufpassen?"

Wilhelm ließ seine Hand über das Tal schweifen. „Das alles hier war vor zehntausend Jahren eine mächtige Stadt und damals die größte und fortschrittlichste. Es war eine Zeit, als die Menschen gerade lernten sesshaft zu werden und sich an einem bestimmten Ort anzusiedeln. Anfangs verstand ich nicht, warum mich der Häuptling der Toccos nicht direkt umbringen ließ, heute weiß ich, dass er mich brauchte."

Er schaute den alten Mann verwundert an. „Sie brauchten

dich?"

„Es dauerte, aber ich war sehr bemüht, ihre Sitten und Gebräuche kennenzulernen, zudem lernte ich ihre Sprache. Als ich sie größtenteils beherrschte, was mehrere Mondzyklen dauerte, erklärte er mir, warum er mich aufnahm. Das Volk, das diese Stadt erbaute, nannte sich Amun und kam von einem weit entfernten Planeten, der im Sternbild Andromeda liegt. Die Amun haben eine Sphäre mitgebracht, in der sie ihr gesamtes Wissen lagerten und noch viel mehr. Ich habe unzählige Tage damit verbracht, die Bilder der Sphäre zu beobachten, bis ich eines Tages eine kurze Reihe von Bildern sah, die ich zunächst nicht begriff. Ich sah einen Mann, der den Schlüssel Salomons in den Händen hielt und einen Lichtstrahl gen Himmel schickte. Als ich das Gesicht erkannte, stockte mir der Atem und mir wurde alles schlagartig klar."

Henry zog die Augenbrauen hoch und schaute ihn argwöhnisch an. Ihm wurde klar, dass sein Großvater da von ihm sprach, doch wie konnte das sein? Hatte der alte Mann in den letzten Jahren der Abgeschiedenheit seinen Verstand verloren?

„Mein Schicksal war es, hier auf dich zu warten. Du musstest mir folgen, um hierher zu gelangen. Der Schlüssel war nie für mich bestimmt gewesen."

Henry hielt den Atem an, wenn er genau nachdachte, hatten ihm die Notizen seines Großvaters nie wirklich weitergeholfen. Auf die Spur zu dem Schlüssel war er ganz alleine gestoßen. Dann schoss ihm eine Frage durch den Kopf, die ihn schon sehr lange beschäftigte. „Moment, wie konnte es sein, dass der Schlüssel überhaupt in Salomons Grab war? Du warst doch dort zuvor auch schon."

Wilhelm grinste. „Das stimmt, Eckbert hatte es auch nicht

verstanden, warum ich ihn nicht mitgenommen hatte, bei Gott, ich habe es selbst nicht verstanden. Als ich den Schlüssel damals berührte, spürte ich, dass er an seinem Platz bleiben sollte. Meine innere Stimme bestätigte mich und ich war schon immer der Überzeugung, dass solche Orte bis zur fachmännischen Untersuchung unbeschädigt sein sollten. Zudem brauchten wir zum Glück den Schlüssel nicht, um die Stadt zu finden."

Henry schmunzelte, den Respekt vor den alten Kultstätten hatte er in der Tat von seinem Großvater geerbt. „Warum wart ihr euch so sicher, dass es die Stadt war, die ihr gesucht habt?"

„Uns war schon länger klar, dass wir eine Stadt suchen, die in Verbindung mit allen anderen Hochkulturen stand. Auf einer alten Maya-Steintafel fand ich Hinweise auf diese Stadt, dass sie im heutigen brasilianischen Urwald liegen sollte. Der Text enthielt auch eine detaillierte Wegbeschreibung. Während ich über mehrere Tage diese Schrift übersetzte, war Eckbert bereits in Brasilien. Dann rief er mich an und erzählte mir von seinem Auftrag. Ich brachte ihn natürlich immer auf den neusten Stand und er war sich ziemlich sicher, dass die Stadt in diesem Gebiet liegen musste."

„Ist die Tafel der Hinweis, von dem du in deinem Brief geschrieben hast?" Wilhelm nickte. „Also liegt sie nun auf dem Grund des Meeres."

„Und das ist auch gut so."

„Wieso?"

„Weil das Geheimnis dieser Stadt so lange gewahrt werden muss, bis die Amun zurückkehren."

„Und wann soll das sein?"

„Das werden wir wahrscheinlich bald erfahren", sagte

Wilhelm und erhob sich.

Henry schaute zu ihm auf.

„Du warst es, der das Signal an sie losgeschickt hat, als du die Sphäre mit dem Schlüssel aktiviert hast und sie berührtest."

„Ich?", rief er.

„Ja, als die Amun damals vor knapp zweitausend Jahren die Kugel wieder hierher brachten, verschwanden sie kurz darauf und beauftragten das Volk, das mit ihnen hier lebte, über die Stadt zu wachen, bis eines Tages die Amun zurückkehren. Sie versteckten den Schlüssel, damit er nicht in falsche Hände gelangt und nur von einem Auserwählten gefunden werden kann. Ich war nicht der Auserwählte, der Schlüssel war nicht für mich. Ich denke, dass ich den Schlüssel und die Spur finden konnte, da wir das gleiche Blut haben."

Henry erhob sich und spürte, wie ihm schwindelig wurde. Er schloss die Augen, in seinem Kopf hämmerte es. Das waren zu viele Informationen für ihn.

„Komm, ich zeige dir, warum die Sphäre dort unten unter keinen Umständen der Öffentlichkeit preisgegeben werden darf."

Er öffnete seine Augen und schaute seinem Großvater nach, der auf den Eingang zuschritt. Als sie die Treppe hinunterstiegen, drängte sich ihm eine weitere Frage ins Gedächtnis. „Woher weiß ich, dass das Volk hier Tocco heißt?" Sie betraten den Raum, in dem die Sphäre auf ihrem Sockel verankert war.

„Sieh genau hin", sagte sein Großvater und zeigte auf die Szenen innerhalb der Kugel. „Das sind Bilder von fernen Galaxien, Planeten, Welten, Tieren und Landschaften. In dieser Kugel ist all das Wissen der Amun gespeichert, aber auch Dinge, die überall passiert sind, die passieren und die noch passieren werden. Ich habe sehr lange gebraucht, um dies zu verstehen. Klar wurde es mir erst, als ich dich in der Kugel sah, wie du den Schlüssel auf der Spitze der Pyramide in den Himmel streckst. Ich erkannte dein Gesicht, du siehst mir sehr ähnlich, als ich in deinem Alter war. Als du die Kugel berührtest, ist ein kleiner Teil des Wissens auf dich übergegangen."

„Moment, nicht so schnell", unterbrach er Wilhelm. „Du willst mir sagen, dass dieses Ding da nicht nur die Vergangenheit zeigt, sondern auch die Zukunft, und ich nun einen Teil des Wissens in mir trage?"

Der alte Mann kicherte. „Einen sehr kleinen Teil, ja. Ich weiß, es hört sich im ersten Moment verrückt an."

„Auch im zweiten", murmelte Henry.

„Im Universum gibt es noch vieles, was wir nicht verstehen. Wer weiß, welche Spezies es gibt, die vielleicht in ihrer Entwicklung schon Tausende Jahre unserer Zeit voraus sind."

„Das sind alles wilde Spekulationen." Er winkte ab. „Das hier ist also der Grund, dass du nicht wieder nach Hause gekommen bist?" Er betrachtete die Kugel. „Ich meine, irgendwie kann ich dich verstehen, eine versunkene Stadt, ein altes sagenumwobenes Volk und eine mysteriöse Kugel, die etwas sehr Wertvolles in ihrem Innersten versteckt."

Wilhelm ging um die Sphäre herum. „Ich bin froh, dass du das sagst."

„Hast du darin auch gesehen, dass Elisabeth vor fast acht Jahren verstorben ist?"

Wilhelm blieb stehen. Sein Gesicht verlor jegliche Spannung und Farbe. Dann schüttelte er seinen Kopf. Henry verschlug es den Atem, er schämte sich zugleich, als er den alten Mann betrachtete. Wie konnte er nur so etwas einfach so in den Raum werfen?

„Ich habe jeden Tag an meine Elli gedacht. Oft habe ich mir vorgestellt, wie es wäre, wenn ich nach Hause gekommen wäre und mit ihr ein ganz normales Leben geführt hätte. Irgendwann kam mir der Gedanke, dass sie vielleicht einen neuen Mann gefunden hat, der statt meiner ihr Leben ausfüllt. Aber daran zu denken, dass sie tot ist, vermochte ich nie." Tränen rannen dem alten Mann über die faltigen Wangen. „Eckbert?", fragte er schluchzend.

Henry ging auf ihn zu, schüttelte mit dem Kopf und schloss ihn in die Arme. Es tat ihm zutiefst leid, ihn so zu sehen. Sein anfänglicher Zorn löste sich mit einem Mal auf.

Nach ein paar Minuten des Schweigens schaute ihn sein Großvater an. „Ich war nie ein besonders guter Ehemann gewesen, ständig unterwegs und nie daheim. Aber eins habe ich immer getan, sie aufrichtig geliebt. Eckbert ist auch nicht mehr da, alle sind sie tot."

„Das weiß ich, Oma hat es mir immer erzählt. Sie wusste, worauf sie sich einließ, als sie dich auswählte damals. Sie hatte niemals einen anderen Mann gehabt, zu sehr hat sie ihren Willi geliebt."

Wilhelm lächelte unwillkürlich. „Ja, das klingt nach Elli, sie war eine gute Frau. Nein", unterbrach er sich selbst, „sie war die beste und Eckbert war ein verdammt guter Freund. Ich habe sie alle im Stich gelassen."

„Nein, du hast dein Schicksal erfüllt, so wie ich meines. Komm, lass uns wieder an die frische Luft gehen." Er führte seinen Großvater die Treppe hinauf.

Sie betraten das Plateau und er ließ seinen Blick zum blauen Himmel wandern. Er sah ganz schwach den Mond, der am Horizont stand. „Also habe ich ein Signal an die

Amun geschickt? Aber warum gehen wir nicht da runter und zapfen einfach das Wissen an?"

„Djoser und Salomon konnten auch nicht einfach das Wissen anzapfen. Die Amun haben die beiden dabei unterstützt und den Schlüssel zur Sphäre versteckt. Bis du ihn hierher gebracht hast, um sie zu rufen."

„Wozu?" Er wandte sich seinem Großvater zu.

Dieser zuckte mit den Achseln. „Das werden wir vielleicht bald herausfinden, vielleicht kommt auch niemand", antwortete der alte Mann und kicherte.

„Das heißt, wir können nichts anderes tun, als auf sie zu warten, falls sie noch kommen. Ist das denn die einzige Wissensdatenbank, oder gibt es noch andere Planeten mit solchen Sphären?"

„Die Legende, die der Tocco-König, Tochuluak, erzählt hat, besagt, dass die Amun auf der Erde einen Hinweis auf einen weiteren Planeten hinterlassen haben, auf dem sich eine andere Sphäre befindet."

„Einen Hinweis?"

„Ja, hier in der Pyramide ist die Legende um die Amun mit Symbolen an der Wand festgehalten, ich habe diese Legende mehrfach gelesen. Denk nach, du hast ihn bereits gefunden."

„Habe ich das?" Er runzelte die Stirn und schaute in die kleinen faltigen Augen seines Großvaters. „Die Sternenkarte in der Grabkammer Djosers."

Wilhelm klatschte stolz in die Hände. „Genau."

„Wozu das Ganze, ich verstehe noch nicht so recht, was das alles soll."

„Eigentlich liegt es doch auf der Hand", sagte Wilhelm und ging zur Treppe.

„Die Amun sind damals gekommen und haben den wilden

Planeten gezähmt und ihren Bewohnern geholfen ihre Kinderschuhe zu verlassen. So sind die Hochkulturen der Epochen entstanden und sie gaben ihr Wissen mit Hilfe der Sphäre weiter an die Ägypter und die Menschen im Orient. Als sie merkten, dass ihre Arbeit getan war, verschwanden sie und warteten auf ein Zeichen der Menschen, dass sie einen fortgeschrittenen technologischen Wissensstand erreicht haben und sie bereit sind, die nächste Stufe zu erklimmen."

„Die nächste Stufe?"

„Ja, aufzubrechen zu fernen Welten."

Er musste lachen. „Das klingt alles nach einem billigen Science-Fiction-Roman. Das würde ja heißen, dass alle großen Entdeckungen und architektonischen Meisterleistungen nur zustande gekommen sind, weil eine außerirdische Rasse den Menschen dabei geholfen hat. Ich glaube, der König hat dir ein ganz schönes Märchen aufgetischt."

„Nein, die Amun haben den Anstoß dazu geleistet, die Entwicklung haben die Menschen selbst durchlaufen. Glaub mir oder auch nicht. Eines kannst du mir mit Gewissheit glauben, niemand darf von dieser Stadt und ihren Geheimnissen erfahren. Niemand, bis die Zeit gekommen ist", sagte Wilhelm ernst und betrat die erste Stufe.

Er nickte seinem Großvater zu. Die Gedanken überschlugen sich in seinem Kopf, er wusste nur, dass er gerade nichts wusste. Seine Kopfschmerzen nahmen zu, zu abstrakt waren die letzten Stunden gewesen.

„Du solltest jetzt wieder zu deinen Freunden zurückkehren. Es wird Zeit."

„Komm mit mir, hier ist doch nichts mehr zu tun für dich."

Wilhelm schüttelte den Kopf und kam auf ihn zu. „Mein Platz ist hier, ich werde für die Menschen sprechen, wenn die Amun eintreffen werden. Sorge auch dafür, dass der Dicke nichts sagt."

„Mach dir um den keine Gedanken, der hat momentan andere Sorgen und glauben wird ihm das sowieso niemand. Ich kann es ja selbst nicht glauben, obwohl ich es mit eigenen Augen erlebt habe."

Wilhelm nickte und zeigte die Treppe hinunter. „Geh jetzt, die anderen warten und ihr müsst noch zu eurem Nachtlagerplatz gelangen."

Er nahm den alten Mann in den Arm und hielt einen Moment inne. Es fühlte sich an wie ein Abschied für immer, doch dieses Mal fühlte er sich gut dabei. Er hatte seinen Großvater gefunden und konnte innerlich etwas zur Ruhe kommen. Dann lösten sie sich voneinander und Wilhelm verschwand in der Pyramide.

Er schaute in das vor ihm prasselnde Feuer. Zwischen den Fingern ließ er ein Stück Baumrinde auf- und abwandern. Grillen zirpten um ihn herum.

„Willst du reden?", fragte Charline.

Er schaute erschrocken zu ihr. Er hatte gar nicht bemerkt, dass sie sich neben ihn gesetzt hatte.

„Du hast seit unserem Aufbruch kein Wort gesagt." Sie versuchte eine bequeme Position an dem umgefallenen Baumstamm in ihrem Rücken zu finden und stupste ihn dabei an.

„Ich weiß nicht, was ich erzählen soll."

„Du warst den halben Tag dort oben auf der Pyramide mit deinem Großvater, wie wäre es zum Beispiel, wenn du davon erzählst?"

Er seufzte und warf das Stück Rinde ins Feuer. „Ich kann es dir nicht erzählen."

„Wieso nicht, ist etwas passiert?"

„Ich weiß einfach nicht, was ich davon halten soll. Momentan glaube ich, dass mein Opa etwas zu lange hier in der Wildnis alleine war und den Sinn für die Realität verloren hat."

„Erzähl es mir." Sie rutschte ein Stück zu ihm und schmiegte sich an ihn.

Er zögerte einen Moment, dann suchte er sich ein neues Stück Rinde auf dem Boden zwischen seinen Beinen. „Mein Großvater hat mir, nachdem er mir erzählt hatte, warum er damals nicht zurückkam, weismachen wollen, dass die Stadt einst von einer außerirdischen Rasse besiedelt war, die der Menschheit half, sich zu entwickeln. Warum sie das tat, hat er mir nicht gesagt, nur dass ich ein Auserwählter bin, der mit Hilfe des Schlüssels ein Signal zu ihnen geschickt hat." Als er seinen Satz beendet hatte, trat Schweigen ein. Er wartete auf eine Reaktion, als sie sich nicht regte, wandte er seinen Kopf zu ihr. Sie starrte mit großen Augen ins Feuer vor sich.

Dann, nach endlosen Sekunden des Schweigens, sagte sie: „Dann hattest du also wirklich damals Recht." Sie schaute ihn an. „Du hattest die ganze Zeit Recht, die Zeichen und Symbole an den Wänden waren die Verbindung zu dieser Stadt."

Er schaute wieder ins Feuer und warf das Stück Rinde hinein. „Ich weiß nicht, was ich glauben soll. Ich weiß nicht, ob ich jetzt mehr weiß als vorher. Ich weiß, dass wir niemandem von dieser Stadt erzählen können, uns würde niemand glauben und ich habe es ihm versprochen." Er lehnte den Kopf gegen das Holz hinter sich.

„Außerirdische", sagte er langsam, dann lachte er. „Wie sich das anhört. Außerirdische."

„Ist das denn so unvorstellbar?"

„Keine Ahnung. Ich weiß einfach momentan nicht, was wahr ist und was nur ein Teil einer uralten Legende."

„Die Menschen hier glauben fest daran, und noch etwas weißt du jetzt mit Bestimmtheit."

Er schaute sie an. „Ja, und das wäre?"

Sie nahm seine Hand und legte ihren Kopf auf seine Schulter. „Dein Großvater lebt und du hast deine verschollene Stadt gefunden."

Er lehnte den Kopf erneut gegen das Holz und schloss die Augen. Die Kopfschmerzen waren noch immer da und seine Gedanken wollten einfach nicht aufhören zu kreisen. ‚Habe ich meinen Großvater gefunden oder ist er damals mit der Santiago untergegangen? Vielleicht ist es auch nur ein absurder Traum, aus dem ich einfach nicht aufwache. Nur eine Sache zeigt mir, dass ich nicht komplett den Verstand verliere. Charline, meine Oase in der Wüste.' Er küsste ihren Kopf und machte es sich zum Schlafen bequeme.

Eine Woche später saß Henry in einem Taxi, das ihn zu der Adresse seiner Schwester in Köln brachte.

Isaac war nach Jerusalem gereist und durfte Ezra bei der Untersuchung und Kartografierung der Grabkammer Salomons helfen.

Ezra hatte sich gut erholt und hatte alle Hebel in Bewegung gesetzt, damit König Salomon mit dem allergrößten Respekt behandelt wurde. Er hatte es geschafft, dass der Leichnam an seinem Ort bleiben durfte, ganz nach dem Vorbild Tutanchamun und nur an ganz bestimmten Tagen die Grabkammer für die Öffentlichkeit zugänglich gemacht wurde. Ezra führte die Führungen selbst durch und hatte die restliche Zeit bis zur geplanten Erstbegehung im nächstes Jahr noch einiges zu erledigen und zu untersuchen. Eine neue Dauerausstellung mit Artefakten aus der Grabkammer wurde zudem im Israel-Museum ausgestellt.

Charline hatte derweil einige Termine, die sie wahrnehmen musste, aufgrund ihres Artikels im Spiegel. Eine drohende Chemiekatastrophe konnte auf Grund der Anschuldigungen in Indien abgewandt werden. Die Regierung und unabhängige Prüfer hatten Dutzende Anlagen untersucht und fanden dabei erhebliche Sicherheitsmängel.

Nebenbei arbeitete sie an einem Artikel über Henry und den Fund von König Salomon, jetzt, da Ezra wieder genesen war und die Arbeit in der Grabkammer aufgenommen hatte, sollte die Öffentlichkeit von dem Sensationsfund erfahren.

Mit Charlines Hilfe, die einen Artikel über die bedrohten Spinnenaffen veröffentlicht hatte, wurde das Gebiet rund um Fogoso zu einem Schutzgebiet ernannt. Es war kein leichter Weg, erst die Hilfe vieler Organisationen und Experten konnten die brasilianische Regierung vollends von der Wichtigkeit der Erhaltung dieser Art und ihrem Lebensraum überzeugen. Es war eine Sensation, dass diese Art so weit nördlich gesichtet wurde, ihr eigentlicher Lebensraum lag bisher nur viel weiter südlich an der Küste rund um São Paulo. So war das Geheimnis der versunkenen Stadt erst einmal gesichert.

Norman Landa und die Firmen-Gruppe Cerberus sahen sich in den Tagen und Wochen weiterer Ermittlungen ausgesetzt. Immer mehr Details wurden an die Öffentlichkeit gebracht. Doch die Firmenanwälte wurden nicht umsonst mit Geld überschüttet, sie mussten an vielen Fronten die Großbrände löschen. Aufgrund der Komplexität und der verschiedenen Firmenbereiche gab es eine ganze Welle von Klagen in den verschieden Branchen.

Norman Landa saß als Firmenoberhaupt zurzeit in Untersuchungshaft, da bei ihm akute Fluchtgefahr bestand. Die Untersuchungen würden noch einige Zeit in Anspruch nehmen und bis es zu ersten Gerichtsverhandlungen kommen würde, würden noch Monate ins Land gehen.

Das Image der Firma bröckelte dabei massiv und der Aktienkurs verbuchte bereits nach drei Wochen einen Firmennegativrekord seit Börsendatierung. Nur das Diamantengeschäft brummte weiter, denn der Sinn für prestigereiche Edelsteine verlor nicht so schnell seinen Reiz.

Nickolas hatte sich einer neuen Expedition zugewandt und war auf der Suche nach dem Schwert der Seelen, das laut einer afrikanischen Legende die Seelen der Opfer aufnahm und seinen Träger mit unvorstellbarer Kraft ausstattete. Das Verhältnis zwischen ihm und Henry war freundschaftlich und sie tauschten sich häufig aus. Ob sie jemals wieder Freunde wie früher werden würden, stand in den Sternen.

Henry stieg aus dem Taxi aus und schaute an dem Mehrfamilienhaus hinauf. Es fühlte sich ein wenig wie Nach-Hause-Kommen an. Schon immer hatte er sich in der Gegenwart seiner älteren Schwester geborgen gefühlt und war ihr dankbar, dass er sich hier eine kleine Auszeit von allem nehmen konnte. Er musste seine Gedanken ordnen und das Erlebte verarbeiten.

-Ende-

Epilog

Er parkte den staubgrauen alten Geländewagen auf dem Parkplatz des Israel-Museums. Einen Monat war es bereits her, dass er Isaac nicht mehr gesehen hatte. Er ließ hinter sich die Tür zufallen. „Meinst du, er wird sich freuen, mich zu sehen?", fragte Henry, als er die riesige Glasfront des futuristischen Gebäudes betrachtete.

„Er wird sich riesig freuen, schließlich bist du sein Mentor und sein zweitliebster Archäologe."

Er drehte sich zu ihr herum und schob seine Sonnenbrille zur Nasenspitze. „Nur sein zweitliebster?"

Charline lachte und kam um den Wagen herum. „Vielleicht müsst du dir auch eine Peitsche und einen Hut zulegen."

„Das ist nicht fair, ich liege wenigstens noch nicht verstaubt unter der Erde ", sagte er intervenierend und folgte ihr.

„Vielleicht ist das der Punkt", rief sie und machte eine schnelle Handbewegung, während sie zur Eingangstür ging.

Die Tür des Büros stand offen. Sie lugten hinein, an den Wänden standen Regalreihen, die allesamt vollgestopft mit kleinen Figuren, Totenmasken, Kelchen und Schriftrollen waren. Auch viele kleinere Gegenstände lagen auf den Regalböden. In der Mitte des schmalen Raumes stand ein Untersuchungstisch, auf dem ein Laptop, einige filigrane Werkzeuge wie Lupe, Pinzette und Pinsel lagen.

Isaac saß auf einem Stuhl und untersuchte ein vergilbtes Dokument mit Hilfe eines Mikroskops. Vorsichtig wanderte sein Finger, der in einem weißen Handschuh steckte, über das Dokument. Mit einer Kamera, die an einem Arm über dem Tisch angebracht war, machte er hochauflösende Nahaufnahmen, die auf dem Bildschirm des Laptops in einem vergrößerten Ausschnitt zu sehen waren. Nebenbei machte er sich Notizen in einem kleinem Buch.

Henry Klopfte vorsichtig an die Tür. Isaac schaute auf und grinste sofort bis über beide Ohren.

„Hey, was macht ihr denn hier?"

„Wir wollen dich besuchen und schauen, wie ihr vorankommmt", sagte Charline, als sie ihn zur Begrüßung drückte.

Henry begrüßte ihn ebenfalls. „Ich wollte Ezra den Schlüssel wieder bringen und mal schauen, was du ohne mich so treibst."

„Ezra ist nicht hier, eigentlich ist er in der letzten Zeit fast nie hier. Die Arbeiten in der Grabkammer haben ihn voll eingespannt. Wir haben einige interessante Dinge gefunden in den letzten Wochen." Isaac nahm einen kleinen Gegenstand von dem Tisch auf, der neben dem Dokument lag. „Ich habe den Ring genauer untersucht."

Henry nahm ihn Isaac aus den Fingern. „Salomons Ring, ich hatte ganz vergessen, wie schön er ist."

„Schau dir den Stein mal genauer an", sagte Isaac und suchte etwas in seinem Laptop.

Henry kniff die Augen zusammen und untersuchte den Edelstein. Charline stand vor ihm und schenkte dem Ring ihre volle Aufmerksamkeit. „Ich sehe nichts", sagte Charline.

„Sieh genau hin", sagte Henry, „da in der Mitte des Pentalfa sind zwei kleine dunkle Punkte eingeschlossen."

„Und diese Punkte haben mich stutzig gemacht. Ich meine, es ist ein Ring, den Gott laut Legende Salomon geschenkt haben soll. Dann würde es ein lupenreiner Edelstein sein müssen. Natürlich hat Gott nichts damit zu tun, aber ein Edelstein eines Königs darf nur das Beste sein", sagte Isaac und zeigte auf den Bildschirm. „Ich habe mir den Stein mit der Makro-Cam angeschaut."

Charline trat etwas näher an den Bildschirm heran, auch Henry schaute Isaac über die Schulter. „Können diese Punkte denn nicht einfach zu dem Pentagramm gehören?", fragte sie.

„Nein, diese Einschlüsse gehören nicht zum Symbol."

„Ich bin da Henrys Meinung. Sie müssen aus einem ganz bestimmten Grund dort eingraviert worden sein", sagte Isaac und umkreiste den vergrößerten Ausschnitt, der die Einschlüsse zeigte. Der linke schien etwas länglicher zu sein als der rechte, dessen Ränder ausgefranst zu sein schienen.

„Hast du sie schon unter dem Mikroskop betrachtet?"

Isaac wand sich zu ihr. „Das war das Erste, was ich getan habe. Sie sind so filigran, dass man nicht erkennen kann, was es ist. Doch sie sind definitiv unterschiedlich in ihrer Form. Ich habe den Stein gescannt, mit Licht bestrahlt und jeden Test durchgeführt, den es gibt, ohne den Stein zu beschädigen. Wir haben herausgefunden, dass sich der Stein aus der goldenen Fassung nehmen lässt."

„Das ist interessant, mit was für Licht hast du es probiert?", fragte Henry.

Isaac verstand nicht und gab ihn eine Lampe. „Mit dieser Lampe habe ich ihn von allen Seiten bestrahlt, jedoch ohne Erfolg."

„Habe ich mir gedacht", sagte er und legte die Lampe auf den Tisch zurück. Dann ging er um den Tisch herum und schaute sich die Regalwand an.

„Was suchst du?", fragte Isaac.

„Gibt es hier einen starken Laserpointer oder so etwas?"

„Was willst du denn damit?"

„Das ist genial, warum bin ich nicht selbst darauf gekommen?", sagte Isaac und sprang auf. Er lief zu einer

Schublade eines Aktenschrankes und holte aus ihr einen kleinen schwarzen Gegenstand.

„Moment, das haben wir gleich", sagte Isaac, schraubte die Makro-Cam von dem Arm am Tisch ab und befestigte den länglichen Gegenstand auf ihr. Er räumte den Tisch frei und positionierte eine auf vier dünnen Beinen getragene Plattform in der Mitte. Er löste den Stein aus seiner Fassung und legte ihn auf die Plattform. Währenddessen positionierte Henry den Arm mit dem Laserpointer, sodass er von schräg unten auf die flach geschliffene Unterseite des Steines traf.

„Und das soll funktionieren?", fragte Charline.

„Hab Geduld", sagte er und schob sich an ihr vorbei, ging zu der gegenüberliegenden Wand und zog die weiße Projektionsleinwand hinunter. Dann schloss er die Tür des Labors und legte wartend seine Hand auf den Lichtschalter neben ihr.

„Hier, zieht die an. Das ist ein Laser der Klasse 3B." Isaac gab ihnen jeweils eine Schutzbrille. Dann zog er seine an und stellte sich hinter den Laser und warf Henry ein Nicken zu.

Er schaltete das Licht aus und Isaac aktivierte den Laser. Der dünne gleißende rote Strahl traf auf den Rubin. Das gebündelte Licht ließ den Stein glühen und tauchte den Raum in ein warmes, tiefrotes Licht. Das Pentagramm schien in dem Stein zu glühen, jedoch nur in dem Innersten des Steines.

Henry kam zu Isaac und Charline herüber, dabei behielt er die Leinwand fest im Blick. Die unscharfen Umrisse waren im sich verändernden Winkel immer klarer zu erkennen. Im unteren Drittel der Leinwand sah er ein circa zehn Zentimeter großes rundes Objekt, das in der Mitte dichter als an seinen Rändern war. Auf der oberen Hälfte sah er

Umrisse, die einem Menschen ähnlich sahen. Die beiden Objekte waren deutlich heller und hoben sich in dem sonstigen roten Licht ab.

„Ist das ein Mensch?", hörte er Charline.

Er antworte nicht. Er versuchte zu verstehen, was er da vor sich sah. Seine Aufmerksamkeit galt dem runden Objekt, irgendwie kam es ihm bekannt vor.

„Es hat Ähnlichkeiten mit einem Menschen', sagte Isaac, „aber sieht irgendwie auch ziemlich fremd aus. Die Arme sind allerdings irgendwie zu lang, auch der Kopf ist merkwürdig geformt. Sieht aus wie ein Außerirdischer aus nem Film."

‚Außerirdischer?', wiederholte Henry das Wort in seinen Gedanken. Sein Blick wanderte zu der Gestalt. „Wie raffiniert."

„Bitte?", hörte er Isaac und wandte sich zu ihm.

„Erinnert euch an die Karte, die wir in der Grabkammer von Pharao Djoser entdeckt haben. Mein Großvater hat mir erzählt, dass in dem Sternbild Krebs der Aufenthaltsort einer zweiten Sphäre versteckt ist."

„Nicht dein Ernst", rief Isaac.

„Ich erinner mich an bruchstückhafte Bilder. Als ich auf der Pyramide stand, sah ich die Stadt, wie sie mal war. Es liefen Menschen herum und Wesen, die aussahen wie diese dort", sagte er und zeigte auf die Umrisse an der Wand.

„Du meinst, du hast die Außerirdischen gesehen?", fragte Isaac.

„Es war eine Erinnerung, eine Vision oder dergleichen, ich weiß es nicht. Aber ich bin mir ziemlich sicher, dass dies eine Galaxie zeigt." Er ging um den Tisch herum und betrachtete das runde Objekt aus der Nähe. Ein kleiner, kaum sichtbarer roter Punkt an einem Rand des Objektes fiel ihm ins Auge. „Dieser kleine Punkt hier, da würde ich alles drauf verwetten, markiert die Heimatwelt der Amun."

Isaac und Charline kamen zu ihm und schauten auf die Stelle.

„Wieso kann es nicht einfach ein Defekt im Stein sein oder eine zufällige Reflexion?", sagte Charline und schaute ihn an.

Er lächelte. „Hier ist überhaupt nichts zufällig. Dies ist alles geplant. Sobald wir einen gewissen Grad an Wissen und Technologie erlangt haben, sollen wir wissen, wo sie zu finden sind. Wenn wir irgendwann mal die Technologie entwickelt haben, unser Sonnensystem zu verlassen, sollen wir sie finden."

„Es kann irgendeine Galaxie sein', sagte Isaac, „auch wenn wir wüssten, welche, gibt es da Milliarden von Planeten. Woher sollen wir wissen, welcher der Richtige ist?"

Henry schaute wieder zu dem Objekt. „Dafür gibt es die andere Karte, vielleicht lebt dort ein Volk, das uns dabei helfen kann, sie zu finden." Dann schaltete er das Licht wieder ein. „Bis es so weit ist, werden noch einige Jahrzehnte ins Land gehen, wir sollten uns zunächst auf greifbarere Dinge stürzen."

Isaac nickte ihm zu.

„Hast du es ihm schon erzählt?"

Isaac schaute Charline verwirrt an, dann ließ er seinen Blick zu Henry wandern. „Was meint sie?"

„Ich bin nicht nur hier, um Ezra den Schlüssel zu bringen, ich möchte dich abholen."

„Abholen? Und wohin geht unsere Reise?"

Er ging zu einem Regal und nahm eine kleine Sphinx-Statue aus dem Regal. „Wir beide werden die Djoser-Ausgrabung leiten."

„Wie jetzt?", rief Isaac begeistert.

„Ja, die Frankfurter Archäologische Gesellschaft hat mir umfangreiche Mittel zur Verfügung gestellt. Sie haben bereits mit der ägyptischen Regierung alles geklärt und wir können sofort loslegen."

„Du machst Scherze", sagte Isaac, schaltete den Laser aus und kam um den Tisch herum.

„Anscheinend hat Charlines Artikel über unsere Entdeckung Salomons sie so beeindruckt, dass sie schon Feuer und Flamme sind."

„Ich habe den Artikel gelesen, der war wirklich klasse", sagte Isaac an Charline gewandt.

„Danke", sagte sie stolz.

„Die Tatsache, dass ich sehr gute Kontakte zu Ezra habe und der FAG ermöglicht habe, einige originale Artefakte für eine Sonderausstellung über König Salomon zu erhalten, hat sie da sehr großzügig werden lassen. Sie sicherten mir zu, zukünftige Expeditionen ohne Bedenken zu finanzieren."

„Das ist ja klasse, wann brechen wir auf?"

Henry lachte. „Wenn es dir nichts ausmacht, gleich morgen. Ich würde vorschlagen, wir fahren zu Ezra rüber. Dann kann ich ihm endlich den Schlüssel zurückgeben und heute Abend gehen wir alle zusammen essen."

„Das ist eine fantastisch Idee", sagte Charline und küsste ihn auf die Wange.

„Eine Sache wäre da noch", sagte Henry. „Hier, das ist für dich."

„Nein, echt jetzt? Du schenkst mir ein neues Handy?", sagte Isaac und nahm ihm das Smartphone aus der Hand.

„Ich habe es dir doch damals in München versprochen. Na kommt, lasst uns aufbrechen", sagte er, klopfte Isaac auf die Schulter und ging zur Tür.

Die Fläche des Regenwaldes auf der Erde ist gewaltig und dient dem Planeten als grüne Lunge. Der Amazonas-Regenwald ist bis heute das größte zusammenhängende Regenwaldgebiet der Welt. Seine Fläche erstreckt sich dabei über eine Entfernung von Berlin bis Bagdad und breitet sich dabei über neun Staaten aus.

Der größte Teil ist bis heute unerschlossen und von der modernen Zivilisation unberührt. Dort werden noch ca. 70 Indio-Stämme vermutet, die keinerlei Kontakt zur uns bekannten Welt haben und dort völlig isoliert leben.

Für Forscher ist es sehr schwer, Regionen in diesem Gebiet zu erforschen, da der Urwald so dicht und verwachsen ist, dass eine Expedition Monate dauern würde. Benötigte Ausrüstung wäre nur sehr langsam und mühsam zu transportieren, zudem ist eine Expedition sehr kostspielig.

Regionen an den großen Flüssen sind dagegen teilweise bewohnt. Dort haben sich kleine bis mittelgroße Städte angesiedelt. Vom Flugzeug aus sieht man Grün, so weit das Auge reicht. Dennoch ist bekannt, dass alte Völker im Dschungel einst Städte und sogar ganze Metropolen errichtet hatten.

Einzelne Ruinen-Städte sind bereits entdeckt und werden erforscht. Die Maya zum Beispiel haben vor gut 5000 Jahren den Grundstein für ihre Zivilisation gelegt und über die Zeit entstanden dabei Städte wie Calakmul, Caracol, Tulúm und die Stadt Tikal. In diesen Metropolen lebten bis zu 150.000 Maya.

Teotihuacán tauften die Azteken die Geisterstadt, was soviel wie *wo man zu einem Gott wird* heißt. Diese riesige Stadt lag im zentralen Hochland Mexikos und war bereits seit Jahrhunderten verlassen, bevor die Azteken sie wiederfanden. Lange bevor die Azteken nicht weit von der Geisterstadt entfernt ihre Hauptstadt Tenochtitlan erbauten, war Teotihuacán das Rom vom amerikanischen Kontinent.

Die Stadt wurde ungefähr vor 2500 Jahren erbaut und war 900 Jahre lang das religiöse Mekka, die Hauptstadt der Wirtschaft und das militärische Zentrum des Mesoamerikas. In ihrer Blütezeit lebten dort bis zu 200.000 Menschen und sie war die größte Stadt des Kontinents zu ihrer Zeit und eine der größten der Welt.

Das Besondere an dieser Stadt war nicht nur ihre beeindruckenden Bauwerke, sondern es wird vermutet, dass die Stadt nicht von einem Herrscher regiert wurde, sondern von mehreren mächtigen Familien. Die Struktur und der Aufbau der Stadt war ebenfalls bemerkenswert.

Das Zentrum bildet die große Sonnenpyramide, welche die drittgrößte Pyramide der Welt ist. Die Straße der Toten bildet die zentrale Achse der Stadt und beginnt bei der Mondpyramide. Die gesamte Stadt ist auf der Grundlage einer Rasterordnung erbaut worden und folgt einer präzisen geometrischen Grundstruktur.

Die wohlhabenden Handelsfamilien lebten in prachtvollen Flachbauten mit Wandmalereien und mit Kalk verputzten Wänden. Die Pracht der Stadt stand der Roms um nichts nach. Ihren Reichtum erlangte die Stadt durch den Handel mit Obsidian, einem braungrünlichen Glasgestein vulkanischen Ursprungs, der durch die richtige Bearbeitung so scharf wurde, dass er Leder mühelos durchtrennen konnte. Sie produzierten Waffen und Werkzeuge. Nur in der Mine der Stadt gab es den reinsten Obsidian.

Die Baukunst der Einwohner war für die Zeit revolutionär und sehr weit fortgeschritten. Die *Ciudadela* war eine Art Palast-Pyramide, die in drei Ebenen gebaut wurde. Sie war der Tempel des Gefiedertenschlangen-Kultes, der sich anschließend über ganz Mesoamerika ausbreitete. Alle drei Ebenen bestehen aus wabenähnlichen Räumen, die mit Schutt aufgeschüttet wurden. So erlangte das Gebäude eine extreme Festigkeit und Stabilität. In den untersten Waben fanden Archäologen mehrere menschliche Überreste, die mit Grabbeigaben beigesetzt wurden.

Warum die Stadt einst einfach verlassen wurde und es fast keine Aufzeichnungen über das Volk gibt, ist noch nicht ganz geklärt. Archäologen vermuten, dass sich die ärmeren Handwerker, die das Herz der Stadt waren, gegen die reichen Familien, die sie unterdrückten, auflehnten. Man fand Brandspuren an den größeren Stein-Häusern, die von absichtlich gelegtem Feuer herrühren müssen. Die Stadt musste in ihrer Blütezeit auf die Menschen die gleiche Anziehungskraft gehabt haben wie New York oder Tokio auf die heutigen Menschen.

Die Stadt wirft allerdings immer noch viele Fragen auf und hütet noch das ein oder andere Geheimnis. Die Azteken waren so beeindruckt von dieser Geisterstadt, dass sie schnell zu einer Stadt wurde, die nur von Göttern erbaut worden sein konnte.

Diese beeindruckenden Städte wurden ohne Maschinen und andere Hilfemittel erbaut. Heute liegen die meisten im tiefen Dschungel verborgen, manche Tempelanlagen sind nur noch als grüne bewachsene Hügel zu erkennen.

Erst vor kurzem wurde in Guatemala mit Hilfe einer neuen Lasermesstechnik eine gewaltige Ruinen-Stadt der Maya wiederentdeckt. Sie erstreckt sich über 2100 Quadratkilometer, im Vergleich erscheint Mexiko-Stadt mit 1495 Quadratkilometern klein. Man schätzt, dass in diesem Gebiet einst bis zu drei Millionen Maya gelebt haben, es wäre die mit Abstand größte Stadt der Antike gewesen, die bis jetzt bekannt ist.

Die Lasertechnik erlaubt es, unter das dichte Grün zu schauen. Eine weitere Erforschung ist jedoch trotzdem aufwendig und schwierig. Der Dschungel ist so dicht bewachsen und verwuchert, dass man meistens gerade einmal ein paar Meter weit sehen kann. Zudem kommt eine Reihe tödlicher Tiere hinzu. Wer weiß, was noch für Geheimnisse und Schätze in den Tiefen des uralten und düsteren Dschungels verborgen liegen.

Die Orte, die ich in diesem Buch beschreibe, habe ich so detailgetreu wie möglich herausgearbeitet und mit Daten und Fakten abgeglichen. Es gibt sehr gute Dokumentationen über einzelne Bauwerke, wie zum Beispiel über die Djoser-Pyramide und Jerusalem. Natürlich entsprang das ein oder andere meiner Fantasie, doch mir war es sehr wichtig, die Gebäude und auch die Strecken und Landschaft so realistisch wie möglich zu beschreiben, um die Magie der Orte zu spüren.

Ich kann Interessenten die Dokumentationsreihe *Alte Baukunst neu entschlüsselt* nur an Herz legen. Dort werden die verschiedensten Meisterwerke der Architektur durchleuchtet und untersucht.

Zudem gibt es natürlich auch noch die alten Legenden, die sich um König Salomon drehen, die ich durch Recherchieren gefunden habe. Die Dämonen-Legende steht im Ars Goetia beschrieben und findet ihr ebenfalls auf

Wikipedia. Es gibt auch noch zahllose weitere Seiten, die sich mit Salomon und seinem Vater König David beschäftigen. Der Aufbau und die Geschichte des Tempelberges ist möglichst real nachempfunden und basiert auf Fakten.

Das Projekt Riese der Nazis wurde nie fertiggestellt und lässt Forscher über das genau Ausmaß der Anlage immer noch im Dunkeln. Auch dazu gibt es viele spannende Berichte und Dokumentationen. 2015 behaupteten zwei Schatzsucher, dass sie in dem Gebiet nahe des Schlosses Fürstenstein einen verborgenen Tunnel entdeckt hatten. In diesem soll sich der Panzerzug des einstigen Führers befinden. Es konnte nie wirklich bewiesen oder abgestritten werden, was sich in diesem Tunnel befindet, da die Suche aufgrund von Geldmangel eingestellt wurde.

Die Geschichte um das Bernsteinzimmer und das Zarengold habe ich möglichst wahrheitsgemäß aufgeschrieben, mit der kleinen Ausnahme, dass beides bis heute verschollen ist.

Im Sommer 2019 werde ich nach Jerusalem reisen und werde dort der Spur Henrys folgen, wenn ihr dabei sein wollt, schaut mal auf meiner Instagramseite vorbei. Bleibt gespannt, welchen Schätzen Henry und Isaac in Zukunft auf der Spur sein werden.

„Die Neugier steht immer an erster Stelle eines Problems,
das gelöst werden will."

Galileo Galilei

Ich danke euch fürs Lesen.

Abenteuerliche Grüße, euer David